レッド・クイーン 4

暁の嵐

下

ヴィクトリア・エイヴヤード

田内志文 訳

WAR STORM

BY VICTORIA AVEYARD

TRANSLATION BY SIMON TAUCHI

ハーパー BOOKS

WAR STORM
BY VICTORIA AVEYARD

Map illustrated by Amanda Persky
Japanese translation rights arranged with NEW LEAF LITERARY & MEDIA, INC.
through Japan UNI Agency, Inc.

Published by K.K. HarperCollins Japan, 2020

レイクランド
トライアル
ネロン湖
リージェント川
タリオン湖
シラカス
ロカスタ
コーヴィニアム
サマートン
デトラオン
エリス湖
オリエンプラティス
ヘイヴン
アレジアント川
ノルタ
アルケオン
バーン諸島
ピタラス
デルフィー
タック島
キャピタル川
ハーバー・ベイ
オハイアス川
係争地域
ピードモント
0 50 100mi
0 50 100km

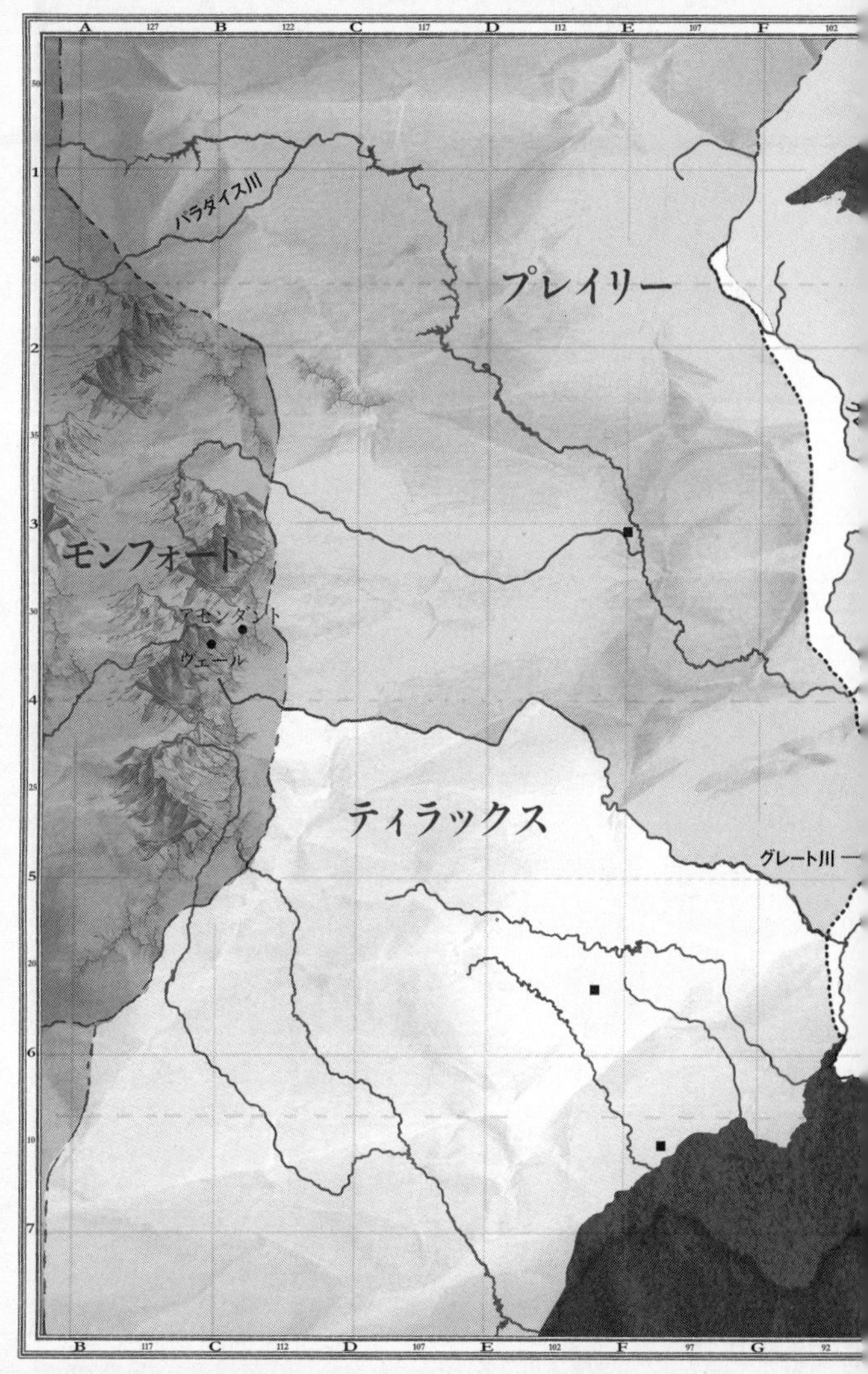

パラダイス川
プレイリー
モンフォート
アセンダント
ヴェール
ティラックス
グレート川

イラストレーション　清原紘

RedQueen

暁の嵐　下

おもな登場人物

メア・バーロウ――18歳の少女。ニュー・ブラッド
カル――ノルタ王国の元第一王子。メイヴンの兄。バーナー
メイヴン――ノルタ王国の国王。メアの元婚約者。バーナー
アイリス・シグネット――メイヴンの妻。レイクランドの王女
ファーレイ――〈スカーレット・ガード〉の司令長官。将軍
デイン・デヴィッドソン――モンフォート自由共和国の首相
アナベル・レロラン――カルの祖母。オブリビオン
エヴァンジェリン・セイモス――カルの婚約者。マグネトロン
ヴォーロ・セイモス――エヴァンジェリンの父親。マグネトロン
プトレイマス・セイモス――エヴァンジェリンの兄。マグネトロン
エレイン・ヘイヴン――エヴァンジェリンの友人。プトレイマスの妻。シャドウ
ジュリアン・ジェイコス――メアの元教師。カルの叔父。シンガー
カイローン――メアの幼馴染み
キャメロン・コール――ニュー・ブラッド
タイトン――ニュー・ブラッド。エレクトリコン
センラ・シグネット――アイリスの母親。レイクランドの王妃
ティオラ・シグネット――アイリスの姉。レイクランドの後継者
ブラッケン――ピードモントの王子
ジョン――預言者。ニュー・ブラッド

19

エヴァンジェリン

ハーバー・ベイが好きだったことなんて、一度もない。シルバーの居住区まで、魚と潮の臭いが漂ってくる。でもそんな臭いも、すぐ血の臭いにのまれてしまうだろう。

リフトでの二週間の休暇は、飛ぶように過ぎていった。昨日の夜はようやく家でエレインのとなりに寄り添い、別れの言葉を囁(ささや)くことができた。その時は恐れてなどいなかった。パパが自分の後継者たちを、危険に近づけたりするわけがない。戦いが繰り広げられている間も、プトレイマスと私は安全なところでそれを眺めていることができるはずだ。

でも、それは間違いだった。

パパの渇望は、私が想像したこともないほどずっと強烈だったのだ。

私たちはすぐに、前線に出されることになってしまった。

今、私たちの船団は白く泡立つ波頭を乗り越えながら、ぐんぐん海原(うなばら)を渡っていた。ゴーグルをはめてはいたが、飛んでくる水しぶきに私は目を細めた。海水を含んだ湿った風が、髪を乱暴になびかせている。ブーツの底を鉄の甲板にくっつけていなかったら、倒れてしまいそうな風だ。

私たちは霧に隠れて進んでいた。モンフォートのストームたちは才能に恵まれた強力な兵士だ。私は目の端で、緑の軍服に身を包んだ背の高い自軍のストームをちらりと見た。防弾ベストとヘルメットを着け、唯一剝き出しになった手で霧を操っている。誰ももう、ツナギや訓練服なんて着ていない。これは実戦なのだ。

ハウス・セイモスは鉄の船団を猛スピードで走らせ、海からの攻撃を率いる。パパはハウスを危険に晒(さら)してでも、勝利を摑み取るつもりだ。三人の従兄弟(いとこ)が自分たちの船を私たちの前に出し、三角形に並べて先陣を務めている。私が乗る船の後部には、ずっしりとした鏡面の鎧(よろい)と装備を着けたプトレイマスが仁王立ちしていた。私は腰に十字のガンベルトをかけていた。いざというときには自分で銃弾を飛ばすほうが楽だが、一応拳銃も装備している。従兄弟たちの装備もさまざまで、ライフルを持っている者や、炸裂弾(さくれつ)を持っている者もいた。遠くに、フォート・パトリオットの防波壁が見えてきた。最初の標的だ。その標的と目標だけに、意識を集中させる。

街を落とす。

生き残る。

そして家に帰る。

敵からも、近づいていく私たちの姿は見えているはずだ。少なくとも、海に漂う霧くらいは見えているだろう。ともあれ、今はまだ朝で、灰色の空気が重く垂れ込めている。自然に生じた霧もあちこちに漂っている。私たちの姿を、少しは隠してくれるだろう。それにカルが陸地から、そしてハウス・レアリスが空から攻撃を始めれば、街の兵士や要塞にいる守備隊は、どちらを防げばいいかも分からなくなるに違いない。

大規模戦から各船ごとの戦闘まで、何もかも訓練されている。編成も入念だ。それぞれの船に最低でもマグネトロンをふたり、ストームがひとり、グラビトロンがひとり乗っており、さらにはえりぬきのレッド兵やモンフォートのニュー・ブラッドたちが揃っている。そのうえ、各隊に数人のヒーラーが配属されているのだ。

それぞれがちゃんと自分の仕事をすれば、私たちは絶対に生き延びることができる。

進んでいくにつれ、そびえ立つフォート・パトリオットの影が黒々とあたりを覆ってきた。砕ける白波の向こうに、防波壁が突き出している。足場となる地面はないけれど、そんなことはどうでもいい。

パパも一緒に来ればよかったのにと思うと、腹が立った。パパのそばほど安全なところなんて、他にないからだ。

兄さんのことをちらりと考え、集中力が乱れた。すぐ後ろにいる兄さんがまとう鎧の形なんて、一瞬で感じ取ることができる。私たちはふたりとも、小さいがしっかりとした銅板をベルトに挿していた。戦場であまり使われることのないこの金属は、いざというとき武器にできるし、すぐに感じ取ることができるし、動きを追うのも簡単だ。私は自分と兄さんの銅板の感覚を憶えようと、意識を集中させた。何かが起きたとき、できるだけ早くトリーを見つけ出したい。

霧が私たちを追い越し、みるみる近づいてくる防波壁に届いた。いよいよだ。

武者震いしながら振り返ると、私はトリーの肩に両腕を回した。素早く、荒々しく、ハグを交わす。金属同士のぶつかり合う音が、猛(たけ)る波音と私の激しい鼓動の音に掻き消された。

「死ぬなよ」兄さんが囁いた。私は黙ったままうなずいてまた振り返った。

上から下まで見回しても、防波壁には何も動きがなかった。見えるのは波だけだ。たぶん、霧がうまくこちらを隠してくれているのだろう。

「用意はいい？」私は波音に負けないよう大声を出しながら、樽(たる)のような胸板のモンフォートのグラビトロンを見た。

彼がこくりとうなずき、開いた両手をわきに下ろしてしゃがみ込む。準備は万全だ。

他の船に乗ったグラビトロンたちも、同じようにしている。

私の後ろに控えた兵士たちがひざまずいた。ストーム、レロランのオブリビオンふたり、そしてプトレイマスが、飛びかかる準備をする。私の船にレッドは乗っていない。私は生き残りたい。どんなに訓練を受けていようと、弱いレッドなんかを頼りにして死ぬのはごめんだ。

私もみんなと一緒にかがみ込んだ。グラビトロンたちがしくじった場合を考え、筋肉を張り詰めさせて衝撃に備える。このスピードだ。船が防波壁に突っ込むのは私にも止められないかもしれない。

霧に包まれた灰色の防波壁で波が砕ける。ふと、嵐でもないのに不自然に波が高い気がして、私はぎくりとした。

「ニンフの攻撃だわ！」また大波が砕けるのを見ながら、私は叫んだ。砕けた波がこちらに向かってくる。

こうして、ハーバー・ベイの戦いの火蓋が切られた。

とつぜんの大波が先頭の船をおもちゃのようにひっくり返し、リフトとモンフォートの兵士たちを荒れ狂う海にばらばらと落としていく。グラビトロンたちだけが、捕まえようとする海の手を逃れて宙に逃げ延びた。従兄弟たちが海中に沈まないよう鎧を操っているのが見えたが、荒れ海の力には敵わず次々と水面下へと消えていった。他の人たちはどうなったか分からなかった。

私たちにもニンフはいた。モンフォート生まれのシルバーたちだ。けれど、フォート・

パトリオットの壁の上にいるニンフのほうが数もずっと多く、そのうえ強力だ。どれだけ波を鎮めようとしても、ほとんど徒労だった。

また次の波が立った。壁の半分ほどの高さの波が灰色の光を遮り、私たちの船団を影で覆う。あんなものを喰らったら、みんなぺちゃんこになって海にのまれ、海底に叩きつけられてしまう。

「突っ切るわよ！」私は船べりを握りしめながら声を張りあげた。舳先に能力を集中させる。グラビトロンには聞こえただろうか？　プトレイマスに聞こえているのは分かっている。

手をかけている船べりが振動し、どんどん細くなっていく。舳先がナイフの刃のように鋭く尖る。スピードが上がる。私はできるだけ姿勢を低くした。波に突っ込んでいく。まるで人を乗せた弾丸だ。

冷たい海中に突入すると、押し流されないようにしながら口を閉じていることしかできなくなった。船は波を突き抜けると、反対側の空中に飛び出した。防波壁に向かって突き進んでいく。

「何かに摑まれ！」猛スピードで防波壁に突っ込んでいきながら、プトレイマスが怒鳴った。

私は歯を食いしばって、金属の船べりに指を喰い込ませた。落ちませんように、衝突しませんようにと祈りながら。

グラビトロンたちが能力を使い、船を空中に浮かせている。私たちはそのまま、舳先から防波壁に衝突した。重力に逆らい、壁を上っていく。

他の船も私たちと一緒に、三角の陣形を作りながらぐんぐん上っていく。

こちらの戦力はほぼ生き残っていた。

金属の船体が石の防波壁にこすれて悲鳴をあげる。高く弾(はじ)けて雨のように降り注ぐ波しぶきを浴びながら、波を引き離していく。どんどん上って壁の上に出る船の上、私は海水を吐き出した。ゴーグルをはずし、瞬きをして水を追い出す。

壁上にはニンフたちが並んでいた。灰色か黒の地に青いストライプの軍服を着ている。シルバーの精鋭と兵士たち。フォート・パトリオットの守備隊だ。

私たちは船から振り落とされるようにして、壁のてっぺんに作られた歩道に転がり、そのまま滑っていった。私は縁から落ちないように自分の鎧を使ってブレーキをかけた。プトレイマスは飛び降りたばかりの船を引き裂いて鋭い刃に変え、それを手当たり次第の方向に飛ばしている。グラビトロンたちは敵兵を海に投げ落としている。霧が壁を越えて要塞に入り込み、味方の兵士たちを隠してくれている。どこかで、味方のストームが戦闘を始めたらしい。雷を呼び寄せるのが、彼らの役目だ。稲妻を呼び寄せて守備隊を震え上がらせ、逃げさせる。ここにメア・バーロウがいると思い込ませるのだ。

壁上のあちこちで、炎と煙が上がっていた。オブリビオンの部隊が敵を焼け焦げた死体に変えながら作戦を展開しているのだ。誰かが油断し、壁から猛り狂う海へと落ちていく悲鳴が聞こえた。

フォート・パトリオットには、敵のストロングアームがうじゃうじゃいた。ハウス・ランボスの血筋か、同じくストロングアームのハウス・グレコ、ハウス・カロスの連中だ。筋骨隆々の山のような大女が、私の目の前でモンフォートのストームを紙切れのように引きちぎった。

私は落ち着いていた。もっと悲惨な場面だって、たくさん見てきたのだ。

銃声があたりに轟いた。銃弾と能力が組み合わされば、恐ろしい力を持つことになる。

私は片腕を上げてぎゅっと握り、攻撃から身を守る磁力の盾を展開した。盾に当たった弾丸がぺしゃんこになり、ばらばらと落ちていく。私は何発かの弾丸を掴み取ると、霧の向こう、砲火の見えたほうに向かって飛ばし返した。

なんとしてもゲートを開かせなければ。要塞を落とすのだ。

私たちの目的、そして使命は、単純明快だけれど簡単なことじゃない。この要塞は入り江を、民間のアクアリアン港と、軍用に作られたウォー港のふたつに分断している。だが、今私の頭にあるのはその片方だけだった。

軍艦の砲火のような低い砲撃音が、太鼓のように響いた。私は遠くを飛ぶミサイルの軌道を見つけ、どこに着弾するかを見定めようとした。距離がありすぎるが、でも見当はつく。私はシルバーなのだ。自分たちが考えそうなことくらい分かる。

「シールドを展開しろ！」私たちの船から金属板と武器を引っ張り上げながら、セイモスのマグネトロンたちに号令する。

プトレイマスはすぐさま私の指示どおりに、全速力で鉄の壁を作りはじめた。ミサイルの飛行音が近づいてくる。私は顔を上げ、霞んだ空に目を凝らした。さっとゴーグルを剝ぎ取ると、煙のアーチが頭上を越えていくのが見えた。

一発目のミサイルが五十メートル向こうに着弾し、周辺の防波壁を吹き飛ばす。仲間も敵も巻き込み、灰色とピンクが混ざり合った霧がもうもうと湧く。生き残ったのはオブリビオンたちだけだった。鎧も軍服も焦げて剝がれ落ち、裸になっている者もいる。私たちは鉄壁の中に身を潜め、向かってくる衝撃波をやり過ごした。

骨粉混じりの煙がつんと鼻を突いた。

あんな直撃を受けたら即死だ。今ある装備だけでは防ぎようがない。必死になればミサイルを弾き返すこともできるだろうが、そのうち一発を喰らうのは時間の問題だ。「壁から降りるわよ！」叫ぶと、血の味がした。「要塞の中へ！」

すべては計画どおりに。

敵戦艦に砲火の口火を切らせ、自分たちの壁を破壊させる。そして街でも空軍でもなく要塞そのものに重砲撃を浴びせさせ続けるのだ。

これはカルの案だったが、敵の愚か者たちはまさしくそのとおりに動いているのだった。次の一波がまたあたりを吹き飛ばした瞬間、私たちは防波壁から飛び降りてフォート・パトリオットの中に飛び込んだ。振り向き、大急ぎで人数を確かめる。無事に突入できたのは六十人かそこらのようだ。もともとの攻撃部隊は七十五人いた――強力なシルバーと、銃を手にすれば狙った敵は絶対に逃さない百戦錬磨のレッド兵、ぜんぶで七十五人だ。

でも味方のレッドは、シルバーたちと戦うために弾薬を温存していた。さっきも、錆(さび)のような赤い軍服の兵士たち――パトリオットの守備隊に配属されたレッドたち――のことは相手にしていなかった。私たちが押し寄せたとたん、上官の後について逃げ出していく敵のレッド兵たちもいた。思っていたより少なかったものの、ファーレイ将軍が言うとおり、連絡は隅々まで行き届いているのだ。ハーバー・ベイじゅうのレッドたちが、前もって警告を受けているのだろう。攻撃が始まったら、きびすを返して逃げろ。もしくは、私たちとともに戦えと。

事実、多くのレッドたちが私たちの死の列車に飛び乗ってきた。

空を黒く変えながら、真上に雷雲が集まってきた。ストームたちの雷(いかづち)はいつどこに落ちるか分からず、メアのものより威力も弱い。でも、敵にしてみれば同じ雷だ。私たちが近づいていくと、敵兵は空を見上げた。稲妻娘のしわざとしか思えない稲妻を、シルバーたちが見つめている。

ここにはいないわよ、間抜け。私は胸の中でせせら笑った。あんな稲妻娘にびびるなんて、臆病者。

要塞に入る。今ごろはカルも攻撃を開始し、ハーバー・ベイの真下に張り巡らされた地下道から部隊を率いて地上に出ているころだろう。古いあの街の地下には、複雑な木の根のように地下道が延びている。〈スカーレット・ガード〉は、それを隅から隅まで知り尽くしている。

私たちは敵に読まれないよう動きながら、素早く要塞の大通りに入った。敵の砲火を引き連れ、あたりを破壊させていく。ただ、街にまで被害を与えることはしない。カルは無辜の市民たちを傷つけることは、絶対に許さなかった。たぶん、そんなことができる自分をメアに見せたいのだ。たとえそのために、私をぼろぼろになるまで使い尽くそうとも。

目の前に現れた次の部隊を、私は弾丸と金属の刃を使って次々と倒していった。彼らはただの影で、人間じゃない。憶えておくほどの価値すらない。そう思い込まないと、とてもできることじゃなかった。

轟く砲撃音も、今やすっかり聞き覚えのあるリズムになっていた。戦いながら、そのリズムに合わせて身をかがめ、避ける。煙と灰が霧と一緒に舞い上がり、全員の視界を奪う。要塞の守備隊は、哀れなほどにうろたえていた。こんな襲撃の防ぎかたなど持ち合わせていないのだ。一族の壁に囲まれながら、ふと私はプトレイマスがいないのに気づき、最初の恐怖に襲われた。ひとりひとりの顔を見回しながら、白い肌と銀髪の兄さんを探す。だが、どこにも見つからない。

「トリー！」私は叫んだ。また別のミサイルが、今度はもっと近くで爆発する。

私が慌ててしゃがみ込むと、頭上を衝撃波が抜けていった。鎧に当たった小石が砕け、土埃が立つ。それを目から払いながら立ち上がり、兄さんの姿を探した。冷たい恐怖が全身を駆け抜ける。

「プトレイマス！」

私はすっかり取り乱していた。兄さんはどこだろう？　置いてきてしまったのだろうか？　それとも先行しているのだろうか？　怪我をしているだろうか？　まさか死んでしまったのだろうか――。

すぐ近くから銃声が聞こえ、我に返った。自分たちの軍勢を振り返る。ひとりの兵士が肩からぶつかってきたので、私はよろめいた。声を漏らしながら、自分の能力に集中する。あの銅板の位置がどこにあるのか探すのだ。小さな薄オレンジの金属板は、他の金属とは重さも感触も違う。けれど、私には何も見つけることができなかった。

最前線にいてもきっと大丈夫だと、私は兄さんに言ったはずだ。パパが私たちを見捨てるはずがないと。毒の空気を吸い込みながら、周りのシルエットを見回した。真夏の雪みたいに、灰が降っている。敵も味方も、軍服の色も関係なく、その灰が積もっていく。もう、誰も彼も同じようにしか見えなくなりはじめていた。パパが普通の父親みたいに私たちを愛してくれていないとしても、価値は認めてくれているはず。こんなふうに私たちの命を犠牲にしたりするはずがない。自分の王冠を守るために死なせたりなど。

でも私たちは、確かにここにいる。

涙が込み上げてきた。灰のせいだと自分に言い聞かせる。じゃなきゃ煙のせいだと。

そのとき、うっかりしていると逃してしまいそうなほどかすかな銅の感覚を、意識の端に感じた。ぱっとそちらに首を向け、兄さんの姿を探す。私は何もかも忘れ、邪魔な兵士たちを突き飛ばしながら戦場を突っ切っていった。向かってくるストロングアームの腕をかいくぐり、その背中に背後から弾丸をお見舞いする。その弾丸が綺麗に首を貫通するのを感じる。ストロングアームは首の傷口から血を流しながら倒れ、地面に這いつくばった。

進んでいくにつれて、新しい景色がどんどん見えてきた。フォート・パトリオットの通りはきっちりチェス盤状に作られていて、とても分かりやすい。私は獲物の匂いをたどる猟犬のように、一本目を右に曲がった。

角を折れるとプトレイマスの姿が目に飛び込んできた。走っている。嬉しいことに無事だ。私はほっとするあまり倒れそうになった。兄さんの後ろで煙が渦を巻いているのが見える。あそこにも砲撃があったのだ。また頭上をミサイルが飛んでいき、続けて低い地響きが轟いた。

「何してるのよ、馬鹿！」私は、走る足を止めて怒鳴った。

「止まるな……走れ！」兄さんが叫び、私の腕を摑む。ものすごい力に、腕が抜けそうになった。

私には分かっていた。兄さんがこんなに恐怖しているのなら、必ず何かある。私は兄さんのとなりを全速力で走りだした。

「あの防波壁だ」荒らげた息の合間にプトレイマスが言った。

意味はすぐに分かった。

私はおそるおそる、背後を振り返った。煙と霧、そして頭上で荒れ狂う雷雲の向こうで轟音をたてながら、壁のひび割れがどんどん大きくなっていく。水の壁がそこに這い上がり、乗り越え、入り込んでくる。

波の上に、操っている張本人が立っていた。両腕を大きく広げ、黒と見間違いそうなほど深い青の鎧をまとっている。

走っていく私たちを、アイリス・シグネットがじっと見ていた。

パニックに襲われた私は思わずその場に立ち止まりかけたが、プトレイマスは私の腕を痛いほどの力で摑み、無理やり引っ張り続けた。私たちはまた大通りに戻り、自分たちの味方を追いかけていった。すると、要塞の下層はもぬけの殻になっていた。味方の兵士たちが進んでいく。敵は——上にいる！　建物をよじ登ったり、屋根に立っていたり、武器を手に上層で構えたりしている。追いかけて上に登るのは、もう不可能だった。今はなんとしても、ここから出るだけだ。

全方向から浴びせられる銃撃の中、私たちはひた走った。ほとんどの銃弾はやすやすと避けることができた。何発かは、狙いもつけず適当に跳ね返した。

歯ぎしりしながらカルを呪い、デヴィッドソンを呪い、ファーレイを、パパを、そして自分のことさえも呪う。こちらの作戦はニンフたちが要(かなめ)だったが、あのアイリスほど強力なニンフなんてひとりもいはしない。要塞に打ち寄せるこの波を防ぐことができそうなニンフなど、考えてもほんの何人かしか思い浮かばなかった。だが、そのほんの何人かにせよ、これほどまでに躊躇(ちゅうちょ)せずフォート・パトリオットを破壊できはしない。異国の姫君であるアイリスは、ノルタになんの忠誠心も持っていないというのだろうか？　あの女はこの要塞をぼろぼろに壊し尽くしても何も感じず、それを勝利と呼ぶことだろう。

背後で防波壁が崩れ、かなり離れた私たちのところまでものすごい音が響いてきた。続いて流れ込んできて砕ける壮絶な波音が聞こえた。波は通りという通りに押し寄せ、フォート・パトリオット内の建物や壁を、白く泡立ちながら取り巻いていった。私は、青い炎のような波の壁が何もかも燃やし尽くしていく様子を思い描いた。

私たちは走り続け、味方の部隊に追いついた。足を止めるなとプトレイマスが号令をかけ、兵士たちがそれに従う。モンフォートのニュー・ブラッドたちですら、何も言わずに走っている。言い合いをしている余裕なんて、ありはしないのだ。

フォート・パトリオットの内部にはいくつかゲートがあるが、その先は街ではなく、港にかかる橋に続いている。要塞のある本土と沖の人工島をつないでいるのだ。要するに私たちはこれから敵のニンフたちに追われながら、両側を荒れ海に挟まれたあの橋を、一キロ近くも走って渡らなくてはいけないのだ。溺れるのが目的ならば話は別だけれど、とても勝ち目のある勝負とは思えない。

味方のオブリビオンたちがてきぱきと仕事にかかり、最初の両開きの大ゲートを橋のほうへ吹き飛ばした。鉄の補強材が宙を舞い、激しい水しぶきを立てて海に落ちる。背後から迫ってくる大波のせいで、その音はほとんど聞こえなかった。アイリスはきっとまだ波頭に立ち、勝ち誇った笑みを浮かべながら、嵐の中を逃げ惑うネズミの群れみたいなこちらを見物していることだろう。

私たちは、大急ぎでゲートを抜けた。瓦礫（がれき）を巻き込んだ波が押し寄せてくる。木の切れ端や車、銃、死体が浮かんでいる。全員を宙に浮かせて波から逃げるほどの力があればと思いながら、全力で走り続けた。けれど、飛行法をマスターしているマグネトロンなど、味方にはひとりもいはしない。本当にそんなことができるのは、パパくらいのものなのだ。

グラビトロンたちが最後尾につき、能力で波を押し返しながら味方を守っていた。時間を稼いでくれてはいるが、今の波はまだほんの小さな第一波で、せいぜいゲートのアーチ程度の高さしかない。

親玉である第二波が高々とうねり、要塞の防御を固める石やコンクリートの壁を次々と乗り越えてくる。グラビトロンたちもそんな大波はとても相手にできず、自分の身を守るために空に舞い上がった。そのうちひとりが水しぶきを浴び、渦巻く水の中にのまれていくのが見えた。二度と浮かんではこなかった。

でも、それ以上私は気にしなかった。気にしている余裕がなかった。

目の前に延びる長い橋は、要塞の防衛のために作られたものだ。陸路からパトリオットに攻め込もうとする敵を防ぐために作られた難所なのだ。狭くて一度に通れないうえに、次々と鍵のかかったゲートが現れるせいで、スロー・ダウンさせられてしまう。オブリビオンたちは必死になり、次々と障害物を吹き飛ばしては私たちの逃げ道を作ってくれている。プトレイマスと私は無我夢中で鉄を引き裂きながら、ゲートを支える金具や補強材を剝ぎ取っていった。

橋の中ほどを過ぎた。ハーバー・ベイの街が目の前にそびえている。あまりに近く、そして果てしなく遠くに見える。ちらりと見回せば、さっきまで穏やかだった橋の両側の海が、だんだんと高くうねりはじめているのが見えた。隆起している。どんどんせり上がってくる。まるでハリケーンのように背後から私たちを追ってくる猛烈な波のように、みるみる大きくなっていく。塩水のしぶきが私の顔をずぶ濡れにした。目に染み込んでくる。私は目をつぶったままトリーがまとっている鎧の襟を摑んだ。苛立ちの雄叫びをあげながら私はトリーを引っ張って宙に舞い上がり、次のゲートを飛び越えた。味方のことなんて知らない。追ってこられるなら追ってくるだろう。もしそれができないなら、いずれにせよ置き去りになる運命なのだ。

この鎧、重さはどのくらいなの？

私は、役にも立たないことを考えた。

ばらばらにする前に沈んでしまうだろうか？　入り江の底で海の藻屑になってしまうだろうか？　それとも、プトレイマスが溺れ死んで二度と浮かんでこなくなってしまうのを、見ているしかなくなるのだろうか？

波が私の足首を洗う。石の敷かれた橋で足を滑らせ、転落しかける。プトレイマスが私の腰を強く抱き、落下を防いでくれた。溺れるなら一緒だ。

迫ってくる波を見ていると、目を血走らせたアイリスの顔が見えるようだった。私たちを殺すことしか、あの女は頭にないのだ。自分の国の前に現れたもうひとつの敵……その後継者を殺そうというのだ。私たちの軍があの女の父親を殺したのと同じように。

私はこんな死にかた、絶対にごめんだ。

でも、どうすればいいか分からなかった。私ひとりで仕掛けられる攻撃なんて、何も思いつかない。この波を操っているニンフたちは、顔も見せることなく私たちを殺す力を持っている。こちらが最初に殺さない限り――。

グラビトロンの力が要る。

ニュー・ブラッドの力が要る。

むかつく敵の姿を照らすため、メアとストームたちの力が要る。

背後の空にばらばらと稲妻が光り、続けて低く雷鳴が轟いた。でも、そんなものじゃ足りない。

私たちはひたすら走りながら、誰かが助けてくれるよう祈るしかなかった。

あまりの情けなさに、気分が悪くなった。

次の波がまた砕けた。今度は右側だ。背後の波より威力は弱いが、それでも強烈だった。その衝撃で、私からトリーの手がほどけ、離れ離れになっていく。私は兄さんを摑もうと手を伸ばしたが空振りし、そのまま頭から港に落ち、どんどん沈んでいった。

水面で爆発が起こり、炎が上がった。オブリビオンたちのしわざなのか、それとも砲撃の炎なのか、私には分からなかった。自分の体に手を滑らせながら、すっかり沈んでしまわないうちに鎧を脱ぎ捨てていった。私と一緒に海に落ちてもがいているプトレイマスの銅板を、意識でしっかりと捕らえ続けた。兄さんも溺れている。

必死に水を蹴り、水面を目指す。上っていく私をまた波が襲う。私はきりもみ状態になって、ひと口の空気も吸えずにまた深く深く沈んでいった。

塩水で目が痛い。肺が焼けるようだ。それでも私はなんとか海上のニンフたちから逃れるため、がむしゃらに泳ごうとし続けた。もうこのまま死んでしまうのだろうか。戻れる気がしない。

だが、今度はトリーのほうが私を見つけ出してくれた。

一本の手が首筋を掴み、私を引っ張った。淀(よど)んだ水の中、となりに人影が見えた。兄さんが手に何か、金属のものを握っている。鉄の弾丸のような尖った何かを。その何かがトリーの力で、私たちを引っ張りはじめる。まるでモーターみたいに。

私は歯を食いしばりながら、必死にそれに掴まった。強烈な安堵に肺が悲鳴をあげ、ごぼごぼと泡を吐き出す。私はとっさに吸い込んでしまい、海水で息を詰まらせた。

トリーはもう一度力強く水を蹴って私を掴む手に力を入れると、視界が暗くぼやけだした私を連れて海面を目指していった。私を投げ出すようにして、湿った暗い砂浜に引き上げる。

私は四つん這いになると、のみ込んだ海水を吐き出そうと、できるだけ静かに咳き込んだ。兄さんが拳で背中を叩いてくれる。

ろくに頭も回らなかったが、自分の居場所を確かめようと、私はとにかく周囲を見回した。一瞬の油断が命取りになりかねないのだ。

私たちがいるのはアクアリアン港にあるドックの真下、深さ十五センチくらいの浅瀬だった。両側の船が壁になり、私たちを隠してくれている。周りに見えるのは腐りかけの海藻と、捨てられたロープ、そしてフジツボだけだった。

プトレイマスは数センチの隙間からドックの向こうを見ていた。そこからなら、さっきの橋とフォート・パトリオットが綺麗に見渡せた。荒れ狂う波と荒れ海とでぼろぼろにされた入り江は、ぐつぐつと沸き立つ大釜のようだった。時々大波が浜辺にも押し寄せ、私たちの首元にまで迫った。私は頭上を覆う腐った材木を摑んだ。もしかしたらこのまま陸地で溺死するんじゃないかという不安が、さっとよぎる。だがいきなり波は不自然な力に引きずられたかのように、一気に引いていった。

私と兄さんはドックの端を支えている梁（はり）へと、柱をよじ登っていった。ハウス・セイモスは負けたのだ。海からの攻撃は失敗に終わったのだ。

一機のジェットが大きなエンジン音を響かせながら雲を突っ切り、要塞上空の積乱雲を回り込むように飛んできた。二機のジェットがそれを追ってくる。ハウス・レアリスの所属を示す、黄色い翼の機体だ。見ていると、追われていたジェットが粉々の破片になり、遠くの波間へと落ちていった。ハウス・レアリスのジェットはどんどん増え、強烈な風を引き連れながら低空飛行で街上空を飛んでいった。頭が割れそうな轟音だけれど、できれば歓声を浴びせてやりたいような気持ちだった。空挺部隊さえ来てしまえば、もうこちらのものだ。

そのうえ今、フォート・パトリオットは半分が水没している。

要塞は滑走路も含め、ほとんど水浸しだ。無事に行動できているのは海軍の戦艦しかいない。戦艦が空を突っ切るレアリスのジェットに砲口を向け、砲撃を始めた。一機のジェットが翼をやられて墜落し、続けざまにさらに二機が落ちる。

「戦艦をやらなくちゃ」私はつぶやいた。考えただけでもうんざりする。

トリーは、おかしくなったのかとでも言いたげな目で私を見た。

本当におかしくなったのかもしれなかった。

私たちはすっかり激しくなった戦場に時々足を踏み込みながら、港の端を走っていった。三重攻撃作戦のうちもっとも大規模なのは、カルが率いる陸地からの攻撃だ。全同盟国から数百人の兵士たち、〈スカーレット・ガード〉を率い、さらには街に潜伏していた工作員たちも加わっている。押し寄せてくる精鋭部隊、盗賊、荒くれ者たちの大軍に、ハーバー・ベイの街は側溝や裏路地に至るまでもはや大混乱と化していた。白い石組みと青い屋根の街並みが、黒と赤に——煙と炎に——染まっている。ハウス・カロアの色だ……私は顔を歪めた。これは兄と弟、どちらの色だろうか?

ノルタ軍のシルバーと兵役のレッドたちは、あちこちの通りで身動きが取れなくなっていた。この混乱の中、統制された訓練が逆に仇となってしまったのだ。行き場を失った兵士たちは無力だったが、まだ危険な存在だった。トリーと私は命がけで走りながら、手当たり次第に鉄を探してはまた鎧に作り変えていった。錆だらけの鉄片でも構わない。余裕があるときなら、ひどい出来の鎧を見て、我ながら気分が悪くなったことだろう。

沖合およそ一キロ半の上空で、レアリスの空挺部隊がノルタとピードモントのジェット部隊とぶつかった。これもカルの命令だ。強力な武器を私たちと街のそばで使わないようにするためだ。目にもとまらぬスピードで空を駆け回るジェットの咆哮が、ずっと離れた私のところまで届いてくる。雲と地平線の間に広がる空の戦場に、炎が走り、煙が広がっていく。敵パイロットたちも可哀想に。なにせ、レアリスのウインドウィーバーたちの相手をしなくてはいけないのだ。風も相手にして戦いながらジェットを飛ばすのは、さぞかし大変だろう。

アイリスはウォー港のそばで、荒波から戦艦を守っているはずだった。近づいていくにつれ、鉄で作られた巨大な四隻の戦艦の周りだけ、海がぴたりと凪いでいるのが見えてきた。そこを除く海面は沸き立つように荒れ狂い、戦艦を叩こうとする陸からの攻撃を防ぎ続けている。そのうちレイクランドのお姫様は、大砲の狙いをジェットから海か、街そのものに変えるだろう。要塞と同じように、ハーバー・ベイも破壊しようとするはずだ。カロア兄弟どちらの役にも立たない瓦礫の山にしてしまうために。

路地から目の前の通りへと、赤い閃光が飛び出してきた。まさかこの私が〈スカーレット・ガード〉の部隊を見てこれほどまでにほっとする日が来るとは。ファーレイ将軍が率いる部隊となれば、なおさらだ。

手下のならず者たちが銃を構えて私たちを取り囲む。私はやれやれと思いながらさっと両手を上げ、将軍と目を合わせた。「私たちだけよ」と言い、同じようにしろとプトレイマスにも合図を送る。

将軍は振り子のように視線を揺らし、私と兄さんを見比べた。何かを見定めようとしている。ふと、彼女が何を許ろうとしているのかに気づき、私の安堵が消し飛んだ。

兄さんの命だ。

将軍たちが兄さんを、いや、私たちふたりをここで殺しても、誰に見られることもない。ただの戦死者で済まされ、それで終わりだ。そうすれば将軍も、復讐を果たすことができるのだ。

誰かにトリーを殺されたら、私だって同じことをする。

将軍の手が腰に伸び、ベルトに挿した拳銃にかかった。ベルトの銃弾が半分なくなっている。激しい戦いをしてきたのだ。私は何も言わず、小さい呼吸を繰り返しながら、震える青い瞳を見続けた。将軍を間違った行動へと導いてしまわないようにしながら。

苛立ちながら、体に残された磁力を掻き集める。もし将軍が撃つ素振りをちらりとでも見せたなら、その瞬間に、体じゅうに隠してある銃と銃弾、ナイフをひとつ残らず取り上げてやる。

「カルはあっちにいるわ」やっと将軍が口を開いた。張り詰めた緊張がぷつりと途切れる。「あの戦艦をやらなくちゃ」

「ああ、そうだな」プトレイマスが答えた。私は、思わず腹を殴ってやりたい気持ちになった。

黙ってなさいよ、と胸の中で怒鳴りつける。

代わりに私は、将軍から守るように、少しだけ兄さんの前に体を出した。

「あなたたちも一緒に来なさい」将軍は冷たく言い放つと、私たちに背を向けた。

王族である私たちに命令するなんて。

でもそれでこの場が収まるのだと思うと、私はほっとしていた。

命令されたとおりに、将軍の部隊に入り込む。見慣れない顔ばかりだ。腕や腰や手首に赤いサッシュを巻いていなければ、〈スカーレット・ガード〉だとは分からない。みんなみすぼらしい、急あつらえの普段着姿なのだ。使用人、労働者、港湾作業員、商売人、料理人、運転手、いろんな職業の連中がいる。だが全員が、将軍と同じ鉄の意志を持つ頑固者たちだった。それに、ひとり残らず完全武装している。シルバーたちの屋敷に、こんな連中がひっそりと紛れ込んでいるのだ。

私たちの屋敷には、いったい何人が潜んでいるのだろう?

同盟軍は、弧を描いて港のふちに延びるポート・ロードを制圧していた。そこから、ウォー港をふさいでいる何隻もの敵戦艦を見渡すことができた。私たちの背後には兵舎や軍の施設が並んでいたが、どれもこれも制圧済みだった。たくさんの味方兵が窓や戸口から敵を見張っている。大勢の兵士が港に出て命令を待っている。

もう街を落としたのだろうか?

カルは部下の将校や兵士たちに囲まれていた。髪は汗で濡れそぼり、体じゅう灰と血にまみれている。鎧もすっかり薄汚れており、灰や土の合間にルビーの輝きが見えていなければ、着ているのも分からないほどだった。カルはイライラしたように急ぎ足で、港のふちを歩き回っていた。荒波が届かないよう、注意深く距離を保っている。

カロアの王子たちは、水が苦手だ。水があると不安なのだ。

カルも、すっかりそわそわと落ち着きをなくしていた。

祖母のアナベルが、孫の様子をじっと見守っていた。シルクもドレスも脱ぎ捨て、今は記章も階級章もない、簡素な軍服に身を包んでいる。ハウスのカラーさえもない。まるでうっかりさまよい込んできた老婆のようだったが、その場にいる全員が、彼女をよく知っていた。アナベル・レロランは、決してあなどれない女だ。そのとなりにはジュリアンの姿があった。唇をぎゅっと結び、敵艦隊をじっと見つめている。自分の力が必要になるときを、そうして待っているのだ。

私と兄さんは肩で人混みを押しのけながら、カルの視界に入った。私たちを見つけ、彼が眉を上げる。たぶん私と同じくらいほっとして、その感覚に驚いているのだろう。

「元気そうでよかった」カルが、私と兄さんにうなずいた。「君の部隊はどうなった?」

私は両手を腰に当てた。「知らないわ。みんなで橋を渡ってたら、兄さんと一緒にアイリスに落とされたんだもの。泳ぐか溺れ死ぬかだったわ」話す私の顔を、カルは刺すような目をして見つめていた。まるで責めてるみたいだ。みんなが死んだのになぜお前だけ生きているんだとでも言いたげな目だ。私は無視して言葉を続けた。「誰か街に到達した者はいるの?」

「なんとも言えないな。僕はここで再集結するために、連絡できるだけ連絡したんだ。誰がそれを受け取ったのか、誰が戻ってこられるかは、待ってみるしかないよ」カルは顔をしかめて両手を見つめると、また敵艦隊に視線を向けた。艦隊は海上にとどまり、沖に出ようともせずに停泊を続けている。私たちを見張っているのだ。「味方のマグネトロンは、現在君たちだけだ」

セイモスの従兄弟たちは、ひとりも残っていないのだ。私たちを除いて。

となりのプトレイマスが、険しい顔になった。「ミサイルだったら、全力でなんとかしてやる」

カルが黒髪をなびかせながら、兄さんのほうを向いた。「ミサイルの相手なんかさせて、君たちのどちらかを無駄にする気なんてないさ。敵の主戦力を叩くにはじゅうぶんな爆撃機が、モンフォート軍から出てくれている」そう言って、人差し指で入り江を指差す。「君たちには、あの船に乗ってもらいたい」

戦艦を止めなくちゃいけないのは分かっていたけれど、乗るとはどういうことだろう？自分でも分かるほど、さっと青ざめた。炎の熱と灰、そして汗にまみれているというのに、凍るような冷たさが顔に広がっていく。

「こんな最後の最後にくたばるなんてごめんだわ、カロア」私は言い捨てた。冷ややかに笑いながら、安全なところに停泊している艦隊をあごでしゃくってみせる。「近づくことすらできないうちに、アイリスに石みたいに沈められて終わりよ。たとえグラビトロンだって――」

カルは苛立った顔で、ふんと鼻を鳴らした。「この戦いが終わったらシルバーたちに短期集中講座を開いて、ニュー・ブラッドのことを教えてやらなくちゃいけないな。アレッツォ！」振り向いて、妙な名前を大声で呼ぶ。

ひとりの女が人混みの中から出てきた。モンフォートのダーク・グリーンの軍服に、見慣れない記章をつけている。「お呼びでしょうか」彼女が会釈する。

「テレポートの準備をしてくれ」カルが、まるで興奮しているように目を光らせた。私は彼に腹を立て、むかついていた。彼と、どんな軍隊と一緒に戦っているのかを忘れていた自分にも。まったく、ニュー・ブラッドの連中はどこまで変わっているのだろう？「あの船にジャンプする用意だ」

「イエッサー」彼女がぶっきらぼうに答えた。さっと手を振り、他のモンフォート兵を呼び寄せる。たぶん彼らも、テレポートの能力者なのだろう。

私は、兄さんがどんな顔をしているのか見てやろうと、視線を横に向けた。トリーはむしろ、レッドの将軍に目を奪われているようだった。身じろぎもせず、じっと彼女を見つめている。油断したらこの女に殺されるとでも言いたげな様子だ。まったく的はずれな心配とも言えないけれど。

「で、いつあの船に乗るわけ？」私は前に出て、いまいましい婚約者とつま先がつくほどの距離で向かい合った。「戦艦一隻をばらばらにするには、ふたり以上のマグネトロンが必要だわ。時間も数分はかかる。私たちは優秀なマグネトロンだけど、そこまでの力は持ってないわ」

「ばらばらにする必要はない。僕はあの船を手に入れたいんだ。アイリスが乗っているなら、なおさらね」カルはいたずらな光を目によぎらせながら、唇を舐めた。「母親だって、娘を見殺しにできないだろう。港の守りを固める前にレイクランド艦隊がやってきてしまったら、一巻の終わりだ」カルは私の背後の海に目をやった。

私は水浸しの要塞の向こうを指差した。煙で霞んだ空では、まだジェットたちが踊り回っている。「たった四隻奪うだけで、レイクランド海軍を防げると思ってるの？」

「防がなくちゃいけない」

「ええ、でも無理よ。そんなの分かりきってるじゃない」

カルが険しく口を結んだ。首の筋がぴくぴく動いている。

カロア、自分の手を汚すしかないのよ。今よりもずっとどろどろにね。

私は移動し、また彼の視界に入った。「あなたが自分で言ったんじゃない、レイクランド王妃が娘を見殺しにするはずないって。だったら取引に使えばいいわ」

カルはそれを聞くと、ショックのあまり青ざめた。

「街を手に入れるためよ」私は詰め寄った。のみ込ませなくちゃいけない。「プトレイマスと私で、船の照準を王妃に合わせるわ。身動きを封じるの。追い詰めるのよ。炎の王なら、王妃をおとなしくさせるのなんて楽勝でしょ？」

またしても返事はなかった。カルは瞬きもせず、表情ひとつ変えようとしない。臆病者、と私は胸の中で言った。王妃と対決するのを恐れるなんて。北の炎は、ほんの小雨を恐れるというのか。

「捕らえたら、取引するべきよ。アイリスの命とハーバー・ベイを引き換えにするの」

カルがようやく口を開き、咎めるように声を荒らげた。「そんなことはしない。僕はあいつとは違うんだよ、エヴァンジェリン」

私はその言葉を鼻で笑った。「へえ、じゃあ勝つのはあいつね」

「そんなことはしない」彼が繰り返した。怒りで声が震えている。王子だから、同じことを二度言わされるのに不慣れなのだ。「捕虜をとるなんて駄目だ」

メイヴンに口実を与えたくないのだろう。メアを取り返す口実を。メイヴンはきっと全力を傾けてたったひとりの女を取り返そうとするだろう。

カルは見たこともないほど苦々しい顔をして、私の顔を指差した。「船を乗っ取って敵の大砲を手に入れるんだ。そうしたら、アイリスをハーバー・ベイから追い出せ。それが命令だ」

「私はあなたの部下じゃないし、まだ妻でもないのよ、カロア。命令なんてさせないわ」

私は、嚙みついてやりたい気持ちで食ってかかった。「好きにさせたら、アイリスの母親は私たちごとこの街を水の底に沈めてしまう」

カルは、両手を震わせながら私を睨み続けた。怒りのあまり、足首に寄せてきた波にも気づかない。冷たさに驚き飛び上がった彼の間抜けな顔を見て、私は大笑いした。

「娘が逃げられたら、母親だって街に手出しはしないわ」彼の背後から声がした。おばあちゃんに助けてもらうの、カロア？

王子は困惑したように額に皺を寄せた。

「そのとおりだよ」叔父のジュリアンが口を開いた。アナベルよりも、ずっと柔らかな声だ。

カルは、聞こえないほど小さな声で「ジュリアン？」と言った。

ジェイコスは肩をすくめた。「私は戦場で役に立たない男だが、だからといって決して無能じゃない。カル、こいつは名案だよ。アイリスを海から追い出すのはね」彼が、今度は私に目を向けた。「エヴァンジェリン、船を手に入れてくれるね？」とゆっくり言う。能力は使っていない。

それでも私は、その脅しをちゃんと受け取った。私に選択肢はない。このシンガーに見下ろされている限りは。自分でやるか、それともジェイコスにやらされるかなのだ。

「分かったわ」

カルはとにかく、あまりにも気高すぎるのが最大の欠点だ。いつもそれが嫌でたまらないのだけれど、今は例外だった。前にモンフォートで誓いを立てたように、カルは自分が戦いもしないのに人に戦わせたりはしない。自分が気が進まないことを人にやらせるようなことはしない。今もカルは、集まって両手を伸ばしているテレポーターたちを前に、艦隊襲撃のために装備を整え、私のとなりにいる。

「初めてのテレポートは、決して気分のいいものじゃないからね」陰鬱で皺だらけの顔をしたテレポーターの男が私に声をかけた。歴戦のつわものという感じだ。

私は黙って歯を食いしばり、彼の手を握った。

まるで体の芯まで絞られているような感覚だった。内臓がひとつ残らずよじれ、バランス感覚がなくなり、わけが分からなくなる。あえいでも息を吸うことができず、何も見えず、何も考えられず、存在しているのかどうかも分からない――やがて、訪れたときと同じくらい唐突に、その不快感が消え去った。貪(むさぼ)るように息を吸い込むと、私は鉄板の敷かれた戦艦のデッキにいて、となりにはさっきのテレポーターが立っていた。私の口を押さえようとしたが、私は殺してやると言わんばかりに睨みつけながら、その手をさっと振り払った。

私たちは前部の砲塔で、滑らかな鉄の砲身が並ぶ横に身をかがめていた。要塞を砲撃した砲身はどれもまだ熱く、まだ煙を出していた。そして今度は、街に狙いを定めていた。私の能力が砲身の隅々まで伝い、あちこちのリベットやボルトを感じ取り、次の砲身へと飛んでいく。火薬がいっぱいに詰まっており、次の砲弾が待ち受けている――十数発が発射のときを待っている。船首と船尾にある他の砲塔も同じだろう。

「これだけあれば、ハーバー・ベイを灰にできるわね」私はぽつりとつぶやいた。

テレポーターは苛立った目で私を睨んだ。その目を見て、パパを思い出した。あの冷徹な、隙のない目を。

やるしかないのだ。私は嫌悪感を顔に出しながら、砲塔に両手を置き、引っ張った。がっちりと照準が合わされていて最初はびくともしなかったが、私が歯車を操ると、手の動きに合わせて簡単に動きはじめた。ゆっくりと向きを変え、新たな標的のほうを向く。アイリスが乗る戦艦へと。

いちばん沖合に浮かぶ戦艦の甲板を歩き回る、ダーク・ブルーのシルエットが見える。彼女の部下のレイクランド兵が付き添っているのが、軍服からすぐに分かった。さらに先の船首に、赤い人影がひとつぱっと現れた。テレポーターだ。背後に兵士たちを引き連れている。

「もう少し……」私は、大砲の狙いを定めながらつぶやいた。砲口は今や、アイリスがいる船べりを向いている。私は片手を握りしめ、砲塔をがっしりと固定した。「次の砲塔に行くわよ」

またあの最悪のジャンプを繰り返し、私たちは次の砲塔のとなりに降りた。また同じように、大砲を動かす。今度は、兵役のレッドがふたり、私たちを見つけた。ふたりは私のほうに突進してきたが、テレポーターがふたりを鷲掴みにして消えていった。そのままぱっと視界の端、海の上に現れ、レッドたちを入り江に放り込む。そして水音が聞こえもしないうちに、テレポーターはもう戻ってきていたのだった。

三つ目の砲塔はやたらと頑固で、他のふたつのようには簡単には動かないぞとばかりに私の能力に抗った。「見つかった……！」私はうめいた。どっと汗が噴き出す。「砲手が、砲塔を動かすまいとしてるわ」

「君は確か、マグネトロンだったろう？」テレポーターが私を見て、冷ややかに笑ってみせた。

プトレイマスがいてくれたら、このおしゃべりを黙らせてくれるのに。私は舌打ちした。力を全開にして、必要以上の勢いで砲塔の向きを変えてみせる。その威力で台座がひしゃげ、二度と動かなくなった。

「済んだわよ。合図をちょうだい」

大砲を発射するのは、想像していたより簡単だった。巨大な引き金を引くようなものだ。砲弾が飛び出した衝撃波をまともに喰らい、私は両耳を押さえながら横に吹き飛ばされた。轟音に貫かれ、すぐに何も聞こえなくなる。私はふらふらと立ち上がった。砲弾が着弾し、アイリスの立つ甲板を吹き飛ばすのが見えた。

怒りの威嚇音をあげながらとぐろを巻く、獰猛（どうもう）な蛇のような炎が上がる。たった一発の砲弾にしては、大きすぎる。その炎から逃げるように、何人かの兵士たちがばらばらと海に飛び込むのが見えた。

あれはカルの炎だ。

残ったレイクランド兵たちは果敢に、大波を船上に呼び寄せて炎を消し止めようとしている。

だがその瞬間、別の砲弾が兵士たちに命中した。今度は逆方向、プトレイマスの船からの砲撃だ。私は思わず笑みすら漏らしながら、兄さんに歓声を浴びせたい気持ちになった。また、戦艦を貫くようにカルの炎が走った。さらに兵士たちが逃げ出し、海に飛び込んでいく。また波が立つ。また砲弾が落ちる。また炎が上がる。そのリズムが何度も繰り返された。

テレポーターは私たちを連れて砲塔から砲塔へとジャンプしていったが、そのたびに敵兵が向かってきた。ほとんどはレッドたちだ。船には将校を別として、シルバーがほとんど乗っていないのだ。私とモンフォート人の力があれば、駆逐するのは楽勝だった。

できれば、カルのところにジャンプさせてほしかった。カルにはアイリスを殺すような度胸はないが、私にはある。国王を殺されたレイクランド人たちは、すでに私たちにじゅうぶん怒っている。今さらアイリスが死んだとしても、何も変わりはしない。そうなったらむしろ、全員湖や畑に帰り、セイモスとカロアの力に楯突くのが得策かどうか、考え直すだろう。

でも私の役目は砲台を操ることだ。船を押さえることだ。

カルと戦っているせいでアイリスの注意が入り江からそれている隙に、私たちの部隊はどんどん侵攻していった。三隻目にジャンプしたとき、何人かのテレポーターたちがそれぞれ六人の兵士を連れて、甲板にジャンプしてきた。さらに海上からは、船に乗った兵士たちが次から次へとやってきている。

私は目を細めて遠くの戦艦を見ながら、さらに砲撃を続けた。今度の一発は会心だった。水面から数メートル上の船体に、煙を上げる風穴が開く。甲板は、目を覆いたくなるありさまだった。頭上には稲妻をはらんだ雲が集まり、どんどん暗くなっていた。戦艦の上で炎と水が、業火と津波が衝突する。

私は生まれて初めて、もしタイベリアス・カロアが命を落としたらどうなるのだろうかと、心の底から考えた。

きっとカルは、アイリスに殺される。

20

メア

何キロもないはずなのに、永遠に着かないような気がする。ポート・ロードに着いたその瞬間に飛び出してやろうと、私はドアのハンドルを握りしめていた。足の下でタイヤが回っている。乗っているのは私とエレクトリコンたち、あとは運転手だけだった。あのエラでさえ黙り込んだまま窓の外を向き、暗くなっていく空を眺めている。ハーバー・ベイに近づくにつれてニュー・タウンに立ち込めていた煙が晴れ、代わりに鼻を突くような臭いの黒雲へと変わってきた。最初は、誰とも話さなくていいのがありがたかった。けれど刻々と時間が過ぎていくにつれて静寂がずっしりと厚みを増し、私にのしかかってきた。おかげで街の先にあるものも、そこで繰り広げられている激しい戦いのことも、ろくに考えられなくなっていった。遠くの地平線は、まるで燃えているようだった。

いったいあそこで、どんな光景を目にすることになるのだろう？　次々と、最悪のシナリオが思い浮かんだ。降伏。敗北。ファーレイの死。銀色の後光のように血を流しながら青ざめている、タイベリアスの姿。

最後にハーバー・ベイに行ったときは、地下道や裏路地を通っていった。王侯貴族のように守られながら、軍用車で通りを突き進んでいくのとは違う。だから、ほとんど見知らぬ街に来たような気分だった。

街に入ればきっとなんらかの抵抗を受けると思っていたけれど、戦線は思っていたよりずっと先だった。どの通りもほとんど空っぽで、見かけるのは持ち場に向かったり見回りをしたりしている、私たちの味方兵ばかりだった。何度か、捕虜を引き連れている同盟軍の兵士たちを見かけた。手錠をはめられたシルバーたちが、どこかにある収容先へと連行されていく。たぶんデヴィッドソンの命令だろう。あの男は、捕虜をどう捕らえておけばいいのか、いちばんよく知っている。

車が傾き、港へと向かう緩やかな坂を下りはじめた。

「同盟軍は現在、敵が要塞へと押し戻してこないよう、海岸線に集結して守りを固めているところです」運転手が、後ろの私たちに声をかけてきた。ラジオから流れてくるのはほとんどノイズばかりだったけれど、いくつかばらばらに言葉が聞こえてきた。運転手はそこから聞き取れたことを、私たちに教えてくれているのだった。「どうやら空軍がノルタのジェットどもを海域から追い出し、今は入り江で敵軍艦の制圧中ですが、水平線にレイクランド艦隊が現れたようです」

向かいに座っているレイフが、いまいましげにつぶやいた。「攻撃の範囲外だな」

「私が試すまでは分からないわ」エラが窓の外を見たまま、こわばった声で言った。

タイトンは唇を歪めながら、深々と背もたれに寄りかかった。「とりあえず、街は制圧できたってことだな」

「どうやらね」私は、いつもどおり慎重に答えた。

車は止まることなく、大きなビルや、いかにも要所といった建物の前を進んでいった。私は、巻かれたコイルのように体を引き締めて身構えていた。この静けさは罠かもしれない。タイベリアスやみんなを油断させ、安心させるための罠かもしれないのだ。私は奥歯を噛みしめながら、近くの空を走る稲妻を感じていた。他のエレクトリコンたちも同じく険しい顔をして、戦いに備えている。

道の突き当たりで大勢の兵士たちが駆け回っており、その先に入り江で荒れ狂う波が見えてきた。まるで嵐が通り過ぎた直後みたいだ。どこもかしこも水浸しだし、頭上に垂れ込めた濃い灰色の雲を、猛烈な風が吹き飛ばしはじめている。弧を描く海岸線には波が打ち寄せ、海面はまだ煮えたぎる鍋の中身のように白く泡立っている。ここまで来ると、港の向こうにフォート・パトリオットが見えた。半分が水にのまれ、もう半分が燃え盛っている。海を挟んではいても、焼けた臭いが漂ってきていた。砦へと続く橋もやはり破壊されており、ところどころ海にのまれてしまっていた。

もっとよく見ようと身を乗り出すと、額が車のガラスに触れた。味方の兵士たちは瓦礫を撤去したり、即席の防壁を作ったり、機銃を設置したりと忙しく働いている。海辺に作られた石畳の広場に乗り入れながら、私は兵士たちの中に見覚えのある顔を探した。違う軍服を着てはいても、誰もが同じに見えた。薄汚れた顔で赤と銀の血を流し、くたくたに疲れ果てて今にも倒れそうだ。それでもまだ生きている。

車が来たのに気づくと、兵士たちが両側に分かれて道を空けてくれた。車は橋へと続く、すっかりぼろぼろに破壊されたゲートへと向かっていた。私とエラはもっとよく見ようと、右の窓辺に顔を寄せた。向かいのレイフも同じようにしている。タイトンだけがじっと、汚れたブーツを見下ろしていた。

「戦艦同士が撃ち合ってるわ」エラが息をのみ、入り江の艦隊を指差した。「見て、三対一になってる」

私は一瞬わけが分からなくなり、唇を噛んだ。遠くで灰色の船体が海に浮かび、自ら発射する大砲の威力で大きく揺れている。なるほど、三隻が残りの一隻に発砲しているようだ。どちらが優勢なのだろう？　私たちの同盟軍か、それともメイヴンのほうか。兵士を乗せた小さなボートが何艘も、戦艦に向けて荒れた入り江を渡っていく。

まだ車がちゃんと止まらないうちに、私は濡れた石畳で足を滑らせるようにしながら飛び降りた。ふらふらつきながらも、兵士たちを押しのけて進んでいく。エレクトリコンたちも追ってくる。岸辺に将校たちが集まり、入り江を進むボートを眺めていた。沖のほうでは四隻目の軍艦が波に乗り上げ、砲撃の衝撃で大きく揺れていた。私はろくろくそっちも見ず、兵士たちの中に知り合いを探し続けていた。

最初に見つけたのはファーレイだった。灰色の戦場の中、金髪が輝いているのが見える。彼女は首から双眼鏡をかけたまま、覗くのも忘れていた。大声を張りあげながら、身振り手振りで部下たちに指示を出している。木箱を積み上げたり、将軍を守ろうとちっぽけな壁を築いたりしている兵士たちのことなど、見えてすらいないようだ。私の中で少しだけ緊張が解け、ふっと呼吸が楽になった。

ジュリアンもいるのを見て、私はほっとした。アナベル皇太后のそばで、一緒に入り江の戦いに釘付けになっている。アナベルはジュリアンの腕を掴み、拳が白くなるほど力を込めていた。

ふたりの姿を見て私はうろたえたが、なぜうろたえたのかは自分でも分からなかった。「私たちはどこに行けば？」人々の中に足を踏み入れながら、私はできるだけ穏やかな声で言った。

さっとファーレイが険しい顔を向けたのを見て、私は噛みつかれるのを覚悟した。「こんなとこで何してるのよ？　ニュー・タウンにいるんじゃ――」

「ニュー・タウンは落としたわ」エラが私のとなりで腕組みをした。「あそこにアイリス・シグネットがいるのよ」ファーレイは、あごで沖の軍艦をしゃくった。そして、苛立ったように口ごもった。その様子に、私は不安になった。

ファーレイの腕に手をかける。メイヴンの花嫁は恐ろしい女だが、無敵じゃない。「アイリスなんて、怖いと思わなかったわ。ファーレイ、私たちにも力に――」

そのとき、四隻目の軍艦で炎が弾け、不自然な動きで船上を覆っていった。巨大な、これまた不自然な大波が湧き起こり、甲板を襲って炎へと向かっていく。さらなる波がしぶきを撒き散らしながら身をよじりだすと、また別の炎がうねるように上がり、宙に渦を巻くのが見えた。まるで炎と水のダンスだ。あんなことができる人間は、あのふたりしかいない。

私の心が恐怖と、そして怒りに凍りついた。

港の上空が暗くなり、吹き飛ばされたはずの雲がみるみる集まってくる。私の鼓動に合わせ、雲の奥深くに紫の閃光が走りはじめる。

「あいつ、何やってるのよ？」私は海辺に一歩近づきながら、誰にともなく毒づいた。私の中で、何かが音を立ててぷつりと切れた。街のことも何もかも、頭の中にあったはずのことは、どれもこれもあっという間に消し飛んでしまった。

「落ち着いて、メア」エラが私の腕を掴もうとしたが、私は彼女を突き飛ばした。あの船に行かなくては。あいつを止めなくては。「こんなところから助けるなんて無理よ！」エラが叫ぶ声が遠のいていく。私はどんどん兵士たちの中に紛れ込んでいった。誰もついてこられない。

私はどんどん海辺を目指して進んだ。焦りにすっかりのみ込まれていた。カルがニンフと……それも強烈なニンフと戦っている。彼にとって最大の弱点と。私はぞっとした。

入り江を何艘ものボートが行き交っていた。空っぽのボートがさらに兵士を運ぼうと、戻ってきている。私は、砕けそうなほど歯ぎしりしていた。あんなにのんびりなんて、していられない。

「テレポーター！」私は夢中で叫んだが、無駄だった。戦艦の砲撃音に掻き消されてしまう。「テレポーター！」私はもう一度叫んだ。しかし、駆けつけてくる者は誰ひとりいなかった。

いくらボートがのろのろとしか動いていなくても、他にどうしようもなかった。乗り込もうと片足をかけた瞬間、ファーレイが追いついてきて私の肩を摑んだ。全力で私を後ろに引き戻す。私のブーツが、港にできた浅い水溜まりでしぶきを立てた。

私は彼女の手を振り払うと、遠い昔にスティルトの裏路地で憶えた身のこなしで振り返った。ファーレイは両手を突き出したままよろめいたが、踏みとどまった。顔を赤く上気させている。

「船に行くのよ、ファーレイ！」私の声は、怒りに震えていた。今にも爆発しそうな気分だ。「あんたに許可をもらおうなんて思ってないわ」

「分かったわ」彼女は、恐れたような目で降参した。「分かったから——」

とつぜん海から閃光が走り、ファーレイが何か言いかけたまま、私と同じく固まった。何発もの砲弾がアイリスの船を襲って揺らすのを、私たちは呆然と見つめた。波がうねって船を支える。爆発は赤く、一発一発が天を突くように怒り狂いながら広がっていく。黒く毒々しい煙がうねり、また次の波が船を大きく揺らす。甲板からばらばらと兵士たちが落ち、水しぶきを上げた。遠すぎて、軍服の色までは見えなかった。赤か、緑か、それとも青か……分からない。

だが、炎を受けてまばゆくきらめくあいつの鎧だけは、見間違えようがなかった。

私はとっさにファーレイの首から双眼鏡をもぎ取り、両目に押し当てた。

目に飛び込んできた光景に、私は全身を凍りつかせ、根が生えたように動けなくなった。

アイリスは、タイベリアスにはとてもできないような素早い動きで、まるで生きた水のように炎の球を避け続けていた。ゆらゆらと揺れながら入り江の口へ、そして海原へと進んでいく船の上、タイベリアスの攻撃が届かないところをぐるぐると踊り回っている。勇敢で愚かなカロアが、それを追いかけている。

次の波が、カルをまともにのみ込んだ。私は、彼が鉄の船に叩きつけられ目の前で溺れ死んでしまうのではないかと思い、心臓が止まりそうになった。

彼が船から落ちていくのが見えた。鎧が割れ、深紅のマントがずたずたにちぎれている。あんな巨体だというのに、水しぶきが驚くほど小さい。

頭がいっぱいで何も考えられなくなってあらゆる感情が入り乱れ、視界が失われていった。目の前が霞み、周囲の兵士たちがたてるざわめきも聞こえなくなる。大声で命令を飛ばすファーレイの声すら、どんどん小さくなっていった。悲鳴をあげたかったが、歯がくっついてしまったように口は開かなかった。だが動けたら、喋(しゃべ)れたら、もう歯止めなんて効きそうにない。稲妻は容赦なく荒れ狂うだろう。私にできるのはただ目を凝らし、立ち尽くし、誰かが聞き届けてくれるのを信じて祈ることだけだった。

カル、カル、カル。

生きていて！

私にはもう、海しか見えなかった。落ちた兵士たちはほとんど無事で、ぷかぷかと浮かんでいた。だが、彼らは鎧なんて着ていない。水を恐れてもいない。アイリス・シグネットと戦って負けたわけでもない。ぎらつく太陽のせいでよく見えなかったが、私は目を開けていられなくなるまで、じっと目を細めていた。私の手から双眼鏡が落ち、砕ける。

港の喧騒はさらに激しくなり、兵士たちはみんな立ち尽くしたまま息をするのも忘れ、カロア王子の運命を見つめていた。兵士たちが一斉にわっとざわめくのが聞こえ、私は思い切って目を開けた。タイトンの手が万力のように、私の首を摑んでいた。私が悲しみのあまり暴走したりしたら、みんなを守るために私を気絶させる気だ。

誰がタイベリアスを海から引き上げたのか、私には分からなかった。誰かテレポーターが岸に連れてきたのだろうか？　ヒーラーが彼の命を救おうとかがみ込んでいたが、私には目に入らなかった。アイリスは入り江から逃げようとしていたが、どうでもよかった。こんな姿など見たくはなくても、どうしても彼から目をそらすことができなかった。一秒一秒が地獄だった。撃たれる……刺される……えぐられる……その千倍もの苦痛だった。シルバーたちの肌の色は、私たちの肌よりずっと冷たく、温もりなんて感じられない。けれど、今のタイベリアスみたいなシルバーなんて見たこともなかった。唇は青く、頰は月明かりのようで、体じゅうずぶ濡れのまま血を流している。まぶたは閉じている。息はしていない。タイベリアスは、まるで死体だった。本当に死体なのかもしれなかった。

時が止まった。私は呪われた一秒の中に閉じ込められ、今にも消え果てそうな彼の命が尽きるその瞬間を見せつけられるのだろうか。カイローンはニュー・タウンで生き延びた。だがこのハーバー・ベイで、私はタイベリアスを失ってしまうというのだろうか？

ヒーラーが額に汗を滲ませながら、両手を彼の胸に当てた。

私は祈った。聞いてくれるなら、どんな神様でもいい。

助けてくれるのならば誰でもいい。

タイベリアスが口から水を吐き出しながら激しい咳をし、ぱっとまぶたを開いた。思わず倒れかけた私を、タイトンが急いで支える。私は頬に涙が伝うのを感じながら、片手で口を押さえて叫びたいのをこらえた。

周りの人だかりが一気に増え、アナベルが彼のかたわらにひざまずいた。ジュリアンもいる。ふたりはタイベリアスの上にかがみ込み、髪を整え、ヒーラーが仕事を続けている間はおとなしく寝ているよう声をかけていた。

彼はまだ落ち着かない様子のまま、弱々しくうなずいた。

私は彼に気づかれる前に顔をそむけた。そして、自分がどれほどその場にとどまりたがっているのかを思い知った。

オーシャン・ヒルは、私が一度も会ったことのない、今は亡きコリアーンがいちばんのお気に入りにしていた場所だ。

宮殿は磨き上げられた白い石造りで、てっぺんに銀の炎をあしらった青いドーム屋根がいくつも並んでいる。煙が立ち上り、灰が降っているというのに、まだその荘厳さを失っていない。私たちは、普段ならひどく混雑している宮殿のゲートの前の広場を進んでいた。活気があるのは、今や同盟の兵士たちに制圧されている防衛本部だけだった。前を通り過ぎると、兵士たちが赤と黒、そして銀の旗を引き剝がしているのが見えた。そして、メイヴン・カロアの肖像画も。ひとつひとつ、それらに火をつけていく。私は、炎に焼かれながら青い目をじっと私に向けている、あいつの顔を見つめた。

通りはどこもぬけの殻で、水晶のドームの下に作られたあの美しい噴水も、すっかり干上がってしまっていた。ハーバー・ベイの街も、戦争に荒らされてしまったのだ。

宮殿のゲートはもう開いており、ファーレイと私のために大あくびをしていた。以前、ここには侵入者として来たことがある。逃亡者として。でも、今日は違う。

車がスピードを落とすと、ファーレイはさっさと降り、私にもついてくるよう合図した。でも私は朝のできごとが忘れられず、戸惑っていた。タイベリアスが死にかける姿を見て、まだほんの数時間なのだ。

「メア」ファーレイが低い声で私を急かした。私はしぶしぶ腰を上げた。

宮殿の青い両開きの扉が音もなく開き、中で見張りに立っているふたりの〈スカーレット・ガード〉が見えた。ずたずたになった鮮やかな深紅のスカーフは絶望的なほどに場違いで、ちらりと見ただけでも、〈スカーレット・ガード〉だと分かる。

私たちは、征服者として戻ってきたのだ。

オーシャン・ヒルは長く使われないまま放置されているようだった。メイヴンは王になってから、一度も足を踏み入れていないに違いない。コリアーンのハウスを示す色あせた黄金の垂れ幕が、壁や円天井にかかっている。ここは死んだ王妃の墓なのだ。彼女の記憶と、おそらくは亡霊の他には何もいない墓なのだ。

歩きながらふと周囲の人々の顔を見て、妙な逆転が起きているのに気がついた。〈スカーレット・ガード〉のレッドは何人か武器を見せつけながら見張りをしていたが、その他大勢は暇を持て余しているように見えた。戦いの余韻から覚めて柱にもたれかかりうとうとしているか、中央の廊下から続いているサロンや部屋などをぶらぶら見物しているのだ。雑務で忙しくしているのはシルバーばかりだった。たぶんアナベルに命令を受けているのだろう。タイベリアスを正統な支配者として、国王として据えるため、新しい玉座と、そして宮殿を仕立てなくてはいけないのだ。窓を開け、家具にかかった覆いを取り払い、敷居や彫像の埃まで払っている。私はあまりの光景に、目をこすった。シルバーが掃除をしているだなんて。なんということだろう。レッドの使用人たちは逃げ出してしまったのだ。そしてここにいるレッドたちは、シルバーのためになんて絶対に働いたりしない。

どこまで進んでいっても、見覚えのある顔はひとつもなかった。ジュリアンもいない。兵士たちに宮殿の準備を命じたはずのアナベルも、様子を見に来ていない。他にいそうな場所などひとつしか思い浮かばなくて、私は不安になった。ふたりは間違いなく、そこにいるに違いない。

私が走り出しそうになった瞬間、角からエヴァンジェリンがぱっと現れて私を捕まえた。鎧を脱ぎ捨て、身軽な薄着姿になっている。大変な戦いをしてきたとは、とても思えない様子だった。みんなまだ薄汚れ、中には血に汚れた者もいるというのに、エヴァンジェリン・セイモスは、水浴びでもしてきたみたいにさっぱりしていた。

「そこをどいて」私はようやくそう伝えると、回り込もうとした。ファーレイが立ち止まり、険しい目で「セイモス、どいてやりなさいよ」と言った。

エヴァンジェリンは無視した。私の両肩を摑み、無理やり目を合わせる。殴り飛ばしてやりたい気持ちになったが、おとなしく目を合わせた。だが意外にも、彼女は私のあちこちにできた切り傷やあざを眺め回しているだけだった。

「ひどいざまね。まずはヒーラーに診てもらったほうがいいわ、いっぱいいるから」

「エヴァンジェリン——」

「あいつなら大丈夫よ。私が保証してあげる」冷たい声で彼女が言った。

「分かってるわ」私は言い返した。「この目で見たからね」私は、まだまざまざと脳裏に残るあの残酷な場面を思い出し、歯を食いしばった。

あいつは生きているのだ。ニンフのお姫様と戦い、生き残ったのだ。私は、自分にそう言い聞かせた。湾のどまん中でニンフと戦うだなんて、首を絞めてやりたい気分だった。タイベリアス・カロアは、小川を泳いで渡るのさえたじろいでいた男だ。どんなものよりも水を恐れているくせに。水は簡単に彼の命を奪うことのできる、最強の敵なのだ。

エヴァンジェリンは唇を嚙みながら私を見ていた。どうやら、何か気に障ったことがあるらしい。また口を開いた彼女は、さっきとは違う、柔らかな声になっていた。まるで羽毛のように軽い囁き声だ。「頭を離れないわ。あいつ、鎧を着たまま石みたいに沈んでいったのよ」彼女は、私の耳に唇を寄せてきた。その言葉にくすぐられ、鳥肌が立つ。「ヒーラーの力で呼吸を取り戻すまで、どのくらいかかったと思う?」

私は思い出さないようにしながら、ぎゅっと目をつぶった。エヴァンジェリンの狙いは分かっていた。しかも、それは奏功していた。ずぶ濡れになって青ざめ、死体のようだったタイベリアス。口が開き、開いた両目は虚ろだった。何も見えていない目だった。まったく同じだったシェイドのなきがらが、まだ私に取り憑いていた。ふたたびまぶたを開いても、タイベリアスの死体は消えることなく脳裏に残っていた。振り払うことは、どうしてもできなかった。

「もうじゅうぶんでしょう」ファーレイが、私たちの間に割って入ってきた。薄笑いを浮かべるエヴァンジェリンの前から私を押しのけると、牧草地へと牛でも連れていくかのように、私のとなりを歩きだした。

オーシャン・ヒルのことは何も知らないけれど、私は宮殿というものにはもうすっかり慣れていた。ごてごてと飾りつけられた螺旋階段を上り、王族たちの応接間や私室が並ぶ居住階へと出る。このあたりは、誰でも入ることのできる下の階より、ずっと埃にまみれていた。カーペットを踏むたびに、もわもわと舞い上がる。どこもかしこも、コリアーンの色だった。金色と黄色……どちらも色あせている。人々から忘れ去られ、もうここにしか残っていない色。コリアーンの息子が見たら、胸を痛めるだろうか？　息子も、危うく彼女の元に行きかけた。

国王の部屋はとても広々としており、開かれた戸口をハウス・レロランの兵士たちが警備していた。みんな、アナベルと同じ色をまとい、同じ黒髪とブロンズの瞳をしている。タイベリアスの瞳を。今は受付用に開かれているその部屋に入っていっても、誰も私たちを止めはしなかった。部屋は、ひどく混み合っていた。

最初に見つけたのはジュリアンの姿だった。アーチ型の窓に向かい、もうすっかり凪いだ入り江を眺めている。入り江は午後の太陽を浴びて、青く輝いていた。ジュリアンは、なんとも言いようのない表情を浮かべながら、私のほうを向いた。となりには、サラ・スコノスの姿があった。すっきりと背筋を伸ばしている。体の前で揃えた両手は綺麗だったが、シンプルな軍服は肘まで赤と銀の血で汚れてしまっていた。私はそれを見て、身震いした。彼女は私に気づかず、部屋の中央にいる山のような大男にずっと気を取られていた。男はうずくまり、両膝を床についていた。

ファーレイは、〈スカーレット・ガード〉の将校たちの間に置かれた椅子に、静かに腰を下ろした。私にも座るよう合図をしたが、私は動かなかった。この人混みの中に入るのは気が進まない。

ハウス・ランボスの長とちゃんと会ったことはなかったけれど、ひざまずいてもなお目立つその巨体には見覚えがあった。あのマントは、見間違えようがない。豊かなチョコレート色と深紅を、貴重な宝石が縁取っている。この男が、ハーバー・ベイとこの地域を治める知事なのだ。白髪まじりの汚い金髪が顔にかからないよう、やたら複雑に編み上げている。だが、その髪も今はすっかり乱れてしまっていた。戦いのせいだろうか、それともとなりの大男に髪を摑まれているせいだろうか。おそらく、どっちもだろう。

シルバーは、降伏することに慣れていない。

私は息をのみ、ランボスを見下ろして立つ真の国王に視線を移した。片手に剣を握っている。その姿を見て、心の中に転がっていた死体が消え去った。

彼の指は震えることもなく、装飾の施された儀式用の剣のつかを、しっかりと握りしめていた。どこから持ってきた剣なのか、私には分からなかった。エラーラが彼に父親殺しをさせた剣じゃないけれど、とてもよく似ていた。命乞いをするランボスを見下ろしている彼もまた、それを思い出しているのが私にはよく分かった。また同じように誰かを手にかけるのは、タイベリアスも苦しいだろう。今度は自らの意思で、同じことをしようとしているのだ。

タイベリアスはいつもより蒼白で、頬も血の気を失っているように見えた。だが恥辱のためか恐怖のためか、私には分からなかった。もしかしたら疲労や苦痛のせいかもしれない。それでも彼は、頭のてっぺんからつま先にいたるまで、国王だった。今はぴかぴかの鎧をまとい、冠をかぶっている。いきなり背負わされた重荷のせいか、あごも頬骨もいつもより鋭く見えた。あれは仮面だ。自分を奮い立たせるために着けなくてはいけない仮面なのだ。もう一方の手には何も持たず、指に炎を宿してもいなかった。瞳の中に燃える炎だけだ。

「街はあなたのものです」ランボスは頭を下げたまま両手を上げた。

アナベル皇太后が、鉤爪（かぎづめ）のように指を曲げながら孫に歩み寄った。着飾っていなくとも王族に見えるのは、もしかしたら世界でこの人だけではないだろうか。「ランボス卿（きょう）、そういうことはもっと礼儀正しく言うものよ」

ランボスはすぐさまその言葉をのみ込むと、カーペットの敷かれた床にキスしそうなほど、さらに頭を下げた。「タイベリアス国王陛下」ランボスはためらいなく言うと、嘘偽りのないことを示すため両腕を広げた。「ハーバー・ベイの街およびビーコン地域全土は、正当に陛下のものです。ノルタを治める真の王の元に還（かえ）ったのです」

タイベリアスはランボスを見下ろしたまま、剣を返した。刃が光を反射する。ランボスはたじろぎながら、とつぜんの光に目を細めた。

「そして、ハウス・ランボスはどうする？」タイベリアスが訊ねた。

私のとなりでエヴァンジェリンが口元を押さえ、冷ややかに笑った。「大した役者ね」

「我らも陛下のもとにて、お望みどおりにいたします」ランボス卿が痛々しい声を絞り出した。なにせ、一族を皆殺しにされ、根絶やしにされかねないのだ。そうなればこの地上から、名前も血も消え去ってしまうことになる。「我らの兵も、財産も、何もかも陛下のためにお役立てください」

　張り詰めた沈黙が部屋を覆った。いつ弾けてもおかしくないような、恐ろしい沈黙だった。タイベリアスは瞬きもせず、なんの表情も浮かべず、ランボス卿を見つめた。そして、微笑(ほほえ)んだ。温かみと慈悲を感じさせる笑みだった。本物かどうか、私には読めなかった。

「感謝するよ」そう言って、彼がかすかに顔を上げる。ひざまずいたランボス卿は、あまりの安堵に身震いした。「ハウス・ランボスの者たちが貴殿にならい、僕に忠誠を立ててくれたなら、彼らにも等しく感謝しよう。父の玉座を奪った偽りの王を見捨ててね」

　アナベルが、彼のとなりでにんまりと笑った。彼女が仕込んだのなら、見上げたものだ。

「もちろん――もちろんですとも」ランボスが口ごもった。タイベリアスが、つま先にキスされるのを避けるため足を引くのが見えた。「一刻も早く、何もかも手配いたします。我らの力は陛下のものです」

　タイベリアスの顔が引き締まった。「明日まで待とう、ランボス卿」有無を言わさぬ声で言う。

「ええ、明日までには必ずや、陛下」ランボスは会釈した。ひざまずいたまま、大きな拳を握りしめる。「ノルタ王にして北の炎、タイベリアス七世陛下に栄光あれ！」彼が、だんだんと声を大きくしながら叫んだ。

大臣や兵士たちが――シルバーもレッドも――声を揃え、身の毛のよだつような称号を大声で繰り返した。タイベリアスが顔を上気させ、やや顔色を取り戻した。誰が自分の名前を呼び、誰が呼んでいないかを確かめようと、室内を見回す。その目が私と、閉じたままの唇で止まった。私はしっかりと唇を結んだままその目を見つめ返しながら、スリルを感じていた。

ファーレイも私と同じようにくだらない儀式には付き合わず、自分の爪を眺めている。アナベルも左手を孫の肩にかけながら、人々の声を浴びていた。その手にはめられた、黒い宝石をあしらった古い結婚指輪を全員に見せつけるために。身に着けている宝石も、必要な宝石も、彼女にはこれだけなのだ。

「栄光あれ」アナベルがつぶやき、目をきらきらさせながらタイベリアスを見上げた。そしてタイベリアスの表情に何かを感じ取ると、さっと彼の前に歩み出た。指輪を見せつけたまま、恐ろしい力を持つ両手を組む。「陛下も私も、あなたがたの忠誠を嬉しく思います。これから数時間は、話し合うべきことが山とありましょう」

こちらの言い分をすべてのめ、という威圧的な声だった。タイベリアスが部屋に背を向けるのを見て、私にも彼の気持ちが伝わった。彼は疲れているのだ。傷を負っているのだ。

肉体ではなくずっと深く、誰にも見えないところに。いつものがっしりとした肩が、ルビーのように赤い鎧の下でがっくりと落ちている。重荷が下りたのだろうか。それとも、重荷に屈したのだろうか。

なぜかふと、死体のような彼の姿が怒濤のように戻ってきた。強烈な不安が胸にあふれて私を満たし、そしてのみ込もうとする。

私はその場にとどまろうと思い一歩前に出たが、人並みはどんどん押し寄せてきた。エヴァンジェリンもだ。彼女は私の腕を摑み、まだ綺麗に飾りたてたままの爪を、柔らかな肉に喰い込ませてきた。私は歯を食いしばりながら、彼女にされるがままに部屋から出た。面倒や揉めごとは起こしたくない。ジュリアンが私とエヴァンジェリンが仲睦まじそうにしているのに驚いたのか、片方の眉を上げながら横を通り過ぎていった。私は目で訴えかけた。助けてくれるか、せめてどうしたらいいか教えてほしかった。けれど、どちらもしてくれないまま彼は背を向けて去っていってしまった。もしかしたらただ単に、助けたくなんてなかったのかもしれない。

また、レロランの衛士たちの前を通る。彼らは赤とオレンジを全身にまとい、まるでセンチネルみたいだった。私は振り返り、シルバーの貴族やレッドの将校たちの奥に目をやった。ファーレイのブロンドの髪がちらりと見えた。プトレイマスは彼女から安全な距離を取って離れている。アナベルは、鷹のように人波に目を光らせていた。タイベリアスの寝室へと続くドアの前に、どっしりと立っている。タイベリアスはろくに後ろを振り返りもせず、するりとそのドアの向こうに消えていった。

「おとなしくしてて」エヴァンジェリンが、私の耳に囁いた。

私は本能的に言い返そうと口を開いたけれど、彼女は私を遮ると横に引っ張り、人混みを抜けて廊下へ連れ出した。

私たちの身にはなんの危険もなかったけれど、私の心臓は早鐘のように打っていた。

「あなたが自分で言ったんでしょう？　一緒にクローゼットに隠れてたって無駄だって」

「どこかに隠れようっていうんじゃないの」彼女が囁き返した。「あなたにドアを見せてあげようと思っただけ」

私たちは裏階段を上り、使用人用の通路を抜け、どんどん進んでいった。やがてエヴァンジェリンは、薄暗く照らされた通路に入ると足を止めた。私たちふたりが体を横にしても、通れるか通れないかの狭い通路だ。

不安に襲われながら、私はピアスのことを考えた。今着けていないピアスだ。血の赤をした石をひとつ箱に入れてモンフォートに残し、世界から隠してあるのだ。

エヴァンジェリンが、長く使われていないせいで錆(さ)びついたドアに、片方の手のひらで触れた。蝶番(ちょうつがい)も鍵もどす黒い赤に変色し、乾いて干からびた血みたいだ。エヴァンジェリンがさっと指を振ると金属が震え、錆がまるで水のしずくのようにばらばらと落ちた。

「この先は――」

「行き先なら分かってるわ」私は、彼女を遮るように答えた。一キロも走ってきたような気持ちに襲われる。

エヴァンジェリンがにやりと笑うのを見て、私はむかついて引き返しかけたが、踏みとどまった。

「偉いじゃない」彼女が一歩後ずさった。まるでとても高価な贈りものでもくれるかのように、さっと手を振り目の前のドアを私に示してみせた。

「好きなようになさい、稲妻娘。どこにでも、好きなところに行くといいわ。誰も止める人なんていないから」

うまい返事が見つからなかった。私を置き去りにしてさっさと立ち去ろうとする彼女を見ていることだけだった。きっとエレインも勝利を祝うため街に向かっているに違いない。私は、ふたりを羨ましく思っている自分に気がついた。いくら不可能と言えるほど困難な状況が立ちふさがっていようと、エヴァンジェリンとエレインは味方同士の立場にいられるのだ。ふたりともシルバーで、生まれついての貴族だ。私とタイベリアスには絶対に無理な理解を、お互いに抱いているのだ。ふたりは同じだ。平等だ。あいつと私は違う。

引き返さなくちゃいけない。

けれど私はもうドアをくぐり、指先で冷えた石壁に触れながら、忘れ去られた通路を包む薄暗がりの中を進んでいた。通路の先に光が滲んでいる。思ったよりも近いようだ。ドアの形に光が漏れてきている。

引き返せ。

両手が、滑らかな木の表面に触れた。独特な彫刻が施されている。私は苛立ちながら、しばらくその表面を手のひらでなぞった。ドアがどこに続いているのかも、向こう側で誰が待っているのかも分かっている。

ドアのすぐ向こうを足音が通り過ぎ、私は飛び上がりそうになった。続けて、誰か重い人が椅子に座る軋みが響いてきた。大きな音がふたつした。彼がブーツをはいた足を、机かテーブルの上に乱暴に投げ出したのだ。そして、長い長いため息が聞こえた。満足のため息じゃない。爆発しそうな苛立ちのため息だ。苦痛に満ちたため息だ。

引き返せ。

私の手の中でノブがひとりでに動くように回り、私は目を細めながら、午後の柔らかな日差しの中へと足を踏み出した。タイベリアスの寝室は大きく広々としており、青と白に塗られた円天井がまるで雲の浮かぶ空のようだった。窓はどれも入り江を向いており、日差しがよりいっそうまばゆかった。海風が、最後の煙を吹き流していく。

ここに来てまだほんの数時間だけれど、国王はまるで、いつもの多忙な暮らしでこの部屋を満たそうとでもしているかのようだった。彼は、適当に部屋の中央に引きずってきた机に座っていた。背後にはベッドが置かれていたが、私は目をそむけて見ないようにした。彼の周りには、書類や本が積み上げられていた。一冊だけ本が開かれていて、びっしりと走り書きで埋め尽くされているのが見えた。

やっと顔を見る勇気を出したときにはもう、タイベリアスは立ち上がっていた。炎を宿した手を突き上げ、獲物に飛びかかろうとする蛇のように身構えている。

彼は私をじろじろと眺め回した。そしてしばらくして腕を振り、炎を消し去った。

「ずいぶん急いで来たんだな」タイベリアスは、息をのんだように声を漏らした。

それを合図に私たちはどちらも警戒を解いた。彼が目をそらし、また椅子にゆっくりと腰掛ける。そして私に背を向けると、片手でさっと本を閉じてしまった。埃が舞い上がる。

金の表紙は擦り切れて色あせており、表紙にも壊れた背表紙にも、何も書かれていない。タイベリアスはそれを摑み取ると、適当に引き出しの中に突っ込んだ。

彼が、報告書を忙しく読んでいるふりをしはじめた。わざとらしく目を細め、書類に覆いかぶさるまねまでしてみせる。私はふんと笑うと、彼に向かって一歩踏み出した。

引き返せ。

また一歩進む。肌に触れる空気が、まるで震えるみたいだ。

「あんなことが……」私は言葉に詰まった。どんなふうに言えばいいのかわからなかった。

「あんなことの後だし、自分の目で確かめておきたくて」私は、彼の唇の端が上を向くのに気づきながら答えた。目は動いていない。燃えるような目で、穴が開くほどじっと本を見ている。

「それで?」

肩をすくめ、私は両手を腰に当てた。「元気そうね。わざわざ様子を見に来ることなかったわ」

テーブルでタイベリアスが大笑いした。棘々(とげとげ)しさはあるけれど、心からの笑い声だ。彼は背もたれに腕をかけて振り向き、私をまじまじと見つめた。太陽の光を浴びたブロンズの瞳は、まるで溶けた金属だった。その目が私の全身にできた、切り傷やあざを追っていく。そのまなざしは、まるで指のようだった。「君はどうなんだ?」

私は少し躊躇(ちゅうちょ)した。彼の受けた苦しみや、自分の血で喉を詰まらせていたカイローンの姿に比べれば、私の傷なんてどれもちっぽけなものだ。「治らないような怪我は、何もしなかったわ」

彼が唇を尖らせた。「僕が訊いたのは、そういうことじゃないよ」

「つまり、大したことはなかったってことよ」私は、机の前をぐるぐると歩きながら答えた。彼の視線がまるでハンターのように私の後をついてきた。ダンスか追いかけっこでもしているみたいだ。「誰も彼も今日死にかけたってわけじゃないもの」

「そうだ、その話だ」彼がつぶやき、片手で髪を掻き上げた。髪が逆立ち、王様らしい風貌を台無しにする。「何もかも、計画どおりにいったな」

私は呆れ顔でため息をついてみせた。「へえ、笑える。海のどまん中で殺人ニンフとやり合うだなんて、計画にあったとは思いませんけど」

タイベリアスはばつが悪そうに、椅子にかけたままもぞもぞした。ゆっくりと鎧を脱ぎ、ぴっちりとした薄手のシャツ姿になる。引き締まった肉体が目に飛び込んできた。大胆で目のやり場に困ったが、私は動かなかった。はずした鎧が床に落ちるたび、派手な音をたてた。「僕たちにはあの船が必要だったんだ。それにあの港もね」

私はぐるぐる歩き続けていた。彼は鎧を床に投げ続けていた。視線の先に私を捉えたまま、歯で嚙んで小手（ガントレット）の紐をほどく。

「だから、あの女と真正面からやり合わなきゃいけなかったわけ？　あんなところじゃどっちが有利か分かるでしょ、タイベリアス？」

国王がにやりと笑った。

「でも僕はまだ生きてる」

「笑えないわ」胸の中で、何かがきゅっと張り詰めた。装飾の彫られた机の縁に指先を滑らせ、うっすらと積もった埃を指ですくう。灰色になり、机に温もりを奪われた指を見ると、シルバーに変装させられていたあのころを思い出した。ただ生きながらえるためだけに、顔を塗りたくられたあの苦しみを。「今日は、カイローンも死んでしまうところだったのよ」

タイベリアスはさっと笑みを消すと、一瞬鎧のことを忘れた。瞳の光が消え、黒々と曇る。「ニュー・タウンは簡単に落とせると思った。まさかそんな――」彼が口ごもり、歯ぎしりをした。こちらに向けられた彼の視線を私は避けた。タイベリアスの憐れみなど、見たくもない。「何があった？」

まるで息が詰まってしまったようだった。まだそばに危険があり、気を抜いてなどいられないような気分だった。「シルバーの兵士たちよ。テルキーだった」私はぼそぼそと答えた。「カイローンを階段から落としたの。そのせいで、体の中がばらばらになってしまったのよ」あの光景が蘇り、言葉が思うように出てこなかった。いちばん古い友人の、青白く変わり果てた肌と、みるみる死に近づいていったあの様子。あごを、胸を伝い、服を濡らした赤い血。そして、私のこの両手を。

国王は何も言わず、じっと黙っていた。思い切ってタイベリアスのほうを振り向くと、彼は目を大きく見開き、唇をきつく結んでいた。額の皺にも、口元にも、はっきりと彼の心配が浮かんでいた。

私はまた歩きだし、机の向こうに回り込んでいった。彼の椅子に近づき、懐かしい温もりの輪に入る。

「ヒーラーが間に合ってくれたわ」私は歩きながら言った。「あなたと同じ。元気になるから大丈夫」

彼の後ろを通りながら、私はその肩に触れたい衝動を押し殺した。彼の両肩に手をかけ、体を寄せてしまいたかった。彼に抱きしめられてしまいたかった。誰かに身を任せて安らぎたい、この重荷を誰かに肩代わりしてほしい——そんな気持ちはこれまで以上に、抗いがたいほど強くなっていたのだった。

「そんなことがあったのに、僕のところに?」タイベリアスが、私に聞こえないほどの小声で言った。

私には答えが見つからなかった。彼に告げる答えも、自分を納得させられる答えもない。恥辱を味わうのには慣れている。その恥辱を今、私は確かに感じていた。何キロも離れたところでカイローンがまだ横たわっているというのに、タイベリアスの寝室に立っているのだ。私がいなければ、カイローンがこんなところに来ることもなかったろうに。

「君の過ちじゃない」タイベリアスが続けた。何を考えているか読めるくらいには、私のことをよく知っている。「あいつに何が起きたとしても、それはメアの責任なんかじゃないさ。あいつは自分で選択したんだ。君がいなければ、君が何もしてやらなければ……。あいつがどんな末路をたどっていたか、君だって分かるだろう」

兵役——。そして、塹壕か兵舎に放り込まれるさだめだ。そしてきっと、レイクランドとの戦争の終わりを目前に、命を落としていただろう。ただのレッドとして、戦死者リストに名を連ねていただろう。そして他の人々みたいに、忘れ去られるのだ。あなたみたいな人のせいでね。

私は胸の中でそう言って、深呼吸した。寝室には、開け放した窓から入ってくる新鮮な潮の香りが漂っていた。

タイベリアスの言葉をせめてもの慰めにしようかとも思ったが、とてもできなかった。私のしたどんなことの言い訳にも、カイローンが私のせいでたどった運命の理由にもなりはしない。

でも私は、去年の自分たちとはすっかり変わったのだと思っている。カイローンの師匠が死んだあの日、うちの下の暗がりに突っ立った彼は、自分の人生が奪われてしまったことへの嘆きを必死にこらえていた。私はあのときに自分が口にした言葉を思い出し、息をのんだ。

ぜんぶ私に任せて。

私たちは、ちゃんとなるべき人間へと変わったのだろうか。それとも、そんなものはすっかり消え去ってしまったのだろうか。それはジョンにしか分からないが、あの男はずっと前に姿をくらまし、手の届かない遥か彼方に行ってしまった。

咳払いをして、私はわざと話題を変えた。「水平線にレイクランド艦隊がいると聞いたけど」私は彼に背中を向け、来客用の控室へと続くドアを見つめた。出ていこうと思えば、すぐにも出ていける。タイベリアスも止めないだろう。

けれど私は自分自身を、何度も止めていた。

「それなら僕も聞いてるよ」タイベリアスが答えた。低く声を落とす。恐怖に揺れている。

「憶えてるよ。暗くて、虚ろで、何もなかった」

私はおそるおそる振り向いた。タイベリアスは立ち上がり、最後の鎧をはずしていた。私の視線を避けている。相変わらず背が高くてがっしりしていたが、戦いで傷ついた鎧を脱ぐと、すっきりと痩せて感じられた。年齢どおり、まだ二十歳の若者に見える。まだ少年の面影が残る、大人になりかけの若者に。

「水に落ちてしまったら、もう浮き上がることができなかった」床に転がる鎧を、彼が蹴った。「泳げなくて、息ができなくて、考えることもできなかった」

私も、息ができないような気持ちだった。

タイベリアスの指先から震えが走り、全身に広がった。ものすごい恐怖に襲われているのだ。やがて彼が顔を上げ、私のほうを向いた。だが腰に手を当てたまま、根が生えたようにその場に立ち尽くしていた。私が動かない限り、自分も動かないつもりだ。まずは私に降参させようというのだ。優れた兵士は、そうするものだ。それとも、もしかしたら私に選ばせてくれようとしているのかもしれなかった。ふたりの運命を左右する決断を、私に委ねるのだ。彼にとってはきっと、それが気高い行いなのかもしれない。

「意識が途絶える直前、君のことを考えたよ」タイベリアスが言った。「海の中で、君の顔が見えたんだ」

私にもまた、彼の死体が見えていた。荒れる海が反射する光を浴びてまだら模様になりながら、目の前に横たわっていたあの姿が。

ふたりとも動かなかった。

「無理よ」私は彼の顔から目をそらしながら、弱々しく言った。

タイベリアスはすぐ、力強い声で「僕も無理だ」と答えた。

「だけど――」

離れているのも無理だ。こんなことを続けるだなんて。いつでも死と隣り合わせだというのに、自分たちの気持ちを裏切り続けるだなんて。

タイベリアスはため息をつき、また「僕も無理だ」と答えた。

私たちの足が、お互いに向かって進みだす。思わずふたりの口から笑いが漏れ、魔法が解けそうになった。だけど私たちは、体も心も距離を縮めていった。ゆっくりと、それでも確かに。彼は私を、私は彼を見つめながら近づいていく。最初に触れたのは私だった。激しく打つ彼の胸に手のひらを置く。タイベリアスがゆっくりと息を吸い込み、私が触れている胸が膨らんだ。温かな手が私の背中に周り、背骨の付け根を覆う。きっとシャツ越しに、私の古傷の感触を感じているのだろう。私はお返しに片手で彼の首筋に触れ、黒髪の中にそっと爪を立てた。

「こんなことしたって、何も変わらないわ」私は固い鎖骨に頬を押しつけながら言った。

「そうだな」彼の答えが私の体に伝わってきた。

「違う道は選ばないわ」

私を抱く彼の腕に、きつく力がこもった。「ああ」

「じゃあどうしてこんなことしてるの、カル？」

名前の響きが、ふたりに染み渡った。彼が身震いする。私はさらに近づいて、体をぴったりとつけた。もう捨てるものなどありはしないけれど、私も敗北してしまったような気持ちだった。

もう、彼の感触ほどリアルなものなど、何もないような気がした。温もり、匂い、味。

私の世界には、もうそれしか存在しなかった。

「これが最後よ」そう囁き、彼の唇を私の唇でふさいだ。

それから数時間、何度言ったか分からなくなるほど、私は同じ言葉を繰り返した。

21

メイヴン

波は嫌いだ。僕を不機嫌にさせる。

船の横腹に青いうねりが押し寄せるたびに胃袋が揺さぶられ、じっと立ち尽くしたまま何にも動じることのない力強いイメージを保つのに死ぬほど苦労させられる。たぶんアイリスとあの母親は、わざと海を荒らしているのだろう。ハーバー・ベイでアイリスの命を危険に晒した僕へのおしおきってわけだ。もっとも、アイリスはやすやすと生き延び、逃げおおせたわけだけれど。生き延び、逃げ、そしてあの街を僕の完璧な兄にやってしまったんだ。

まあ、あのレイクランド王妃ならやりかねない。娘よりもずっと強い力を持つ人だ。周りの海を荒らすことくらい簡単にやってのけるだろう。前方に、彼女の艦隊が見える。小さいが見るからに強そうな戦艦が六隻。僕たちが思っていたよりも、ずっと小さな艦隊だ。

僕は冷たい笑みを浮かべて鼻で笑った。まったく、言われたとおりにできるやつは、ひとりもいないんだろうか？　娘が命がけで街を防衛しようとしているというのに、センラ王妃は全勢力を連れてきてもいないのだ。怒りの炎が背筋を走り、体がかっと熱くなった。慌ててその熱を鎮める。

船が揺れ続けているせいで、甲板の手すりを摑んでいるだけでも大変だった。集中力をすっかり奪われてしまっている。そして集中力をなくしてしまうと僕の頭は……やかましくなるのだ。

ハーバー・ベイを失った。

またカルに負けたのね。聞き慣れた囁きが聞こえた。また失敗したのね、メイヴン。

母さんの声はだんだんと消えていったが、母さんまで消えてしまうわけじゃなかった。時々、もしかしたら母さんは、自分が死んでから芽吹く種を僕の中に植えつけていったんじゃないかと思うことがある。ウィスパーにそんな力があるのかは知らない。だけど、頭の中に響き続けるこの囁き声は、そうとでも思わないと説明ができない。

たまに、母さんの声を嬉しく思うこともある。墓に入っても僕にアドバイスをしてくれるだなんて。いつも、小さいアドバイスばかりだった。時には、生前にしてたのと変わらないようなアドバイスもあった。もしかしたら、ただの記憶も混ざっているのかもしれない。いずれにせよ、僕が望むかどうかは別として、母さんは死んでしまってもなお僕とともにいるのだった。

今は玉座だけが大事なのよ。手に入れるために、どれだけ必死になれるかが大事なのよ。

母さんの囁きがまた聞こえた。海のうなりに掻き消されそうなほどに小さな声だった。僕の半分が必死にそれを聞こうとし、もう半分が聞くまいとして耳をふさぐ。

今日はずっとその声が聞こえている。沈んでいく太陽が遠くの浜辺を赤く照らしている中、僕の旗艦が艦隊に向けて海原を走っていく最中も、繰り返し聞こえていた。ハーバー・ベイの街からはまだあちこちから、僕をなじるように煙が立ち上っていた。

ともあれ、今日の母さんの声は優しげだ。僕がためらったり、ぐずぐずしたりしていると、声は一気に鋭くなり、悲鳴にも似た金切り声になる。時にはあまりにもひどくなり、僕は目や耳から血が噴き出しているのではないかと恐ろしくなった。もっとも、そんなことは一度もなかった。母さんの声は、僕の頭という檻の外には、決して出ていかないのだ。

僕はゆく手に立つ白い波をひとつひとつ見つめながら、自分の道を胸に思い描いていた。前に延びていく道ではなく、後ろにできた道だ。こうして船の舳先に立ち、頭に冠をかぶって海水のしぶきを浴びている今この瞬間まで、僕が歩んできた道だ。ここに来るまで僕が作ってきた道だ。僕は自分の名のもとに、あれこれと恐ろしいことに手を染めてきた。失敗に終われば、どれほどのことが無駄になってしまうだろう。そして僕は今、レイクランド海軍の元へと船を走らせている。僕が立てた綿密な計画のすえ、かつての敵が味方になったのだ。

僕も他のノルタ人と同じように、レイクランド人を、彼らの強欲を憎めと育てられてきた。いや、もしかしたら僕ほど彼らを見下せと叩き込まれてきた者は、他にいないかもしれない。なにしろ僕の父親——そしてあいつの父親——は北の国境線でこう着した戦争に人生を費やした男だ。青き軍隊を相手に無数の命を無駄にし、湖で溺れさせ、地雷原やミサイル攻撃で吹き飛ばさせたのだ。もちろん彼らだって、本当はなんのための戦争だったのかは知っていた。カル——あの哀れな単細胞の獣（けだもの）——がこんなにも簡単な点と点を結びつけることができていたのか、それは分からない。でも僕にはできた。

ノルタとレイクランドの戦争には、ある目的があった。レッドは僕たちよりも数が多い。だから僕たちを打ち負かす可能性がある。でも、僕たちより多くのレッドが死ねば、そんなことにはならない。レッドにとって、自分たちを見下しているシルバーたちよりも恐ろしいものが何かあれば、そんなことにはならない。戦争で死ぬ恐怖か、そうでなければ、レイクランド人への恐怖でもいい。そういうエサさえ与えてやれば、誰のことでも操れる。僕の祖先たちは、そういうことをちゃんと胸で理解していたのだ。力を持ち続けるために彼らは嘘をつき、人を操り、血を流させた。自分たちではない、人々の血を。そうやって、自分と親しい人々を守り、他人の命を犠牲にしてきたのだ。

僕には、そんなふうには考えられない。

母さんが胸の中から離れることはなかった。いつでも声が響いていたからじゃない。純粋に、僕が母さんを恋しく思っているからだ。決して消えることのない胸の痛みを、一歩踏み出すたびにずきずきと感じた。母さんが死んでから、何もかもすっかり変わってしまった。レッドの女の手にかかったあの恐ろしいなきがらを、まだ憶えている。思い出すたびに、腹を殴られたように痛くなる。

父さんの場合とは違う。父さんの死体も見たけれど、僕は何も感じなかった。怒りも悲しみも、何もだ。ただ、空虚なだけだった。父さんを愛したような記憶はひとつもなかった。ほんとになかったのかを考えているうちに、頭痛がしてきた。そう、母さんがその記憶を消去してしまったのだ。母さんは、僕を守るためだと言った。僕よりも父さんから愛されたライバルから……兄から守るためなのだと。あらゆる意味で完璧な兄さんから。

カルへの愛情も同じく消え去ってしまったけれど、その亡霊を僕は時々感じる。匂いや音や言葉の響きなんかに呼ばれ、ふと兄さんと過ごした瞬間が蘇ってくるのだ。カルは僕を心から大事に思っていた……もちろん、それは知っている。何年もかけて、兄さんは何度も何度もそう示してくれた。母さんは、もっと兄さんに注意しておくべきだった。だけど僕と兄さんをつなぐ最後の糸を断ち切ったのは、母さんじゃなかった。

メア・バーロウだ。

あの美しいほどに間抜けな兄さんは、自分の持ちものにも――そして僕のわずかな持ちものにも――ちゃんと目を配ることができなかった。

初めて監視カメラを使ってふたりを見たときのことを憶えている。兄さんとメアはサマートンの宮殿のすみっこにあるあの部屋にいた。カルのアイデアで、ダンスの練習をしていた。何かあったときのために、僕の横には母さんが一緒にいた。僕は、母さんに仕込まれたとおりの反応をした。何も感じなかったし、瞬きひとつしなかった。兄さんは、メアが他の誰かにとってどんな存在なのかも気にせず、キスをした。

カルはわがままだから、そんなことをするのよ。

頭の中に、母さんの猫なで声が響いた。シルクのような、そしてカミソリのような声。この言葉にも、過去に聞き覚えがあった。

カルは自分が勝ち取れるもの、奪えるものしか見えないのよ。世界は自分のものだと思っているの。放っておけば、いつか必ず本当に世界を手に入れるわ。そうなったら、あなたには何が残るかしらね、メイヴン・カロア？ ゴミや残りものばかりかしら？ それとも何も残らないかしら？

それでも僕と兄さんには、共通点があった。ふたりとも王冠が欲しくて、何を犠牲にしてでも手に入れようと思っていた。けれど僕が邪悪さに乗っ取られかけていた最悪の時期があったとしても、それは母さんの欲望のせいだった。

兄さんは、誰のせいなのだろう？

それでも人々は、僕を怪物と呼ぶ。まあ、それも当たり前だ。僕とは無縁の光の中をカルは歩んでいるのだから。アイリスはいつでも神様のことばかりに夢中で、僕は時々、本当に神様がいるんじゃないかと信じかけるほどだ。じゃなきゃ、兄さんがまだ生きて、笑っていて、ずっと僕を脅かし続けている説明なんてつくわけがない。兄さんは何者かに祝福を受けているに違いない。ただひとつの慰めは、僕が兄さんのことを、今も、そしてこれからも、ちゃんと理解しているということだけだ。メアのことだってそうだ。僕はメアをとことん毒し、そして汚してやった。彼女はもうどんなに愛していようと、国王などとても許せないだろう。カルも、まざまざとそれに気づいている。遥か彼方の僕からの贈りものだ。

なんとか、僕とメアをつなげてくれたあの奇妙なニュー・ブラッドを僕のものにする方法が見つからないだろうか？　でも大変なリスクのわりには、見返りが少なすぎた。また彼女と話をするためだけに、基地ひとつを吹き飛ばすなんて。そんな馬鹿らしい取引なんて、いくらメアのためとはいえ、僕だってしやしない。

でも、本当はしたいと思っているんだ。

メアは海原の向こう、遥か深紅の海岸線沿いにあるあの街のどこかにいる。間違いなく生きている。死んでいたら、伝わってきているはずだ。あの稲妻娘が死んでいたとしたら、ほんの数時間でも隠しておくなんて不可能だ。兄さんだってそうだ。ふたりとも生きている。そう思うと、頭がずっしりと重くなった。

カルがハーバー・ベイを襲うと決めたのは理に適(かな)っているが、レッドたちのスラム街というのは、明らかにメアならではの発想だ。メアは自分の理想と、赤い血の誇りに突き動かされている。ニュー・タウンを襲うのは、予想しておくべきだった。彼女がカルみたいなやつや、あのいまいましい婆さんや、裏切り者のセイモスの連中なんかとその理想を叶えようとしているなんて、本当に悲しい話だ。誰ひとり、メアの望むものなんて与えてやれないというのに。結局はおびただしい血が流れておしまいになるんだ。そして最後には、もしかしたらメアも命を落とすのかもしれない。

メアをそばに置いておくことさえできていたら。もっと厳重な警護をつけて、きつく縛りつけていたなら。そうしたら、僕たちは今どうなっていただろう？ そして、父さんとカルを奪っていったように、母さんが僕から彼女まで奪い去っていたなら、どうなっていただろう？ 分からない。想像もつかない。そんなことを考えると、また頭が痛くなった。

兵士たちが忙しく働いている甲板を見下ろした。運命のいたずらがいくつか起こりさえしなければ、僕のとなりにはメアがいただろう。風が彼女の髪をそよがせる。彼女は、僕の元につなぎ止めておくための拘束具ですっかり消耗し、暗く落ち窪(くぼ)んだ目で僕を見つめる。ひどい姿だけれど、それでも美しいに違いない。

何はともあれ、メアはまだ生きているのだ。まだ心臓が動いているのだ。

トーマスとは違う。

彼の名を思い出し、僕は顔をしかめた。この名前もまた、母さんに消せなかったもののひとつだ。トーマスを失った苦しみも、友情の思い出も。

未来は消え去ってしまった。殺されて、存在を消されてしまった。

死んだ未来。

あのおぞましいニュー・ブラッドの預言者は、そう言っていた。僕が捕らえていたはずのジョンは、むしろ僕を苦しめる者だった。あの男は、立ち去ろうと思えばいつでもそうできたのだ。この宮殿にあの男が植えつけた種は、これから実を結ぼうとしている。虚ろな目で空を見れば、ふたつの星が波の上に出ていた。明るく楽しげな星明かりも、僕を責めていた。

近づいていくと、センラ王妃の船はひと目で分かった。その船の周りだけ、ほとんどさざ波すらないほどに海が凪いでいたからだ。こんな遥か沖合だというのに、王妃の船はほぼ揺れてすらいなかった。

レイクランドの船はどれも、僕たちの船に比べて美しさに欠けていた。僕たちの製造技術はレイクランドのものよりずっと高いのだ。これは、メアが破壊しようとしているテチーたちのスラム街があるおかげなのだけど。

王妃と僕の船団を合わせても砲門は大した数じゃない。変なまねをすれば、マグネトロンとニュー・ブラッドたちから手痛い抵抗を受けることになるだろう。もしかしたら、あの兄さんが自分で出てくるかもしれない。この遠距離で役に立つ武器を積んでいる船となると、今はアイリスが乗っている戦艦くらいしかない。

センラ王妃の船のとなりに錨を降ろしている、アイリスの船を見つめる。船は長い影を落としながら、レイクランド王妃と海岸線の間にしっかりと停泊していた。まったく悪知恵の働く王妃じゃないか。アイリスを盾にしようというのだ。まったく、目がくらむほど高価な盾だ。

足元に気をつけながら、彼女の船の甲板に移る。居心地が悪くなるほどすぐそばに、センチネルたちが付き従っている。威嚇するために手袋は脱ぎ、素手を剝き出しにしておいた。

「こちらです、陛下」ひとりのレイクランド兵が、ボルトでとめられ、丸いハンドルがついたドアに僕を手招きした。「王妃様たちがお待ちになっています」

「国王が甲板で待ってると言ってやってくれよ」僕は向きを変え、ぶらぶらと船べりを歩きだした。

この船は遊覧船とは違う。ぼんやり立っていられるところもないし、人と挨拶を交わすような場所となると、ほとんど見当たらなかった。でも下に降りて、鉄扉の奥でニンフふたりと一緒に閉じ込められるくらいなら、まだ甲板にいるほうがいい。僕は隊列を崩さないよう気をつけながら先を行くセンチネルたちについて階段を上り、船首を見下ろせる踊り場に出た。

　ふたりの王妃たちは間もなく、縦に並んで姿を現した。

　センラは、ふわりとしたダーク・ブルーの正装姿だった。銀と金の装飾が施されている。肩から腰にかけて、高価なサファイアをちりばめた黒いサッシュを巻いている。まだ夫の死を悼んでいるのだ。母さんは、ほんの数日で喪服を脱いでしまったというのに。きっとレイクランド王妃は、夫を愛していたんだ。なんて妙な話だろう。王妃は、睨みつけるように僕を見ていた。冷ややかな褐色の肌が、黄金の夕日を浴びている。

　アイリスの格好は、戦いの激しさを物語っていた。青い袖は両方とも肘まで焼け焦げ、赤と銀、二種類の血が染みついている。まだ濡れたままの長い黒髪はほどけ、片方の肩にまとめてかけてある。歩くアイリスの後ろにヒーラーがひとり付き添い、両腕のやけどと切り傷を癒やしているのが見えた。

　腕を伸ばせば届く場所にアイリスをずっと置いておくのは、賢明な選択だろう。僕のことを殺したがっているかもしれない妻のことなんて、僕はまずどうでもいい。でもレッドと同じように、アイリスも恐怖で、そして欲求で操れるかもしれない。アイリスはどちらも同じくらい抱えている。

　センラも同じだ。だから彼女は、国境線から離れてわざわざ出向いてきたのだ。あの王妃は、娘の運命を僕が握っているのを知っている。僕たちの結婚から、アイリスを開放したがっている。でも僕と同じくらい、センラにはこの同盟が必要なのだ。僕がいなければ、彼女ひとりでカルと、そして裏切り者やならず者の共同戦線と向き合わなくてはいけなくなってしまう。僕はセンラの盾であり、センラは僕の盾なのだ。

「やあ、王妃様がた」近づいてくるふたりに、僕は小さく頭を下げた。

娘のほうは、王妃や生まれついての王女というよりも、兵士に見えた。

レイクランド王妃が軽く会釈した。長い袖が甲板に触れる。「ごきげんよう、陛下」

僕は水平線に顔を向けた。「ハーバー・ベイが落ちたね」

「今だけのことですわ」センラが穏やかな、しかし言い返すような口調で言った。

「へえ？」僕は鼻で笑い、片眉を吊り上げてみせた。「取り戻せるとお思いかな？　じゃあ、今夜にでもそうしようか」

王妃はまた頭を下げた。

「遠くないうちにでも」

「そちらの艦隊が到着したら、ってことだね」僕は、彼女の代わりに言ってやった。

センラ王妃が顔をしかめた。「ええ、もちろんですとも。しかし――」

「しかし？」訊き返すと、冷えた海風が歯に触れた。

「私たちには守るべき自分の浜辺があるわ」彼女が言った。となりのアイリスは、僕とやり合う母親に、もっとやれと言わんばかりのつんとした顔をしていた。「湖の守りを、特にモンフォートからの守りを続けなくてはいけないわ。プレイリーを突っ切って西の国境を襲うのなんて、簡単な話ですもの。東からはリフト王国にだって襲われかねないわ」

思わず笑いだしてしまった。笑いを浮かべたまま、地平線を指差してみせる。セイモスの裏切り者とモンフォートの強盗どもが、揃いも揃って兄さんの馬鹿な命令に従っている。「国境を、どの軍隊で襲うっていうんだい？　今僕の街を占拠している部隊かな？」

センラが怒りにかっと顔を赤くした。「セイモスの連中は、大陸でもっとも巨大なノルタ空軍を味方につけているわ。そのうえ、言うまでもないけれどモンフォート独自の戦力だってある。あなたの兄上は空路から有利に攻め込めるし、風のように速いわ。どこが襲われてもおかしくないのよ」王妃は、まるで僕が手を引かれなければ戦場にも出られない子供みたいに、ゆっくりと説明した。僕の指がひくひくと動いた。「とても無視するわけにはいきませんわ、陛下」

まるで誰かが合図でも出したかのように、戦闘ジェットの小隊が隊列を組んで、沿岸上空を飛んでいくのが見えた。遠いエンジンの咆哮が、僕たちのところにもゆっくりと、気だるく届いてきた。僕は腕を組み、炎を放たないよう両手を隠した。

「ブラッケンの空軍部隊があれば、じゅうぶん抑えられるはずだよ」僕は、飛んでいくジェットを見つめながら言った。ジェットは街を警護するように、上空で円を描いている。

アイリスが、ようやく口を開いた。「ブラッケンの空軍は、大部分がモンフォート軍に押さえられてしまっているわ。とても敵に立ち向かえるような力はないのよ」嬉しそうに、僕の過ちを正してみせる。僕はイライラしたりせず、小さな勝利を味わわせてやった。

「力を持つには、力を持っているように見せることよ。母さんから、数え切れないほどそう教えられた。穏やかで、落ち着き払って、強く見せなさい。自分に、そして勝利に自信を持ちなさい。

「だからこそ、こちらが力を出せる場所まで戻らなくちゃいけないわ」センラが言った。「このまま波に揺られて、空から襲われるのを待っているわけにはいかない。シグネットのニンフといえど、無敵ではないのよ」

もちろんそうだろうさ、思い上がった愚かな女め。

僕はその言葉をのみ込むと、燃やしてやるぞとばかりに彼女を睨みつけた。「撤退しろって言うのかい?」

「もう撤退してるわ」アイリスが吐き捨てるように言った。彼女の怒りに怯えた、となりのヒーラーが後ずさった。「たかだか街ひとつ――」

僕が拳を握りしめると、あたりにさざ波のような熱気が広がった。「兄さんに奪われた僕の国の街は、ハーバー・ベイだけじゃない」静かに、ゆっくりと言う。「南部のリフトとデルフィーもあっち側だ。コーヴィアムだって取られた。それに今は、フォート・パトリオットもね」

怒りをこらえる僕の様子にも、アイリスはまったくたじろがなかった。「フォート・パトリオットなんて、連中にとってもすぐ役に立たなくなるわ」まるで、大ごちそうを平げたばかりの猫みたいに、満足そうに言う。

「へえ、それはどうしてだい？」僕は答えた。

彼女は横目で母親を見た。僕には読めないやり取りを、ふたりが交わす。

「ハーバー・ベイを取られてタイベリアスの勝利が確実になったとき、私は全力で街を水攻めにしてやったわ」アイリスが、相変わらず誇らしげな顔で言った。「防波壁を崩して街の半分を水浸しにしてやったから、残りの半分は陸地から切り離されてる。できることなら艦隊も沈めてやりたかったけど、逃げるのに手一杯だったからね。それでも、修復のせいで敵だってスローダウンしてるし、重要な資源だってずいぶん消費させてやったわ」

僕の資源もね。たとえ街を取り返せたとしても、要塞はもうぼろぼろだ。まったく、なんてことだよ。ジェット、ウォー港のドック、武器弾薬、街そのものもひどいありさまじゃないか。

僕は少しだけ怒りをあらわにして、アイリスを目を睨みつけた。アイリスと母親は僕の持つ資源を少しずつ少しずつ浪費して、そのうち僕を丸裸にしてしまう。

このニンフの王妃たちは、実にずる賢い。わざわざ僕を水に沈めなくても、溺死させることができるのだ。ふたりは僕とカルを戦わせて消耗させ合い、いずれぼろぼろになった勝利者と対峙するつもりなのだ。

アイリスが、おし量るような目で僕をじっと見つめた。彼女は冷たく、そして計算高い。激流を隠した静かな水面のような女なのだ。

「じゃあ、アルケオンに戻るのね」アイリスが言った。「すべての力と、戦う力を残したすべての戦力を集めましょう。この戦争への怒りをすべて、連中に叩きつけてやるのよ」

僕は船の手すりにもたれ、落ち着いた雰囲気を装った。ため息を漏らしながら、赤い夕日に染まる波を見つめる。「明日出発するよ」

僕は注意深く犬歯を見せながら、にんまり笑ってみせた。人を不安な気持ちにさせるような笑いだ。「なんだか、そのうち兄さんからメッセージが届くような気がしてるんだよ」

「いったいなんの話を？」センラが首をかしげた。

僕は何も説明せず、東を見つめた。暗くなり、荒涼とした水平線に、いくつかの影が浮かんでいた。

「あの島々は、中立地帯だ」僕は、ひとりごとのようにつぶやいた。

「中立地帯……」センラが僕の言葉を繰り返した。

アイリスは何も言わず、じっと目を細めていた。

指先で胸を叩きながら、ゆっくりと息を吐き出す。「やれやれ、さぞかし楽しい再会になりそうだな」

その様子を想像してみる。いろんな国、いろんなハウスの裏切り者やならず者たちが向かいに腰掛け、僕に説教してやろう、言い負かしてやろうと待ち構えている。エヴァンジェリンは相変わらず鋭い爪をひけらかし、やたらと傲慢な態度で座っている。あのファーレイとかいうレッドの将軍は、僕の王国にした仕打ちを血で贖うことになるだろう。根暗で神経質なジュリアンは、忘れ去られた亡霊のように、兄さんの後をついて回っている。そしておばあさんのアナベルもいる。僕を愛してくれるはずだったのに、一度もそうしてくれなかった人だ。あのモンフォートの首相は、まだ謎めいた危険な男のままだ。もちろんメアも、その場にいるだろう。体の中に嵐を宿して。

そして、兄さんも。

最後にカルと目を合わせてから、もうずいぶん時間が経つ。ふたりとも、あれから変わっただろうか？

僕は、見違えた。

僕たちと兄さんたち、どちらも納得する落とし所は見つかるだろうか？　いや、それはとても考えにくい。でも僕はまた会ってみたいんだ、あのふたりのどちらとも。この戦争がまだ続いていて、運命が終わってしまう、その前に。あいつらが死ぬか、僕が死ぬか、それが決まる前に。

どちらだろうと、僕は怖くない。

僕が怖いのは、玉座を、そして王冠を失ってしまうことだけだ。そのふたつが、すべての悲劇と苦しみの理由だった。僕は、無駄に自分を壊してしまったりはしない。今までしてきたすべてを、無になんてするものか。

22

アイリス

メイヴンが自分の船に戻るのを見た私は、母さんから無理やり引き離され、連れていかれるんじゃないかと怖くなった。でも意外にもメイヴンは機嫌も悪くなく、そのうえ気前もよかった。母さんの旗艦に私たちをもう一度戻し、好きなように過ごせと言ってみせたのだ。話をする時間も、計画を練る時間も、たっぷりとある。メイヴンは私たちを脅威と思っていないのだろうか？　それとも恐るるに足らないと考えているのだろうか？　私は後者だと踏んでいる。今はもっと差し迫った敵がいるのだし、自分の妻のことを考えている時間なんて、大してないはずだ。

スワン号は、戦闘力と速度を持つよう作られた戦艦だ。応接室らしき部屋も質実剛健といった感じで、レッドのメイドもほとんど乗っていない。それでも母さんはくつろいでおり、ボルトでとめられた狭苦しいベッドの上でも、宝石で飾られた玉座と同じくらい快適そうにしていた。母さんは見栄を張るような人じゃなく、ほとんどのシルバーたちのように、みっともない物欲なんて持っていないのだ。見栄を張るのは父さんの役目だった。戦場にいるときですら、父さんはいつでも美しいものを身の回りに置くことを好んだ。そんなことを考えると、生きている父さんの最後の姿を思い出し、胸がずきりと痛んだ。父さんはサファイアをちりばめた青い鉄の鎧をまとい、グレーの髪を後ろで束ね、颯爽としていた。

　私は自分を落ち着かせようと母さんの前をうろうろと歩き回りながら、時折足を止めては小さな丸窓から外を見つめた。外に広がる海原は、血のような赤に変わっていた。不吉な兆しだ。私はいつものうずきを感じると、後でスワン号の小さな寺院に行って祈りを捧げることにした。きっといくらか安らぎを得られるはずだ。

「じっとしてなさい。体力の無駄遣いだわ」母さんが、唄うような、流れるようなレイクランド語で言った。母さんは膝を畳むようにして座っており、長袖のコートを横に放り出していた。おかげでいつもより小さく見えたけれど、迫力は相変わらずだった。歩き回りながら、私はその重々しい視線をずっしりと感じていた。

　私だって王妃なのだから母さんの命令に従うのには戸惑いもあったし、わざと正反対のことをしてやりたかった。でも、母さんの言うとおりだ。私はついに折れると、母さんの向かい側の壁につけて置かれた安楽椅子に腰掛けた。薄いクッションが敷かれ、鉄の床にボルトでとめられた、座り心地の悪い椅子だ。私は椅子の縁をしっかりと握りしめた。低くうなりをたてる船のエンジンと一緒になって、やたらと振動するからだ。私はその振動にじっと集中し、少しだけ落ち着きを取り戻した。

「前にくれた連絡では、顔を合わせるまでは言えないことがあるっていう話だったわね」母さんが言った。

私は意を決して、母さんの顔に視線を上げた。「ええ、そうよ」

「じゃあ、今ならいいんじゃないかしら？」母さんが両手を広げてみせた。

私は表情を変えなかったけれど、鼓動が速まり神経が張り詰めるのを感じた。私はまた自分を落ち着かせようと立ち上がり、また窓辺に行って赤く染まった海原を眺めた。母さんの部屋は私にとっていちばん安全な場所だけれど、それでもこの話をするのは危険なように思えた。誰がメイヴンに報告しようと聞き耳を立てているか分からないのだ。

私は母さんに背を向けたまま、思い切って口を開いた。「私たちは現在、メイヴンが勝つという想定のもとに動いているわ」

背後から、母さんが冷ややかに笑うのが聞こえた。「それは、この戦争に勝つということね。次の戦争ではなくて」

私たちの戦争、それはレイクランドのための戦争だ。

「ええ」私はうなずいた。「でもどうやら今は、旗色が悪いみたい。彼のお兄さんの同盟、あのモンフォート軍は……」

母さんは、無表情な声で言った。「あいつらがあなたを怯えさせているのね」

私はさっと振り返った。「もちろん怯えてるわよ。あの〈スカーレット・ガード〉にもね」

「レッドなんかに?」母さんがふんと鼻を鳴らし、呆れ顔をしてみせた。私は奥歯を噛みしめ、苛立ちのため息をこらえた。「レッドなんて、大して重要でもないでしょうに」

「そういう考えが身を滅ぼすのよ、母さん」私は、できるだけ重苦しい声で言い返した。王妃と王妃、立場は同じなのだ。私の言葉だって、母さんは聞くべきなのだ。

でも母さんは、ぱたぱたと手を振って私の言葉を跳ねのけた。まるで私がまだ、母さんのスカートを掴んでいる小さな子供ででもあるかのように。「それはどうかしらね。戦いはシルバーがするものよ、レッドじゃなくてね。レッドが私たちに勝つ可能性なんて、ありはしないわ」

「それでもレッドは戦い続けてる」私は、冷たい声で答えた。ハーバー・ベイでは、セイモスの後継者たち、そして彼らが率いる部隊と戦闘した。ほとんどはシルバーやニュー・ブラッドだったが、レッドたちもいた。手練(てだれ)のスナイパーや、精鋭の戦士たちだった。言うまでもなく、敵に寝返ったノルタのレッド兵たちだ。メイヴンにとって最大の強みは、家臣たちの忠誠だ。けれど、もしそれが揺らいだなら、どうなる?　シルバーたちは彼ひとりを残して、逃げ出していくだろう。

母さんは、何も言わずに舌打ちをした。その音に、私は歯を食いしばった。「レッドどもが勝ち続けることができているのは、シルバーと手を結んでいるからだわ」母さんが言った。「カロア兄弟のどちらかが……もしくは両方が死ねば、そんな同盟あっという間に崩れ去ってしまうでしょう」

私は気圧(けお)されながら、別の作戦に出た。ただ立ち尽くすのをやめて母さんの前に膝をつき、両手を取ってみせる。すがりつく子供のような姿に、母さんは記憶を刺激されたようだった。「母さん、私はメア・バーロウを分かっているわ」どうか聞いてもらえますようにと祈りながら言う。「レッドは、私たちが思っているより強いのよ。確かに私たちシルバーは、彼らが脆(もろ)くて、つまらなくて、私たちの支配から逃れることができないように思い込ませたわ。だけどレッドたちが恐れを忘れたら、私たちは自分で仕掛けた罠にはまってしまうことになるのよ」

けれど、母さんは聞く耳など持ってはくれなかった。片手を引き抜き、私の顔にかかった髪を払う。「アイリス、メア・バーロウはレッドじゃないでしょう？」

血の色は鮮やかな赤よ。私は胸の中で言い返した。

母さんは、私の髪を指ですき続けた。「何もかも、大丈夫よ。必ずどうにかできるわ」まるで赤ちゃんをあやすように、猫なで声で言う。「敵をみんな水に沈めて、安全なおうちで平和な暮らしに戻れますとも。レイクランドの栄光は、私たちが今いるこの沿岸にも鳴り響くでしょう。そしてプレイリーを渡り、あのおぞましい山々にまでも。そしてサイロンとティラックスの国境線と、ピードモントにもです。ティオラがあなたをとなりに従え、一大帝国を支配するのよ」

私は、母さんの夢を想像しようとしてみた。一面が青いっぱいの地図を。力の支配が続く王朝を。そして、新たなる夜明けに冠を戴くティオラの姿を思い描いた。きらめくサファイアとダイヤモンドをまとう姉さんの足元に、世界がひざまずくのだ。それが姉さんの未来であってほしい。胸が痛くなるほど、私はその聖域が欲しいのだ。

でも、本当にそんな夢が実現するのだろうか？

「アナベル・レロランとジュリアン・ジェイコスからメッセージを託されたわ」私は母さんに顔を寄せながら囁いた。こうすれば誰かがドアの向こうで立ち聞きしていても、ほとんど聞こえないだろう。

「メッセージ？」母さんが驚いて聞き返してきた。髪をなでていた手を離し、もう片手で私の手をきつく握りしめる。

「アルケオンで、私のところに来たの」

「首都に？　どうやって？」

「前に言ったようによ。たぶんメイヴンはこの戦争に負けるわ……それも、私たちが想像しているより、ずっと早くにね。敵の同盟は恐ろしい同盟よ。私たちよりも遥かに強いの。ピードモントがこちらについたとしても、敵わないわ」

母さんが目を丸くした。やっと恐怖がそこをよぎるのが見えた。恐ろしいのと同じくらい、私はそれが嬉しかった。生きているのなら、みんな恐怖していなくてはいけないのだ。

「ふたりの要求はなんだったの？」母さんが訊ねた。

「取引を持ちかけられたわ」

母さんが、小さく顔をしかめた。「アイリス、今は時間がないのよ。単刀直入に、何があったか言いなさい」

「私の車の中で待ち伏せしていたの。あのジェイコスのシンガーは才能に恵まれた手練で、こっちのセンチネルたちを操っていたわ。それに、レロランの皇太后も恐ろしく危険な人だった」

母さんが取り乱し、声が一オクターブ上ずった。「誰かに気づかれなかった？　メイヴンは――」

私は母さんの口を押さえ、黙らせた。

「気づかれてたら、今ごろ死体になってるわよ」触れている母さんの肌が温かかった。柔らかくて、前よりもずっと皺くちゃだ。父さんが亡くなり、老け込んでしまったのだろう。

「アナベルとジュリアンは、見事に仕事をやってのけたわ。あのふたりには私を生かしておく必要があるし、手出しをしようとはしなかった」

母さんがついた安堵のため息が、私の顔に触れた。

「サリン・アイラル」私は、父さんを殺した仇（かたき）の名を、吐き捨てるように言った。その響きが、私と母さんにナイフのように突き刺さる。母さんはたじろぎ、嫌悪を顔に浮かべた。

「ジェイコスたちは、私に引き渡してくれるそうよ。好きなようにしろってね」

母さんの目が虚ろになった。しばらくぼんやりとしてから、母さんはそっと私の手を押しのけた。

「アイラルだろうと誰だろうと、関係ないわ。家の名を汚し、力を剝ぎ取られた貴族なんて。自らわびしく孤立してしまったのだものね」

強烈な怒りが、私の体を駆け巡った。頭に血が上り、かっと顔が熱くなる。

「父さんを殺したやつよ」

「教えてくれてありがとう」母さんは、冷ややかな声で答えた。虚ろな表情。父さんがいなくなってしまった苦しみから、自分を守っているのだ。「そういえばそうだったわね」

「私はただ――」

「あなたの父上を殺したのは、他の王のためよ」母さんが、ゆっくりと言った。「アイラルだろうと誰だろうと、関係ないのよ、アイリス」

「かもね」私は震える脚で立ち上がった。母さんが私の顔を見上げる。「アナベルは、ヴォーロ・セイモスも渡すと約束してくれたわ」

見下ろされながら、母さんが瞬きした。まぶたが閉じ、開くたびに、瞳が光を放つ。

「さっきの話よりは面白そうね。とても可能とは思えないけれど」母さんが言った。

私に顔を寄せたアナベルのブロンズの瞳が、午後の光にきらめいていたのを思い出した。あの目に偽りはなかった。あったのはただ飢えと、そして欲望だけだった。「私は、そうは思わないわ」

「見返りには何を要求されたの？」

私は身震いしながらすべてを話した。私には下すことのできないこの決断を、母さんに下してもらうために。

「タイベリアス七世、ノルタの正統な国王にして、北の炎、そしてその同盟者であるモンフォート自由共和国、〈スカーレット・ガード〉、そしてリフト王国より、臨時首都であるハーバー・ベイから書簡が届きました」センチネルが、びっしりとタイプされた書簡を読み上げた。宝石をちりばめた仮面のせいで、声がややくぐもって聞こえた。甲板の投光器が、彼の姿を赤とオレンジに煌々（こうこう）と照らしていた。背後には、暗闇が広がっているだけだった。星々も月も出ていない。世界は空っぽになってしまったのだろうか。

「臨時首都とは、まあ厚かましいこと」母さんは鼻を鳴らし、黒い海から吹いてくる冷たい夜風に顔を向けた。露骨なひけらかしに呆れ、私と軽く視線を交わす。北の炎。なんてくだらないのだろう。

「カルのやつだな。あいつは欲望の怪物だからさ」衛士たちに囲まれたメイヴンが言った。このメッセージを聞くよう、彼が私たちを自分の船に呼んだのだ。

人差し指を立て、がっしりとしたセンチネルに先を読むよう合図する。私はハウス・センチネルの声にも、仮面から覗く目にも、覚えがあった。鮮やかな青い両目が、頭上から照らす光を受けてぎらぎらと輝いている。モンフォートへの旅で私に付き添っていてくれた、ヘイヴンのセンチネルだ。

「僕はお前の背後にある街を制圧している」センチネルが読み上げた。私は逆巻く炎の中に立つ彼の兄を……あの戦士を思い描いた。「そしてデルフィーから同盟国であるリフト王国にかけて、南の国境線も支配している。海岸線も、何百キロにわたり支配している。ランボス知事とそのハウスの治めるビーコン地域全土は、真の国王への忠誠を誓った。メイヴン、僕はこの王国を掌握している。お前も僕の手の中にいるんだ」

ランボスの話は初耳だった。私はちらりと、歪んだ夫の表情を確かめた。そのひどく険しい顔を見れば、考えるまでもなかった。この裏切りに意表を突かれたのだ。メイヴンはセンチネルの言葉にもろくに答えようとせず、静かに息を荒らげていた。「裏切り者め」というつぶやきが聞こえた気がした。

センチネル・ヘイヴンは、さらに続けた。

「お前は外国を味方にしているが、自国内の味方はほんの少しだ。僕が勝利を重ねるたびに、みんなお前を見捨てていくだろう。風はやまず、潮目は変わりつつあるのさ。ノルタはもう、過去の国王たちが支配していたころと同じでは、生き延びることができない。そして僕は、お前が父さんの命と引き換えに僕から盗み取った、王位継承権を取り戻すそのときまで、決して手を緩めるつもりはない」

衛士たちが少し色めき立ったが、誰ひとり言葉を口にはしなかった。彼らにしてみればこの手紙は、メイヴンが仕立て上げたとおりの裏切り者から届いた、口汚い言いがかりにすら聞こえるのだ。レッドの突然変異に誘惑され、腐敗と人殺しに手を染めた男からの。けれど、これは同時に私たちの想像を裏付ける大きな材料でもあった。タイベリアス・カロアは父親殺しじゃない。意図的に殺したわけじゃない。メイヴンの話は嘘だ。

となりの母さんが、私の夫をじっと見つめていた。光を捕まえ、その両目がぎらぎらと光っていた。

メイヴンは何も反応せず、ガラスのように静かで透き通った顔をしていた。黒い軍服を着ているせいで夜闇に溶け込み、白い顔と手を残して姿が消えてしまったようだった。メイヴンは兄からの挑発にも負けず、烈火のごとく怒ったりすることもなく、落ち着き続けていた。

「こちらには、お前たちすべてに条件を提示する用意がある」センチネル・ヘイヴンが、がさがさとページをめくった。

「レイクランドのセンラ王妃、ピードモントのブラッケン王子。そして、略奪者であり殺人者であるメイヴン、お前にもだ。僕たちの戦争のために、もうこれ以上の血を流す必要はない。祖国ノルタのため、力を尽くすことにしようじゃないか」

なるほど、そそられる言葉だ。あちらも額を寄せ集めてこの書簡を作ったのだろう。少なくともアナベルは、全体にくまなく手を入れているはず。きっとあちこち彼女の指紋だらけだろう。

「お前が指定した島で面会するとしよう」

センチネル・ヘイヴンは、まず私をちらりと見てから咳払いした。それから、盗んだ玉座でかりそめの時を過ごしている国王を見る。

「刻限は夜明けだ」

私たちは何も言わず、この申し出に考え込んでいるメイヴンを見ていた。こうなると分かっていたのだろう、ほとんど驚いた様子がない。彼がぱちんと指を鳴らした。ゆっくりと、そしてだんだんと早く。もう一方の手をきつく握りしめている。その手首では、炎のブレスレットがぐるぐると回っていた。ブレスレットが火花を散らす。まるで氷のような冷たい青の芯を持つ白い炎の球がぱっと現れる。メイヴンは何かに取り憑かれたような笑みを浮かべながら、それを海に向かって飛ばした。海原に立つ波にぞっとするような光を反射させながら、炎の球はまるで彗星(すいせい)のように尾を引いて飛んでいった。そして、やがて波間に見えなくなっていった。

「なるほど、夜明けね」メイヴンが繰り返した。

いからせた肩を見た私は、話し合いなどする気はないのだと感じた。なぜ呼び出しに応じようとしているのかは想像するしかないが、きっと、兄とあの稲妻娘のこと以外、彼の頭には何もないに違いない。

23

カル

僕は落ち着かず、もぞもぞしながら時を過ごしていた。真夜中を回り、夜がさらに深まっていく。彼女の目だけが動き、ものすごい速さで書類の上を滑っていた。たぶん、そろそろ暗記してしまっているんじゃないだろうか。僕たちがメイヴンへの手紙を作っている間、自分は加わりたくないと言って、メアだけは僕の部屋に残っていた。戻ってくるころにはいなくなっているものだとばかり思っていたけれど、まだ彼女はそこにいた。あれから僕たちに起きたことが、まだ信じられずにいた。そして、深夜だというのにまだ僕のベッドにメアがいるなんて信じられなかった。ずっと、あんなことになっていたというのに。

まだいてくれたなんて。

目の前の書類の山に集中するのは諦めた。ほとんど、数字ばかりが並んでいる。兵士の数、市民の数、犠牲者の数、そして資源。もう頭がどうにかなりそうだ。こういうのは、ジュリアンのほうが向いている。余計なものを取り除いて重要な詳細だけを僕に見せ、大局が見えるようにしてくれる。それでも何かで気を紛らわせないと、引き出しにしまってあるあの小さな本のことが気になってしかたがなかった。どっかに持っていってくれとジュリアンに言ってしまいたかった。ジュリアンはこれを贈りものだと言うけれど、やがてこの戦争に勝利し、彼が見せようとしている何かと向き合う余裕ができるそのときまで、持っていてほしかった。

今は本なんかより、ノルタのことを考えなくちゃいけない。僕たちの状況は、今切迫しているのだ。ハーバー・ベイを手に入れはしたが、首都としては貧弱だ。街が古すぎるし、四方への守りも薄い。そしてフォート・パトリオットが修理中だから、とりあえずの新たな要塞を作らなくてはいけない。だがとりあえず、形だけでもこの街は僕たちのものだ。ランボスは降伏し、街のレッドたちも、レッドの目と呼ばれる〈スカーレット・ガード〉と固い協力関係にあるリーダーたちに自ら従ってくれた。僕はいつも頭の中にあるリストを追いながら、そうしたグループをひとつひとつチェックしていった。もうすっかり、眠りに引きずり込まれてしまいそうだった。

ため息をつき、頭を空っぽにしようとした。代わりにメアだけを見つめる。不思議な話だ。メアはまるで嵐の中で僕をつないでいてくれる錨であると同時に、嵐そのものなのだから。

メアは脚を組んで僕のベッドに座り、うつむいていた。髪の毛が落ちて、顔を半分隠している。メアは僕のガウンにぴっちりと身を包み、鎖骨の烙印が隠れるくらいまで襟を引き上げていた。焼きつけられたその印を見るたびに、僕は弟のしわざなのだと思い出し、身震いに襲われる。揺らめくロウソクの炎に浮き上がるメアは、まるで炎そのものだった。肌がゆらゆらと金と赤に光り、黒い影が躍っている。僕は素足の片方を床に、もう片方を机の上に置き、静かに彼女を見つめていた。戦いで疲れたふくらはぎに痛みを感じ、少しでも和らげようとつま先を伸ばす。早くにヒーラーを帰らせてしまったのを後悔したが、今から誰かを呼び戻すには時間が遅すぎる。身動きするたびに他にもちょっとした痛みをあちこちに感じるけれど、朝になるまでは我慢しなくちゃいけないだろう。

「どのくらい経った?」メアが書類から顔を上げずに、またぼそぼそと言った。

僕は背もたれに寄りかかり、天井を見上げた。机の真上に吊られたシャンデリアは消えてしまっている。一時間前、メアが腹を立てながら部屋を歩き回っているときに、派手な音をたててショートしてしまったからだ。メアの機嫌には、本当にはらはらさせられる。

「さっき同じ質問をしてからまだ二十分だよ」僕は答えた。「言ったろう、メイヴンはそんなにすぐ返事をよこしはしないよ。こっちを焦らしたいだろうからね」

「でも、そうそう時間をかけてられないはずだわ」彼女が、身動きもせずに言った。「あいつが動かずにいる理由なんてない。相手が私たちならなおさらよ。直接顔を合わせるチャンスを、みすみす無駄にするわけがないもの」

「特に君とね」僕は低くうめいた。

「あなたもよ」彼女も、ぶつぶつと答えた。「あいつ、母親に毒されて、私たちをふたりとも憎んでるから。会ったところで意味なんてないわ。時間の無駄よ」

僕はゆっくりと瞬きをした。弟をよく知っているメアにそう言われると、不安になる。ほとんどは、彼女がそのためにどれだけの犠牲を払ったのかを思い出してしまうからだ。そして、正直に打ち明けると、忘れていたい、考えないようにしている気持ちのせいでもある。僕はまだメイヴンを大切に思っている。少なくとも、僕が弟だと思っていたメイヴンの姿は大切なのだ。

まったく僕たちは、なんていうことになってしまったんだろう。

机から脚を下ろすと、膝が鳴る音が部屋に響いた。僕は顔を歪め、両手の温もりで痛みを和らげながら膝を揉んだ。熱が染み渡り、筋肉が緩んでいく。

メアがやっと顔を上げ、にやにや笑いながら顔にかかる髪を払った。「まるで錆びたドアみたいなひどい音ね」

僕は、痛みをこらえながら笑った。「そんな気分だよ」

「朝になったら、ヒーラーに診てもらいなさい」メアはからかうようにいじわるな笑みを浮かべたが、本気で心配しているのが分かった。薄明かりを浴びる伏目がちな彼女は、いつもより暗く見えた。「それか、サラを呼んだらいいわ。あの人なら、あなたが呼べば来てくれる。どうせ返事が届くまで、サラもジュリアンも起きているはずだしね」

僕は首を横に振り、なんとか椅子から立ち上がった。「ふたりとは明日話すとするよ」そう言って、ベッドへと歩いていく。足を踏み出すにつれて、別の痛みを感じて筋肉がこわばった。

となりで頬杖をついてベッドに寝転がる僕を、メアは猫のように目で追った。窓から潮風が吹き込み、見えない手で金色のカーテンを揺らす。僕たちは身震いした。僕はゆっくりと彼女から書類を受け取り、目を合わせたまま横に置いた。

こうして無言でいるのが僕は恐ろしかった。きっとメアもそうだろう。こんな静寂の中で待っていると、どうしても僕たちは何をしているんだと考えてしまう。いや、何をしないでいるんだ、と言うべきだろうか。

メアの心にも僕の心にも、何も変化はなかった。選択はくつがえさない。しかし静寂が長くなるにつれて、いずれそのときが来たら何を失うことになるのかをまざまざと思い出し、僕は決断など下せない気持ちになっていった。もう何週間も失っていたもの。彼女の愛情だけでなく、声までも。鋭さを。僕の血も、王冠も関係ない彼女との駆け引きを。僕の元で、僕だけを見ていてくれる人を。

僕をタイベリアスではなく、カルと呼んでくれる人を。

メアは僕の頬に手を触れ、指先で耳の後ろをなでた。前よりもためらいがちで、僕を調べるようだった。傷を調べるヒーラーみたいだった。僕は少しだけ体をあずけ、ひんやりとした彼女の素肌を感じた。

「これが最後だって言う気なのかい？」僕は彼女の顔に視線を向けた。

さっと拭き取ったみたいに、メアの表情が少し和らいだ。けれど、僕と目を合わせようとはしない。

「また？」

僕は手を触れられたままうなずいた。

「これが最後よ」メアは、静かに言った。

胸がずんと重くなった。体の中で炎が猛り、解き放ってくれと叫ぶ。「嘘だろう？」

「また？」

僕はメアの脚に手をかけると、足首から腰までをなぞった。顔に触れている指が僕の熱い血を感じながら、そっと頬を滑っていく。

「そうならいいのに」メアは、ほとんど吐息と変わらない声で言った。

口を開きかけた僕を彼女が止める。

彼女が夢中で唇を重ねてくる。

もう選択などしない。

二度と。

誰かがドアを叩く音で目を覚ますと、メアは服を着て、開け放した窓辺にぼんやりと立っていた。窓をくぐって夜の中に消えてしまうんじゃないかと怖くなったが、メアはすぐ室内に戻ってきた。顔を赤らめ、僕にナイトガウンを投げてよこす。

「ずっといたのかい？」僕は、となりの部屋にいる誰かに聞こえないよう小声で言った。

「そんなことしてくれなくてもよかったのに」

メアは僕を睨んだ。「どうでもいいでしょう？ どうせすぐみんなにバレるわ」

バレる？ 何がだろう？ 訊ねたかったが、質問をのみ込んだ。ベッドから立ち上がってちゃんとガウンをまとい、腰で縛る。彼女はその様子をじっと眺めていた。

「どうした？」僕は薄笑いを浮かべて言った。

「いくつか傷を消したのね」

僕は肩をすくめてみせた。背中と脇腹の傷をヒーラーに消させてから、もう何週間も経つ。国王らしからぬ傷を。「まあ、捨てていいものもあるってことさ」

「捨てちゃいけないものもあるわ、カル」

僕は何も言わずにうなずいた。捨てちゃいけないものとは何か、メアの話に付き合いたいとは思わなかった。そんなことをしても、いい方向になんて向かいやしない。

メアは僕の机に寄りかかるようにして、ドアのほうを向いた。表情が変わり、目つきが鋭くなる。まるで別人に変わってしまったみたいだ。かつて名乗らされたシルバー、メアリーナのようでもある。そして、電撃を立てて容赦ない怒りをたぎらせた、稲妻娘のようでもある。そのふたりの間に、メア自身がいた。こくりと僕にうなずいてみせる。

彼女が自分を奮い立たせるように息を吸い込むのを聞きながら、僕はドアを開けた。

「ジュリアンじゃないか」そう言って横にどき、叔父を中に入れる。

叔父はさっそく話をしながら入ってきた。色あせたセーターを寝間着の上から着ている。手にした紙には、ごく短い文章が書いてあった。

「メイヴンから返事が届いたよ」叔父は、ほんのちらりとメアを見た。咳払いをし、精一杯気さくな笑みを浮かべてみせる。「やあこんばんは、メア」

「むしろおはようのほうがお似合いの時間よ、ジュリアン」メアが軽く頭を下げて挨拶した。あまりいろいろと悟られたくはなかったが、僕とメアの様子を見れば、何もかも一目瞭然だった。メアの髪は乱れているし、僕はナイトガウン姿なのだ。ジュリアンは、本でも読むように僕たちの空気を読み取った。でも人のできた叔父は、何も言わず、意味ありげな笑みも浮かべなかった。

僕はさらにジュリアンを部屋に招き入れた。「メイヴンはなんと？」

「我々が思っていたとおりさ。同意したよ。夜明けだ」

こんなにも早く約束を取りつけたのを、僕はもう後悔していた。どうせなら、ひと晩ゆっくり休んでから会うべきだった。それでも、可能な限り早く済ませてしまうに限るのは分かっていた。

「場所は？」メアが、息を潜めて訊ねた。

ジュリアンが僕たちを見比べる。「プロヴィンス島を指定してきたよ。厳密には中立地帯とは言えんが、島の人々のほとんどは戦火を逃れてしまって今はいないんだ」

僕は腕組みをし、問題の島を思い出そうとしてみた。すぐにぴんときた。プロヴィンス島はこの沿岸、沖合に散らばるバーン諸島のいちばん北にある島だ。〈スカーレット・ガード〉の基地があったタック島に少し似ている。

「あそこはランボスのなわばりだし、小さい島だ。何かあっても、僕たちの有利に働くはずだ」

机の横でメアが鼻で笑った。子供のように、ジュリアンと僕をじろじろ眺め回す。「ハウス・ランボスがあなたを裏切らなければね」

「僕もそう思うよ。ただしそれは、ランボスの家族や彼自身の命がかかっていなければ、の話だ。ランボス卿は、どっちも捨てられないいさ」僕はメアを見た。「プロヴィンス島なら、申し分ないよ」

メアは納得しかねる様子だったが、しぶしぶうなずいた。ジュリアンの顔を見て、彼が手にした一枚の紙に視線を向ける。メイヴンからの返事だ。「他に何か要求は？」

ジュリアンは「何もないよ」と首を横に振った。

「私も見ていい？」メアが手のひらを上に向け、そっと差し出す。ジュリアンは、すんなりと便箋を彼女に差し出した。

メアは一瞬躊躇（ちゅうちょ）してから、汚いものでもつまむようにして、親指と人差し指で便箋を取った。まだノッチの基地にいてニュー・ブラッドを探していたころ、メイヴンはメアに手紙を書いていた。それを、自分が手にかけた死体の横に残していったのだ。どの手紙でも彼女に戻ってきてくれるよう懇願し、そうしたら殺戮（さつりく）をやめると約束すると書いていた。僕はメアを苦痛から守るためその手紙を取り上げてしまえたらよかったけれど、そんなことをしなくても彼女は自分くらい守れた。僕がいないときに、メアはずっとひどい経験をくぐり抜けてきたのだ。

やがて彼女は深呼吸をし、メイヴンからの返事を読みはじめた。何度も何度も読み返しながら、だんだんと険しい顔になっていく。

僕はジュリアンの顔を見た。「ナナベルにはもう？」

「ああ、知らせてあるよ」叔父がうなずいた。

「何か言ってたかい？」

「今までに、何か言ったことがあったかね？」

僕は苦笑いし、「ないね」と答えた。ジュリアンと祖母は親しい友人同士というわけじゃないけれど、それでも僕が知る限りは味方同士だ。ふたりとも、僕の母さんという同じ歴史を共有している。それだけでじゅうぶんなのだった。そんなことを思うと僕はとつぜんぞくりとし、思わず机の引き出しに目をやった。引き出しは例の本を隠したまま、しっかりと閉ざされていた。

でも、僕の心を離れることはない。

オーシャン・ヒルは母さんがいちばん好きだった場所だ。顔を思い出すことはできないが、それでもあちこちに母さんの存在があった。母さんの顔なんて、写真や肖像画でしか知らない。せめて寝室の外にある応接間にだけでもいいから飾り直してくれるよう頼んでおいた。母さんの色は、ジュリアンが今まとっている黄色よりもずっと鮮やかな金色だ。ハイ・ハウス出身、生まれついての王妃にふさわしい色だ。

母さんはこの部屋で眠っていた。この空気を吸っていた。ここで生きていた。

ジュリアンの声が、母さんの追憶の流砂から僕を引きずり戻した。「アナベル皇太后は、君の代わりに他の者を行かせるべきだと考えておいでだよ」

僕はにやりと、薄笑いを浮かべた。「ははあ、自分が行く気だな」

ジュリアンも、同じ薄笑いを浮かべる。「ああ、ご名答だ」

「助言はありがたく思うけど、丁重に断らせてもらおう。あいつと対決するとしたら、そいつは僕の仕事さ。僕がこちらの条件を――」

「メイヴンは取引なんてしないわ」メアが両手を握りしめ、会話に入ってきた。彼女のキスと同じ、貪(むさぼ)るようなまなざしで。

「会うことには同意したんだよ――」ジュリアンが答えたが、メアはすぐに遮った。

「同意したのは会うことにだけよ。取引の話をするためじゃない。降伏なんて、ちらりとだって考えるわけがないわ」僕は鋭い彼女の目を、そこに渦巻く嵐を見つめた。頭上に雷が光っているんじゃないかと思うほどの迫力だ。「あいつはただ私たちに会いたいだけ。そういうことをするやつよ」

ジュリアンがさっとメアに歩み寄るのを見て、僕は驚いた。青ざめた、血の気の引いた顔をして、「それでも、やってみなくてはならんのだ」と、ひたむきな声で詰め寄る。

メアは、目をぱちくりさせた。「で、自分で自分を苦しめて、あいつを喜ばせろって？」

僕は、ジュリアンが口を開く前に答えた。「あいつとはもちろん会うよ」いつになくずっしりと重い声で言う。「あいつが取引なんてしないのは承知の上さ」

「じゃあ、なんでこんなことを？」メアが吐き捨てるように言った。僕は、ラレンティア・ヴァイパーの蛇を思い出した。

「それは、僕もあいつと会いたいからさ」僕は、できるだけ冷静な声で答えた。せめて形だけでも、落ち着きと威厳を示したかった。「あいつの目を見て、弟は完全に消えてしまったと確認したいんだよ」

ジュリアンもメアも僕が知る限りかなり口が立つはずだったが、ふたりとも答えが見つからなかったようだ。メアは額に皺を寄せたまま、足元に視線を落として顔を上気させていた。苛立ちのせいだろうか、それとも恥辱のせいだろうか。ジュリアンのほうは、シーツみたいにまっ白になっていた。僕の視線を避けている。

「あいつの母親の呪いを解くことはできないのか、確かめなくちゃいけないんだ。はっきりとね」僕はメアに歩み寄りながら、声を落として言った。自分を落ち着かせたいのもあった。ふと、僕のせいで室温がぐんと上がっているのに気づいたからだ。「すまないね、ジュリアン」できるだけ穏やかな声で、僕は伝えた。

「よく分かるとも」ジュリアンが会釈した。まったく、何度僕に会釈をするなと頼んでも、やめてくれない。「君は……」彼が、言葉に詰まりながら続けた。「私が渡したあれは読んだかね?」

失ってしまったもうひとりを思い、胸を苦痛が襲った。もう一度、机の引き出しにさっと視線を走らせる。メアは、僕たちがなんの話をしているのかも分からないまま、僕の視線を追った。

後で話さなくては。もっとタイミングのいいときに。

「ちょっとはね」僕はようやく、それだけ答えた。

ジュリアンは、失望したように顔を曇らせた。「簡単な話じゃない」

「ああ、そうだね、ジュリアン」もうこの話は終わりにしてしまいたかった。「ところでそろそろ……」話題を変えようと、僕とメアを交互に示す。「分かるだろ?」

メアがくすくす笑い、ジュリアンも楽しそうに、「いやあ、何を言ってるのかよく分からんね」と、気さくに笑ってみせた。

応接室へと出ていくジュリアンを、僕は目で追いかけた。ひとまず椅子に立てかけてある肖像画の前で、ジュリアンは足を緩めた。姉の顔を見るのがつらいのか、片手でそっと額縁をなぞる。

肖像画を見る限り、ふたりは似ていた。母さんは質素で、優しい美しさのある人だ。ほとんどの人々が見過ごしてしまうような美しさが。僕は母さんを、あんまり受け継いではいない。いや、もしかしたらまったく。

受け継いでいたら、どんなにいいか。

ドアが閉まり、母さんとジュリアンの姿が見えなくなった。

「メイヴンを元に戻すなんて無理よ」メアが僕の肩にあごを乗せ、吐息で言った。背が低くてちゃんと届いてはいなかったけれど、今はからかうようなときじゃない。僕はそっと体をかがめて、彼女が楽なようにしてやった。

「自分の目で確かめたいんだ。あいつを諦めていいのかどうか――」

メアが僕の手をきつく握りしめた。「不可能なことをするのに、諦めるも何もありはしないわ」

不可能なこと……。

僕の心の一部が、それを信じることを拒んだ。弟は、まだ助かるはずだ。不可能だなんて、認められない。「デヴィッドソン首相は、なんとかしようとしてくれた」言葉にするのは気が進まなかったが、それでも話さなくちゃいけなかった。現実なのだ。「手を尽くしてくれたが、ニュー・ブラッドのウィスパーはひとりも見つからなかったそうだよ」

メアが長い長いため息をついた。「でも、それでいいのかもしれない。大きな目で世界を見るのならね」

彼女の言うとおりだと思うと、胸がずきりと痛んだ。

彼女が僕の両肩に手をかけ、机から引き離した。そして、引き出しに眠っている思い出から。「眠らなきゃ」叱るように言って、僕をベッドに押す。「メイヴンはあなたより、疲れを癒やすのがうまいのよ」

僕はあくびを嚙み殺しながらおとなしくベッドに向かうと、ため息をつきながら毛布に身をくるんだ。頭が枕についた瞬間、すぐに眠りに落ちてしまいそうになる。「いてくれないのかい?」今にも閉じそうな目で彼女を見ながら、僕は声をかけた。

メアは蹴るようにしてブーツを脱ぐと、ベッドに乗ってきた。シルクの中に潜り込んできたメアが、いたずらな笑みを浮かべて肩をすくめた。

「まあ、どうせみんなにバレてるんだしね」

彼女の手を取り、毛布のふちで指を絡ませる。「ジュリアンは、秘密を守ってくれるさ」

メアが大笑いした。「エヴァンジェリンには無理ね、自分の企みを黙ってられる子じゃないわ」

僕も、眠気に引きずり込まれかけながら笑った。「僕たちを無理やりくっつけたのがエヴァンジェリンだなんて、誰も思わないだろうな」

となりのメアが、寝心地をよくしようともぞもぞ動いた。そしてようやく僕の横で丸くなった。「メイヴンが変われなくても、他の人は変われるわ」僕の胸に顔を埋め、彼女が言った。その声の振動に、僕は身震いした。

眠気に邪魔されながら部屋じゅうのロウソクを消し、自分たちを柔らかな青い闇で包み込んだ。

「あいつとは結婚したくない」

「そんなの私には関係ないわ」

「ああ、分かってる」僕は囁いた。

メアは嫌がるだろうけれど、しかたのないことだ。玉座を捨てるのは父や、僕の生まれそのものへの裏切りだ。そして、僕が起こすことのできるかもしれない変化を捨てることだ。メアは信じないだろうが、玉座と冠があったほうが、僕には大きな仕事ができるのだ。

「話し合いが終わってハーバー・ベイの安全を確保したら、次はグレイ・タウンに行こうと思ってる。全戦力でね。ニュー・タウンのことがあった今、どのスラムも警戒を固めているだろう」

暗闇の中、メアの唇が僕の唇に触れた。その感覚に、僕は総毛立った。メアが笑っているのが分かった。

「ジュリアンから何を受け取ったの？」半分眠ったような声で、彼女が言った。僕と同じか、もしかしたら僕よりずっと疲れているはずなのだ。とにかく、長くきつい、地獄のような一日だった。

僕は暗闇に目を凝らした。眠りに落ちかけているメアの呼吸が、だんだんとゆっくりになっていく。

彼女が眠ってしまってから、僕は答えた。

「母さんの日記だよ」

24

メア

部屋の物音に気づいて目を覚ますと、まだ外は薄暗かった。一瞬、カルが同じ部屋にいるのを見て私は混乱した。そして、昨日のできごとを思い出した。彼が命を落としかけたせいで私たちのたががはずれ、一度固めたはずの決意を壊してしまったことを。

彼はもう服を着て、ロウソクが投げかける柔らかな光の中、威風堂々としていた。私はしばらくの間、何も偽らず、構えることもなく彼の姿を見つめた。ちゃんと着飾っていると、大柄で背も高いのに、彼は幼く見えた。上着は黒い縁取りのついた深紅のジャケットで、両方の袖口には銀のボタンがつけられている。お揃いのズボンが、革のブーツに押し込まれている。マントも冠もまだ身に着けてはいなかったが、両方とも机の上に用意してあった。彼がゆっくりと、襟元までボタンをとめた。まなざしが曇っている。昨夜もくたくただったけれど、今はもっと疲れ果てたような顔をしている。一睡もできなかったのだろうか？　それともまたメイヴンに会うと思うと、悪夢にうなされ続けたのだろうか？

私が目を覚ましているのに気づくと、彼はすっと背筋を伸ばして胸を張ってみせた。あっという間に、王者の風格が宿る。かすかな変化だけれど、まるで別人だった。私しかいないというのに、人を寄せつけない空気を醸し出し、仮面を着けている。そんなことをせずに済めばどんなにいいかと思ったけれど、私には理解できた。私も同じことをしているからだ。

「一時間後に出発だ」彼が、最後のボタンをとめながら言った。「応接間に、君の服を用意させておいたよ。好きなのを選べばいい。もちろん……」彼は、何かおかしなことでも言ったかのように口ごもった。「自分の部屋から持ってきてもいいよ」

「戦場に服なんて持っていかないし、ノルタの軍服が似合うとも思えないわ」私は、少し笑いながら答えた。まだベッドから出たくはなかったが毛布を剝がし、冷たい空気に身震いする。体を起こすと、髪がひどくもつれ合っていた。「何か適当に見つけるわ。ちゃんとしてなきゃ駄目？」

「好きな格好で構わないさ」妙に緊張した声で彼が答えた。

「目立つ格好のほうがいいかしら？」私は、もつれた髪をほどこうと顔をしかめながら言った。彼は私ではなく、私の指を眺めていた。

「何を着てたって、メアはよく目立つさ」

「お世辞を言っても何も出ないわよ、カル」私は笑いながら答えた。

でも、彼の言うとおりだった。最後にメイヴンを見たのは何ヶ月も前、パニックに襲われた人混みの中、撤退していくのを見たときだ。アイリスがそのとなりで、首都での結婚式を襲った攻撃から夫を守ろうと、一緒に逃げていた。あれは救出作戦だった。私だけじゃなく、彼の元からニュー・ブラッドたちを救出するための作戦だ。

たとえ私がジャガイモ袋を着ていたって、メイヴンはすぐに私を見つけるだろう。

私はあくびをしながら部屋を突っ切り、さっとシャワーを浴びようとバスルームに向かった。少しだけ、カルも一緒に来てくれないかと思ったけれど、カルは部屋に残っていた。ひとりだけで、体の痛みを洗い流す。それから薄暗い応接室に出てみた。天井の電気をつけると、そこにはさまざまな服が用意されていた。あれこれ選べるのは嬉しかったが、それよりも、誰もいないのが嬉しかった。髪や顔を整えるメイドもいないし、疲れを消して傷を癒やすヒーラーもいない。ここにあるのは必要なものと、本当に欲しいものだけだ。

昨日までのことは頭から追い出すようにした。カルはまだ王冠を諦めたわけじゃないし、私も自分のするべきことを、今までどおりに――いや、今まで以上に――追い求めている。国王を愛しながら、全力で彼の玉座をぶち壊そうとしているのだ。国王も王妃も、そして彼らの言いなりにされている国々も、すべて滅ぼそうとしているのだ。それでもカルへの愛情も欲求も、絶対に消えてはくれないのだった。

それにしても、こんなにたくさんの服を誰が持ってきてくれたのだろう？　椅子やソファにもさまざまなドレス、ブラウス、スカート、ズボンが山のようにかけられている。そのうえ床には、見えるだけでも六足も靴が用意されているのだ。多くは金色で、茶色味を帯びた黄色の模様が入っていたり、カルの母親の色で縁取りがされていたりした。ドレスのウエストを見るに、ほっそりとした女性だったのだろう。今寝室にいるカルを考えると、思っていたよりも小柄な人だったようだ。私はできるだけ彼女の服を避けながら、選んでいった。

腰にベルトのついた、優雅なドレスを私は選んだ。豊かで深い青に染められている。これも、誰かの母親の色なのだろう。厚手のヴェルヴェットだから、きっと後で汗をかきそうだと思ったが、鎖骨の下までゆったりと胸元が開いたこのドレスなら、あの焼印が丸見えになる。メイヴンに、自分がした仕打ちを、そして自分がどんなにおぞましい怪物なのかを、思い知らせてやることができるのだ。ドレスを着ると、まるで鎧をまとったように力強く感じた。

エヴァンジェリンは、いったいどれほど怪物じみた格好で、この話し合いに現れるつもりだろう？　カミソリで覆われたドレスでも着てくる気かもしれない。そうならば、ぜひ見てみたいものだ。エチケットもマナーも捨てたエヴァンジェリン・セイモスを元婚約者の前に放つその瞬間を、私はもう待ちきれない気持ちだった。

着替えが終わると私は生乾きの髪をとかした。特にまとめたりはせず、肩にかけておいた。鏡に映る姿を見る限り、妙な女に見えるだろう。シルバーたちがまとう上等の服を着たレッドの女なんて、どうしたって見慣れるものじゃない。泥臭く生きてきた、泥臭いレッドの姿。けれど、思ったほど悲惨な姿じゃなかった。茶色の瞳に、恐怖と決意の光が浮かんでいる。

シルバーだというのにこの暮らしにうまく馴染むことができなかったカルの母親を思うと、少しだけ心が安らいだ。豪華な椅子と並べて奥の壁に立てかけてある彼女の肖像画にも、はっきりとそれが表れている。

カルはあの肖像画をどこに飾るつもりだろう？　見えないところにだろうか。それともいつでも目の届くところに飾るのだろうか。

この肖像画が本人に忠実であるなら、コリアーン・ジェイコスの瞳は柔らかな青だ。夜明け前、地平線に見える霞んだ青空の色だ。息子よりも、ジュリアンによく似ている。同じ栗色（くりいろ）の癖毛を美しく肩に流し、クリーム色の真珠と金の鎖で綺麗に飾っている。顔立ちも似ていた。疲れたような、年齢よりも老けて見える顔。けれど、学者のジュリアンはストレスも友人として楽しみながら老けたような印象があるものの、コリアーンのほうは心の底まで疲れ果てたような顔をしていた。悲しい女性だと聞かされてはいたが、肖像画にもそれがよく表れているのだった。

「エラーラに殺されたんだ」寝室の入り口から、カルが声をかけてきた。銀の留め具と黒い宝石で飾りたてられたマントを羽織り直している。もう片手には、黒い冠を持っていた。腰のベルトからは、ルビーと黒玉の装飾を施したさやに収めた剣を下げていた。ともあれ、これはあくまでも飾りだ。戦いになれば、誰も剣なんて選びはしない。「ウィスパーの能力で母さんを悲しみの底に沈め、逃げ道もなくなってしまうほどに追い詰めてね。今の僕には分かる」

カルは唇をぎゅっと結び、遠くを見るような目をしていた。そこに浮かぶ悲しみに、私はかすかに母親の姿を見た。本当によく似た表情だった。

「私もお母さんのこと、知りたかったわ」私は言った。

「僕もさ」カルが答えた。

私たちは一緒に部屋を後にすると、オーシャン・ヒルの下の階へと落ち着いた足取りで歩いていった。昨日の夜は、人の噂なんて怖くもないと感じて大胆になれたというのに、今ごろになってなんだか気まずくなってきていた。広間ではみんながざわざわと噂をしているんじゃないだろうか。シルバーたちからにやにや笑いを向けられ、レッドやニュー・ブラッドには責めるような目で見られるんじゃないだろうか。想像すると、とても耐えられなかった。

カルが、私の不安を察した。私の腕にそっと触れ、拘束具の感触が残る手首に触れないよう気をつけながら、そっと指でなでてくれる。

「別々に入ったほうがいいかい？」階段を下りてだんだんと目的地に近づきながら、彼が言った。

「今さらどうでもいいわ」私は答えた。

廊下の先で、カルの衛士たちが待っていた。彼のおばあさんの血筋に当たる、ハウス・レロランの兵士たちだ。センチネルのように仮面を着けてはいないが、同じ恐ろしさと同じ沈黙をまとっている。

アナベルも一緒だった。ルビーと黄水晶をちりばめたベルトを巻いた腰に両手を当てている。ローズ・ゴールドの冠を誇らしげにかぶり、額にはシンプルなヘアバンドを着けていた。その目がまず、私を捉えた。

「おはよう」アナベルは、さっとカルに近づいて抱きしめた。カルもすぐに抱き返す。「おはよう。みんな用意はいいかい？」

「そのはずよ」彼女が皺だらけの手を振った。「でも、リフトの王女様が満足いくまで金属まみれになるのを待たなくちゃいけないようだわね。後で、ドアノブを盗まれていないか確かめないとだわ」

カルはぴりぴりとした顔で笑いこそしなかったが、唇の端を少し上げてみせた。「ノブなんて、直せばいい話さ」

「ミス・バーロウ、なかなかいいじゃないの」アナベルが、私を眺め回した。「まあ、用事が用事だから、それなりにはね」

ぜんぜんよくないけど、と私は胸の中で言った。

彼女の表情が和らいだところを見ると、きっと私の返事が気に入ったのだろう。驚いたことに、今朝のアナベルは私にまったく敵意を見せず、ゆっくりと息を吸い込み、さっと振り向いた。

「さあ、おしゃべりはここまでにして、メイヴンの元に向かいましょう」

大階段の下にある広間は名前のとおりとても広く、舞踏場や玉座の間、宴会場、そしてホワイトファイアー宮殿のそれよりもややカジュアルな会議室へと続いていた。ここは、シルバーの廷臣や、ノルタ政府を動かすハウスの人々のために作られた宮殿だ。今はあちこちの部屋にレッドが入り、メイドのように忙しく仕事をしていたが、本物のメイドはもうひとりもいなかった。白い大理石と海原のように青い縁取り、そして壁や天井にかけられた金色の垂れ幕に、モンフォート軍の緑色がよく映えた。その中に、深紅をまとったカルの姿があった。正統な国王として、そしてノルタのほぼ半分を手中に収めた征服者として着飾っている。

デヴィッドソンはアセンダントのギャラリーで演説したときと同じく、ダーク・グリーンの礼装姿だった。ファーレイも礼装をまとっており、首相と同じくひどく居心地が悪そうにしていた。私は、自分が礼装を着なくていいのでほっとしていた。歩くとドレスの柔らかな生地が脚に触れた。

私はジュリアンと並んで、こちらを見ているファーレイのほうに歩いていった。彼女は広間の中央へと進んでいく私とカルをきょろきょろと見比べた。嫌味を言われるか、怒鳴られるかするものとばかり思ったけれど、彼女はじっと考え込むような顔をしてみせた。まるで、私とカルのことを受け入れているみたいだった。

「カロア」彼女が、国王に会釈した。

カルは、見慣れないファーレイの態度に思わず笑みを浮かべながら、「ファーレイ将軍」と、礼儀正しく応じた。「加わってくれたことに感謝するよ」

彼女は固い襟に手をかけ、無理やり平らに折った。「〈スカーレット・ガード〉はこの同盟に欠かせない組織だもの。メイヴンを降伏させに行くのなら、司令官もその場に同席すべきだわ」

カルが小さくうなずくのを見ながら、私はため息をついた。「そう簡単に話がまとまるとは思えないわ」と警告する。何度も何度も、嫌になるほど胸の中で繰り返した言葉だ。

ファーレイが小馬鹿にしたように笑った。「もちろん、簡単なことなんて人生にありはしないわ。でも、女は夢を見るものでしょ？」

私は彼女の背後にいる、たくさんの将校たちに目をやった。見知った顔はひとりもいなかった。「カイローンはどうしてるの?」私は、急に湧いてきた羞恥心に顔をしかめながら訊ねた。となりのカルがびくりとたじろいだ。私は彼の手を握ってしまいたかったけれど、そんなにあからさまに仲良さそうにするわけにはいかなかった。

ファーレイが哀れむように私を見て「昨日すっかり治ったけど、しばらくはお休みよ」と言った。私は、いつのまにか彼が死を免れていたのを知って、踊りだしたいのをこらえた。「制圧した防衛本部の兵舎に、他の怪我人たちと一緒にいるわ」

「よかった」私は、それ以上何も言えず、ほっとため息をついた。ファーレイも、それ以上は詰め寄ろうとしなかった。それでも私は自分の選択が気まずくて、ナイフで胸をえぐられるような気分だった。カイローンは死にかけた。カルも死にかけた。そして私は、カルの元に走ったのだ。となりのカルも同じなのだろう、顔を上気させて目をそらしていた。

「じゃあキャメロンは?」私は、話題を変えようとして訊ねた。

ファーレイは、ぽりぽりとあごを掻いた。「ニュー・タウンで後の整理をしてるわ。父親と同じで、あそこじゃ重要人物だからね。テチーたちの街にはネットワークがあるから、もうどの街にも連絡が回ってるわ。メイヴンたちは次の攻撃の用意をしてるけど、テチーたちも同じことよ」

それを聞いて、私の中に誇りと不安が渦巻いた。メイヴンは間違いなく私たちのニュー・タウン襲撃に報復するだろうし、二度と同じことが起こらないよう手を尽くすだろう。けれどもしスラムのレッドたちが立ち上がり、どの街も働くのをやめてしまったなら、メイヴンの戦いもそこで止まらざるをえなくなる。資源も燃料もなくなるのだ。そうすれば私たちは、やすやすと彼を降伏へと追い込むことができる。

「そういえば、またエヴァンジェリン王女を待つばかりになったようだね」デヴィッドソンが、私たちのところにやってきて言った。部下たちが距離を取って立ち止まり、私たちだけにしてくれる。

私は天井を仰いでため息をついた。「はあ……世界で変わらないのはあの子だけね」

首相が腕組みした。ぴりぴりしているのかもしれないが、顔には出していない。「孔雀（くじゃく）は、羽を整えるのに時間がかかるものだよ。鉄の孔雀だろうと同じことさ」

「昨日は、マグネトロンをたくさん失ってしまった」カルが、険しい声で言った。まるで叱責するような声。「ハーバー・ベイを手に入れるため、ハウス・セイモスはおびただしい代償を支払ったんだ」

ファーレイが顔をしかめた。「きっといつまでも恩着せがましくされるわね。埋め合わせをしろって言い続ける気だわ」

「まあ、それもしかたないさ」カルが答えた。

過去あんなにいろいろあったけど、私は妙なことに、エヴァンジェリンを弁護してあげたくなった。

「埋め合わせをするのは当然だわ。でも、その話は後にしましょう」私は廊下の奥を軽くあごでしゃくった。プトレイマスと並んで、エヴァンジェリンが姿を現したからだ。

ふたりとも、真珠のような白とまばゆい銀色で着飾っていた。プトレイマスは喉元までボタンをとめたぴっちりとしたジャケットとズボン姿で、カルのとよく似た黒いブーツをはき、肩からグレーのサッシュをかけていた。黒いダイヤモンドで奇妙な模様が入っているように見えたが、近づいてくると、ぜんぜん違うのが分かった。何本ものナイフがサッシュに取りつけられているのだ。いざというときの武器なのだろう。

妹のほうもお揃いのドレスをまとい、スカートのひだの隙間から、白い革のレギンスが覗いていた。会議がただの話し合いから流血沙汰に変わるとしたら、動きにくいスカートなんてはいてはいられない。私も、その場合のことを考えておくべきだった。彼女はぴったりと後ろでまとめた髪に、真珠のようにきらめく金属を星のようにちりばめていた。カミソリのように鋭く、簡単に肉が裂けそうだ。袖もなく、動きの邪魔にならないよう腕は剝き出しで、両手の宝石がよく見えた。どの指にも白と黒の宝石がきらめき、両方の手首には見るからに高そうなチェーンのブレスレットが光っている。人を絞め殺し、切り裂くための武器だ。イヤリングですら長く鋭く尖り、見るからに凶悪だ。エヴァンジェリンは、まるで歩く武器庫だ。なるほど、準備に時間がかかるわけだ。

「お部屋の時計を合わせそびれてたかしら、王女様？」アナベルが、ジュリアンのとなりで嫌味を言った。

エヴァンジェリンは、自分のナイフと同じくらい鋭い笑みを返した。「皇太后陛下、私たちの時計は狂ってなんていませんわ」そう言いながら、私たちのほうに歩いてくる。その笑みをこちらに向けたのを見て、私は身震いした。「おはよう、メア。よく休めたようじゃない」そう言ってから今度はカルのほうを向く。「あなたは違うみたいね」

「ありがとう」私は、硬い声で返事をした。さっき弁護してあげようとしたのを、さっそく後悔する。

プトレイマスは妹の背後で両手を背中で組み、思い切り胸を張っていた。誇らしげに、何本ものナイフをひけらかしている。ファーレイが苛立ちを浮かべた目で、そのナイフを一本一本追っていた。

「話し合いが夜じゃないのが残念だぜ。そっちのほうが襲いやすいからな」プトレイマスが言った。ここで――それもファーレイと私の前で――話をしようだなんて、いい度胸をしている。

プトレイマス・セイモスの一撃に貫かれたシェイドの姿が蘇る。ファーレイも思い出しているのだろうか。プトレイマスの前にいることすら、兄さんへの裏切りに思えた。

ファーレイは、ふんと鼻を鳴らしてみせた。「夜だったら、あんたの妹ももっと派手に顔を塗りたくれたのにね」と、複雑なメイクをしたエヴァンジェリンをあごでしゃくる。

セイモスの王女は少しかちんときた顔で、兄と私たちの間に割って入った。今にも兄を安全なところまで下がらせ、私たちに飛びかかってきそうな顔だ。

「夜ならヴォーロ王も一緒に行けるからよ」さも誇らしげに、エヴァンジェリンはつんと鼻を上に向けた。「夕方には、パパが来ることになってってね」

カルが目を細めた。「援護の部隊を連れてくるのかい？」

「ハウス・セイモスに、もっと死ねっていう気？　まさかね」エヴァンジェリンが鼻で笑った。「メイヴンへの最後のひと押しを監督しに来るのよ」

監督しに……。

その言葉の真意を秘めたエヴァンジェリンの目がほんの一瞬、さっと暗くなった。その言葉が何を意味しているのかは、大して考えなくてもすぐに察しがついた。

私たちのごたごたを片付けるために来るのだ。

私は身震いした。ハウス・セイモスの子供たちは恐ろしく、暴力的で、危険だけれど、それでもせいぜいただの道具にしか過ぎない。さらに強い力を持つ男が自分の好きに操る武器なのだ。

「そいつはいい。僕と会う時間も空けておいてもらうとしよう」カルが宝石まみれの剣のつかに手をかけたまま言った。まるでヴォーロ王召喚は自分のアイデアだとでも言わんばかりの笑みを浮かべている。「僕からも歓迎すると伝えておいてくれよ、エヴァンジェリン」

エヴァンジェリンは毒蛇のような目で彼を睨みつけると、「さあ、くだらないおしゃべりはここまでにしときましょう」と、冷たく言い放った。

水平線から伸びる夜明けの光が、波の立つ海原をピンクと薄いブルーに染めていた。私はひんやりとしたジェットの窓に額をつけて、だんだんと近づいてくる地面を見下ろしていた。どんどん筋肉が緊張し、心臓が激しく打ち、怖くて爆発してしまいそうになってくる。私はジェットを破壊したりしないよう、必死に稲妻がほとばしりそうになるのを抑え続けた。向かいの席ではファーレイが、いつでもベルトをはずせるようバックルに手をかけながら、瞬きもせず私を見つめていた。私が自分を抑えきれなくなったら、すぐにドアから飛び出せるよう用意しているのだ。

カルは、もっと私を信頼していた。くつろいだ顔をして片足を投げ出し、左肩を私にくっつけている。ほんのりと、温もりを放っている。彼の指が時々私の指に触れ、となりにいることを私に思い出させてくれた。

アナベルは私たちが仲良くしているのをよく思っているはずがなかったが、まったく態度には出さなかった。いつになく暗い顔をしたジュリアンと一緒に座り、ずっと黙り続けていた。

他にこのジェットに乗っているのはデヴィッドソンだけで、ありがたいことにエヴァンジェリンとプトレイマスは、後からついてくる別の一機に乗っていた。そのジェットのシルエットが海原に映っているのが見える。ジェットの轟音はうるさいが、今だけはそれがありがたかった。誰も喋ったり、悪巧みをしたりできないからだ。私は規則正しい飛行機のうなり声に耳を傾け、自分を忘れようとした。

やがて、プロヴィンス島が見えてきた。白いリボンのような砂浜に囲まれた、緑色の丸い島だ。上空からだと、まるでジュリアンの部屋にあった地図でも見ているようだった。そのくらい簡単で、海沿いに見える村だって、何本かの通りがざっと描かれただけみたいに見える。港はがら空きだけれど、約一キロの沖合に十隻以上の戦艦が停泊していた。メイヴンがその気になれば、こちらを撃ち落とすこともできる。そう思うと、遠くから砲撃音が聞こえてくるような気がした。

しかし、私たちは無事に着陸した。内臓がよじれ、ひっくり返るような感覚は、耐えがたいほどだ。私はあごの骨が砕けそうなほど歯を食いしばりながら、早く新鮮な空気を吸おうと、急いでジェットから降りた。

エンジンから吹きつけてくるものすごい風に暴れる髪を片手で押さえながら、遠ざかる。肩をすぼめたファーレイが、後からついてきた。

「大丈夫？」エンジンの轟音の中、私にしか聞こえないくらいの声で彼女が言った。

私はぎゅっと口を結びながら、小さく首を振った。大丈夫なんかじゃない。あたりを囲んでいるセンチネルたちが飛び出してくるんじゃないかと、砂浜の小山を覆っている深い草むらに目を走らせる。捕まったらまたひざまずかされ、あの拘束具をはめられる。吐き気が込み上げ、私は身悶えた。手首に、〈静寂の石〉の感触が舞い戻ってくる。もう二度と戻りたくない。私は顔をそむけた。なんとか落ち着こうと深呼吸をする。

ファーレイがしっかりと、しかし優しく、私の肩に手をかけた。「乗り越えろなんて言う気はないわ。だけど耐えて。今だけでも」と、私の耳元で囁く。「今だけでも耐えて」

私は歯を食いしばって振り向き、「今だけでも」と繰り返した。

すべてが終わったら、倒れたって構わない。

彼女の後ろではカルが、話に入るのをためらいながら私たちを見つめていた。私は彼と視線を合わせ、小さくうなずいてみせた。私はできる。しなくちゃいけない。

奇妙な一団だった。シルバーの貴族たちとレッドの将軍、そしてニュー・ブラッドがふたり、そのうえ、さまざまな色をまとった衛士たちがそれを守っている。メイヴンが戦争法を気にするなどとは誰も思ってはいなかったが、レイクランド王妃はたぶん法を守ろうとするだろう。それでも私はファーレイと、護衛についてきたふたりの〈スカーレット・

ガード〉から離れなかった。ふたりの銃と忠誠心は、信用できる。

エヴァンジェリンとプトレイマスは、まるで連れてこられたのが迷惑だと言わんばかりの顔で、ジェットから出てきた。もっと大事な用事があったとでも言いたげな様子だ。もちろん、ただの演技だ。エヴァンジェリンは、なんとしてもメイヴンに会いたいと思っているのだから。あいつの顔を見てあざ笑うことができるチャンスを、みすみす無駄にしたりはしない。エヴァンジェリンはジェットのエンジンから噴き出す風に髪をなびかせながら、鋭い目で周りの草むらを眺め回した。

話し合いは、島の内部で行われることになっている。レイクランドのニンフたちにしてみれば、攻撃の意思がないことを示すのにうってつけの場所だ。そう遠くない道のりを私たちはもくもくと歩いていった。ごつごつと節くれだった木々がまばらに生えている。今はもう放棄された、あのタック島を思い出した。誰も会いに来ないあの場所に、シェイドは埋葬されている。

デヴィッドソンとファーレイに挟まれて、カルが先頭を歩いていた。私たちの同盟の結束を示すためだ。エヴァンジェリンとプトレイマスが、その後に続いていた。意外にも、先頭じゃないことへの不満をちらりとも見せずについていく。

最後尾に近い私は、ゆっくりと勇気を出す時間があるのがありがたかった。肌の下で息を潜めている、自分しか感じることのできない稲妻だけが、私の心を落ち着かせてくれる。

この稲妻は誰にも奪うことができない。あいつにすら。もし奪おうとしたら、あいつを殺してやる。

何ヶ月も前、メイヴンはちょうどこんな感じでレイクランドと和解した。晴れ渡った空とよく凪いだ青い海原の景色はチョークの地雷原とは似ても似つかないけれど、私は同じような雰囲気を感じていた。私たちは、大きく恐ろしい力を持った見知らぬ敵に向かって歩いていくのだ。でも今回の私は、メイヴン側でテーブルに着くわけじゃない。もう私は、あいつのペットじゃないのだ。

レイクランドとの話し合いのときと同じく、野原のまん中にあずまやが作られていた。厚板を丁寧に組み合わせて作ってある。そこに円形に椅子が並べられており、半分がすでに埋まっていた。私は思わず、足元の草原に胃の中身を吐き出しそうになった。

私の肩に手が触れた。ジュリアンだ。

私はすがるような目で彼を見上げた。でも、すがったところで無駄だ。振り返り、逃げ出すわけにもいかない。体がどんなに悲鳴をあげても、応えてあげることはできないのだ。ジュリアンは、そんな気持ちを理解したかのように、優しい目でうなずいてくれた。

耐えるんだ。

センチネルがふたり、私たちの前に立ちはだかった。仮面のせいで顔が見えない。潮風が炎のマントを揺らしていた。

「我が主君、ノルタ王の前に出る前に、武器をお出しください」片方のセンチネルが、ファーレイと部下たちに合図した。誰も動かない。ファーレイは瞬きすらしなかった。アナベル皇太后は、頭をのけぞらせて鼻で笑った。「ノルタ王ならここに立っているわ。レッドの武器など恐れもしない」

これを聞いたファーレイが大声で笑い、軽蔑するようにセンチネルを見つめた。「銃なんて、どうして怖がるわけ？　私たちがどんな武器を持ってようと、あんたたちのほうがずっと危ないでしょうに」そう言って、ニュー・ブラッドもシルバーも、その場の全員を見回す。「まさかあんたたちのちび国王が、銃を持ったほんの数人のレッドにびびってるなんて言う気じゃないでしょうね」

だが、カルは笑わなかった。くすりともしなかった。何か不穏なものを感じているのだと思うと、私はぞくりとした。彼がゆっくりと口を開いた。

「なるほど……。静寂の輪の中で話し合いをするわけか。そうだろう、センチネル・ブロノス？」

全身の血が凍りつくような気がした。やめて！

私が摑まれるよう、ジュリアンがそっと腕を差し出してくれた。私は気をしっかり持とうと、彼にハウスの名前を呼ばれ、センチネルがびくりとした。視線を集中させた。でも無駄だった。心臓は雷鳴のように激しく打ち、呼吸が喉元でつかえる。静寂の輪……。私は胸を掻きむしりたかった。ジュリアンの腕を摑む私の指が、きつく喰い込む。

ジュリアンは私の恐怖を少しでも和らげようと、そっと自分の手をかぶせてくれた。

目の前に立っているカルが、私のほうを向こうとしているみたいに、首だけを少し曲げた。哀れんでいるのだろうか？　苛立っているのだろうか？　それとも私の気持ちが分かるのだろうか？

「そのとおりです」センチネルが、くぐもった声で答えた。「交渉が決裂して争いが起こらぬよう、メイヴン王が〈静寂の石〉を使われたのです」

カルが歯を食いしばり、頬の筋肉がぴくぴくと動いた。

「協定と違う」と声を絞り出す。まるで、威嚇する獣のようなその声があたりに響いた。私は心のどこかで、彼に切れてしまってほしかった。そしてセンチネルも、島も、メイヴンも、そしてアイリスと母親も、燃やし尽くしてほしかった。凶暴で獰猛な炎に、邪魔なものをすべて消し去ってしまってほしかった。

センチネルはすっと背筋を伸ばし、マントの中で拳を握りしめた。カルよりも背が高いが、迫力では敵うはずもない。もうひとりのセンチネルも同じだった。

「国王の望みです。お頼み申し上げているわけではありません」と、びくつきこわばった声で言う。このふたりもかつては、タイベリアス六世やメイヴンと同じようにカルを守っていたのだ。昔の主と対峙する方法など、ふたりとも分からないのだろう。ファーレイとデヴィッドソンの姿を探し、カルがきょろきょろした。私は必死に鼻から息を吸おうとがんばっていた。私を絞め殺そうとする〈静寂の石〉の力をもう感じているような気分だ。

話し合いを拒み、引き返してしまえたら……。

いや、メイヴンがおとなしく従い、すんなりと降伏してくれたら……。

だが、そんなことありはしない。だからこそ、〈静寂の石〉までわざわざ持ち込んできたのだ。自分の身を守るためじゃない。それが目的なら戦争法だけでじゅうぶんだ。愚かなまでに気高い兄が相手の先頭に立っているのなら、なおさらだ。石を持ち込んだのは、私たちを苦しめるためだ。私を苦しめるためだ。あの六ヶ月間、私をどんな牢獄に閉じ込め続けたのか、あいつはよく分かっているのだ。私がどう日々を無駄に生き、ゆっくりと死に向かい、自分の半身から切り離されていったかを、知り尽くしているのだ。どんなに叩いても絶対に割れてくれないガラスの中に、私がどんな思いで囚われていたのかを。

ファーレイがしぶしぶうなずくのを見て、私はずんと胸が重くなった。彼女は何も感じないのだ。〈静寂の石〉は、能力を持たないファーレイやレッドたちには、なんの効果もないのだから。

デヴィッドソンは平静を装い、背筋をすっと伸ばしたままカルの顔を見た。そして、うなずいた。

「いいだろう」カルの声が、耳鳴りの向こうでかすかに聞こえた。

足元の地面がぐるぐると回る。ジュリアンの腕を摑んでいなければ、倒れてしまいそうだ。前に立つファーレイたちが、派手な音をたてて武器を投げ捨てた。銃やナイフが草の上に落ちるたび、私はびくびくとたじろいだ。

「さあ、行こう」ジュリアンが私に耳打ちし、歩きだした。

脚が震え、今にも崩れ落ちてしまいそうだった。私は人に気づかれないよう彼にもたれ、後についていった。

耐えるんだ。

震えたり、倒れたり、逃げ出したりしないよう、必死に顔を上げる。

アイリスは、よく目立っていた。鎧のようなドレスが、まるでヤグルマギクのように青く鮮やかにきらめいている。ドレスの裾が椅子から美しく垂れ、ふんわりと床に広がっていた。戦士と王妃が見事に調和したその姿は、エヴァンジェリンと並べても際立っていた。肉食獣のように灰色の瞳を細め、近づいていく私たちを見つめている。シルバーのくせに、アイリスは私にずっと優しくしてくれた。それでも私は彼女が……そして彼女がしたことが、憎くてたまらなかった。石の力を感じる。怒りを燃やさなくてはいけない。怒りだけが、私の恐怖を追い出してくれるのだから。

〈静寂の石〉が作る輪の中に足を踏み込むと、異様な感覚がカーテンのように私を包み込んだ。私は悲鳴を殺すために唇をきつく噛んだ。あのときと同じ苦しみがずっしりと肩にかかり、内臓がよじれる。胸の苦痛に足がふらつき、まぶたがぴくぴくと痙攣する。体が悲鳴をあげ、神経という神経が燃えるように熱くなる。本能が逃げろ、この地獄の輪から逃げ出せと叫ぶ。みんなについていこうと足を踏み出すたびに汗が背筋を流れ落ちる。〈静寂の石〉さえなければ私は怒り狂う雷を解き放っていたかもしれない。稲妻に慈悲などない。そして私にも。

私は涙がこぼれないよう目に力を込めた。

誰でもいいから、メイヴン以外の人々に視線を向ける。アイリスの母親、センラ王妃は娘よりも物静かで小さい女だった。顔はずっと地味だけれど、彼女もまた、アイリスと同じ色の服に身を包んでいた。鎧はお揃いのダーク・ブルーだし、頭の冠とお揃いの、金のバンドをはめている。ふたりは母娘にしか醸し出せないような信頼感をお互いに見せながら、並んで腰掛けていた。私はふたりを引き裂いてやりたくなった。

四人目の王族は私が見たことのある人ではなかったけれど、それでもすぐに誰かは想像がついた。椅子にかけているそびえ立つような大男はブラッケンだろう。高価な宝石のようなブルー・ブラックの肌は、磨かれたかのようにつややかだ。アメジストの縁取りがされた紫のマントを、純金の胸当ての上に、芸術的と言えるほど美しく垂らしている。その黒い瞳はカルでも私でもなく、デヴィッドソンに向けられていた。子供たちの復讐をしたいのだろう、切り裂くような視線で首相を睨みつけている。

王子もまた、アイリスとともにメイヴンに付き添っていた。

私はなんとか見ないようにしていたが、無視するのは不可能だった。彼の姿は熱く焼けたナイフみたいに鋭く私を切り裂くかのようなのに、どうしても目に入ってしまう。

耐えろ。怒りにしがみつけ。

思い切って目を向けた私は、心臓が止まるかと思った。彼はもう私を見つめ、青白い唇に、あの見慣れた忌まわしい薄笑いを浮かべていたのだ。

私たちが席に着く。メイヴンは、まるで他の人々などその場にいないかのように、私とカルだけを見比べ続けていた。デヴィッドソン首相が、私とカルの間に座った。メイヴンは心の底から楽しそうなにやにや笑いを浮かべながら、兄と私を隔てる壁を見ていた。海風が、カルよりも長い彼の髪をなびかせ、忌まわしい黒鉄の冠の下で揺らしていた。

殺してやりたくなった。

メイヴンはいつもと同じ漆黒の礼服を着て、人々を欺いて手に入れた勲章をじゃらじゃらとぶら下げていた。彼がカルのジャケットを見る。自分とは真逆の色使いの服を見て、にやりと笑う。たぶん、家族の色をまとえないところに兄を追い出したのが愉快なのだろう。メイヴンは、早く最大限の苦痛を私たちに与えてやろうと、喜色満面だった。冷酷な王の仮面を、しっかりと顔に貼りつけていた。

あの仮面を、剝がしてやらなくては。

私は肘掛けに肘をついてデヴィッドソンのほうに体を寄せ、鎖骨を見せつけた。そこに押された焼印が、誰の目にもはっきりと見えるように。メイヴンのMを。怪物のMを。あいつはその烙印に目をとめると、かすかにうろたえた。氷のような目が、遠くを見るような虚ろな目になる。

メイヴンはすぐに我を取り戻すと、私たちを見回した。だが、上々の滑り出しだった。

席は決められていたので、みんなすんなりと着席した。ファーレイはカルのとなりだったが、逆どなりによりにもよってプトレイマスが座ったのを見て、私は目を疑った。思わず額に皺が寄る。いくらファーレイがメイヴンに飛びかかって絞め殺したいのをこらえても、これではとなりの味方を殺してしまいかねない。

ファーレイは、カロア兄弟と同じ燃えるような瞳で、少年王を睨みつけていた。ずっと前、夏の宮殿でふたりは会ったことがある。メイヴンがつまらない嘘で私たちを騙し、味方だと信じ込ませたときのことだ。メイヴンは、私もあの子も騙してみせたのだった。

「君の出世には、心から驚かされているよ、ファーレイ将軍」メイヴンはまず、彼女に声をかけた。私には狙いが分かっていた。まだ腰も落ち着かないうちに私たちに亀裂を入れようとしているのだ。「一年前には、まさかこんな身分になっているなんて思いもしなかったろう。いやはや、すごいことだよ」彼の目が、ファーレイとプトレイマスの顔を行ったり来たりした。何を言わんとしているのかは明白だった。

私がホワイトファイアーに囚われていたころ、メイヴンはハウス・メランダスのシルバーの手を借りて、私の頭の中を探り、あれこれと記憶を覗き込んでいった。だからシェイドがプトレイマスの手にかかって死んだことも、プトレイマスがファーレイにとってどんな意味を持つ男なのかも、あいつは知っているのだ。まだ開きっぱなしの傷口をつつき回ることなんて、たやすい。

ファーレイは肉食獣のように歯を剝いたが、何か言い返しかけたところでカルがさっと割って入った。

「それにしても、なんとも面白いじゃないか」と、硬く無表情な声で言う。なんとか駆け引きをしようとしているのだ。カルにしてみれば、必死の努力だろう。「ノルタ王がレイクランド王妃のとなりに座っている光景なんて、そう見られるものじゃない」

メイヴンは、何も言い返さずに鼻で笑った。駆け引きならば、カルよりもよっぽど上手なのだ。「玉座に就けなかった長男ってのも、そう見られるもんじゃないよ。だろ、兄さん？」言い返されたカルは、黙って舌打ちをした。「おばあちゃんはどう思う？」メイヴンは、突き刺すような目でアナベルを見た。「自分の血を引く僕たちが争い合ってるのを見てさ」

アナベルも、負けじと睨み返した。「メイヴン、あなたは私の血なんて引いちゃいないわ。私の息子を手にかけたときに、すべての権利を失ったのよ」

メイヴンは、まるでアナベルを哀れむようにため息をついてみせた。「剣を振り下ろしたのはカルさ、僕じゃない」そう言って、カルの腰から下がった、よく似た剣をあごでしゃくる。「まったく、おかしなことを言わないでくれよ。年寄りはほんと、変なまやかしを見るから困るんだ」

となりに座るセンラ王妃が、綺麗な眉をぴくりと上げた。だが何も言わず、メイヴンの好きなように続けさせた。

「さてと」彼が、音をたてて手を叩いた。「この話し合いは僕が頼んだわけじゃない。何か、のませたい取引があるからわざわざ来たんだろう? 降伏しろとでも言うつもりかな?」

「ああ、そのとおりだ」カルがうなずいた。

メイヴンが妙な笑い声をたてた。無理やりの作り笑いだ。いかにもわざとらしいその笑い声に苛立ち、カルが椅子にかけたままもぞもぞと身じろぎした。

ブラッケンも笑ったりしなかった。ぎゅっと唇を結び、握り拳にあごを乗せている。彼がどんな能力を持っているのかは知らないが、きっと強烈な力を持っているのだろう。今せた。

「つまらぬおしゃべりなんかじゃないさ、王子」カルは小さく頭を下げ、敬意を示してみ

タイベリアス・カロア」

「つまらぬおしゃべりに付き合うために、遠路はるばる急いできたわけではないのだよ、

は〈静寂の石〉に封じ込められているが。王子が口を開いた。

メイヴンが低いうなり声を漏らした。「ここにいるのは、みんな僕の味方さ」と、白い両手を振って周りの人々を示す。「ふたりともシルバーの王族で、国を上げて僕の理想に協力してくれている。僕は首都を押さえている。そしてノルタでもっとも豊かな地域をすべて――」

「リフトを押さえちゃいないわ」エヴァンジェリンが鋭い声で遮った。〈静寂の石〉に囲まれているというのに、身に着けた金属はどれも乱れひとつなく揃っている。彼女の能力ではなく、しっかりと手作業で取りつけられているのだ。「デルフィーだってそう。ハーバー・ベイは昨日落とされた。そうして他のところもどんどん失って、やがて残ってるのはそこにいる人たちだけになるわ。しかも、協力の見返りも差し出せないようなざまでね」エヴァンジェリンが、尖った銀をかぶせた歯を見せて笑った。チャンスがあれば、メイヴンの心臓を喰らい尽くしてやるつもりなのだろう。「メイヴン、あんたもうすぐ、王冠も玉座も失った王様になるのよ。取引の材料があるうちに降参しちゃうほうが賢明よ」

メイヴンがつんと鼻を上に向けた。まるで腹を立てた子供だ。「何があろうと、取引なんてしやしないよ」

「命がかかっていても？」私は、彼にしっかりと聞こえるようにつぶやいた。メイヴンがこちらを向き、氷のような目で私をじっと見る。

たじろぐな。瞬きするな。耐えるんだ。

メイヴンがまた笑った。「面白いはったりをかましてくれるじゃないか。僕は君たちの戦力も、誰をたぶらかして味方に引き込んだのかも、ぜんぶ知ってるよ。どんな取引が望みなのか言ってみなよ、カル。それともハーバー・ベイに引き返して、この手で君たちを殺させるかい？」

「いいだろう」カルが答えた。両手をきつく握りしめている。〈静寂の石〉がなければ、今ごろ業火を放っているだろう。「身を引け、メイヴン。身を引くなら、命は助けてやる」

「馬鹿言うなよ」メイヴンがため息をつき、アイリスを見て肩をすくめた。アイリスはじっとしたまま何も言わなかった。

カルは構わずに先を続けた。「レイクランドおよびピードモントとの同盟は続行する。そうすれば、凍てつく浜辺から南の島々に至るまで、平和を保つことができるだろう。この戦争で破壊されたものを再建し、育て直すときなんだ。傷を癒やし、何世紀にもわたってはびこり続けてきた過ちを正すんだよ」

「レッドを虐げてきた歴史の話かしら？」アイリスが口を開いた。私が憶えているとおりの声。落ち着いた、慎重な声。アイリスは、自制心の怪物だ。

「そうだ」カルがうなずいた。

ブラッケンは腹につけた金の飾りを片手で押さえながら、深みのある声で笑った。こんな状況でなければ、心地よく温かな笑いに感じたかもしれない。センラは、相変わらず黙っていた。自分たちの狙いをそう簡単に見せる気はないのだろう。

「君は大変な理想家だな、それは認めよう」ブラッケンが、カルを指差した。「それに若く、考えが未熟だ」王子は、こうすれば伝わると言わんばかりの顔で、黒い瞳を私に向けた。「私たちに何を頼んでいるか、君は自分でも分かっちゃいない」

ファーレイは、やすやすと怯えたりはしなかった。今にも立ち上がりそうな顔をして、椅子の肘掛けを握りしめている。頬が赤く上気していた。「少しの自由も許さないほど虐げてきた人たちのことが、そんなに怖いの？」ファーレイは、ブラッケン、センラ、アイリスと視線を移しながら鼻で笑った。「ほんとは、そんな貧弱な力で権力にしがみついてたのかしらねえ？」

レイクランド王妃が、かっと目を見開いた。心から驚いた顔をしている。レッドからこんな物言いをされたことなど、一度もないのだろう。「どの口でそんなことを――」王妃が口走った。

挑発に乗ったファーレイが取り返しのつかない行動に出る前に、ジュリアンがさっと割って入った。「歴史とは常に、踏みにじられ、虐げられた者たちに味方するものだよ、王妃」〈静寂の石〉に囲まれていてもなおずっしりと響く、聡明な、唄うような声でジュリアンが言った。「長い年月が経とうとも、最後には必ず運命は変化する。あなたの代でも、子供の代でもないかもしれない。だがいつの日かレッドたちが城門に押しかけ、冠を壊し、命乞いをするあなたの子孫たちの喉をかっさばくときが必ず訪れるのだよ」

ジュリアンが話し終わっても、その言葉はまるで風に踊るかのようにいつまでも響いていた。レイクランド王妃とブラッケンが我に返ったように、おずおずと顔を見合わせる。

メイヴンは、ちらりとも動じていなかった。燃える瞳でジュリアンをじっと見つめている。昔からずっと、ジュリアンを見下していた。「セリフを練習してきたのかい？　いつもひとりぼっちで図書室に閉じこもって何をしているのかと思ってたけど、なるほど、そういうわけか」

私は、さっと嫌味を投げ返した。「あんたほどひとりぼっちでいるやつ、他に知らないけどね」身を乗り出し、また焼印を見せつける。

皮肉と焼印にメイヴンは青ざめ、口を半開きにした。私とキスをしたがっている顔にも、喉笛を切り裂こうとしている顔にも見える。たぶんメイヴン自身、どちらか分からないだろう。

「気をつけることね、メイヴン」私は、彼を忍耐力のぎりぎりまで追い詰めようとたたみかけた。「その仮面が剝がれ落ちないように」

彼の目に、冷たい恐怖がさっとよぎった。表情が和らいで眉が上がり、唇の間からさらに歯が覗く。両目と頰骨の下に差す影のせいで、メイヴンは月光のように白い骸骨みたいに見えた。「レッドなんていつでも殺せるさ」と、虚しい脅しを口にしてみせる。

「笑えるじゃない。たっぷり六ヶ月もあったのに、私はこうしてぴんぴんしてるわよ」私は自分の胸を叩いてみせた。

メイヴンが言い返してくる前に、となりに座る彼の仲間たちに顔を向ける。「メイヴン・カロアはどんなにがんばっても盤石なんかになれやしないわ」喋りながら私は、目の前にいる三人がかぶる三つの冠の重みがずっしりと自分にのしかかってくるのを感じた。私の体を押しつぶすような〈静寂の石〉の重みに、それが加わる。稲妻を感じることさえできれば、わずかでも力を引き出せるというのに。

「あなたたちだって、みんな分かってるはずだわ。メイヴンの支配がどんな利益をもたらそうと、リスクのほうが大きいんだってね。私たちが直接手を下さなくても、必ず国が崩壊して玉座から追われることになるわ。周りを見てみなさいよ。メイヴンについてるハイ・ハウスがどれだけいるの？」私はセンチネルや、彼らに従っている衛士たちを示したが、ノルタの者はひとりもいなかった。ハウス・ウェルもハウス・オサノスも、誰もいない。どこに消えてしまったのかは知らないが、この場にいないのは好都合だった。

「あなたたちは、メイヴンの盾なのよ。こいつはあなたたちを、そしてあなたたちの国を利用しているの。いずれそれが必要なくなるほど力をつけたら、みんな裏切られることになるわ。メイヴンは忠誠心も、愛情も持ってないのだから。ここにいる自称国王はの誰にとっても危険なやつなのよ」

メイヴンは椅子にかけたまま両手を見ながら、袖口をいじっていた。私の話など効いていない、まったく平気なふりをしている。演技の天才にしては、本当にお粗末だ。私は背筋を伸ばした。「こんな狂気の沙汰を、いつまで続けるつもり？　いったいなんのために？」

となりのファーレイが身じろぎし、椅子が軋みをたてた。カロア兄弟でも生み出せないほどの炎を瞳にたたえ、じっと相手を睨みつける。「おかしな色の血を持つ連中と平等になるのは死んでもごめんだからよ」

「ファーレイ」カルが制した。

驚いたことに、エヴァンジェリンがこの騒ぎを打ち切り、自分に注目を集めた。わざと目立つよう大げさな手振りで、ドレスの皺を伸ばしてみせる。

「ここで何が起きてるかは明白だわ。メア、あなたはメイヴンが人を盾にして利用してると言ったわね？」今にも笑いだしそうな顔で、彼女が言った。

「じゃあセンラ王妃、あなたの軍はどこにいるの？　ブラッケン王子、あなたのは？　この戦争で本当に血を流すのは誰？　この中で誰か盾がいるとしたら、それはメイヴンだわ。この人たちは少年王を利用してカルに立ち向かい、残りものを自分たちの手で片付ける自信ができるまで、お互いに戦わせるつもりなのよ。そうじゃなくって？」

　誰も否定しなかった。いや、エヴァンジェリンの主張に追い風を吹かせたくなかったのかもしれない。アイリスは何か企んでいるような目で気安い笑みを浮かべ、エヴァンジェリンのほうに身を乗り出した。「エヴァンジェリン、それならあなただって同じだと言わざるをえないわ。それとも、タイベリアス・カロアはリフトの武器じゃないとでも言うかしら？」

　メイヴンが手を振って、アイリスを下がらせた。カルからファーレイに視線を移す。今、彼女は私たちの弱みになっている。少なくともメイヴンは、そう考えている。私は胸の中でファーレイを応援した。

「いいや、カルは違う」メイヴンが猫なで声を出した。「利用されてるのはレッドさ。モンフォートの雑種どもさ。ヴォーロと他のシルバーの連中は、公然と僕に反旗を翻（ひるがえ）した。けれど、必要以上にレッドを受け入れるなんて、絶対に我慢できないはずだよ。そうだろう、おばあちゃん？」そう言って、アナベルを見ながらにやりと笑う。アナベルは目を合わせるのを嫌うかのように、黙って顔をそむけた。余裕を気取ってはいても、メイヴンの笑みがやや薄れるのが分かった。

今度はファーレイも挑発に乗らず、黙っていた。デヴィッドソンが偽りの王のほうに顔を向けながら、ゆっくりと手を叩く。「いやはやメイヴン、お見事だよ。認めようじゃないか、君のような若者がそれほど巧みに人心を操るなどとは思ってもいなかったとね。だがそれは、母上がそのように君を作りあげたからだろう?」そう言って首相は、ちらりと私の顔を見た。

メイヴンはこれを聞くと、強烈な怒りを顔に浮かべた。私が首相たちに、メイヴンについて知っている限りのことを話したのだと悟ったからだ。

「そのとおり、メイヴンは母親の作りものよ」私は言った。まるで彼の内臓にねじ込んだナイフをひねるような気持ちだった。「あいつがどんな人間になるはずだったかは知らないけれど、そんなものは完全に消されてしまったのよ」

カルは声を和らげ、最後の一撃を叩き込んだ。「そして、二度と戻ることはない」

〈静寂の石〉がなければ、メイヴンは業火を放っていただろう。剥き出しの骨みたいに白い拳を振り下ろす。「こんな話、なんの意味もない！　取引がないんなら、さっさと帰れよ！　街の守りを固めて死人を掻き集め、本当の戦いに備えたらどうなんだい?」

カルは微塵も動じなかった。メイヴンを恐れる理由など、何もない。悲劇を乗り越えたカルは、将軍に、戦士に成長したのだから。彼は今、助けたい弟ではなく倒すべき敵と向かい合っている。

「今がその戦いさ」カルが答えた。穏やかさが、メイヴンの憤怒と対照的だ。「嵐はもうやんだんだよ、メイヴン。お前が認めようが認めまいがね」

私も、カルの後を追おうと必死だった。メイヴンを忘れようと。メイヴンにはもう、優しげな少年の面影などありはしない。その亡霊すら残っていない。私の目の前にいるのはただ、憎悪と妄想、そして歪んだ愛に取り憑かれただけの少年だ。耐えろ、と私は胸の中で自分を叱責した。メイヴンは怪物だ。私に焼印を入れ、牢獄に閉じ込め、最悪の責め苦を与え続けた。私を自分のそばに置き、あの頭蓋骨の中をさまよう正体不明の獣のエサにするために。けれどどんなにがんばってみても、私には彼の中にわずかな自分の姿を見ずにはいられなかった。嵐に囚われ、自由になることができず、自分のしてきたことからも、これからするであろうことからも、決して逃げることができないのだ。

この世界は、私が作り出した嵐そのものだ。いや、私だけじゃない。多かれ少なかれ、全員が一緒に作り出してしまったのだ。自分たちでも想像すらできなかった足取りで、歩くとは思ってもいなかった道を歩いて生み出したのだ。

ジョンは、すべてを予知していた。いったいいつ、世界はこの道に入ったのだろう？どの選択のせいで入ったのだろう？〈スカーレット・ガード〉を叩き潰す方法を探そうと、私の頭を覗き込んだエラーラのせいだろうか？　それともあのアリーナで私をクイーンズトライアルに引きずり込んだエヴァンジェリンのせいだろうか？　それとも私がただのスリだったころにそっと私の手を取った、カルのせいだろうか？　それとも師匠が死んでどん底の運命に突き落とされ、兵役の宿命に立ちはだかられたカイローンのせいだろうか？　いや、こんなことが始まってしまったのは、その誰のせいでもないのかもしれない。もしかしたらレイクランド王に溺れさせられたファーレイの母親と姉の死が、父親であるあの大佐に火をつけ、決起させたせいかもしれない。もしかしたら、軍隊で死の手を逃れたデヴィッドソンが、新しい未来を築こうとモンフォートに逃げ込んだせいかもしれない。いや、もしかしたらもっとずっと遠くの誰か……もしかしたら百年前、千年前に生きた誰かのせいかもしれない。

彼方の神に呪われたか、選ばれたかした何者かが、このすべてが起こるよう運命を導いたのだ。

それが何者なのか、私は永遠に分からないだろう。

25

エヴァンジェリン

〈静寂の石〉に逆なでされ、延々と続くその感覚に肌がやたらとむずむずした。あんなに長年の訓練を積んだ私でも、無視するのは簡単じゃない。体が朽ちていくようなこの重みを振り払いたいあまり、爪で両腕を引き裂いてしまいたくなる衝動を、私は必死に押し戻していた。いったいどこに石が仕込まれているのだろう？　話し合いの場になっているあずまやの下だろうか？　椅子の真下だろうか？　息ができなくなるほどすぐそばに感じる。

体の奥底にずっしりとのしかかるような異様な感覚だというのに、誰もが平然としていた。この苦しみを味わったことがあるはずのメアでさえも、すっと背筋を伸ばして微動だにしていない。不快感や苦痛を覚えているようには、とても見えない。つまり、私もメアみたいに隠さなくちゃいけないということだ。くそ。

ブラッケンも私たちと同じく〈静寂の石〉の感触が嫌でたまらないのだろう、唇を歪めていた。もしかしたらおかげで、私たちの申し出にすんなり応じてくれるかもしれない。確かに王子はモンフォートを毛嫌いしているし、そうするだけの理由もある。けれど、さらに多くを失うのはもっと嫌なはずだ。それにもしカルのはったりが効けば、王子はまずメイヴンへの忠誠心など捨て去るだろう。

メイヴンは、自分は戦士である兄と対等なのだとでも言わんばかりに、カルを睨みつけていた。兄の慈悲につけ込む気なのかもしれないが、カルは椅子にかけたまま微動だにしなかった。

「降伏し、そして生きろ。僕からの条件は以上だ、メイヴン」カルが、父親よりもずっと国王らしい声で言った。

だがメイヴンには、頭に銃弾をぶち込んだり、腹にナイフを突き立てたりするだけでも生ぬるい。私たちみんなにとって、生かしておくわけにはいかない危険な男なのだから。

メイヴンは、腹の底から響くような声を絞り出した。

「僕の島から出ていけ」

誰も動じなかった。プトレイマスが長いため息をつく。胸のナイフでメイヴンを八つ裂きにしたいのか、指がぴくぴくと動いている。メイヴンのセンチネルたちも、私たちの武装を解きはしなかった。能力さえ封じてしまえばこちらは無力だと思っているのだ。だが、それは大間違いだ。状況さえ許せば、兄さんはメイヴンの腹にナイフを突き立てることができる。

私の婚約者は椅子にかけたまま身を乗り出し、ゆっくりと立ち上がった。「よく分かった」と、苦痛を声に滲ませる。「今日という日をよく憶えておくんだな、メイヴン。お前が見捨てられ、ひとりきりになり、自分しか責める相手がいなくなった日を」

メイヴンは何も答えず、にやにやしながら気取った笑い声を漏らした。敵に囲まれた哀れな少年を、実にうまく演じきっている。王座とは無縁の次男の顔を。けれど、そんな演技に意味なんてない。私たち全員が、彼の正体を知っているのだ。

センラ王妃は、娘を挟んで反対側にいるメイヴンを見た。「陛下、こちらの条件は？」けれど、カルとメアにすっかり気を取られているメイヴンには、その声も聞こえていなかった。アイリスが彼をつつく。

「降伏以外にないよ」メイヴンは、さっと答えた。「言い分は聞かない。容赦もしない。君たちの誰にもね」彼がメアを睨みつけた。彼女がびくりとたじろぐ。

カルの向こうで、アナベルが立ち上がった。この場から、そして忌まわしい孫の元からさっさと立ち去ろうとでも言うかのように、両手を振ってみせる。「さあ、もう決まったでしょう。これ以上話すことは誰にもないはずだわ」

妙なことに、アナベルはアイリスだけを見ていた。メイヴンでも、センラでも、ブラッケンでもなく。この人々の輪の中では大した役割も、そして力も持たない若き王妃だけを見ていたのだ。

アイリスが、軽く会釈した。灰色の瞳に、なんだか意味深な光がよぎった。「ええ、そのようですね」と彼女が答える。その横で、センラ王妃も会釈し、同じ言葉を口にする。たぶん、レイクランドのしきたりなんだろう。神様だかなんだかへのお祈りと同じで、くだらないし意味もない。

ふたりの王妃がまず立ち上がると、ブラッケンも続いた。私に向かって低く頭を下げ、私も会釈を返す。ブラッケンは私から視線をはずすと、デヴィッドソンの顔を見た。隠しようもないほどの嫌悪感を、その顔に浮かべながら。

だが、首相は気にとめた様子もなく、優雅な物腰で席を立った。「いやはや、何はともあれこれは面白い」と、空虚な笑みを浮かべてつぶやく。

「本当にね」私は思わず、そう返していた。

残りの人々も立ち上がった。色とりどりの服やきらめく鎧があずまやの中に踊る。あとはメイヴンがただひとり、椅子にじっと座っているだけだ。じっと人々の様子を見つめている。

メアは巧みに彼の視線をかわし、ファーレイの後ろを回り込んでカルの腕を取った。これを見た偽りの王は、猛烈に腹を立てた。頭から煙が出るんじゃないかと思ったほどだ。〈静寂の石〉がなかったら、本当に出ていたかもしれない。

「また会おう」カルが、背後に声をかけた。

この言葉の何かが、メイヴンの怒りを爆発させた。両側の肘掛けを殴りつけて立ち上がり、私たちに背を向けると、足音も荒く立ち去っていく。漆黒のマントが背中でなびいている。まるで、かんしゃくを起こした子供みたいだ。それも、超危険な子供だ。

レイクランドの両王妃とピードモントの王子は、いかにも気が進まない顔で彼を追っていった。カルの言うとおりだ。事態が変わり、メイヴンに勝ち目がなくなったなら、彼らはぱっと手のひらを返すだろう。けれど、私たちの側につくだろうか？　私には、そうは思えない。きっとじっと腰を据え、反撃のときを待つはずだ。私は、〈スカーレット・ガード〉とモンフォートがなんだか羨ましくなった。彼らの同盟には本当の信頼関係があるし、目標だって同じだ。私たちシルバーとは違う。いくら平和を口にしても、私たちは平和になんてできちゃいない。玉座の間でも、戦場でも、さらには家族の食卓でも、私たちはいつでも戦い続けているのだ。それが、私たちにかけられた呪いなのだ。

さっさとこの〈静寂の石〉の輪から抜け出し、新鮮な空気を吸い込みたかった。私はプトレイマスを引っ張り、自分たちが乗ってきたジェット機へと続く曲がりくねった道に向かっていった。ファーレイ将軍がぴったりとつけてくる以上、兄さんのそばを離れるわけにはいかない。彼女はまるで、一撃必殺のチャンスを狙って狼をつけ回すネズミだ。

あずまやの外に出ると、押し寄せるようにして力が戻ってくるのを感じ、私はほっとした。アクセサリー、髪の毛、歯、そして全身に着けた金属たちが、ざわざわとその力に応じてくれる。私はメイヴンの勲章の感覚を見つけ出し、遠のいていくのを感じ取った。本当に立ち去る気なのだ。私たちのように、この島から逃げ出すつもりなのだ。

まだまだこの戦争への勝利は遠い。私の推測が正しければ、今のところ両者が五分五分といったところ。まったくの均衡状態だ。この状態が何年続いてもおかしくはない。私が結婚もせず、ただの王女として、王妃という鎖につながれないままで。パパがここに来たら、私は何週間か家に帰れるかもしれない。このごちゃごちゃをまとめるのは、パパに任せてしまえばいい。エレインと一緒に、どこか静かな場所にお忍びで出かけるのもいい。想像しただけでも、たまらない気持ちになる。

恍惚（こうこつ）としていた私は、土から染み出して足元に湧いてくる水に、危うく気づかないところだった。

意識の端で、メイヴンの勲章が動くのをやめる。

「トリー」私は囁いて、兄さんの腕を掴んだ。

水浸しになった地面を見て、兄さんが目を丸くした。

残りのみんなも、水を跳ねながら足を上げている。ファーレイと部下たちは、急いでさっき放り出した銃を拾い上げた。何丁かは、もう水をしたたらせている。将軍たちはさっと防御の陣形につき、木々や遠くのあずまやに銃口を向けた。

メアが、カルの前に出た。カルは、ゆっくりとかさを増してくる水に怯え、きょろきょろしながら一瞬固まっていた。メアの片手がばちばちと光る。

「気をつけなさいよ」私はトリーを引っ張って後ろの乾いた地面に飛び退きながら叫んだ。

「私たちを丸焦げにする気？」

彼女は冷たい目で私を見た。「そうしたかったらそうするわ」

「ニンフの攻撃？」ファーレイは銃身に頬をつけ、スコープを覗き込んでいた。「あいつらが消えた方角に何か動きがあるわ。青いドレスに、センチネルに……」彼女の言葉が途切れた。

私はトリーのサッシュからナイフを一本抜き取り、手の中でくるくると回した。「それから？」

「それから先なんて、気にする必要あるものですか」アナベルが、軽く楽観的な声で言った。「さあ、ジェットに戻りましょう」

私と数人が、ぽかんと口を開けてアナベルを見た。

ファーレイが、銃を構えたまま最初に声を出した。「島が沈むか、攻撃されるかもしれないのよ？」

「くだらない」アナベルが鼻で笑った。「そんなことではないわ」

「じゃあ、これはなんなんだ？」カルが震える声で訊ねた。「いったい何をしたんだ？」

アナベルが、ジュリアンに譲った。老いぼれがうっすらと、虚ろな笑みを浮かべる。

「我々で終わらせたのさ」

誰よりも先にメアが声をあげた。「何を——」

砂浜の反対側、森の向こうから、波が砕けるような音が響いてきた。ファーレイは戸惑う部下たちを後目に、もう一度スコープの向こうに見える光景を確認した。

気づけば私は、高いところからもっとよく状況を把握しようと、砂の丘を登っていた。草原に、大きな銃声が響くのが聞こえた。見下ろしてみると、メアがたじろいでいた。私は握り拳を固め、私の意識が感じ取る銃弾を数えていった。銃弾は私たちの反対側に向かって飛んでいく。一発の銃声が響くと、それに応えるようにまた銃声が響く。

「戦ってるんだわ……何かと」私は兄さんに言った。

下では、カルが水を蹴り上げて前に進みながら、片手に炎を宿していた。「メイヴンだ」と、彼がつぶやくのが聞こえた気がした。メアは彼の前で、刺激しないよう押し戻そうとしていた。いや、それとも燃やされないようにだろうか。アナベルは、動こうとせず立っていた。

登りながら見下ろすと、誰かが引き戻したように水が少し引いていくのが分かった。ごつごつとした木々の合間に、色が見える。青い鎧、赤い炎、そしてセンチネルたちの深紅のマント。誰かのものすごい悲鳴が響いた。誰かが世界に灰色のカーテンを引いてしまったように、あたりに霧が立ち込める。

私のアクセサリーたちが素早く広がって鎧となり、両手と手首を、そして肩を覆っていく。「ファーレイ、私に銃をよこしなさい！」私は吠えた。

彼女はこっちなど見ず、地面に唾を吐き捨てた。

「ここからのほうがよく見えるし、射程も短いのよ！」

ファーレイは長い銃身を握る手に力を込めた。「お願いすれば言うことを聞くと思ってるなら――」

「お願いなんてしちゃいないわ」私は怒鳴り返し、指をくいと動かした。銃が彼女の手から浮き上がり、私の手の中に飛んでくる。

「あなたたち、私を信じなさい。そんなことをする必要ないのよ」アナベルは、不気味に落ち着き払っていた。「ごらんなさい、もう終わったわ」そう言って私たちの間に歩み出てきて、皺だらけの指で森を指差す。

また、地面に水が流れはじめていた。遠くから近づいてくるいくつかの人影と一緒に動いているようだが、霧のせいで影のようにしか見えない。

最初に流れてきたのは死体だった。足首ほどの高さの水にセンチネルたちのマントが広がり、浮いている。仮面は剝がれて割れ、素顔が覗いていた。知っている顔も、知らない顔もあった。

人影の姿が、次々とはっきり見えてきた。ひとりが片手を上げて振り、霧を追い払う。霧は集まるとつぜんの大雨のように私たちの上から降り注いだ。そして、センラとアイリスの姿が、そしてふたりの背後に扇状の隊列を組んでいる衛士たちの姿が見えた。その後を、ブラッケンが続いていた。金の胸当てをきらめかせ、紫のマントを水の中に引きずっている。

彼らは奇妙な隊列を組み、青い軍服の衛士たちをできるだけ長く視界から隠そうとしているようだった。やがて、十メートル先で彼らが足を止めた。うねる水が、その足元に集まっていく。

私たちは、わけも分からずじっと目の前の光景を見つめていた。首相ですら、眉間に皺を寄せている。

何ごともない顔をしているのは、アナベルとジュリアンだけだった。

「さて、交換の用意をなさいな」アナベルはそう言うと、ジュリアンのほうを振り向いた。ジュリアンは病気のように顔面蒼白だったがうなずき、レロランの衛士ふたりを連れて歩きだした。

交換、とアナベルは言った。

私はちらりとメアの顔を見た。メアは私の視線を感じると、恐怖と困惑を浮かべて目を見開き、見つめ返してきた。

何を交換するというのだろう？

いや、誰を、だろうか？

レイクランド兵たちの中で、誰かが押さえつけられ、もがいているのが見えた。センラとアイリスの間から、あいつの姿が見えた。自分よりも遥かに強い男たちに、勝てるわけのない戦いを挑んでいるあいつの姿が。

メイヴンは唇から血を流し、乱れた髪の上に乗る冠はひん曲がってしまっていた。彼は必死に足をばたつかせながら、レイクランド兵たちに腕を抱えられ、引きずられていた。彼はいつでも攻撃しようと、彼の周りにはアイリスが操る波がうねっていた。彼女はそのとなりで口笛を吹きながら、両手でメイヴンのブレスレットをくるくるともてあそんでいた。メイヴンの能力に必要な、炎のブレスレットだ。私はそれに気づいて衝撃を受けた。メイヴンは、自分が情けをかけようともしなかった人々の手により、すっかり無防備にされてしまったのだ。

レイクランドの王女が鋭い笑みを浮かべた。落ち着いた女なのは分かっていても、ぞっとする眺めだった。メイヴンが唾を吐きかけたが、大きくそれた。

「この糞ニンフめ」メイヴンが怒鳴り、また足をばたばたさせた。「今日はひどい間違いを犯したな」

センラは顔をしかめたが、娘を止めようとはしなかった。

「あら、そうかしら？」アイリスはぶっきらぼうに答えた。ゆっくりとメイヴンの頭から冠を抜き取り、水に放り込む。「それはあなたじゃなくって？　たくさんの間違いを犯したわ。あなたの国に私を招き入れたのだって、言うまでもなくそうでしょう」

私は目を疑った。メイヴンが……あの裏切り者が裏切られている。詐欺師が詐欺に遭っている。

戦争が。

終わった。

具合が悪くなりそうだ。

呼吸が浅くなり、私はメイヴンから視線を引き剝がし、彼の兄の顔を見た。カルは死人のように青ざめていた。アナベルとジュリアンの企てを知らなかったのは、ひと目で分かった。自分の名のもとに、ふたりがどんな取引をしたのかを。

しかし、見返りに誰を差し出すというのだろう？

逃げなくては。トリーの腕を摑んで。海に逃げ込まなくては。

私は急いで丘を下り、兄さんのとなりに駆けつけた。今はみんな、偽りの王のことで頭がいっぱいのはず。ニンフたちの思いどおりになんてさせない。ジェットに行くんだ。家に帰るんだ。

「うぬぼれるなよ、エヴァンジェリン！」メイヴンが首をひねり、顔にかかる髪の毛を払った。「お前がいくら自分を高貴な身分だと思っていても、僕となんて釣り合わない女さ！」

じりじりと後ずさっていた私に、全員の視線が集まる。私はプトレイマスの腕をきつく摑んだ。人々の顔に視線を走らせると、すぐそばにメア・バーロウがいた。彼女の目が、私の顔と、トリーの腕を摑んでいる手の間を行き来する。その目に憐れみのような色が浮かぶのを見て、私はナイフでくり貫いてやりたくなった。

「で、誰なの？」私は、プライドという鎧で身を守ろうと、つんと鼻を上に向けた。「バーロウ、また自分を取引のために差し出すつもり？」

彼女の目に浮かぶ憐れみが、怒りへと変わった。私はそのほうが好きだ。

「いいや、違う」ジュリアンが、衛士たちと戻ってきた。レイクランド人たちのように、ジェットから連れてきた捕虜を引きずっている。

最後にサリン・アイラルの姿を見たのは、自らの愚かさとプライドのせいでパパの手にかかり、称号も剝奪され、窒息死させられかけたあのときだ。コーヴィアムの防壁の外でレイクランド王を殺した。短絡的なあの男には、そんなことをしてもレイクランドとメイヴンの結束を強め、王妃たちの決意をさらに固めることにしかならないのが分からなかったのだ。今サリン・アイラルは命をもって、その過ちのツケを払わされようとしているのだった。

サリンは不気味に虚ろな目で、ぐったりとしていた。足元を見つめ、強く摑まえられているわけでもないのに、逃げようとすらしない。ジュリアン・ジェイコスがそばに立っているのを見れば、理由は明白だった。逃げていいという許しなど、あの男が与えるわけがない。

「これはいったい……僕は何も……」カルは呆然とした顔で自分の祖母に訊ねた。アナベルはそっと自分の手をカルの胸に当て、後ろに下がらせた。

「けれどカル、あなたでもこうしたでしょう?」と、母親のような優しい声で言い、アナベルは両手でカルの顔を包み込んだ。「今日、この瞬間に、私たちは戦争を終わらせるのよ。これはそのための代償なの。ひとつの命で、何千人という人々の命が助かるわ」

難しい決断じゃない。

「そのとおりだよ、カル。こうすればたくさんの命が救われるから、こんなことするんだろう?」メイヴンは自虐的に笑ってみせた。もう彼に残された武器は、言葉しかないのだ。

「根っから高潔なやつだな」

カルはゆっくりと視線を上げ、弟を見つめた。さすがのメイヴンも黙り込み、燃え上がるような沈黙が訪れる。どちらも、瞬きすらしなかった。うろたえもしなかった。メイヴンは兄の反応を待ち、嫌な笑みを浮かべていた。カルは表情を変えず、何も言おうとはしなかった。けれど肩をいからせて祖母の後ろから出てくるその様子は、彼の気持ちを雄弁に物語っていた。

ジュリアンは指先でサリンの顔に触れると、自分と目が合うよう顔を上げさせた。「王妃たちのところまで歩きなさい」才能豊かなシンガーの、唄うような声。その気になれば私たち全員を操り、自らが玉座に上ることすらできるだろう。幸い、ジュリアン・ジェイコスは権力などというものにまったく興味はなかったが。

サリン・アイラルはぼんやりとしながらも、さすがはシルクといった優雅な足取りで歩きだした。私たちとメイヴンとの間を進んでいく。レイクランドの王妃たちは、ごちそうが近づいてくるのを見守るような、待ちかねた顔をしていた。アイリスがサリンの首を掴んで膝の裏を蹴り、水の中に無理やり四つん這いにさせた。

「そいつをあっちにやりなさい」センラが静かに言いながら、メイヴンに向けてさっと手を振った。

まるで、曇りガラス越しに見るスローモーション映像のように、現実味がなかった。けれど、確かに現実だった。レイクランドの衛士たちに突き飛ばされたメイヴンが、足をもつれさせながら兄のほうに向かう。まだ笑みを浮かべて血を吐いてはいたが、両目には涙が光っていた。どうやら自制心を失い、これまでずっと貼りつけていた仮面が剝がれかけているのだ。

彼には、これで終わりなのだと分かっていた。メイヴン・カロアは敗北したのだ。

衛士たちは、メイヴンに体勢を立て直すことも許さず、前に突き飛ばし続けた。哀れな光景だ。彼は鋭い笑い声をあげながら、口早に何かを囁いていた。

「あんたが言うとおりにしたんだ」誰にともなく、メイヴンが言う。「あんたに言われたとおりにしたんだ」

アナベルが前に出てきて、よろめくメイヴンとカルの間に立ちはだかった。まるで、カルを守ろうとする虎のようだった。

「真の王には、一歩たりとも近づくな」アナベルが威嚇する。賢い人だ。メイヴンがすべてを失った今でも、絶対に信用しようとはしない。

メイヴンは地面に膝をつくと、乱れた黒い癖毛を片手で掻き上げた。体の中から消えかけている炎を必死に掻き集め、兄を睨みつける。「僕みたいなガキが怖いのかい、カル？戦士なんじゃなかったのか？」

となりでメアが身をこわばらせ、彼の腕に手をかけた。止めるためだろうか、けしかけるためだろうか、私には分からなかった。カルは生唾をのみ込み、決断を下した。

ゆっくりと剣のつかに手をかける。「立場が逆なら、お前は僕を殺すだろう」

メイヴンの歯の隙間から、ひゅっと息が漏れた。

「ああ、そうだね」メイヴンがつぶやき、もう一度血を吐き捨てる。「いい気分かい？」

カルは答えなかった。

氷のように青い瞳が、兄からとなりに立つ女にさっと動く。見つめられたメアは、まるで鋼鉄のように身をこわばらせた。恐ろしくてたまらないはずなのに、必死にその恐怖を隠している。

「幸せかい？」メイヴンは、囁くような声で訊ねた。誰に向けて訊いたのか、私には分からなかった。

誰も答えない。

ごぼごぼとした音に気を取られた私はメイヴンから顔を上げ、獲物を取り囲んでいる王妃たちに目を向けた。王妃たちは輪のようなものを作って動いていた。ダンスとも、儀式とも違う。パターンのある動きじゃない。彼女たちからはただ、冷たく静かな怒りしか感じない。ブラッケンすら、動揺したような顔をしている。王子は何歩か後ずさり、王妃たちが自由にできるようスペースを空けた。サリンはまだひざまずいたまま、彼らの間でゆらゆらと揺れていた。口から泡立った海水を垂らしている。

王妃たちは拷問するかのように、サリンの顔に海水をかけ続けた。ぎりぎり息ができる程度のゆとりを残しながら。そうして少しずつかけるたびに、サリンの顔は青ざめ、紫になり、やがて黒ずんでいった。サリンが崩れ落ちてびくびくと痙攣し、足首までもないような浅い水の中で溺れ、立ち上がることもできなくなる。もう自力ではどうしようもない。王妃たちはサリンの上にかがみ込み、両肩に手をかけた。死に際に、自分たちの顔を見せてやろうというのだ。

嬉々として拷問する人を見るのは、これが初めてじゃない。いつだって恐ろしかった。けれどこの残虐さは、私の理解なんて遥かに超えている。私は震え上がった。

アイリスが私の視線に気づいた。私は彼女の目に耐えきれず、顔をそむけた。

完全に、彼女の言うとおりだった。アイリスをノルタに、そして宮殿に入れたのは、メイヴンの間違いだったのだ。

「幸せかい？」メイヴンが、さっきよりさらに追い詰められたように、白い歯を牙みたいに剝き出した。

「メイヴン、静かにしなさい」ジュリアンが唄い、無理やり自分のほうを向かせた。歪んだ人生で初めて、メイヴン・カロアがその狡猾な口を閉ざす。

振り返ってみると、プトレイマスも私と同じように顔をまっ白にしていた。私たちの足元で、世界が動く。

と、私は思わずはっとした。この取引は、まだもうひとつ残っているはずだ。そうに違いない。

兄さんに顔を寄せ、他の誰にも聞こえないよう囁く。

「サリンだけで終わるはずないわ」

ハウス・アイラルはリフトでもノルタでも、称号や領土、そして権力を持たない落ちぶれ貴族だ。レイクランド王殺しの張本人とはいえ、王妃たちも、メイヴンと引き換えにしてそれで復讐を済ませるわけがない。彼女たちは奇妙だが、馬鹿じゃない。アナベルはこれが代償だと言っていたけれど、あれは真実じゃない。まだ何かある。誰かいる。

私は顔に何も出さないようにしながら、頭を回転させた。誰にも見抜かれはしない。けれど、メイヴンが正しい。王子と王女を合わせても、国王ほどの価値なんてありはしない。馬鹿げてる。私たちでは、メイヴンと引き換えるには安すぎる。

でも、パパは違う。

ヴォーロ・セイモス。リフトの王。サリンは、パパの役に立って喜ばせようと、レイクランド王にナイフを突き立てた。あの殺しは、パパの名のもとに行われたのだ。

そしてパパにとってレイクランド王は、カルと同じくらいの宿敵だったのだ。

アナベルは、喜んでパパを差し出すだろう。そうするのが、彼女にとっては理に適っている。

手の震えを誰にも見られないよう、私はきつく握りしめた。無表情の、感情など何も浮かんでいない顔で、私はその可能性をじっと考え続けた。

パパが死ねば、リフト王国は分裂してしまう。パパがいないと、今のまま持ちこたえることなんてとてもできやしない。私はもう、王女ではなくなる。パパの大事な娘でも、手をかけたペットでも、取引に使うおもちゃでも、好きに使える剣でもなくなる。

愛してもいない相手と結婚することも、偽りの人生を生きる必要もなくなる。

でも、いろいろあるとはいえ、私はパパが大好きだ。この気持ちは捨てられない。捨てるだなんて、耐えられない。

私はどうしたらいいのだろう……？

26

メア

メイヴンと一緒のジェットに乗るのは断った。カルもだ。まだ呆然としていて整理がつかず、とてもあいつを見るような気分になれなかった。ジュリアン、デヴィッドソン、アナベルの三人が二機目のジェットでメイヴンに付き添い、私たちにせめてもの休息を与えてくれていた。

けれど、私たちは誰も口をきかなかった。ハーバー・ベイへと戻る機内は、重苦しい沈黙に包まれていた。エヴァンジェリンとプトレイマスですら、ショックを受けて押し黙っている。あの人質交換で、誰もが冷静ではいられなくなっていた。私はまだ信じられなかった。ジュリアンとアナベルは、裏でレイクランドとつながっていたのだろうか？　それも、私たちの目と鼻の先で？　カルの承認もなく、デヴィッドソンも巻き込まずに？　とてもありえないことに思える。強大なスパイ網を持つファーレイさえ、こんなのは夢にも思っていなかった。でも彼女は私たちの中でひとりだけ、嬉しそうにしていた。座席にかけて微笑んでいる彼女は、今にも興奮で飛び上がりそうだ。

こんな気持ちになるはずじゃなかった。戦争に勝ったのだ。もう戦いもないし、誰も死ななくていいのだ。プロヴィンス島でメイヴンは王冠を失ったのだ。あの冷えた鉄の輪っかは、誰に拾われることもなくあの島に捨てられた。アイリスが、あいつのブレスレットを奪った。メイヴンはもう、戦いたくても私たちと戦う力なんてない。すべて終わったのだ。少年王は、もういないのだ。もう一秒たりとも、あいつには私を苦しめることができないのだ。

なのに、なぜこんなひどい気持ちなんだろう？　私の腹の底には、とても無視できないほどの恐怖が石のようにずっしりとのしかかっていた。今、何が起きているのだろう？

最初、私はアイリスと彼女の母親、そしてブラッケンのせいにしようとした。カルは同盟に忠誠を誓うよう三人にも確認していたけれど、私は、三人がそれに応じるとは思わなかった。彼らはあまりにも多くを失いすぎていたし、手ぶらで家に帰るタイプの人々にはとても思えなかったからだ。復讐すべき個人的な理由は三人すべてにあったし、ノルタはまだ内戦でごたごたし、分裂していた。つけ狙う獣にしてみれば、簡単な標的だ。今日私たちが手に入れた平和のようなものは、しょせんかりそめに過ぎない。チクタクとなる時計の音が、今にも聞こえてくるような気がした。

でもメア・バーロウ、あなたが恐れているのはそれが理由じゃない。

昨日の夜、私とカルは、もう何も選択はしないと、すでに決めたことはもう変えないと、ふたりで誓った。戦争がどちらに転ぶかまだ分からない今、そんなのは無視してもいいと思ったからだ。でも、もっと時間がかかると思っていたのだ。こんなにすぐ終わってしまうとは。まさか自分たちのつま先が、もう崖っぷちから出ていただなんて。

メイヴンが追い落とされた今、カルは名実ともにノルタ王だ。自ら戴冠し、生まれついての権利をまっとうするだろう。エヴァンジェリンと結婚するだろう。これまでのことなんて、何も関係ない。

そして私たちは、また敵同士になる。

モンフォートも〈スカーレット・ガード〉も、ノルタを治める王を支持したりはしないのだ。

私も、カルがいくら世界を変えると誓ったとしても、支持する気はない。どうせ彼の子供か、孫か、遠い先の子孫たちが同じことを繰り返すのだ。カルはそれから目をそむけている。よりよい世界を作るために必要な犠牲を受け入れる度胸なんて、あいつにはない。

私はちらりとカルの顔を見上げた。カルは何かに気を取られていて、私の視線には気がつかなかった。弟のことを考えているのだ。この一部始終のためにメイヴンが払わされる代償と、あいつが私たちみんなにつけた傷跡のことを。

コロス監獄を襲撃する前、メイヴンが待っていると思い込んでいたカルは、きっと自分を見失ってしまうと言った。すべてを懸けてでもメイヴンを追ってしまうはずだと。そんなにも自分を抑えられないことを、彼は恐れていた。私は、もしカルに無理ならば自分がメイヴンを殺すと言った。そんなの簡単にできると思った。けれどいざチャンスが訪れ、バスタブからこちらを見上げるメイヴンと向き合うと、私は目をそむけてしまった。

あいつには死んでほしい。あんなことをされたのだ。あんな苦しみを、苦痛を与えられたのだ。シェイドを殺されたのだ。この歪んだゲームの駒として、多くのレッドたちが利用されたのだ。それでも私には、自分が本当にこの手でメイヴンを殺せるのか自信がなかった。そして、カルに殺せるのかも。

だがカルはやるだろうし、やらなくちゃいけない。この道は、そこにしか続いていないのだ。

ハーバー・ベイへの帰り道は、行きよりも短く感じられた。アクアリアン港の端、かつて水上の市場だったところに着陸する。同盟軍の兵士たちがたくさんいるのを見て、私は息が止まりかけた。あんなにたくさんの視線が集まってくるだなんて。

でも、今回の見世物は私じゃない。あいつには何度も見世物にされたけれど。ジェットから降りていくメイヴンを見ながら私は小さな満足を覚えていた。ジュリアンの能力のせいで鈍った脚をもつれさせ、子供のようによろめきながら降りていく。両手は誰かに縛り上げられていた。メイヴンは何も言わなかった。まだ喋ることができないのだ。ファーレイは誇らしげな笑みを浮かべながら、勝ち誇るかのように、彼のそばで片手を振り上げていた。もう一方の手で、メイヴンの襟首を摑み上げている。「立ち上がれ、朝日のように赤々と！」ファーレイが叫んだ。片足で、アイリスのようにメイヴンの膝の裏を蹴りつける。メイヴンが……国王がひざまずかされる。「私たちの勝利だ！」

集まっていた兵士たちは何かに打たれたように静まり返っていたが、すぐにその言葉の意味を理解した。歓声があがり、嵐のように激しくなり、歓喜の叫びとメイヴンへの憎悪の咆哮（ほうこう）が街を震わせるほどに響き渡った。

となりから、カルの温もりが広がってきた。彼は無表情のまま、群衆を見つめていた。楽しんではいないのだ。

「あいつを宮殿に連れていってくれ」近づいてきたアナベルに、カルが声をかけた。「できるだけ急ぐんだ」

アナベルは、苛立ちのため息を漏らして彼を見つめた。「人々に見せてあげなくちゃ、カル。勝利を楽しませてあげなさいな。あなたの手柄だと、みんな気に入ってくれるわ」

カルが顔をこわばらせた。「気に入るものか」と、群衆をあごでしゃくる。彼の部下を遥かに上回る数のレッドやニュー・ブラッドたちは、みんなメイヴンを睨みつけて拳を振り上げている。あたりはすっかり、怒りに支配されていた。「これは憎悪さ。あいつを宮殿に連れていって、人混みから引き離すんだ」

正しい判断だ。そして、簡単な判断だ。私はカルにうなずきかけると、彼の腕をそっと握った。与えられるうちに、せめてもの安らぎを与えてあげたかった。この同盟と同じく、私たちは今、かりそめの時を過ごしているのだ。

アナベルが声を荒らげた。「メイヴンを引き回して――」

「駄目だ」カルも負けじと大声で切り捨て、祖母と私を見比べた。私は体をこわばらせた。「僕はメイヴンと同じ過ちは犯さない」

「いいでしょう」アナベルが、悔しげに声を絞り出した。広場の端に車の列が到着し、私たちを宮殿に連れていこうと待っている。カルが手近な一台に向かって歩きだすと、私も少し距離を置きながら彼に続いた。

「報告書を送って、放送だってしなくては」歩きながら、アナベルが言った。「真の王が戻ったと、ノルタ国民に知らせなくてはいけないもの。ハイ・ハウスを呼び集め、改めて忠誠を誓わせなくてはいけないわ。そして、あなたの王冠に誓いを立てようとしない者に罰を――」

「分かってるよ」カルが遮った。

背後を見れば、ファーレイがメイヴンを押し、無理やり進ませていた。ふたりにジュリアンが付き添っている。数人の兵士たちが赤いスカーフを放り上げ、私たちの勝利を祝福していた。

人々のあげる歓声と咆哮が混ざり合い、私は恐ろしく感じていた。鎖につながれて歩いた、あのアルケオンを思い出さずにはいられない。囚人として、そしてトロフィーとして引きずり出されたあのときを。メイヴンは世界じゅうが見守る前で、私をひざまずかせた。あのとき感じたのと同じ吐き気を、今の私は感じている。私たちは、あいつらよりましなはずじゃなかったのだろうか？

けれど、私も自分の中に、同じ醜い欲望を感じていた。復讐し、同じ気持ちを思い知らせてやりたい欲望を。私はその怪物を追い出そうと、必死になっていた。

車に到着すると、カルは延々と喋り続けているアナベルを睨みつけ、黙らせた。私はもう誰の顔も見たくなかったから、ちらりとも振り返らずに車に乗り込んだ。

カルがドアを閉め、車内が薄暗がりに包まれる。カーテンが閉まり、運転席と後部座席が隔てられた。もう何も演じる必要はない。私たちだけだ。人々の歓声がくぐもって聞こえてはいたが、車内はほとんど無音だった。

カルは膝に肘をつくと、両手に顔を埋めた。恐怖、後悔、恥辱、そして強烈な安堵――あまりにも強烈な感情が押し寄せ、私も耐えがたいほどだった。しかし、これから起こることへの恐怖が、そのすべてをつらぬいていた。背もたれに寄りかかり、両目に手のひらを押し当てる。

「終わったわ……」私はつぶやいた。そうすれば、嘘が本当になるとでもいうかのように。カルはまるで、訓練を終えたばかりのように息を荒らげていた。

「まだ終わりじゃない。これで終わりなもんか」

オーシャン・ヒル居住階にある私の部屋は、私の頼みでカルの部屋と反対側にあった。明るく広々として居心地がいいけれどバスルームがひどく小さくて、そのうえ今はやたらと混み合っていた。バスタブに張られた湯の温もりに身震いしながら、石鹸の泡が体を伝うに任せる。温もりのおかげで体の痛みが和らぎ、筋肉から力が抜けてくれる。ファーレイは私に背を向けてバスタブに寄りかかって座り込んでいた。デヴィッドソンは同じようにドアにもたれ、一国のリーダーとは思えないほど緩んだ顔をしていた。会議で着ていた上等のスーツのボタンをはずし、白いシャツと喉仏をあらわにしている。首相は目をこすって大あくびをした。まだ朝だというのに、すっかりくたくたになっているようだ。汗や汚れのように、苛立ちまで簡単に落とせたらいいのにと思いながら、片手で顔をこする。ほんの短い間もひとりになれないだなんて。

「で、あいつが断ったらどうなるの？」私はふたりに向けて言った。すべてを丸く収めたいけれど、私たちの計画はあちこち穴だらけだ。

デヴィッドソンは、膝の上で両手を組んだ。「もし彼が断るなら――」

「断るわ」ファーレイと私が同時に遮った。

「そうしたら、話し合ったとおりにするまでだよ」首相はそっけなくそう言って、肩をすくめた。吊り目がぼんやりと私のほうを向いている。「そうしなければ、我々も終わりだ。私には、我が国との間に守るべき約束がある」

ファーレイがうなずいた。振り返り、鼻がつきそうなほど顔を近づけてくる。夏の間にすっかり増えたそばかすが数えられるほど近い。「私もよ。司令部の他の将軍たちに、あれこれ言われたくないからね」

「私も彼らに会いたいものだな」デヴィッドソンが、気だるそうに言った。

ファーレイが、ほろ苦い笑みを浮かべる。「私たちが考えているとおりにことが運べば、連中はきっと私たちの帰りを待っているはずよ」

「そいつはいい」首相がうなずいた。

「どのくらい時間はあるの？」私は訊ねた。「レイクランドのやつらは、いつ戻ってくる？」

ファーレイはまた前を向き、抱え込んだ膝にあごを乗せた。ぴりぴりした表情で、歯をがちがちと鳴らす。ファーレイらしくない。

「ピードモントとレイクランドの工作員からの連絡によると、砦や要塞で動きがあるようだわ。軍に招集がかけられているそうよ」ファーレイが、さっきまでと違う重苦しい声で言った。「そう時間はかからないでしょう」

「首都を狙う気だわ」私は言った。

「おそらくはな」デヴィッドソンは考え込むような顔をして、指先で唇を叩いた。「何はともあれ、象徴的な勝利を収めたいのだろう。うまくいけばそれで国じゅうがひれ伏すわけだから、最速で勝利することができる」

ファーレイが身をこわばらせた。「もしその攻撃でカルが死んだりしたら……」と、言葉を途切れさせる。温かいバスタブに浸かっていても、想像すると寒気が走った。ファーレイから顔をそむけ、窓のほうを向く。のんびりとした青空を、ふわふわした白い雲がゆっくりと横切っていく。こんな話には似つかわしくないほど明るく、楽しげだ。

わざとなのかそうじゃないのか、デヴィッドソンは私の腹にずっと刺さりっぱなしのナイフをひねり、そのうえファーレイを悩ませる。「カロアの継承者が消えて国王がいなくなってしまえば、国じゅうに混乱が広がるだろう」

それもまた選択肢のひとつだとでも言いたげな首相の声を聞き、私はバスタブの中から睨みつけた。バスタブの縁に手をかけ、脅しの稲妻を指先に踊らせてみせる。首相が、ぴくりと体を起こした。「メア、そうなればさらに多くのレッドたちが血を流すことになる。私はそんなことに興味などありはしないよ。レイクランドより先に、アルケオンを手に入れなくては。どうしても」

ファーレイがうなずき、拳を握りしめた。強烈な決意を感じる。「そして、カルには絶対に退位してもらう。他に選択肢はないと分からせてね」

私は、首相を見たまま動かなかった。「リフトはどうするの？」

首相が目を細めた。「ヴォーロ・セイモスはどうしても自ら世界を支配したがるだろうが、エヴァンジェリンは……」首相は少し言葉を切ってから、先を続けた。「説得できるかもしれん。少なくとも、買収はできよう」

「買収って、何で？」私は鼻で笑った。「カルとの結婚をやめるためなら、エヴァンジェリンはどんなことだってするだろう。けれど、家族を裏切り、自ら王冠を捨てたりするだろうか？　私には想像できなかった。そんなことをするくらいなら、苦しみを選ぶだろう。

「あの子は私たちの誰よりも金持ちだし、プライドだって死ぬほど高いわ」

デヴィッドソンが顔を上げた。まるで、私たちが知らない何かを知っているとでも言わんばかりの顔だ。

「彼女の未来でだ。そして自由でだよ」

私は信じられずに顔をしかめた。「いったいあの子に何を差し出させようっていうの？　自分の父親を追い落としたりなんて、エヴァンジェリンは絶対にしないわよ」

首相は、私に同意だとばかりにうなずいた。「それはそうだが、エヴァンジェリンには同盟を壊すことも、婚姻を拒むことも、リフトをノルタから切り離すこともできる。カルから頼れる国々をすべて奪い、あらゆるカードを出させることがね。カルは、同盟国なしでは生きていけんよ」

首相の言うことは間違いじゃなかったが、この第二の計画は、聞くからに危うかった。同じ動機を持つエヴァンジェリンに頼るのはまあいいとして、彼女が持つ、自分の血への忠誠心を忘れている。そして家族への忠誠心を。私には、とても不可能に思えた。あの子本人が私に言っていたのだ。結婚を断ることはできないと、父親の願いにそむくことはできないと。

沈黙の中、湯気がもくもくと漂っていた。

ドアの向こうから、騒々しい声が響いてきた。

「こいつが計画どおりにいくって保証はあるのかよ？」寝室で、カイローンが大声を出している。

「計画どおりにいったこと、何かあった？」私は笑った。

カイローンが、苛立ったように長いうめきを漏らした。彼が頭をぶつけ、ドアが揺れた。

カイローンと首相は私の着替えを待つため出ていってくれたけれど、ファーレイは部屋に残り、緑色のベッドカバーの上でごろごろ転がっていた。最初は、追い出してひとりきりでくつろがせてほしかったけれど、だんだん彼女がいてくれてよかったという気分になってきた。ひとりきりになったなら、私は完全に引きこもって、もう二度とドアを開けないかもしれない。でもファーレイがいると、猛スピードで用意するしかないのだ。もしかしたらこの流れで、何か面白い一日になってくれるかもしれない。

〈スカーレット・ガード〉の正装に袖を通す私を見ながら、ファーレイがくすくす笑った。私のために洗濯され、仕立て直されたばかりの正装だ。〈スカーレット・ガード〉に加わって一年になるけれど、一度も自分が正規の隊員だと感じたことはなかった。〈スカーレット・ガード〉の象徴とも言えるこの正装は、私をはっきりとカルや、彼の味方のシルバーたちと区別するためのものだけれど、私は心の中で、きっとファーレイは自分と苦しみを分かち合う仲間が欲しいのだと思っていた。まっ赤な鮮血の色をした正装のボタンを喉元まで締めると、堅苦しく窮屈な気持ちになった。少し体を動かし、体に馴染ませようとする。

「着心地悪いでしょう？」ファーレイが笑った。彼女も今は、襟を開けていた。

私は鏡を覗き込み、特注の制服を着た自分の姿を確かめた。上着はやたら角ばっており、まっすぐなズボンがブーツに押し込まれている。シルエットを見ると、なんだか四角くなってしまったようだった。舞踏会のドレスとは、まったく違う。

ボタンは磨き上げられ輝いてはいたけれど、他に飾りは何もついていなかった。勲章も記章もなしだ。私は、胸元の生地を手のひらでなでた。

「私もついに階級持ちになるの？」私は、ファーレイを振り向いた。人民ギャラリーのときと同じく、ファーレイは将軍を示す三つの四角を襟につけていたが、他の勲章やリボンなどはもうはずしてしまっていた。彼女をよく知るカルの前に出るのに、そんなはったりは必要ないからだ。

彼女は首をもたげ、天井を見上げた。脚を組み、片脚をベッドからだらりと垂らしている。「一等兵なんて、いい響きじゃない？」

私は胸に手を当て、傷ついたような顔をしてみせた。「あなたと一年も一緒にいるのよ」

「じゃあ、裏から手を回してあげなきゃね。口利きして、伍長くらいにしてあげるわ」

「そりゃあご親切に」

「カイローンの部下になるってわけよ」

心の中には恐怖が漂っていたけれど、私は声を出して笑った。「何してもいいけど、あいつには言っちゃ駄目よ」どんなことになるか、想像するまでもなかった。からかったり、ふざけて命令したりするに決まっている。そんなのはごめんだ。

ファーレイは、短い金髪を輝かせながら笑った。決して笑顔と無縁な子ではないが、今の笑顔はいつもと違う。冷たさも、棘々しさも感じない。ささやかだけれど、本当に楽しそうな笑顔だ。私たちはみんな、こういう笑いをずっと忘れていた。

彼女がゆっくりと落ち着き、笑い声がすっと消えていった。私は、見てはいけないものを見たような気持ちで、そっと顔をそらした。

「昨日の夜はあいつと一緒だったわね」ファーレイが言った。知っていたのだ……いや、みんな知っている。カルも私も、大して人目なんて気にしていなかったのだから。

「うん、いたわ」私は、気まずさを隠そうとぶっきらぼうに答えた。

ファーレイは笑みを消し、ベッドの上に体を起こした。鏡に映る彼女の表情が変わる。口角が下がり、まなざしが和らぐのが分かった。悲しみだろうか、いや、憐れみかもしれない。もしかしたら、疑念を浮かべているのかもしれなかった。

「何も変わりはしないわ」私は振り返りながら言った。「誰も変わりはしない」

ファーレイはさっと手を上げると「分かってるわ」と、まるで獣でもなだめるように言った。唇を舐め、じっくりと言葉を選ぶ。「シェイドに会いたいのよ。連れ戻すことができるなら、なんでもするわ。あと一日だけでも一緒にいられるんなら。クララを父親に会わせられるなら」

私は両手を握りしめて、顔が熱くなるのを感じながら足元を見下ろした。ファーレイが信じてくれていないのだと思うと、悔しさが込み上げた。兄さんを失った怒りは、深い悲しみは、後悔は、みんな同じだというのに。

「私は――」

彼女がさっと立ち上がり、大股で私との間の距離を詰めてくる。ファーレイはがっしりと私の肩を摑み、自分の目を無理やり覗き込ませた。「メア、あんたのほうが私より強いんだって、私は言ってるのよ」目をぎらぎらさせ、彼女が言った。ゆっくりと、その言葉が私に染み込んでくる。「シェイドのことになればね。他はぜんぶ違うけど」彼女は慌ててそう付け足し、緊張感を断ち切った。

「他はぜんぶ……ね」私はくすりと笑いを漏らした。「でも、人を感電させるのは私のほうが得意だわ」

ファーレイは肩をすくめてみせた。

「さあてね。やってみたら私のほうがうまいかもよ」

オーシャン・ヒルにある玉座の間からは、港まで続く青い屋根と白壁の街並みを一望できた。玉座の後ろには巨大なアーチ型の窓があり、そこから差し込んでくる遅い午後の日差しが黄金色で部屋を満たしていた。まるで夢の中にでもいるような、非現実的な光景だ。私はふと、これから目を覚ましたらまだ暗い朝で、プロヴィンス島に出発する前なのではないかと思った。すんなりと戦争に勝ち、あっという間に命の取引が済んでしまった、あの前なのではないかと。

あれからカルは、サリン・アイラルのことを何も話さなかった。けれど、話さなくちゃいけないわけじゃなかった。彼をよく知っている私には、あのできごとがずっしりと胸にのしかかっているのが分かっていた。落ちぶれたとはいえひとりの貴族が、カルの弟と引き換えに溺れさせられ、殺害されたのだ。カルにしてみれば、簡単にやり過ごせるような話じゃない。けれどノルタ国王タイベリアス七世の姿からは、そんな葛藤などまったく感じられなかった。

大きなダイヤモンド・ガラスでできた父親の玉座に座る彼は、深紅と黒のマントに身を包み、まるで炎そのものだった。窓からの光でシルエットが燃え上がるようだ。私はもしかしたら、衛士の中にハウス・ヘイヴンのシャドウがいて、カルが力と強さを宿して見えるよう光を操っているのではないかと思った。だとしたら、見事な演出だった。カルは父親と同じ国王の威風をまとっていた。メイヴンが一度もまとえなかった威風を。

軽蔑したくなる眺めだった。きらびやかな玉座も、彼の頭に乗ったシンプルな王冠も。王冠は、祖母のと似たローズ・ゴールドの冠だ。鉄よりも上質で、ずっと優雅で、暴力的じゃない。戦争ではなく、平和の冠なのだ。

私とファーレイは、デヴィッドソンと彼の部下と一緒に、となり同士で玉座の左に座っていた。右側にはアナベルが、誰よりも玉座のそばの椅子に座っていた。そのそばにはもうひとりの王がおり、ハウス・セイモスの面々が一緒に座っていた。

ヴォーロ・セイモスは、この鋼鉄と真珠色の金属の玉座を作るのに、どのくらい時間をかけたのだろう？　繊細に織り込まれた銀色と白の玉座のそこかしこに、きらめく黒玉がちりばめられている。セイモス王がこんなものを作りながら時を過ごしていたのだと思うと、私は思わず唇を歪めずにはいられなかった。まったくシルバーとは、こうして力をひけらかさずにはいられないのだろうか？

父親のとなりにかけたエヴァンジェリンは、不自然なほど緊張していた。いつもならばこうして人目を集める機会が、彼女は大好物なはず。それなのに今のエヴァンジェリンは指をせわしなく動かし、ドレスの裾から出たつま先でひっきりなしに床を叩いていた。彼女はいったい何を知っているのだろう？　どんな疑念を抱いているのだろう？　デヴィッドソンの話とは関係ないはずだ。私たちが本当にエヴァンジェリンを必要とするそのときまで、首相は彼女に伝えたりしないだろう。それでも彼女は灰色の瞳を忙しく動かし、玉座の間の中に何かを探していた。そして決まって、宮殿の受付ホールへと続く大きな扉のところで視線を止めるのだった。扉の外では中の様子をひと目見ようとする、シルバーやレッドたちの黒山の人だかりができている。私は、なんだか恐ろしくなってきた。エヴァンジェリンは、そうやすやすと怯えたりする子じゃない。

でも、ジュリアンが玉座の間に入ってくるのを見て、私はそんな不安もすべて忘れてしまった。ジュリアンは囚人の腕に手をかけ、玉座へと進んできていた。人々がざわざわと騒ぎだしたが、扉が大きな音をたてて閉まると同時に、ぴたりと鎮まった。カルはこういうことを見世物にするようなタイプじゃないし、弟の運命を決める場にわざわざ見物人を集めたりするような馬鹿でもない。

　メイヴンは、もうよろけていなかった。手首を縛られてはいても、頭をまっすぐに上げている。私は鋭い目と尖った爪で私たちという獲物を狙う、鷲か鷹を想像した。けれど、彼はもう脅威じゃない。あのブレスレットがないメイヴンなんて。命令を聞いてくれる手下がいないメイヴンなんて。今彼を警護しているのは、彼ではなくカルとアナベルに忠誠を誓ったレロランの人々だ。

　これでは、たとえメイヴンでも逃げることなんて不可能だ。

　ジュリアンが玉座の数十センチ手前で立ち止まると、アナベルが立ち上がり、長い影を落とした。アナベルはまるで生きたままのメイヴンをナイフで切っていくみたいに、ゆっくりと全身を眺め回した。「メイヴン、国王の前にひざまずきなさい」彼女の声が、死んだように静まり返った玉座の間に響いた。

「ふん、ごめんだね」メイヴンは顔をそむけた。

　玉座のカルが顔をしかめ、片手を握りしめた。私の中の怪物が首をもたげ、メイヴンを八つ裂きにさせろと叫んでいた。喰らい尽くさせろと。その欲望は痛いほど分かるが、撥(は)ねのけなくてはいけなかった。正気でいるために。人間らしく在るために。

「立ちたいなら立てばいい」ようやくカルが口を開き、そんなことどうでもいいというようにさっと手を振ってみせた。「そんなことでお前が今いるところも、僕が玉座に座っているという現状も変わりはしない」

「現状か、なるほどね」メイヴンはわざと強調するように言った。その目が氷のように冷たく、青い炎のように熱く光る。「その現状も長く続くとは思えないけどね」

「お前には関係のない話だ」カルが答えた。「お前は反逆と殺人の罪に問われている、メイヴン・カロア。数え切れないほどの罪だから、わざわざ裁判を開いたりはしないぞ」

メイヴンはふんと鼻を鳴らし、肩をすくめた。「手間が省けるね」

弟を知り尽くしているカルは挑発に乗らず、軽く受け流した。大臣か友人にでも相談するかのように、デヴィッドソンのほうを向く。

「首相、あなたの国ではどのような罰を?」カルが訊ねた。カルが作ろうとしている未来を、とてもよく示すパフォーマンスだ。破壊よりも結束を重んじる国王。血の違いなど気にせず、レッドに相談するシルバーの国王。

それがもう、現実になりはじめている。

ヴォーロは玉座にかけて唇を歪め、苛立った鳥のように、マントの中で身じろぎした。

メイヴンがすぐに気づく。

「ヴォーロ、こんなことを許しておくのかい?」猫なで声で、メイヴンが言った。「レッドの下なんかに座らされてさ。まったく、ハウス・セイモスも落ちたもんだよ」彼の笑い声が、割れたガラスのように鋭く響いた。

だがヴォーロもカルと同じように、メイヴンの嘲りなど大して気にもとめなかった。クロムで覆われた両腕を胸で組み、じっと動かない。「メイヴン、私はまだ王冠を戴いている。君はどうかね？」

メイヴンは唇の端をぴくぴくさせながら、黙って冷笑を浮かべた。

「死刑だ」首相が力強く言った。どっしりと肘掛けに肘をつき、堕ちた偽りの王をよく見ようと身を乗り出す。「我々は反逆者は死刑に処する」

カルのまぶたがかすかに震えた。今度はヴォーロのほうに体を向ける。「陛下、リフトでならばどのような罰を？」

ヴォーロは歯を鳴らして即答した。エヴァンジェリンのように、糸切り歯に尖った銀をかぶせている。「死刑だよ」

カルがうなずいた。「ファーレイ将軍は？」

「死刑ね」ファーレイは、あごをつんと上に向けた。

刑が言い渡されても、床に座ったメイヴンはまったく動じていないようだった。驚きすらしていない。首相もファーレイもヴォーロも、そして私ですらも、ほとんどどうでもいいようだ。彼は瞬きもせず、浅い呼吸を繰り返しながらひたすら兄だけを見つめていた。半分しか同じ血は流れていないが、本当によく似ているのを私は忘れていた。姿かたちのことじゃなく、ふたりが宿す炎のことだ。決意の力に満ち、激しく燃え盛る炎。ふたりが両親から受け継いだものだ。カルは父親の夢によって作られ、メイヴンは母親の悪夢によって作られている。

「それで君はどうする気だい、カル?」メイヴンは、ほとんど聞こえないような小声で言った。

カルはためらわずに答えた。「お前が僕にしようとしたことを、そのまますするだけだ」

メイヴンはまた、今にも笑いだしそうになった。「じゃあ僕は、闘技場で死ぬことになるわけかい?」

「いいや」国王は、首を横に振った。「最後の短いひとときに、恥をかかせてやろうとは思ってないよ」これは冗談じゃなかった。メイヴンは戦士じゃない。あの闘技場では、せいぜい数分しかもたないだろう。でも、カルの慈悲なんてメイヴンにはふさわしくない。ひとかけらの慈悲より、鉄の裁きを与えるべきなのだ。「一瞬で終わらせてやろう。約束するよ」

「まったく気高いことだな」メイヴンがあざ笑った。そして考え直したのか、目を大きく見開いてみせた。まるで残飯をねだる犬みたいな顔。どうすればエサをもらえるのか知っている、子犬みたいな顔だ。「ひとつ頼んでもいいかい?」

カルは意外そうに目を丸くしてから、冷たい笑みを浮かべてメイヴンを見つめた。「言うだけ言ってみるがいい」

「母さんと一緒に埋葬してほしい」

私は呆気にとられた。

誰かが息をのむのが聞こえた。たぶんアナベルだろう。私がちらりと目を向けると、アナベルは片手で口を覆っていた。カルは両手の指を玉座の肘掛けに喰い込ませるようにして、まっ白な顔になっていた。うろたえたように一度視線を床に落としてから、また意を決したように弟のほうを向いた。

エラーラがどこに埋葬されたのか、私は知らない。今はもう放棄されたあのタック島で、〈スカーレット・ガード〉に囲まれていたのが、私があの遺体を見た最後だった。

死体たちの島。シェイドも、エラーラも、あそこに眠っている。

「それはできない」カルが有無を言わさぬ声で言った。

けれど、メイヴンの話はまだ終わりじゃなかった。横に、つまり私のほうに一歩動く。強烈なその目に見つめられ、私は椅子からずり落ちかけた。「そして、母さんと同じ方法で死にたい」彼が、まるで毛布をもう一枚頼んでいるように、なんでもない声で言う。

あまりの驚きに、私は考えることもできなくなった。ショックで口が開くのをこらえるだけで精一杯だ。

「怒り狂い、憎悪を燃やした君にずたずたにされたんだったね」メイヴンは、二度と忘れられないような恐ろしい目で私を睨んだ。鎖骨の焼印が燃え上がるようだ。

私の中で、怪物が吠えた。

今この場でそうしてやる！　私のせいで始まったことなのだ。私の手で終わらせるなら、ちょうどいい！

カルと同じように、私の指が肘掛けに喰い込む。私はなんとか自分を抑え、稲妻がほとばしるのを食い止めようとしたが、今すぐにでも嵐は暴発してしまいそうだった。メイヴンは私の中にそうしてしまいたがっている自分が――それも大きな自分が――いるのを知っている。その自分が暴走すれば、あの牢獄から、そして彼の愛情の責め苦から生きて帰ってきた私が死んでしまうのを、メイヴンは知っているのだ。

あいつを殺せ、メア・バーロウ。永遠に息の根を止めてやるんだ。

メイヴンは私の顔を見つめながら、心が決まるのをじっと待っていた。他の人々もだ。国王であるカルですら、何も言葉を発しない。前と同じように、私がどちらの道を選ぶのか、見守っているのだ。

ふと私はなぜか、ジョンを思い出した。私に運命を告げた、あの預言者を。

立ち上がるのだ。己（おのれ）ひとりで。

もう運命は変わってしまったのだろうか？　それとも私が変えてしまったのだろうか？

私はゆっくりと、首を横に振った。

「あなたの最後にはならないわ、メイヴン。そして、あなたも私の最後にはなれない」

メイヴンが体をこわばらせた。きょろきょろと目を動かし、私の顔を眺め回す。そして、私が心変わりするのを待つみたいに、ずっと黙っていた。私はうろたえないように歯を食いしばり、立ち尽くしていた。稲妻は容赦しない。けれど稲妻は私の一部分でしかない。私を支配しているわけじゃない。

私が稲妻を支配しているのだ。

「いいだろう」メイヴンは苛立ちをあらわにして声を絞り出した。私は小さな勝利を感じた。その感覚が、心の中の怪物を黙らせる。メイヴンはさっと振り向くと、またカルのほうを向いた。「じゃあ銃弾でもいい。剣でもいい。そうしたいなら、この首を切り落としなよ。どんな方法を選ぼうとも、僕は興味なんてないからね」

厳しい決断を迫られ、カルの顔から国王の仮面が剝がれ落ちかけていた。立ち上がり、玉座の間から出ていってしまうのではないかと思った。でも、そんなのカルらしくない。屈したり、弱さを見せたりはしない男だ。子供のころから、そう骨に刻まれているのだから。「一瞬で終わらせてやろう」カルが戸惑いがちに、さっきと同じ言葉を繰り返した。

「さっきも聞いたよ」メイヴンが、苛立った子供みたいに吐き捨てた。頰がさっと銀色に上気する。

アナベルが両手を組み、兄弟の顔を見比べた。ふたりの間に漂う緊張感はまるで送電線のようにばちばちと張り詰めていた。メイヴンはカルを挑発して、すぐに殺させようとしているのではないだろうか。私を挑発するのに失敗したから、そうしているのではないだろうか。

「衛士、裏切り者の尋問は終わったわ」アナベルが横柄な態度で言って、カルの手から選択権を取り上げた。

私は思わずメイヴンのほうを向いた。彼はもう私を見つめていた。

カルには決断なんかできない。

メイヴンは何度もそう言っていた。そして私は何度も苦痛を味わいながらそれが真実であることを学んできた。メイヴンが連れ去られていっても、カルはまだ心を決められずに困惑していた。その優柔不断さでは立派な王になれないと、メイヴンは言っていた。なれたとしても、誰かの言いなりになる、首輪でつながれた国王くらいが関の山だと。私は、同意せざるをえなかった。メイヴンは獣かもしれないが、それでも馬鹿じゃない。

ハウス・レロランの衛士たちがメイヴンの肩を掴み、玉座の間から押し出していく。ジュリアンもついていくものだと思っていたが、彼はその場にとどまり、玉座の後ろに立っていた。両手の指を組み合わせ、考え込んでいるように押し黙っている。玉座の間には、メイヴンが連れ去られていく足音だけが響いていた。もう二度と会うことはないのかもしれない。彼が殺されるのをこの目で見るだけの度胸が、私にあるのだろうか。

大きな扉が閉まって彼の姿が見えなくなると、私は椅子にぐったりと寄りかかって長いため息をついた。早く部屋に戻って、昼寝をしてしまいたかった。

カルもきっと、同じ気持ちだろう。玉座から立ち上がろうとしている。

「きっとこれで、手元にあるすべての問題が片付いてくれるはずだ」疲れを滲ませた声でカルが言った。不安定な同盟ではなく議会の同意を求めるような顔で、その場にいる面々を見回す。自分が役柄さえ演じればきっとそのとおりになると思っているのだろう。

そうだといいわね。

私は胸の中で言った。アナベル皇太后はそっとカルの腕に手を触れ、動きを制した。カルはまだ不安が消えないようだった。「今はあなたの戴冠式のことを考えましょう」そう言って、アナベルはにっこり微笑んだ。「できるだけ早いうちに……ええ、明日にでも行えばいいわ。くよくよするのはおよしなさいな」

ヴォーロは無視されていると思ったのか、片手であごひげをなでた。ささやかな動作だが、人の注意を集めるにはじゅうぶんだ。「言うまでもないことだが、ニュー・タウンの問題も落ち着けなくてはいけないし、言うまでもないが、君たちの結婚のこともある」そう言ってヴォーロは、カルとエヴァンジェリンを見た。ふたりとも躾けられていなかったら、身悶えして今にも吐きそうな顔をしたに違いない。「準備に数週間は――」

私はもう片方の話題に飛びついた。「ニュー・タウンの問題を説明してもらえる？」と、ヴォーロの顔をまじまじと見る。となりのファーレイが笑いかけたが、すぐにまた真顔になった。

ヴォーロが口を開くか、私の無礼に切れるかする前に、アナベルが口を開いた。「今その話をする必要はないわ」カルの腕を摑んだまま言う。

カルは、私が何かおかしなことをしてセイモス王を刺激するのではないかと、不安そうな目で私を見た。その話はやめておけとでも言わんばかりに、眉間に皺を寄せている。

けれどあいにく、そんなわけにはいかない。

「いえ、話さなくちゃいけないわ」私はみんなを見回した。シルバーたちからもらった武器……強く、冷たく、よく通る、メアリーナ・タイタノスの声で。「他のあれこれと一緒にね」

カルが首をかしげた。「他のことというのは……？」

首相が咳払いをすると、私たちの話に割って入ってきた。

「レイクランドもブラッケン王子も、そして言わずもがな、ピードモントの協力者たちも、ノルタを放置しようなどとは微塵も思っていないだろうよ」デヴィッドソンは優れた首相であり、策略家だ。まるで、用意してきたかのように言葉を口にしてみせる。行動は巧みだし、話術にもすごく長けている。首相はシルバーの王族たちを見回した。特にカルは味方にしなくてはいけない。「連中はまた結束するが、ノルタはこのつらい戦争で弱体化してしまっている。国内最大を誇るふたつの要塞の片方は破壊され、もう片方は無力化されてしまっている。そして君たちはまだ、ハイ・ハウスたちが忠誠を誓ってくれるのを待っている段階だ。センラ王妃は、そのような絶好機をみすみす見逃すような御仁ではないだろう」

カルは少しリラックスしたように、肩の力を抜いた。レッドの反乱に比べれば、レイクランドはずっと楽な敵なのだ。まるで愉快なゲームでも楽しんでいるような顔で、カルが私にウインクしてみせる。三人がかりで、狼を追い詰めようというのだ。

「ああ、僕もそう思うね」カルが大きくうなずいた。「それに僕たちの同盟が強固となれば、北からだろうと南からだろうと、ノルタはあらゆる侵略を防ぐことができる」

デヴィッドソンは、真剣な表情をちらりとも崩さず、人指し指を立ててみせた。「その話だがね」

私は体をこわばらせ、靴の中でつま先を丸めた。心臓がどきどきと激しく打つ。何も期待するな、と私は胸の中で言った。カルのことはよく知っているし、何を言おうとしているかは分かる。それでも彼が変わった可能性——私が変えられた可能性——はわずかに残っていた。それにもしかしたら、もう戦いや流血沙汰には疲れ果ててしまっているかもしれない。

カルは首相の誘導には乗らなかったが、アナベルは首相の狙いを見抜いていた。まるで蛇のように目を細くしている。その背後ではヴォーロが射抜くような目をして、私たち全員を見つめていた。

私のすぐとなりのデヴィッドソンが、誰にも見えないようにそっと手を下ろした。その手がぼんやりと青い光を放ち、あらゆる攻撃から私たちを守る準備をしている。表情は相変わらずで、声も落ち着き、力強かった。「君の弟が玉座を追われ、君が国王として立った今、私はひとつ選択肢を提案したい」

「首相？」カルが訊ねた。首相の言葉が理解できない、理解する気もない、といった顔だ。ヴォーロとアナベルが怒りをあらわにするのを見て、私は警戒した。デヴィッドソンのように、私も手を下げて指先に稲妻を呼ぶ。

シルバーの王と王妃が不快感を隠しもせずに睨みつけているというのに、デヴィッドソンはさらに言葉を続けた。「何年も前のモンフォート自由共和国は、今のような国ではなかった。今の君たちみたいな、シルバーたちの国や領地の寄せ集めといったところだった。だから山々には内戦が絶えなかった」これから首相が何を話そうとしているのかは分かっていたけれど、それでも私は背筋が寒くなった。「平和など、望むべくもなかった。レッドたちはシルバーの戦争で、シルバーのプライドのために、シルバーの力に敗れ、死んでいった」

「どこかで聞いたような話ね」私はカルを見ながらつぶやき顔色をうかがったが、彼は表情ひとつ変えなかった。ぎゅっと唇を結び、眉間に皺を寄せている。まるで絵を読み解くか、歌の匂いを嗅ごうとでもしているような顔。不可能なことを前に、苛立ちを募らせている顔だ。

首相がさらに声を大きくした。この場を楽しんでいる。「すべては反乱から始まった。レッドたちの反乱がアーデントたちの参加で膨れ上がり、さらに苦境に同情したシルバーたちが加わり、今のような民主国家へと発展したのだよ。これには犠牲が出た。たくさんの命が失われた。だがそれから数十年が経った今、我々はもっとうまくやることができる。さらに日々、もっと成長しているのだ」首相はアナベルとヴォーロの殺意すらこもった視線を無視し、満足げな顔をしてみせた。「君が同じ道を選んでくれるよう、私は願っているよ、カル」

カル。

冠をかぶり玉座にかける彼をあえてこの名前で呼ぶのには、はっきりとした意味があった。カルもそれに気づいていた。何度か瞬きし、自分を落ち着かせている。

カルが口を開く前にファーレイが自分の役割を果たそうと、さっと彼の前に出て向かい合った。

将軍の記章が鋭くきらめき、カルの顔に光を投げかける。「今ここに、二度と訪れることのないチャンスが転がっているわ。ノルタは今大混乱の中、再建してくれと悲鳴をあげているのよ」ファーレイはデヴィッドソンほどの演説家というわけじゃないけれど、それでも素人とは違う。〈スカーレット・ガード〉はもう何ヶ月も彼女を代弁者として選んでいるけれど、それにはちゃんと理由があった。氷の心の持ち主だろうと、彼女は溶かしてしまうだけの炎と信念を持っているからだ。「一緒に再建しましょう、新しい国に」

カルよりも先に、アナベルがいまいましげに口を開いた。「新しい、あなたの国のようなところに、ということかしら、首相？　私が思うに、栄光の新国家のために力を貸そうというのでしょう？」と、疑惑の種を蒔いていく。その種が地面に落ちたか、カルの目に影が差すのが見えた。種は根ざすだろうか？「もしかしたら、国を治める力になるとでも言う気かもしれないわね？」

デヴィッドソンの無表情がちらりと揺らいだ。薄ら笑いを浮かべているようにも見えた。

「陛下、私には仕えるべき国がすでにあるのだよ。仕えることが許されている間はね」

ヴォーロが空っぽの笑い声をあげた。メイヴンの笑い声よりも耳障りにすら感じた。

「首相は我々に玉座を捨てよというのかね？　必死に手に入れたすべてを。血族を捨ててハウスを、父を、祖父を裏切れというのかね？」

アナベルが鼻で笑い、「祖母もよ」と低い声で漏らした。

私は、立ち上がりたいのをこらえて座り続けた。下手に動いてこれ以上の刺激を与えるのは、懸命じゃない。

「じゃあ私たちはなんのためにがんばってきたというの？」私は言った。ヴォーロは私のほうなんて見ようとすらしない。私は胸に込み上げる怒りに任せ、言葉を続けた。「なんのために血を流してきたというの？　また支配されるため？　スラム街に閉じ込められ、兵役につかされ、いずれ惨めな暮らしに戻ってくるため？　そんなのが正しいの？　そんなのが公平なの？」

私は、自制心が途切れそうになるのを必死にこらえた。この世界を残酷なものに作り上げ、それを支配し続けてきた人々の前でこんなことをぶちまけると、妙な気持ちになってきた。自分が泣き叫ぶか、破裂するかしてしまいそうだ。アナベルの肩やヴォーロの首を摑み上げ、自分たちが何をしたのか、この先どんなことを続けていこうとしているのかを、無理やり聞かせてやりたかった。だが、もしふたりが目を閉じ続けたら？　いや、目を開いていても過ちが見えなかったとしたら？　それ以上私に何ができるというのだろう？

セイモス王はうんざりしたような顔で、私を嘲笑した。「この世界は、正しくも公平でもないのだよ、娘。レッドとして生まれついた者ならば、誰でも知っていよう」彼が鼻で笑った。そのとなりではエヴァンジェリンが口を閉ざしたまま、じっと床を見つめていた。「いくら対等になろうと努力しようとも、レッドは我々と対等などではない。それが摂理というものだ」

ついにカルが燃えるような目をして、沈黙を破った。「ヴォーロ、黙らないか」と鋭く言い放つ。「首相、詳しく聞かせてくれ」

カルは、私たちにすべてを話させる気なのだ。

「私ただひとりの意見というわけじゃない」デヴィッドソンが私を見た。カルも私のほうを向くと、ブロンズの瞳でじっと見つめてきた。私はびくびくしながらも、彼の全身に、両手に、そして頭に乗せた冠に視線を走らせた。彼のすべてに。ためらいはない。ずっと一緒に戦ってきたのだ。何を言っても、カルにとっては意外でもなんでもないだろう。

「玉座を降りてちょうだい」私は言った。

カルは戸惑いもせず、ショックを受けた様子もなかった。

こうなると分かっていたのだ。

「同盟は終わらせる、ということか」

デヴィッドソンがこくりとうなずいた。「モンフォート共和国は、ようやく脱した国と同じような国家を作ることには関心がない」

ファーレイが誇らしげに胸を張った。「〈スカーレット・ガード〉も、そんなことに協力はしないわ」

カルのほうから、小さな熱気のさざ波が漂ってきた。悪いサインだ。どうやら彼が分かってくれるという最後の希望を捨て、ため息をついた。ほんの一瞬だが、カルが私に気を取られた。傷ついたのが分かった。そう思うと、私の胸も痛くなった。これまでカロア兄弟に与えられた痛みに比べれば、針でつつかれた程度の些細な痛み。

カルはまたデヴィッドソンに向き直ると、込み上げる怒りをあらわにした。「じゃあ僕たちだけで、レイクランドとピードモントの相手をしろというのか。両国と王子たちは、ノルタと僕など足元にも及ばないほどひどいやつらだ」憤慨のあまり、言葉につかえそうなほどだ。「首相も言ったとおり、今の僕たちは弱い。簡単にやられるだろう。君たちの軍がなければ――」

「レッドの軍だ」首相が冷静な声で訂正した。「ニュー・ブラッドの軍だ」

「無理だ」カルは声を震わせた。「無理なんだよ。今はとてもね。いずれは、そんなときが来るかもしれないが、国王もいない国にハイ・ハウスは忠誠を立てたりしない。僕たちは分裂してしまう。そうなれば、ノルタは終わりだ。国の政治を完全に変えるような時間など、侵略への備えをしながらではとても――」

ファーレイが遮った。「時間は作りなさいよ」

背が高くがっしりとしたカルは、王冠をかぶり、礼装をまとい、戦士と国王のアクセサリーを身に着けてはいたが、こんなにも子供のように見えたことなんてなかった。私からアナベルへ、そしてヴォーロへと、視線をさまよわせる。アナベルとヴォーロはふたりとも、お揃いのしかめっ面をしていた。カルが私たちに折れるようなら、ふたりが拒絶するだろう。そうなればカルの同盟は、もうひとつの翼が折れることになる。カルの背後で、ジュリアンがひっそりとうつむいた。口を閉じ、誰にも話しかけようとはしていない。

ヴォーロは銀のひげを片手でさすった。両目が光っている。「ノルタのシルバーたちは、生まれ持った権利を捨てたりはせんよ」

ファーレイは稲妻のように椅子から立ち上がった。ヴォーロの足元に、盛大に唾を吐き捨てる。「あんたが生まれた持ったものは、それよ」

あまりにも意外なことに、ヴォーロは驚いて沈黙した。口をあんぐりと開け、ファーレイを見つめている。言葉を失うセイモスなど、ひとりも見たことがなかった。

「やれやれ、ネズミはどこまで行ってもネズミだわね」アナベルがふんと鼻で笑った。威圧するように、肘掛けを指先で叩く。しかし、ファーレイは動じなかった。

カルはひとり、つぶやくように「無理なんだよ」と繰り返した。ハンターたちが、彼を追い詰めたのだ。

デヴィッドソンがゆっくりと椅子から立ち上がり、私もそれに続いた。「君をこうして置いていくのは可哀想だと思うが」首相が言った。「心から、君は友人だと思っているよ」

カルは慌てふためいたように、私たちを見回した。その瞳に浮かぶ悲しみは、私が胸に感じている悲しみと同じだった。そしてふたりとも、受け入れていた。私たちはいつも、この道を選んで歩んできたのだと。
「分かっているさ」カルが答えた。さっきよりも、低く深みのある声。「首相も分かっておいてくれ。僕はどんな最後通告にも返事はしない。友情ゆえのものであろうと、そうでなかろうとね」

警告だ。

それも、私たち以外にも向けられた警告だ。

私たちは一緒に壇上を降りた。信念と目標をともにするレッドの一団となって。赤と緑の制服。肌には同じ血の赤みがさしている。私たちは、彫像のように身動きもしない、冷たいシルバーたちを後にした。両目だけが生きた、死んだ心の彫像たちを。
「がんばってね」私は最後に、なんとか背後をちらりと振り向いて声をかけた。

カルは私を見送りながら、「がんばれよ」とだけ答えた。

コーヴィアムでカルが王冠を選んだとき、私は世界が取り上げられ、奈落の底に落ちてしまったような気がした。今度は違う。私の心はすでにぼろぼろで、たったひと晩のできごとだけで元どおりに縫い合わせたりすることはできないのだ。この傷は、新しい傷じゃない。この痛みだって、知っている痛みだ。カルは、かつて自分で言っていたとおりの人間だった。何も、誰も、彼を変えることなんてできやしない。私には彼を愛せるし、たぶんずっと愛し続けられるだろう。けれど、動かないと決めた彼を動かすことなんてできない。それは、私だって同じだ。

ファーレイが歩きながら、確認するように私の手をつついた。最後の要求が、まだ済んでいない。

私はまた振り向くと、彼と向かい合った。

「あのスラムからレッドを解放することだけでも、認めてほしいの」となりのファーレイが、言葉を続けた。「そして、兵役の終わりをね」

きっと、返事なんてないと思った。悲しみに打ちひしがれた顔をしてみせるか、また私たちの要求がどれほど不可能なのかを哀れな顔で説明してみせるだけに違いないと思った。

もしかしたら、アナベルが私たちを玉座の間から追い出そうとすらするだろう。

だがカルは、右のアナベルを見ようともせずに口を開いた。口を挟ませる気はないのだろう。

「尊重すると約束しよう」

私は思わず噴き出しそうになったが、カルは言葉を続けた。

「尊重するというのは、行動を制約しないということだ」その言葉を聞き、ヴォーロが嫌悪感を剝き出しにした。「好きなところに住み、好きな仕事をしていい。ちゃんとふさわしい賃金も支払われる。軍隊も同じだ。服務を強制したりはしない。兵役もなしだ」

今度は私がびっくりする番だった。目をぱちくりさせ、思わず頭を下げる。カルも会釈を返していた。

「ありがとう」ぽかんとしたまま、私はお礼を言った。

アナベルは腹を立て、椅子の肘掛けを引っぱたいた。「もうすぐ、次の戦争になるっていうのに」と苛立った声で言う。レイクランドの存在を、みんなに思い出させようとするかのように。

私は、笑みを隠すため、玉座に背を向けた。となりのファーレイも同じようにする。ちらりと視線を交わし、カルがおとなしく言うことを聞いたことへの驚きを伝え合う。全体の中では、大したことじゃないかもしれない。虚しい約束になるかもしれないし、実現したって長続きするとは限らない。けれど、それでもひとつ達成したのには変わらなかった。シルバーたちの中にくさびを打ち込み、すでに危うかった同盟に新たなひびを入れてやったのだ。

背後で、危ういほどに苛立ったカルが祖母に声をかけるのが聞こえた。「僕は国王だぞ。国王の命令なんだ」

アナベルが小声で何か囁き返すのが分かったが、とつぜん開いたドアの音のせいで、はっきりとは聞こえなかった。外のホールは相変わらず人でごった返していた。なんとか新しい国王と、つぎはぎだらけの同盟をひと目見ようとしている。私たちは顔には何も浮かべず、じっとしていた。ファーレイとデヴィッドソンは、私たちの決定を部下たちに小声で伝えていた。ハーバー・ベイを、そしてノルタを去るときが来たのだ。私は礼装の襟のボタンをはずした。固い襟が開き、呼吸が楽になる。

外で私を待っていてくれたのは、カイローンただひとりだった。さっと私のとなりにやってくると、会議の行方など聞こうともしない。重苦しい沈黙の中、出ていこうとしている私たちを見れば、結果など一目瞭然だ。

「くそくらえ」カイローンが言った。私たちは足音も荒く歩いていった。

荷造りするようなものは、何もない。服はどれも借りものか、捨ててしまってもいいものばかりだし、私物だってピアスくらいしか持ってきていないのだ。だが、あの赤いピアスだけは着けることができず、モンフォートに置いてきてしまっていた。

ここにあればよかったのに。もしそうなら、カルの部屋で私が使った枕の上に置いて立ち去るのに。

ぴったりのさよならになるだろう。そうやって別れを告げられたなら、ずっと楽なのに。

大階段の下にある自室に向かうファーレイと首相と別れた。「十分後に外で合流するわよ」と声をかける。ふたりとも反対したり質問したりせず、手を振り、うなずいてくれた。

カイローンは、ついてこいと言われるのを待つかのように、階段に片足をかけて私を見ていた。

「カイローンも外でね」私は声をかけた。「すぐに行くわ」

彼は緑の目を細め、心配そうに私を見た。「あいつにぼろぼろにされるなよ」

「カイローン、もうあいつには私に手出しなんてできないわ。メイヴンにはもう、何も壊したりできない」

彼は私の嘘に安心し、背を向けた。

けれど、壊すことができるものなんて、いつでも何かしら残っているのだ。


ドアの前で衛士が道を空けてくれた。気が変わらないうちに、さっさとノブをひねる。海に面して作られた上階のリビングは、牢獄とは呼べなかった。ベッドはなく、椅子が何脚かとロング・ソファが置かれている。今日の午後に処刑される彼には眠る用意など必要もないからなのだろうか、それともまだベッドが用意されていないだけなのだろうか。

メイヴンは、カーテンを閉めようとしているみたいに手をかけ、窓辺に立っていた。

「閉めても無駄なんだ。連中、光を消してはくれないからね」メイヴンは、ドアを閉めている私を振り向こうともせずに言った。

「光を浴びてるのが、あなたの望みだったんでしょう？」私は答えた。

「しかし僕たちは、ほんとに似たもの同士みたいじゃないか？」彼は気だるい笑みを浮かべて、部屋を見回した。私は思わず噴き出しそうになった。椅子には座らず、いつでも稲妻を呼べるよう両手を自由にしておく。

窓辺のメイヴンは、まだ動かなかった。

「ハウス・カロアの王様たちは、牢屋の趣味まで同じなのかもしれないわね」

「そいつはどうかな」メイヴンが答えた。「まあ居心地のいい牢屋ってのは、親愛の情を示すものだよ。どうしても大事に想わずにはいられない囚人への、せめてものはなむけってやつさ」

そんな言葉を聞かされても、腹も立たなかった。心の奥底に、無視することなどたやすい苛立ちをかすかに感じただけだ。

「カルのあなたへの気持ちと、あなたの私への気持ちは、まったく違うわ」

メイヴンがどんよりとした笑みを浮かべた。「だといいけどね」と言って、またカーテンを手でさする。そして私の上着を見つめると、シャツに隠れているあの烙印のあたりで視線を止めた。「いつの予定なんだい？」と、静かな声で付け足す。

処刑のことを言っているのだ。

「知らないわ」

また彼が、病んだ笑いを漏らした。背中で両手を組みながら、ぐるぐると歩きはじめる。

「つまり、議会も決定を下せなかったってことかい？　いかにも連中らしいな。このままじゃあ、決定する前に僕が老衰で死んじまうよ。セイモスのやつらがそばにいるなら、なおさら全員が合意するなんて無理だからね」

「あなたのおばあさんも同じよ」

「僕におばあちゃんなんていないよ」メイヴンは、吐き捨てるように言った。「メアも自分で聞いたろ。あいつの血は僕になんて流れちゃいない」メイヴンは思い出し、顔をしかめた。足取りも乱暴になり、ほんの数歩で部屋を突っ切ってから私のほうを振り向く。落ち着いたふりをしてはいるけれど、こういうときのメイヴンは狂気を感じさせる。今にも燃え上がりそうなほどぎらつく両目から、私は視線をそらした。「こんなところに、何しに来たんだい？　君を嘲ったところで、捕らえていたころの半分も楽しくなんてない」

私は肩をすくめて、彼をちらりと見た。「あなたは私の囚人じゃないわ」

「でもカルの囚人だ」メイヴンが、さっと手を振った。「どこが違うんだい？」

まったく違うわ。

慣れ親しんだ悲しみが込み上げ、顔が勝手に歪みかける。彼は私の無表情の裏側を見透かしていた。

「そういうことか」と、メイヴンが部屋の中央で立ち止まる。まるで頭蓋骨を透かして私の脳でも覗き込んだみたいに、私をまじまじと見つめる。まるでエラーラだ。でも私が何を考えているか、そして兄が何をしたのかなんて、いちいち心を読むまでもなかった。

「もう決断は下されたってわけだね」

「ひとつだけね」私は囁いた。

メイヴンが一歩前に出た。今は自分より私のほうが強いのを察し、慎重に私の手が届かないところで足を止める。「当ててみせようか。君たちレッドが、あいつに選択させたんだろ？　何ヶ月も前に、君があいつにさせたのと同じ選択をさ」

「まあそんなところね」

彼が唇の隙間から歯を見せた。でも、笑ったのとは違う。肉体的にだろうと精神的にだろうと、私が苦痛を感じているのを見て楽しむ人じゃないのだ。「いかにもあいつらしいほうを選んだろう？」

「そうね」

「ほら。だからあれだけ言ったじゃないか。カルは命令にしか従えないのさ。死ぬまで父親の言いなりなんだよ」メイヴンはまるで謝るような顔で言った。いや、悔やんでいるのかもしれない。兄がこうなったのは自分のせいだとでも言いたげな様子だ。きっとカルも同じ気持ちだろう。「あいつは絶対に変わったりしないよ。君のためだろうと、誰のためだろうとね」

メイヴンと同じく、私に苦痛を与えるのに武器なんて必要ない。言葉さえあればじゅうぶんだ。

「それは違うわ」私は彼と目を合わせて言った。

メイヴンは首をかしげると、叱られた子供みたいに舌打ちをしてみせた。「メア、もう君もすっかり思い知ったと思ってたけどな。誰が誰を裏切るか分からないんだよ。あいつはまた君を裏切ったんだ」彼が思い切ってもう少し前に進み、私のすぐ目の前に来る。彼の呼吸音が聞こえる。まるで私が吐く息でも嗅ごうとしているみたいだ。「あいつがどんなやつか、受け入れられないっていうのかい？」メイヴンがつぶやいた。まるですがるような言いかただった。死刑囚の最後の頼みだ。

私は顔を上げ、彼の視線を受け止めた。「欠点は誰にだってあるものだわ」

メイヴンの嘲笑が、私の胸の奥にまで響いた。「あいつはシルバーの王なんだぞ。凶暴で、そして臆病な獣さ。自分から動くことも、変わることも、絶対にできやしない」

それは真実じゃない。私は胸の中で繰り返した。この何ヶ月もの間カルはそれを証明し続けたし、つい数分前には、これ以上ない証明をしてみせた。すぐそばにアナベルがいたというのに、自分で答えを選んでみせたのだ。レッドを尊重し、兵役を廃止すると。小さい一歩に見えても、これはとてつもなく大きな一歩だ。

「でもカルは、変わろうとしてる」私は、できるだけ冷静に答えた。今度は私がメイヴンに苦痛を与えている。メイヴンは顔から血の気が引き、固まってしまっていた。「ゆっくりとだけれど、私には確かに分かるの。カルは、まったく別の誰かになろうとしてるってね」私は視線を下げた。メイヴンの仮面にひび割れが走ったのが分かった。「あんたに分かるとは思ってないけどね」

彼が怒りに歯ぎしりした。少し困惑した顔で「なんでだよ?」と食ってかかる。

私は、彼の胸を貫く最後の刃を引き抜いた。

「知ってる? カルはあなたを助けることができる人を探してたのよ」

メイヴンは、何か言葉を探して口をぱくぱくさせたが、「な……なんだよそれ」と言うのがやっとだった。

「モンフォートでね。あなたがエラーラにかけられた呪いを解くことができる、ウィスパーみたいな力を持つニュー・ブラッドを……アーデントを探してほしいと、首相に頼んだの」怒りとも渇望とも違う感情がちらちらとよぎる彼の目を見ると、胸が痛くなるようだった。表に出てこようとしているその感情を、エラーラの力が抑え込んでしまっているのだ。メイヴンはすっかり真顔になっていた。「でも、そんな力を持つ人なんて誰もいなかった。それにいたとしても、あなたがあなたであることは、誰にも変えられない。私はずっと前、あなたに捕まっていたときそれに気づいたのよ。でもあなたのお兄さんは——あいつは、あなたが本当にいなくなってしまったんだということを、今日まで信じられずにいた。あなたの目を見つめて、やっと心から理解したんだわ」

堕ちた王はゆっくりと、私の向かいに置かれた椅子に腰を下ろした。ぐったりともたれかかり、両脚を前に投げ出す。ぼんやりとした顔で、彼は黒い癖毛を掻き上げた。カルと同じ、そして父親と同じ髪を。メイヴンは喋ることもできずに天井を見上げた。流砂にのまれ、這い上がろうとしているように私には見えた。母親に植えつけられた強烈な悪魔な本質と戦っているように見えた。でも、戦ったところで無駄なのだ。彼の顔がまた石のように固まる。両目が氷のように冷たく、細くなる。心が感じたがっている感情を、なんとしても掻き消そうとしているのだ。

「ピースが足りないパズルを完成させることはできないわ。割れたガラスを元どおりにすることもね」私は何週間か前にジュリアンから言われた言葉をつぶやいた。そうして、自分に言い聞かせた。

メイヴンが立ち上がり、背筋を伸ばした。ブレスレットをはめていたあたりを、片手でくるくるとさする。だがブレスレットを取り上げられた今、メイヴンは無力だった。ハウス・アーヴェンの衛士を呼ぶまでもない。

「センラとアイリスが、お前たちなんてみんな溺れさせるぞ」メイヴンが歯ぎしりした。

「ま、あいつらの手にかかる前に僕はもう死んじまってるだろうけど」

「それはよかったわね」

「君が死ぬのを見たいなんて思わない。君は僕が死ぬところが見たいのかい？」

「そう思ってる自分もいるわ」私は素直に真実を伝えた。

「そう思ってない自分は？」

「見たくないわ。楽しめるわけがないもの」

メイヴンが微笑んだ。「それでじゅうぶんさ。僕にはふさわしくないほど素晴らしいさよならだ」

「じゃあメイヴン、私には何がふさわしいの？」

「僕たちじゃあとてもあげられないようなものさ」

その言葉の意味を訊こうとしたとたん、乱暴にドアが開いた。きっとお前などもう同盟の一員ではないと、私を追い出すために衛士がやってきたのだと思い、私は椅子を立った。しかし、そこに立っていたのはファーレイとデヴィッドソンだった。カルでも敵わないほど強烈な炎を燃やした目でメイヴンを睨みつけるファーレイを見て、私は今この場で、生きたまま生皮を剝いでしまう気なのだと思った。

「ファーレイ将軍」メイヴンがゆっくり言った。

ファーレイは、まるで獣のように鼻を鳴らした。

デヴィッドソンは丁寧な物腰で、誰かを部屋に招き入れた。ちらりと見てみると、ドアを守っていた衛士たちの姿が消えており、廊下にはもう誰もいなかった。

「お邪魔して申し訳ないね」首相が口を開いた。そして、部屋に入ってきたモンフォートのニュー・ブラッド、アレッツォを手で示した。私は意味が分からず首をかしげたが、それも一瞬だった。

彼女はテレポーターだ。シェイドと同じなのだ。その彼女が今、手を伸ばしている。

「出発の時間だ」デヴィッドソンが、私たちを見回した。

アレッツォに手首を握られて私はびくりとしたが、摑まれたのは私だけじゃなかった。部屋の景色が消えてしまうその瞬間、メイヴンが見えた。白い顔が、さらにどんどん白くなるのが見えた。青い目が、ショックに大きく見開かれている。アレッツォの手が、彼の手首を摑んでいた。

27

エヴァンジェリン

レッドたちがいなくなった玉座の間は、なんだかがらんとして、寒くなったように感じられた。

本当に明日カルに戴冠させられると思っているなら、アナベルは馬鹿だ。愚かで、必死すぎる。ノルタ国王ならば首都以外で戴冠するなど考えることすらできないし、ハーバー・ベイを平定してアルケオンに出発するには最低でもあと数日はかかる。メイヴンに忠誠を誓ったハイ・ハウスはまだ残っているのだ。もしノルタをまたひとつにするのなら、その貴族たちをひざまずかせ、カルに忠誠を立てさせなくてはいけない。もちろん私は、そんなことは何も言わずに黙っていた。自分たちで気づかせてやればいい。まだまだ足元の危ないタイベリアス国王には、結婚なんてしている時間のゆとりなんてありはしない。

でもあいにく彼にはジュリアン・ジェイコスがついている。カルが一生かかっても敵わないほど政治に精通した、あのシンガーが。ジュリアンはアナベルを黙らせ、戴冠はあと一週間待つよう言い聞かせた。カルはこの件でも他の件でも、嬉しそうにほいほいとジュリアンの助言を受け入れた。

玉座のカルはまだぐったりしており、戦いとその後に開いた会議のせいで、すっかり疲れ果てているように見えた。メアが戻ってくるんじゃないかと、ちらちらと扉のほうに視線を走らせている。けれど、あれからもう一時間になろうとしていた。メアとお仲間はきっととっくに出発し、遥か彼方、モンフォートの山々へと向かっているはずだ。そこで家族が待っているのだから。きっとメアも家族の元に帰るのが楽しみでしかたないだろう。私も同じように、リフトに逃げ帰ってしまいたい。

それか、モンフォートに。

囁き声が聞こえた。頭の中に、あの夕食の席で見た首相と夫の姿がちらついた。手をつなぎリラックスし、落ち着いたあの姿を。ありのまま生きるのを許された、あのふたりを。私は、鈍い頭痛を追い出そうとこめかみに指先を当ててマッサージした。今はもう、すべてが不可能に思えてならない。

玉座の間に姿はなかったが、エレインはどこか近くにいるはずだった。両親と一緒にこちらに向かい、午後に到着することになっている。さっさとこんな会議とはおさらばして、せめて何時間かでもあの子と一緒に過ごしたい。けれど、あとどのくらいここにいなくちゃいけないのか、私にはぜんぜん分からなかった。

「私が伝令を出しておこう」ジュリアンが言った。両手を組み、カルのとなりに立っている。あのレッドたちがいないと玉座の間の壇は、ひどく虚ろに見えた。「一週間後、ハイ・ハウスの者たちを首都に呼び集める。その到着を待ってから、君の戴冠式を行うとしよう」興奮などまったくしていない顔で、彼が言葉を続けた。

カルがかすかにうなずいた。早くすべてを終わらせてしまいたい、といった顔だ。アナベルのブロンズ色の瞳がジュリアンに注がれていることには、気づいていなかった。ふたりとも新王の役に立とうとして、両親の気を引きたがる子供たちのように競い合っているのだ。私はアナベルに賭ける。あの人は、議会でもひるまない度胸の持ち主だ。それに、孫を動かす自分に歯向かう者があれば、ためらわずに消すことができる女だ。

カルと一生結ばれるのだと思うと私はもうすっかりくたくたで、長いため息をついた。かつては王妃の権力に、胸を躍らせもした。そんな私をエレインが変えてくれたのだと思いたかったけれど、私はずっと前――そう、彼女なんてソニャ・アイラルと同じ駒だ、私の命令に従い計画の手助けをしてくれるひとりのシルバーに過ぎないのだと自分に言い聞かせていたころ――から彼女を愛していた。たぶん、この戦争が私の何かを変えたのだ。それまで一度たりとも感じたことのなかった恐怖を、私に植えつけたのだ。自分ではなく、プトレイマスとエレインを失うことへの恐怖を。命にかえても守りたいと思う、大好きな人たちを失うことへの恐怖を。ふたりを守るためなら、どんなものを犠牲にしても構わない。王冠の味を知った今の私は、ふたりを想う気持ちとなんてとても釣り合わないのが分かっている。

パパはそんな気持ちなんて分かってくれないし、私を役目から自由にしてくれるつもりもない。

まだパパには、アナベルとジュリアンの取引に感じた最後の疑念については、何も話していない。もしかしたら、私が間違っているのだろうか。センラ王妃とアイリスはサリン・アイラルだけで満足し、その復讐心からメイヴンを喜んで差し出したのかもしれない。

いや、そんなはずはない。

あのふたりは馬鹿じゃない。アイラルなんていう小物のために、メイヴンのような大物を差し出すわけがない。

それは、本当の狙いがパパだからだ。

私はちらりと横目でパパを盗み見た。私の姿が映り込むほどぴかぴかに磨き上げられたクロムの鎧をまとい、誇らしげに背筋を伸ばして肩をいからせている。鎧に映る私はくまのできた目を見開いて、不安げにきょろきょろしていた。昨日は仲間たちが大勢命を落とす中、自分と兄さんを守るために必死に戦った。パパは、そのことについて何も言ってくれなかった。自分の血を引き継いだ子供たちが生き抜いたことへの喜びなんて、ちらりとも見せてはくれなかった。ヴォーロ・セイモスは、鋼鉄のように固く、そして鋭く研ぎ澄まされている。あごひげまで完璧に計算し尽くして手入れされている。私はパパの性格と、気質と、渇望を受け継いだ。でも今の私たちは、それぞれ別のものを必死に求めようとしている。パパは持てる限りの力を。そして私は自由を、自分自身の運命を求めている。

　不可能なものを求めているのだ。

「さて、ロイヤル・ウェディングの話だけれど——」アナベルが口を開いたが、私は耐えきれずに遮った。

「失礼するわ」顔を向けようともせずに吐き捨て、歩きだす。まるで降参するような気持ちだったけれど、誰も私を引き止めなかった。パパさえもだ。誰も、何も言わなかった。大階段を上りはじめると、すぐにママが目の前に立ちはだかった。ママのペットの蛇みたいに、威嚇音でも出しそうなほど怒っている。

「ママじゃない。心配しなくても、私なら大丈夫よ。傷ひとつついてやしないわ」私はつぶやいた。

　ママは、挨拶なんて要らないとばかりに手を振った。パパと同じで、昨日私が死にかけたことなんてどうでもいいのだ。

「エヴァンジェリン、フォート・パトリオットの壁を上ることはできても、簡単な会議すら我慢できなかったというの？」ママは、宝石をはめた両手を腰に当てて、私を叱りつけていたのだろう。今日は緑色の服を選んでいる。ネズミか何かに、あの会議の様子をこっそり覗かせていたのだろう。

私は、戦いのことを忘れようとしながら身震いした。なんとか、あの記憶を頭の外に押しのける。「時間を無断にするのが嫌なのよ」と、私は冷たく笑ってみせた。

ママは、いかにも母親らしい顔をして肩をすくめてみせた。「自分の結婚式の話だというのに？」

「そんな話は出なかったわ」私は鼻を鳴らした。「意見もないのに、あんなところにいたって意味がないでしょう？　それに、後でトリーがぜんぶ教えてくれるわよ。パパの命令を、ひとつ残さずね」まずいものでも食べたみたいに、最後の言葉を吐き捨てる。

「まるで、罰でも受けているような顔ね」母さんが、私を睨みつけた。

私は顔を上げた。怒りに、鋼鉄の糸が全身を引き締める。「だって罰じゃないの？」

ママはまるで私に引っぱたかれ、一族を馬鹿にされたような顔をした。「まったく何を言っているの？　あなたが生涯かけて追い求めてきた結婚のはずじゃないの！」と両手を振り上げる。

何も分かっていないママを見て、私は思わず笑ってしまった。どれだけたくさんのことが見通せても、私を見通せないのだ。笑い声に、ママが不安そうな顔をした。

「ママ、冠がよく似合ってるわよ」私はため息をついた。

「話を変えないでちょうだい、エヴィ」ママは苛立った顔で距離を詰めてきた。私を抱きしめようとするかのように、温かい両手で私の腕を摑む。私は根を下ろしたようにじっと立ち尽くしていた。ママの指が上へ、下へ、ゆっくりと私の素肌の上を滑る。なんだか妙に母親らしくて、そんなものに慣れていない私はたじろいだ。「もうすぐ何もかもが終わるのよ、エヴィ」

いや、まだまだ終わったりなんかしない。

私はゆっくりと、ママの手から逃れた。爬虫類(はちゅうるい)みたいに冷たいママの手より、空気のほうがずっと温かかった。とつぜん離れたせいでママは傷ついたようだったが、それでもその場に立ち尽くしていた。「シャワーを浴びるわ」私は言った。「その間は、私のことは何も探らないでおいてちょうだい」

ママは唇を尖らせた。首を縦に振ろうとはしない。「私たちがしていることは何もかも、あなたのためなのよ」

私は背を向けると、ドレスを引きずりながらさっさと歩きだした。「いつまでもそう言ってるといいわ」

部屋に着くころには、何かを破壊したい気分になっていた。花瓶でも窓でも鏡でもいい。金属じゃなく、ガラスがいい。自分では二度と戻せないものを粉砕したいのだ。けれど、散らばった破片を掃除するのはごめんだから、私はぐっとその衝動を抑えた。このオーシヤン・ヒルにはレッドのメイドたちが残ってはいるが、それもわずかだけだ。もっと高い賃金で働き続けたいと思っているメイドたちだけが、この宮殿や、他のシルバーたちの屋敷に残っているのだ。

カルが下した決断の余波は、どこまで広がるのだろう？　どれだけの変化が起こるのだろう？　レッドを公平に扱う動きは私の寝室のベッド・メイキングだけでなく、ずっと遠くまで広がっていくだろう。

私は片っ端から窓を開け放ちながら、部屋の奥へと進んでいった。午後遅くのハーバー・ベイは、黄金の光と潮風の香りに包まれ、本当に綺麗だ。カモメたちが私をからかうように、甲高い鳴き声を響かせている。小手調べに一羽串刺しにしてやろうかと思った。でも私はそうする代わりに柔らかな毛布をベッドに広げ、中に潜り込んだ。シャワーより昼寝のほうがいい。とにかく、今日を終わらせてしまいたかった。

ふとシルクのシーツの上に置かれた紙に手が触れ、私は凍りついた。

そこには、走り書きで短い書き置きが残されていた。エレインの上品でこれみよがしな筆記体じゃない。見覚えのない筆跡だけれど、それは問題じゃなかった。私に書き置きを残す人なんて限られているし、このベッドまで来られる人なんて、さらに少ない。心臓がどきどきし、呼吸が浅くなった。

〈スカーレット・ガード〉は、ネズミという呼びかたがぴったりだ。もしかしたら、本当に壁の中に住んでいるんじゃないだろうか。

こんな招待状の渡しかたをして悪いけど、この状況じゃ手段が選べなかった。ノルタを離れて。リフトを離れて。モンフォートに来なさい。君もエレインも、受け入れてもらえる。あの山々で、ふたりとも自由に暮らせばいい。こんな虚しい人生の殻なんか、捨ててしまうといい。そんな運命の犠牲になることなんかない。選べるのは誰でもない、君だけだ。見返りなど、何も求めない。

あまりにもうさんくさいデヴィッドソンの書き置きを、私は丸めそうになった。

見返りなど、何も求めない。

私の存在自体が贈りものみたいなものなのに。私がいなくなれば、カルとリフトの同盟なんてうまくいくわけがない。カルに残された最後の同盟国自体が危うくなってしまうのだ。デヴィッドソンと〈スカーレット・ガード〉は私を利用して、カルをまた手中に収める気なのだ。

もし同意するなら、部屋に紅茶を一杯持ってこさせたまえ。後のことは我々が処理しておくとしよう。　　　　D

言葉のひとつひとつが燃え上がり、私の心の中に焼きついた。何時間もずっと書き置きを見ている気がしていたが、まだほんの数分だった。

選べるのは誰でもない、君だけだ。

こんなの、偽りにもほどがあるというものだ。パパは目の前に誰が立ちはだかろうとも、私の道をすべて選ぶだろう。私はパパの手によって作り上げられた、パパの伝説の一部なのだから。

「どうする気？」聞き慣れた声がした。歌よりも甘やかな声。

部屋の奥の窓辺に、エレインのシルエットが姿を現す。相変わらず綺麗だけれど、いつもの輝きは失っていた。その姿を見て、胸が痛んだ。

手元の書き置きに視線を落とし、私は「私にできることなんてないわ」と漏らした。「だって……。もっと最悪の事態になってしまうかもしれない。私にとっても、あなたにとってもね」

私は窓辺に駆け寄ってしまいたかったけれど、エレインは動かなかった。ずっと遠く、街と海原を見つめている。「私にとってはもう最悪なんだって、本当に思わないの？」

壊れもののような、そして柔らかなその囁きが、私の胸に刺さった。

「パパに殺されるわよ、エレイン。私たちがこの誘いに惹かれてるなんて思われたら、あなたは間違いなく殺される」私は、書き置きをぎゅっと握りしめた。

そして、トリーはどうなる？　立場の危うい小国のたったひとりの王位継承者を、置き去りにしていけるわけがない。書き置きに書かれた言葉がぼやけ、ぐるぐると回りだした。

しゃくり上げる自分に気づく。私はいつの間にか泣いていた。

大きな涙の粒が、ぽたぽたと紙の上に落ちる。インクが青くぼやけ、広がっていく。

「エヴァンジェリン、こんな暮らしいつまで耐えられるか分からないのよ」エレインは、声を絞り出した。悲しげなその顔から、私は思わず目をそむけた。ゆっくりとベッドから立ち上がり、彼女の前を歩き過ぎる。視界の端で、赤い髪の毛がふわりと踊った。彼女はそこにとどまり、私はバスルームでひとり、考えを巡らせた。

手が震え、止めどなく涙が流れる。私はバスタブに浸かると、書き置きをお湯に沈めた。そこに書かれた言葉が、誘いが、私たちの未来が溺れていく。

温もりの中で体の力を抜きながら、私は自分のことが嫌になっていった。自分の臆病さが。そして、この腐った人生の何もかもが。頭をのけぞらせるようにしてバスタブに沈み、頰を伝う涙をお湯で流す。まぶたを開くと、ゆらゆらと揺れるお湯の水面が見えた。ゆっくりと息を吐き、ぶくぶくと上がって弾ける泡を見つめる。そしてこの状況の中、自分にはひとつ、たったひとつだけできることがあるのだと胸の中で言った。

それは、口を閉ざしていることだ。

そしてジュリアンとアナベルに、ゲームをさせるのだ。

夕食のテーブルに着いたときも髪はまだ乾いておらず、私は濡れた髪をうなじのあたりでぴっちり巻いてまとめていた。顔にも化粧もせず、何も塗っていない。いつも家族でいるときの私とはまったく違うことに、ママはぜんぜん気づいていないようだった。パパが過ごしている階の大広間に集まったのはたった五人だけだったけれど、ママは晩餐会用に着飾っていた。油みたいに紫や緑の光を放つ黒い生地で作られた長袖とハイネックのドレスを着て、いつもどおりぎらぎらしている。冠も相変わらず、編み上げた髪に織り込んである。パパのほうは、今は冠をかぶっていなかった。何を着て、何を着ていまいと、人を怯えさせるような威圧感は健在だ。プトレイマスのようにパパは私たちのカラー、銀と黒をあしらったシンプルな服を着ていた。そのとなりには、乾いて虚ろな目をしたエレインが、何も言わずに座っていた。

私はもくもくと料理をつまんでいた。パパとママは時々プトレイマスに口を挟まれながらも、みんなの分まで喋っていた。不安で胃袋が締め上げられ、さっきのように気持ち悪くなる。両親は私に何を望んでいるのだろう？　私はどのくらいエレインを傷つけてしまったのだろう？　私はいったい、何をしてしまったのだろう？　黙っているせいで、パパを破滅に追い込んでいるのかもしれない。パパの王国もだ。そう分かってはいても、言葉が口から出てきてくれなかった。

「どうやらオーシャン・ヒルの厨房は、若い王様が発した新しい宣言のせいでずいぶん割りを食ってるようね」ママは、お皿の料理をもてあそびながら、感慨深そうに言った。いつもならこんな質素なものではなく、もっと見事な料理が並んでいるのだ。今日は簡単に味付けしただけのチキンと野菜、ボイルド・ポテト、それになにかのソースが添えられているだけだ。こんなの誰にだって作れる。私にだって。たぶんレッドの料理人たちが出ていってしまったのだろう。

パパは、まるで喉笛でも切り裂くみたいな手つきで、チキンをまっぷたつにした。「こんなのも今だけだ」と、慎重に言葉を選んでつぶやく。

「なんでそう思うんだい？」トリーが、場の空気を読まずに質問した。

でもパパは答えなかった。味のしないチキンを、顔をしかめながら嚙み続けている。代わりに、私が答えた。「パパはこうやって、レッドの労働者は必要なんだってカルに分からせたいのよ」

トリーは考え込むように首をひねった。「レッドの労働者は消えないだろう？　いずれにしろ食べなきゃいけないんだから。ちゃんと賃金ももらってさ――」

「そのお賃金は誰が払うの？」ママが、間抜けでも見るような目で兄さんを見た。これは珍しい。ママはいつでも私なんかより兄さんにばかり愛情を注いできたのだ。「もちろん、

「私たちじゃないわ」ぶつぶつ言いながら、人を突くように肉をぶすぶすと突き刺す。「こんなの間違いだわ。ありえないわ！」

私はカルが発したあの宣言を、頭の中で振り返った。ちゃんと賃金が払われ、行動の自由が与えられ、シルバーの法のもとで平等に裁かれ、守られる……。「兵役はどうなるの？」私は訊ねた。

ママが、平手でテーブルを叩いた。「それも愚かな話だわ。兵役があるから、レッドが喜んで働くんだもの。働くか、兵役か。兵役がなくなったら、誰がわざわざ自分から働きたがるの？」

何を話しても堂々巡りで、私はため息をついた。テーブルの向かいに座るエレインが、警告するような鋭い視線を私に向けていた。私は、使用人やメイドがいなくたってどうでもよかった。でも、古い伝統の中で暮らすシルバーたちは、カルが作ろうとしている新世界に激震させられている。長く続くわけがない。シルバーたちが許しておくはずがない。しかし、モンフォートではそれが許されたのだ。デヴィッドソンが話していたように。あの国は、私たちみたいな国から作られたのだ。

あの山で首相が私だけに言った言葉を、ふと思い出した。すぐそばで、さっと耳打ちされただけだったけれど、私は衝撃を受けた。

自分が自分であるせいで、君は自分の望みを叶えられずにいるんだ。君は自分で何かを選び取ったりしないし、変わることもできない……いや、変わりたいと思っていないんだ。自分をレッドと同種だなんて思ったことは、一度もない。私はシルバーとして生まれたレディだ……強い力を持つパパの娘として、王女になるべく命を授かったのだ。王妃になるのが私の運命だったのだ。けれど、生まれ持った心に妙な変化が起きて、私は分かりはじめていた。デヴィッドソンがモンフォートで言ったことは正しかったのだ。レッドのように、私もまた世界に運命を歪められていたのだ。王妃になんて、私はふさわしくない。テーブルの下で、プトレイマスが私の手を摑んだ。兄さんを大切に想う心が胸の中で激しく燃え上がった。そして、恥ずかしい気持ちが。

よし、最後のチャンスに賭けよう。

「エレインも、私たちとアルケオンに来てくれるんじゃないかしら?」私は、両親の顔を見回した。パパとママが、鋭い目で見つめ合う。あの目つきならよく知っているし、好きじゃない。エレインはうつむき、膝に置いた両手を見つめた。「ハウス・ヘイヴンの一族と一緒に、忠誠を示すために参列するべきだわ」冷静な声で、私は続けた。これは間違いなく説得力があるはずだ。

でも、ママは納得しなかった。乱暴な音をたてて、フォークを皿に置く。「エレイン王女は、あなたの兄の妻よ」ママが、強調するように言った。まるでガラスを爪で引っ搔いたように耳障りな響き。エレインなんてこの場にいないかのような口調だ。私はむかっときた。「あなたの兄も、それに私たち家族も、もうタイベリアス国王への忠誠なんてたっぷり示しているわ。エレインがわざわざ出向くことなんてないでしょう？　リッジ・ハウスの家に帰ってもらいます」

エレインの頬が、さっと銀色に染まった。しかし、言い争いをしてもいいことはないと、舌を噛んでじっと黙っていた。

私は苛立ちのため息をついた。

「リフトの王女なら、戴冠式に出ないわけにいかないわ。リフトここにありと、王国に示さなくてはいけないもの。写真も記録も、リフトだけじゃなくノルタ全土にまで行き渡るわ。未来の王妃の姿をそうやって知らしめるべきでしょう？」震える声で、私は必死に言った。エレインに称号をもたらすのは兄なのだ、私ではないのだと口にするのは、本当に嫌な気持ちだった。

「お前が決めることじゃない」

子供のころの私は、パパに睨まれるとおとなしく黙ったものだった。時には逃げ出して、後でもっとひどいおしおきをされたものだった。だから私は恐怖をこらえ、黙って睨み返すことを憶えた。自分を怖がらせているものと、正面から向き合うことを。

「エレインは兄さんのものでも、パパのものでもないわ」私は、まるでママのパンサーみたいにうなった。

こんな暮らしいつまで耐えられるか分からないのよ。

エレインの言葉が胸に蘇った。私だって同じ気持ちだ。

彼女は話すこともできず、きつく歯を食いしばっていた。

私をパパとママから守るかのように、トリーが身を乗り出した。「エヴィ……」と、これ以上ややこしくなる前に止めようとするみたいに、兄さんがつぶやく。

ママは両手を振り上げ、ぞっとするような鋭い笑い声をあげた。私は拒絶されたような、自分を愛してくれるはずの人からないがしろにされたような気分になった。「エヴァンジェリン、あなたのものでもないでしょう?」ママが冷たく笑った。引っぱたいてやりたくなった。

恐怖が溶けて怒りに変わる。鉄が鋼鉄へと変わる。

「私たちはお互いのものよ」私はそう答え、ワインを飲み干した。

エレインが慌てて私の目を見た。燃えるような瞳。

「そんな馬鹿な話、生まれてこのかた聞いたこともないわ」ママは鼻で笑い、皿を押しやった。「こんなの、食べられたもんじゃない」

パパがまた私を睨みつけた。「すぐ元どおりになる」パパはそう言ったが、私もママも、そんなわけがないのは分かっていた。

私はママと同じように、料理に手もつけていない皿を押しやって「すぐに分かるわ」と言った。もううんざりだ。何もかも。

私がさっさとテーブルを離れようとしたところに、兵士を引き連れたアナベル・レロランがやってきた。さすがの彼女も、護衛もつけずにハウス・セイモスと向き合うほど思い上がってはいないらしい。

「失礼だけど、お邪魔するわ」アナベルの王冠が夕暮れを反射し、温かな光を放った。

皇太后を前にしたママは、さっとラレンティア王妃の仮面を貼りつけた。背筋を伸ばしてすっと肩を下げ、完璧な佇(たたず)まいで座っている。ママは王妃のまなざしで、カルの祖母を振り向いた。「何かわけがあっていらしたんでしょう?」

皇太后がうなずいた。「メイヴン・カロアの話よ」

となりのプトレイマスがふっと息を漏らした。笑みすら浮かべそうな顔だ。パパとママも、ついに厄介者が消えてくれたかと、嬉しそうだ。できることなら、この目で処刑の様子を見てやりたかった。こんなにも長きにわたって私たちを苦しめてきた、あの怪物のような男の最期を。

兄さんが、アナベルに向き直って訊ねた。「カルが自分で手を下したのか?」

皇太后は、石のように顔をこわばらせた。「いいえ、消えてしまったのよ」

ブレスレットがじわりと手首を締めつけてくるのを感じた。テーブルに並んだ銀の食器がかちゃかちゃと揺れている。私の怒りのせいでも、プトレイマスの怒りのせいでもない。

パパの怒りだ。ヴォーロ・セイモスがテーブルに置いた握り拳をひねる。それと一緒に、ナイフやフォークがねじれていく。

パパが目を細めた。「逃げたというのか？」

考えにくいことだが、不可能じゃない。彼に従うシルバーは、まだたくさんいるのだ。ハウス・ヘイヴンも含めて。ヘイヴンの人々なら簡単に宮殿へと入り込み、メイヴンを連れ出し、逃げ去ることができる。私は必死に、その可能性を考えた。ハウス・ヘイヴンが手を下したとなると、最悪だ。エレインまで罪に問われることになってしまう。

アナベルは首を横に振った。顔に刻まれた皺が、どんどん深くなっていく。「そうとは思えないわ」

ママが息をのんだ。「それじゃあ――」

私は「連れ去られたのね」と遮った。

老皇太后が口を歪めた。「ええ」

「レッドのしわざね」私はつぶやいた。

張り詰めた緊張感が漂い、私はアナベルが爆発してしまうのではないかと思った。彼女は歯を剝き出しにして「ええ」とうなずいた。

カルの居場所に着くころには、もう日はすっかり沈んでいた。昨日彼が私たち全員と会った、あの大きな応接間だ。カルはまだローズ・ゴールドの王冠をかぶり、国王としての正装をしていた。椅子にかけて腕組みをし、脚を組んでいるジュリアンの周りをうろうろしている。ジュリアンの両肩に青白い両手を置き、女がひとり立っていた。スキン・ヒーラーのサラ・スコノスだ。彼女は何も言わず、ふたりが話すのにじっと聞き耳を立て続けていた。

「意図はきわめて明確だよ——」ジュリアンは、私たちが来たのに気づいて言葉を止めた。「一日に二度も会議だなんてね、やれやれ。ラレンティア王妃、お会いできるとは、なんとも興味深い」

ママはジュリアンを睨みつけたりせず、最高に嘘くさい笑みを顔に貼りつけた。どちらにしろ、効果は同じだ。「ジェイコス卿」ママは、近づかないよう立ち止まり、気持ちの悪い声で言った。

顔にこそ出さなかったが、エレインが私の部屋に戻ってくれたのはよかった。あの子までここに来ていたら、すでにぴりぴりしている雰囲気がさらに張り詰めていただろう。

パパは、無駄にする時間はないとばかりに、止まり木を見つけた小鳥のようにさっさと椅子に腰を下ろした。歩き回り続けているカルを、パパがじっと見る。「要するに貴君の弟は、敵の手に落ちたということか」

ジュリアンが唇を歪めた。「敵とは、強すぎる言葉かと」

「もう我々とは袂を分かった連中だ」パパは口を慎む気などないといった顔で答えた。「重要な捕虜を盗んでいった。ということは今やモンフォートと〈スカーレット・ガード〉は我々の敵になったということだ」

カルはうろうろしながら、片手であごをさすった。パパと目を合わせる。「ではヴォーロ王、我々はどうすればいいと？」カルが訊ねた。「まだ疲れの癒えぬ陸軍と空軍を掻き集め、ぼろぼろで使いみちもないような子供を取り戻しに、はるばる遠国を攻撃せよとでも？　名案には思えないな」

パパの首筋で毛が逆立つ音が聞こえるようだった。「息をしている限り、メイヴンはノルタにとって脅威なのだよ」パパが歯ぎしりした。

カルはこくりとうなずいてから、手のひらを広げてみせた。「それについては、僕も同じ意見だ」

私は椅子にふんぞり返り、ふんと鼻を鳴らした。「ハイ・ハウスのほとんどは、まだカルに忠誠を誓ってるわ。メイヴンはもう終わりだと知っているのよ」

カルが、ひどく苛立ったように舌打ちした。私はその舌を切ってやりたくなった。

「それだけじゃ駄目だ。レイクランドとピードモントを駆逐するなら、国がしっかりまとまっていなくては無理だ」

背後でアナベルがドアを閉めると、孫の元へと向かっていった。「血に飢えたネズミどもは、私たちに殺し合いをさせて死体を喰らおうとうずうずしてるわけね」

アナベルが初めてリフトに来たときのことを思い出し、私は冷たく笑った。あのときアナベルは、レッドの同盟などすぐ駄目になり、ノルタは私たちがよく知る姿に戻ると言ったのだ。「私の間違いじゃなければ、私たちも同じことをしようと企てたはずでは？」私は、しらんぷりして訊ねた。

皇太后が、嫌悪に顔を歪ませて私を見る。カルは歩き回りながら、ほんの一瞬その視線から私を遮ってくれた。カルが少しだけ、私と目を合わせる。喋るわけにはいかなかったけれど、私はなんとか彼に伝えようとした。カルは私なんて信用しちゃいないし、気遣ってもいないし、それは私だって同じことだ。だけど、お互いがどんなに嫌だろうと、今の私たちにはお互いが必要なのだ。

カルがこちらに背を向け、またパパとママに向き直る。「真の危険を今見失うわけにはいかない。レイクランドは全力をもって、そのうえピードモントの支援まで得て、必ず戻ってくるだろう」

「支援と引き換えに連中がブラッケンとどんな約束をしたのかは、誰にも分からないわ」アナベルが、いまいましげに言った。

ソファに座るママが、鼻を鳴らした。「第一に、我が子を連れ去った人さらいなんかと手を組んだりはしないでしょうよ」と、自分の爪を見つめながら冷ややかに言う。

アナベルがママに摑みかかるんじゃないかと思ったが、皇太后はじっとしていた。

パパは静かな声で話題を変えた。「タイベリアス国王、我々には今できることがふたつある」

カルは、挑むような声で答えた。「ヴォーロ、ふたつの戦争を同時にする気はないよ。あなたにもさせない」

強い口調に、その場の全員が凍りついた。ママでさえ体をこわばらせ、恐怖を浮かべた瞳でパパを見つめている。頭ごなしに命令されて、パパはいったいどんな反応をするのだろう？

ふたりの国王は、じっと睨み合った。ふたりは鮮烈な明暗を感じさせた。カルは若く歴戦の勇士だけれど、政治家としては苦しんでいる。愛と情熱、そしていつでも胸に燃え続けている炎に突き動かされている人だ。パパはあらゆる意味で恐ろしく、武術も言葉も巧みだ。そしてパパはとことん冷徹で計算高く、心はまるで虚無みたいだ。

もしかしたら、これですべて終わりかもしれない。私とともに、リフトからノルタを切り離す……。いや、パパは絶対にそんなことはしない。パパには、私なんかには想像もつかないような計画があるのだ。そして、その計画はカルが玉座に就いていなくては成功しないのだ。

パパは、自分を抑えているかのようにゆっくりと話しだした。「私はモンフォートや、連中と陰謀を企てているレッドのならず者たちと戦うと言っているわけではない」指輪やブレスレットをたくさんつけた両手を膝に置き、パパが言った。どれもこれも、パパの意志ひとつで危険な武器になるものばかりだ。「連中の急所を突くのだよ。連中がここで勝ち取ったと思っているものを、すべてこちらに取り戻すのだよ。シルバーの王となり、己の民を導くのだ」

あのシンガーが最初に口を開いた。いつでも彼の声が怖くてたまらない私は身構えた。

「何がおっしゃりたいのかな？」

パパは、ジュリアンのほうなど見向きもせず、カルに言った。「君の発した宣言は、この国の障害になる。取り消したまえ」

ジュリアンが大笑いしたので、私はびっくりした。妙な温もりを感じさせる、上品で、私には親しみがない笑い声だ。「失礼、陛下。しかし甥には本日の声明を翻すことなど、とてもできません。それは強さとは違う。まったく国王らしからぬことだ」

パパはそれを聞くと、真っ向からジュリアンの目をじっと覗いた。「配下のレッドどもが裏切ったのなら、ふさわしい罰になろう」

この言葉に、カルがぴくりと反応した。「ノルタを治めるのは僕だ。あなたじゃない」と、注意深く、ひとことひとことをはっきり言う。「そして、他の誰でもない」そう言葉を続け、ジュリアンとアナベルに意味ありげな視線を向けた。「宣言は撤回しない」

パパはすぐに応戦した。「私の国では別だ」

カルはパパに詰め寄るように、大股で前に出た。まるで挑むような態度だ。「いいだろう」と、リフト王をじっと見る。

ふたりはまたしても、瞬きひとつせずに睨み合った。私はできることならふたりとも突き飛ばし、こんなのは永遠に終わりにさせてしまいたかった。

秤（はかり）がどちらかに傾きはじめるよりも早く、アナベルが間に入った。さっとふたりの王の間を突っ切り、カルの肩に手をかける。「続きは朝にしましょう。朝には頭もすっきりして、もっと状況もよく見えているでしょうからね」

ふたりの後ろでジュリアンが立ち上がり、マントを直した。「私も同意だよ」

ママもそのほうがいいと思ったのだろう、自分と一緒に来るようプトレイマスに合図した。私はくたくたの気分で、ふたりと一緒に立ち上がった。座っているのはパパひとりだけだった。パパは先に折れたりなんて、絶対にしない。

カルは、こんなゲームなどしたいとも思ってないようだった。さっと片手を振り、私たちを無視するようにくるりと背を向ける。「いいだろう、明朝また会うとしよう」カルはそう言うと足を止めて振り向いた。パパをじゃなく、私を。「エヴァンジェリン、少し話ができるか？　ふたりきりでだ」

私は目をぱちくりさせた。応接間の人々も、みんなひどく困惑している。

立ち去るみんなを見ながら、私はゆっくりと腰を下ろした。パパも、家族と一緒に玉座の間から出ていこうとしていた。プトレイマスただひとりが振り返り、私とほんの刹那、目を合わせた。手を振って、行かせる。私なら大丈夫だ。心配するようなことは何もない。

ジュリアンは、甥の望むとおりにさせようとすぐに立ち去りかけたが、アナベルは動かなかった。「私にも何かできることはあるかしら？」と、私とカルの顔を見回す。

「ないよ、ナナベル」カルはそう答え、彼女に連れ添ってドアへと送っていった。アナベルは、自分の王であるカルにおとなしく従った。

彼女が出ていってドアが閉まると、私は少しだけ安心して全身の力を抜いた。カルは振り向くのをためらうように背中を向けていた。震えるため息が聞こえた。

「冠というのは重たいものよね。そう思うでしょう？」私はその背中に声をかけた。

「本当にね」カルは、気が進まないようにゆっくりと振り返った。議会や家族の前で王を演じるプレッシャーから解放され、彼も私のようにぐったりしていた。ここ数日の疲れのせいで、今にも倒れそうだ。

私は首をかしげた。「それだけの価値はある？」

カルは答えず、私の正面に置かれた椅子に黙って歩いてきた。どさりとそこに腰掛けて片脚を曲げ、もう片脚を投げ出す。

「君の冠はどうだい？」長い沈黙のすえ、カルがようやくそう言い、何も乗っていない私の頭を指差した。意外にも、その声にはなんの敵意も浮かんではいなかった。私とやり合うほど元気じゃないのだ。

それに今は、彼とやり合ったってなんの意味もない。

「ううん、ないと思ってる」私は首を横に振った。

カルは意外そうな顔をしてみせた。「自分でどうにかしようとは思わないのかい？」

何もするつもりはないわ、と私は胸の中で言った。

「できることなんて大してないのよ」声に出して彼に言う。「あの人に手綱を握られているからね」

カルには、それだけで伝わった。

「エヴァンジェリン・セイモスの手綱を握る、か」カルは、無理にいじわるな笑みを浮かべてみせた。「不可能なことに思えるけどね」

私には、そんな冗談に付き合う元気もなかった。「だといいんだけど」とだけ漏らす。

彼は自分の顔をさすり、しばらくまぶたを閉じた。「僕もさ」

私は、鼻で笑うしかなかった。男の泣きごとは、いつでも笑わせてくれる。「ノルタ王に、いったいどんな手綱がついてるっていうのよ？」

「片手じゃ数え切れないよ」

「自分からわざわざ追い詰められたんでしょう？」私は、まったく同情する気になどなれず、肩をすくめた。「みんな、あなたに選択させてくれたわ。運命を変える最後のチャンスをね」

カルは苛立ち、身を乗り出した。「連中の思いどおりにしたら、どうなっていたと思う？」カルは言いたいことを伝えようと、自分の冠に手を伸ばして摑み、乱暴に放り投げた。なんてドラマチックな演出。「混乱。反乱。また内戦になるかもしれない。そして、君の父上との戦争は避けられない。もしかしたら、自分の祖母とも戦わなくちゃいけなくなるかもしれない」

「かもね」

「ああもう、説教はやめてくれよ、エヴァンジェリン」カルは、本当に苛立ってきたように吐き捨てた。「そこに座っていろんなことを好きなだけ僕のせいにすればいい。だけど、自分が一枚嚙んでいないような顔するのはやめろよ」

私は、顔がかっと熱くなるのを感じた。「なんなの？」

「君だって選択できたのに、ここにいるのを選んだじゃないか」

「カル、私は怖かったのよ」乱暴に言い返したつもりが、口から出たのは囁きのような情けない声だった。

その言葉に、カルがほんの少しだけ落ち着きを取り戻した。「それは僕も同じさ」彼の声が、私の声に滲む苦痛と共鳴する。

私はふと、自分の本心を漏らしていた。「あの子に会いたいのよ」

カルは「僕もだよ」と答えた。

私たちが言うあの子とは別々の人間だったけれど、感じている気持ちは一緒だった。カルは、まるで愛してはいけない相手を愛してしまったことを悔いるかのように、自分の両手を見下ろした。その苦しみは、私にもよく分かった。その愛情が重石となり、いつの日か私たちを溺死させるのだ。

「私が話したら、秘密にしてくれる?」私は小声で言って身を乗り出し、手が触れそうなほどそばに体を近づけた。「ジュリアンにもアナベルにも話しちゃ駄目。いいえ、あのふたりには特に」

カルがまた顔を上げた。私の狙いを探るように、じっと目を見つめる。

「分かった」

私は、脳が止めるのも聞かずに口を開いた。「私の考えでは、あのふたりはパパを殺そうとしてるわ」

カルは、意味が分からないといった顔で首をかしげた。「何を言ってるんだ?」

「まあ、自分たちで手を下すとは限らないけど……」生まれて初めて、私は嫌悪感を覚えることなくタイベリアス・カロアの手を握った。分かってほしいと思いながら、きつく握りしめる。「センラもアイリスも、本当にサリン・アイラルみたいなやつとメイヴンを交換して満足すると思う？」

「いや、思わないね……」カルが息をのみ、私より強く握り返してきた。「だけど君のお父さんが亡くなれば……」

私は、伝わったのだと思いうなずいた。「リフトも一緒に死ぬ。そして、ノルタに戻ってくる。パパが死んだら、プトレイマスには戦争をする度胸なんてないわ。どんなに強い戦士でも、兄さんは向いてないのよ」

「信じられないな……」カルの声の様子が変わり、険しい顔になった。話の深刻さにのまれているのだ。と、カルがいきなり私の真意に気づいた。「まだご両親には話していないんだね？」

私はこくりとうなずいた。

「待てよエヴァンジェリン、もし君の想像どおりだとしたら――」彼は、愕然としていた。

「ええ、殺すつもりよ」私は声を潜めた。彼に触れることも、見つめることもできない気持ちになり、さっと手を引いた。「私のことずっと、性悪だと思ってたでしょう？　思ったとおりで嬉しくなった？」

彼の熱い指が私のあごの下に滑り込み、くいっと上を向かせた。

「エヴァンジェリン」彼がつぶやいたが、憐れみなんて受ける気にならず、私はカルを押しのけた。

「アイリス・シグネットの神様なんてほんとはいませんようにって思ってるわ。ほんとにいたら、私にどんな罰を下すか分からないもの」

カルは握りしめた拳で、何度も唇をなでていた。遠くを見るような目をして、こくりとうなずく。

「僕たちみんなのために」

28

アイリス

シタデル・オブ・ザ・レイクスは思いつく限りいちばん安全な場所だったが、それでも私はイライラと神経質になり、しょっちゅう背後が気になった。だけど何度振り向いてみても、雨降りの夏の朝に溶け込むような青い制服を着た、いつもの衛士たちの姿があるだけだった。老テルキー、ジダンサも一緒だった。広大な訓練場の上に渡されたアーチ型の歩道を歩く、私と母さんの後からついてきている。彼女も母さんと同じで、人を落ち着かせる空気の持ち主だ。私はふたりのそばで、心を落ち着かせようとしていた。見下ろせば、レイクランド軍の兵士たちが戦いの準備をしていた。同盟がまだ生きていたときにメイヴン軍とともに戦った部隊は、たっぷり休暇を与えられている。ここの兵士たちは元気で、いつでも戦える。レイクランドの栄光のため、一国を勝ち取りたくてみんなうずうずしている。ノルタの山々や、川や、そして浜辺を。強烈な電力と、経済的な価値を持つ、テチーたちの街を。ノルタ王国は、採掘を待っている金脈と同じなのだ。

雨でずぶ濡れになるのもいとわず、何千という兵士たちが訓練を続けていた。今や、国じゅうどこに行っても同じだろう。シタデル・オブ・ザ・スノーからシタデル・オブ・ザ・リヴァーにいたるまで、号令は行き渡っている。シルバーもレッドも、動ける者はみんな動員するのだ。レイクランド軍は集結し、いつでも打って出られる。数も力も、私たちが勝っている。後はすで満身創痍の敵を、破滅に向けて押してやるだけだ。

だというのに、胸の奥底にあるこの不安はいったいなんなのだろう？　金銀の縁取りがきらめく青い制服を着ていた。私たちも兵士たちと同じように、軍を視察するのに、王族らしく着飾る必要はない。母さんでさえ、喪服を着るのをやめたようだ。それでも父さんや、父さんの復讐を忘れたわけじゃない。その気持ちは大きな石のように、私たち全員にずっしりとのしかかっていた。私は一歩踏み出すことに、その重みを感じていた。

私たちは最後の橋を渡り、要塞の中心となる建物にいくつもあるバルコニーのひとつに降り立った。たくさんの窓が輝き、誘うような光を放っている。雨は心を安らがせてくれるけれど、私は早く中に入りたかった。母さんは足早に私たちを先導し、建物に入っていった。ティオラとランチをすることになっていたのだけれど、食事の用意が整ったダイニング・ルームに行ってみても、まだ姉さんは来ていなかった。

遅刻なんて、らしくない。

私は説明を求めるように母さんを見たけれど、母さんは黙ってテーブルの上座に着いた。センラ王妃がティオラの不在を気にしないというのであれば、私も気にしない。

私は母さんにならって着席し、ティオラの到着を待つことにした。衛士たちは戸口に残っていたが、ジダンサはテーブルに来て椅子にかけた。彼女はレイクランドの古い名家、ハウス・マーリンの貴族で、長年、私たちに仕えてくれている。母さんがふかふかのパンを自分の皿に取っている間、私はテーブル上に並べられた銀食器を見回した。フォーク、スプーン……そして何よりも、ナイフ。習慣から、武器になるものを探す。もちろん、水で満たされたグラスもそうだ。私の手元にあるナイフより、よほど強力な武器になる。

私はグラスをじっと見つめると、自分の心にも水が注がれてくるような感覚に身を委ねた。自分の顔くらい慣れ親しんだ感覚だ。でも、今はどこかいつも違う感じがした。母さんの仕事を手伝った後だからだろうか。

あの取引から数日が経っても、私は忘れることができなかった。特に音だ。私たちの手から逃れられず、サリン・アイラルが絞り出した最後の息。カロア王の叔父、あのジェイコスとかいうシンガーは、私たちが捕まえる前にサリンから戦う力をすべて奪い取ってしまっていた。もしアイラルが反撃してきていたなら、こんな違和感は覚えなかったのかもしれない。あの男は、死んで当然だった。私たちが下した罰より、もっとひどい罰がふさわしい男だった。けれどあの瞬間を思い出すと、恥辱にも似た、気持ちの悪い感情でいっぱいになってしまう。まるで、神様に何か裏切りでも働いたみたいだ。神の意思に自分がそむいたような気分なのだ。

今夜はもう少し祈りを捧げ、神の叡智（えいち）に答えが見つかるように願おう。

「冷めてしまう前に食べなさい」母さんが、目の前の皿を手で示した。「ティオラなら、すぐに来るわ」

私はうなずくと、機械的な手つきでてきぱき料理を取っていった。気をつけなくては。〈スカーレット・ガード〉がどこで聞き耳を立てているか分からないのだ。用心しなくてはいけない。

食事はほとんどが魚料理だった。マスのバター焼きには、開いたマスの横にバターとレモンがそえてあった。イエロー・パーチは、塩コショウをまぶしてある。シチューに入っているウナギの頭は切り落とされ、テーブルの中央に誇らしげに並べられていた。ウナギの歯が、ダイニング・ルームの薄明かりに光っている。他の皿には黄金色のトウモロコシや、ドレッシングをかけた青菜など、レイクランド人の食卓に普通に並ぶものが盛りつけられていた。この国の農地は広大なうえに実りもよく、全国民が食べる二倍もの作物が穫（と）れる。レイクランドでは、もっとも身分が低いレッドだろうと、食べものに困ることなんて絶対にないのだ。

私はティオラにウナギを残しておくよう気をつけながら、少しずつ皿に取った。癖になるような珍味で、姉さんももちろん大好物なのだ。

それからまた沈黙が流れ、時計の音だけがチクタクと響いた。外では雨が激しさを増し、滝のように窓を叩いていた。

「雨がやむまで軍の訓練もお休みしたほうがいいわね」私はつぶやいた。「兵士たちが病気になって、風邪が蔓延（まんえん）したら最悪だわ」

「確かに」母さんが食事をしながらうなずき、合図をした。

ジダンサがぱっと立ち上がると会釈をし、「そのように手配いたします、陛下」と、命令を伝えに去っていった。

「あなたたちは、外で待っていなさい」母さんは、衛士たちをひとりずつ見ながら言った。命令された衛士たちが、飛ぶように出ていく。

誰もいなくなった部屋を見回し、私は緊張した。母さんは、人に聞かれてはまずい話を私にしようとしているのだ。またドアが閉まって私たちだけになると、母さんは両手を組んで私のほうに身を乗り出した。

「あなたが気にしているのは雨じゃないわよね、愛しい人（モナモラ）」

一瞬、否定しようかと考えた。笑みを貼りつけ、そんなことないわと言ってしまおうかと思った。でも、母さんの前で仮面をかぶるのは嫌だ。そんなのは裏切りだ。それに、仮面なんて着けたところで母さんにはすべてお見通しなのだ。

私はため息をつき、フォークを置いた。「あの人の顔が頭を離れないの」

母さんは表情を和らげ、王妃から母親の顔になった。「私も、あなたのお父さんがいなくて寂しいわ」

「違うのよ」ぱっと言葉が口を突いて出た。あまりに急だったものだから、母さんは驚いて目を見開いた。薄明かりの中、いつもより目が暗く見える。「父さんのこともずっと忘れられないけど、でも……」私は、どう言えばいいのか言葉を探した。そして諦めると、単刀直入に言った。「頭を離れないのは、私たちが殺したあの人のことよ」

「誰のことかしらね」母さんが、無表情な声で言った。私を咎めるような言いかただが、そう言われてもしかたがなかった。「あなたの考えだったはずだけれど」

また、私は恥辱を感じた。両頬が熱くなる。そう、サリン・アイラルを引き渡させるというのは、私の考えだった。父さんを殺した犯人とメイヴンを交換する。その後さらに、アイラルに父さんを殺させた男も。けれど、取引のその段階は、まだこれからだ。

「でも、またやってみせるわ」私は気晴らしに、食べものをもてあそびながら言った。母さんに見られていると、まるで裸になってしまったみたいだ。「あの男は万死に値するもの。だけど――」

母さんは、苦痛でも感じたように体をこわばらせた。「あなたは前に人を殺したことがあるわ。自分の命を守るために」

私は説明しようと口を開いたが、母さんの話はまだ終わっていなかった。

「だけど、あれは違う」母さんが、私の手に自分の手をかぶせた。理解を込めたまなざしで、じっと私を見つめる。

「ええ」私は、自分への失望を感じながら、苦々しく答えた。あれは父さんの死の代償を払わせるための、正しい殺人なのだ。こんな気持ちになることはない。

母さんの手に力がこもった。「でも、そんなふうには思えないでしょう。悪事をした気がするのでしょう」

私と母さんの手を見つめながら、息が詰まった。「この気持ち、消えてくれるの？」私はつぶやき、思い切って顔を上げた。

でも、母さんは私を見てはいなかった。窓を叩く激しい雨を見つめている。その目が、流れる水と一緒に踊っていた。母さんは、いったいどれだけの人々を殺してきたのだろう？　それを知る術（すべ）も、突き止める術も私にはない。

「消えることもあるわ」やがて、母さんがぽつりと言った。「消えないこともある」

その言葉の意味を理解しようとしていると、ダイニング・ルームにティオラが入ってきた。私たちと同じように、廊下に衛士を残している。母さんがレイクランドの伝統にそむいてノルタを訪れている短い間、ティオラが国に残って国境に目を光らせてくれていたのだった。そして今レイクランド軍は、旅路の次の段階に進もうとしている。ティオラはその仕事のために完璧な装いに身を包んでいた。戦争から戦争へと飛び回ろうとしているのに、生き生きとして見える。

皺が入り、勲章も記章もついていない一兵卒と同じ軍服をまとったティオラは、レイクランド王女ではなくただの兵士にしか見えなかった。シグネット一族のまなざしさえ引き継いでいなければ、伝令か何かにしか思えないだろう。

ティオラは父さんと同じように上品な物腰で、向かいの椅子に腰掛けた。

「よかった。もうおなかがぺこぺこよ」と両手を出し、さっそくごちそうに取りかかる。私はシチューのボウルを、ずらりと並んだウナギの頭の横に押してやった。子供のころ、ふたりでよくこの頭を投げ合って遊んだものだ。ティオラもそれを思い出し、小さな笑みを浮かべて私を見た。

しかしティオラはすぐ真顔に戻ると、いかにも将軍といった重々しい空気をまとい、母さんの顔を見た。

「スノー、ヒルズ、ツリー、リヴァー、そしてプレインから連絡があったわ」ティオラが、レイクランド各地にある要塞の名前を次々と挙げていく。「すべて準備完了よ」

知らせを聞いた母さんは王妃の顔になり、満足げにうなずいた。「予定どおりね。攻撃の時は近づいているわ、すぐそこまで」

攻撃の時――。

ふるさとに戻ってきてから、私たちはそのことしか話していない。メイヴンの国や彼との結婚から解放されたというのに、私にはせっかくの自由を楽しむ時間すらないのだ。母さんは私を、会議や聴聞会に次々と出席させる。なにせ私はタイベリアスと、未知の力を持つレッドたち、そして言わずもがな、リフト王国の連中と相まみえたたったひとりの人間なのだから。

確かにブラッケンのピードモントは私たちの味方についているが、あの王子はメイヴンよりもいい味方だと言えるのだろうか？　今玉座に就いているタイベリアス・カロアから私たちを守る盾として、メイヴンよりも優秀なのだろうか？　けれどそんなこと、今さら考えることだろうか？　私たちはとっくの昔に決断を下してしまった。メイヴンというカードを、私たちはすでに切ってしまったのだ。

ティオラは言葉を続けた。「そのうえ重要なのは、どうやらタイベリアス・カロアの新しい王国が、分裂しそうだという事実よ」

私は、目の前の料理も忘れて姉さんの顔を見た。「どういう意味？」

「レッドたちは、もうタイベリアス国王の味方じゃなくなったということよ」ティオラの答えに私は驚きのあまり身を乗り出した。「報告書によると、〈スカーレット・ガード〉とニュー・ブラッド、そしてモンフォート軍は、みんな揃って姿を消したそうよ。たぶん、あの山国に戻ったんだと考えているわ。じゃなきゃ地下に潜ったかね」

上座の母さんが、大きなため息をついた。片手でこめかみを揉んでいる。「まったくみんないつになれば、若い王とは馬鹿なものだと分かるのかしらね」

ティオラは、見るからにイライラしている母さんの顔を見て、楽しげにくすくす笑った。

モンフォート共和国、ニュー・ブラッド、〈スカーレット・ガード〉、そしてメア・バーロウ……。彼らがいなくなれば、タイベリアス・カロアは間違いなく一気に不利になる。だが、彼らが消えた理由はすぐに想像がついた。

「玉座に就いたタイベリアスに手を貸す気はない、ということね」私はつぶやいた。メアのことはよく知らないけれど、そんな想像がつくくらいには知っている。囚人だったときでさえ、ことあるごとにメイヴンに突っかかっていたのだ。新たな国王なんて、とても我慢ができないだろう。「きっと、国を取り戻したら新しい国家を作るという約束があったのに、タイベリアスがそれを破ったんだわ。ノルタはまだシルバーが支配してる」

ティオラはウナギをのみ込んでから、首を横に振った。「完全にそうというわけじゃないの。宣言が発令されてね。ノルタのレッドには、多くの権利が与えられることになったわ。そして、ちゃんとした賃金が。強制労働の時代が終わったのよ。それと兵役もね」

私は動揺した。ものすごいショックだったけれど、不安も感じていた。国境の向こうでレッドたちがそんな権利を得たとなると、レイクランドのレッドたちはどうするだろう?

国境を越えようとするレッドたちの、大脱走が起こるのではないだろうか。「すぐに国境を閉鎖しなくちゃ」私は慌てて言った。「レッドたちがノルタに行けなくするために」

またしても、母さんがため息をついた。「タイベリアスは本物の馬鹿ね。国境の警護は、もちろん倍の数に増やしておくわ。カロアの他に、これ以上厄介の種なんて抱え込みたくないですからね」

ティオラが低くうなった。「あの王様は、自分の頭痛の種も増やしているのよ。こうしている間にも、テチーの街は終わりへと向かっている。そうなれば、国の経済だって終わりに向かいだすわ」

母さんは、今にも笑いだしそうな顔をしていた。私だって、できれば笑いたかった。なぜタイベリアス・カロアは、それほどまでに愚かなのだろう？　玉座を取り戻したばかりだというのに、国が持つ最大の強みを捨ててしまおうとしているのだ。いったい誰のために？　カロア王は冠の重さでおかしくなってしまったのだろうか？　それとも北の炎を貪ろうと企むリフト王に、はめられてしまったのだろうか？

あの宣言を邪魔に思っているシルバーは、リフト王だけではないだろう。「ノルタのシルバーたちは、気に入らないでしょうね」私はそう言いながら、グラスの上で指をゆっくりと振った。グラスの水が、渦を巻きはじめた。

母さんはこちらを向くと、私の考えを読もうとしながら「まさしく」とうなずいた。

「こっそり、何人かと話してみることはできるわ」私はさらに言葉を続けた。頭の中では、どんどん計画が出来上がりはじめていた。「お悔やみを伝えるか、それとも買収を持ちかけるか……」

「ほんのいくつか、重要な地域だけ揺るがせれば、こと足りるわ」母さんが言った。

「そうなれば、一度の戦いでこの戦争には勝てる」私はうなずいた。「アルケオンは落ちる……そしてノルタもね」

ティオラが大好物であるはずのシチューを押しのけた。「レッドたちはどうなの？」

「姉さんが自分で言ったじゃないの」私は肩をすくめた。「地下に潜ったのよ。どうぞご自由にお取りくださいってね」私は笑みを浮かべ、母さんと姉さんを見た。サリン・アイラルのことなんて、頭からすっかり消えてしまっていた。今はもっと重要なことがあるのだ。「だから、私たちが取らなくちゃ」

「神々のために」ティオラは、そっと拳でテーブルを叩いた。

そうじゃないと言いたくなるのを、私はこらえた。代わりに、姉さんの顔を見て小さくうなずく。「私たちを守るためよ」

ティオラは、不思議そうに目をぱちくりさせた。「私たちを？」

「私たちはこうして座ってランチを前にしながら、〈スカーレット・ガード〉を恐れているわ。レッドたちは国の内外から私たちを包囲している。もしレッドの反乱がこのまま拡がり続ければ、私たちはどうなると思う？」私は誰もいない部屋と窓のほうを指差した。もう雨は弱まり、ぽたぽたとしずくが落ちる程度になっていた。遥か西の空に垂れ込めた灰色の雲が割れ、ささやかな光が漏れているのが見えた。「それにモンフォートは？　レッドとあの妙なニュー・ブラッドたちの国家が私たちを放っておくと思う？　私たちは、自分の身を守らなくちゃいけないの。誰も楯突く気がなくなるくらいに大きく、強くならなくちゃね」

あの山国には、姉さんも母さんも行かなかった。目にしてきたのは私だけだ。レッド、シルバー、ニュー・ブラッドが共存しているあの街を。共存し、遥かに強い力を手に入れた彼らを。アセンダントに侵入してブラッケンの子供たちを救出するのはたやすかったけれど、軍隊を相手にするとなると、話は別だ。モンフォートと戦えば、双方ともただでは済まないだろう。開戦してしまう前に、なんとしてでも防がなくてはいけない。

私は覚悟を決めた。「立ち上がったり、私たちに楯突いたりするチャンスなんて、与えちゃ駄目だわ」

母さんがすぐに「私も同感よ」と答えた。

「私も」ティオラも、すぐに続いた。美しい模様が刻まれたグラスを掲げ、中身の透明の液体をゆらゆらと回してみせる。

外の雨がやんでいくにつれて、私の心は落ち着いていった。これから起こりえることを思うと不安だけれど、計画が形になりはじめて安心もしていた。メイヴンに忠誠を誓ったハウスたちを味方にできれば、タイベリアスはどうにも身動きが取れなくなるだろう。周りじゅう敵だらけになるからだ。たったひとりで玉座に座っているしかなくなるはずだ。メイヴンだって、どれだけ多くの大臣や貴族に囲まれていようと、孤立していた。メイヴンが必要以上に私をそばに置こうとしなかったのが、私は嬉しかった。彼が生きていたころは、さんざん怯えさせられた。あの男は、何をするか本当に予測不能だった。いつ何を言うか、何をするかも分からない彼を見ながら、私は気持ちを張り詰めさせて暮らしていたのだ。あの怪物のような国王のそばで忘れていた睡眠を、最近ようやく思い出しはじめているところなのだ。

「ノルタ人が公開処刑にしなかったのは意外だったわね」私は低い声で漏らした。「どんな処刑を行ったのかしら?」

私は、レイクランドの衛士から逃れようと必死にもがくメイヴンの姿を思い出した。こんなことになるとは、思っていなかったろう。私も、予測不能な女なのだ。

姉さんはウナギのシチューにスプーンを突っ込むと、食べるでもなくゆるゆるとかき回した。

「ティオラ、どうしたの?」母さんが不思議そうに姉さんに訊ねた。

姉さんは躊躇したが、すぐに口を開いた。「それについては、いろいろと噂があるの。ハーバー・ベイから連れ去られて以来、メイヴンの姿を見たり、話を聞いたりした人は誰もいないわ」

「死んだんだから、当然でしょう」私は肩をすくめた。

ティオラは、私のほうを見なかった。いや、見られなかった。「スパイの話では違うわ」

部屋と食事の温もりもよそに、私は寒気に襲われた。理解しようとしながら、生唾をのむ。あの恐怖がまた戻ってくるかもしれない……、その不安を振り払う。臆病になってはいけない。死んではいないにせよ、メイヴンは遥か彼方の牢屋の中なのだ。もう私に手出しなんてできないのだ。

母さんは、まったく恐れてなどいなかった。「どうして生かしておいたりするのかしらね？　カロア兄弟は、どっちが馬鹿か競い合ってでもいるのかしら？」

私は、もっと何かあるはずだと思った。そして、不安をごまかすために口を開いた。「たぶんタイベリアス国王にはできなかったんだわ。情け深い人のようだったし」

そうだ。きっとレッドの女と関わり、そういう人間にされたのだ。

「もうメイヴンはノルタにいないという噂が流れているのよ」ティオラが言った。

「なるほど、ではいったいどこへ？」母さんが首をかしげた。

可能性はいくつかある。私は急いで考えた。答えはひとつしかないように思えた。あの稲妻娘にとっては、最悪の答えだ。私はもう、メイヴン・カロアから逃げきった。けれど彼女は違う。

「モンフォートだと思うわ」私は口を開いた。「きっとニューブラッドと、そして〈スカーレット・ガード〉と一緒にいるのよ。メア・バーロウもね」

ティオラはじっと考え込むような顔で、小さくうなずいた。「ということはレッドたちがノルタを離れたときに……」

「メイヴンは強力な人質よ」私はティオラを見た。「生きているなら、タイベリアスの立場は危うくなる。多くの貴族たちが、まだ弟に忠誠を誓っているのだから」

母さんは、まるで娘ではなく大臣でも見るような目で私を見つめた。私はその視線にぞくぞくすると、椅子にかけたますますっと背筋を伸ばした。

「そんなことがありえるの？」母さんがつぶやいた。

私は、ノルタとそこにいるシルバーたちについて知っている情報を、頭の中で整理してから答えた。

「たぶんノルタのシルバーたちは、タイベリアスの元に戻らなくて済むだけの口実が欲しいはずよ。ノルタに変わってもらっては困るから」母さんとティオラ——王妃と未来の王妃——が黙って見ている。私は顔をまっすぐに向けた。

「私たちが、その口実を与えるのよ」

29

メア

ほとんどまっ暗な山並の上空を飛んでアセンダントに着くころには、もう夜になっていた。黒々とした山頂に衝突するんじゃないかと、怖くてたまらなかった。しかし熟練のパイロットたちは、私たちの乗るジェットをすんなりと山の上の滑走路に着陸させた。兵士たちを運んできた残りのモンフォート空軍と軍用車の列は、平原にいる。ホークウェイを登って街を目指す人々も、モンフォート各地の持ち場に戻るため、あちこちの道に散らばっていく人々もいた。万が一レイクランドが襲ってきたときのため、そうして国境を固めて国の守りを強めようというわけだ。そのうえ、プレイリーやレイダーたちを説得し、自分たちのために働かせようとしているのかもしれない。

私はファーレイ、デヴィッドソン、ふたりの部下たちと一緒に星明かりの下、もくもくとアセンダントの街を目指して出発した。空を見上げて歩きながら、星座の名前を思い出そうとした。カロア兄弟のことは、考えたくなかった。ノルタに残してきたカロアのことも、今鎖につながれ、銃口を突きつけられながら私たちと歩いているカロアのことも。メイヴンは時々口を開いては、モンフォートのことなんかを訊ねた。けれど誰も答えたりしなかった。首相官邸の手前で、メイヴンは他の階段のほうに引っ張られていった。さらに多くの兵士たちが集まってくる。どうやらブラッケンの子供たちとはちがい、丁重に扱ってはもらえないらしい。これから兵舎の地下にある牢獄へと連れていかれるのだ。だんだんと小さくなっていくその姿が見ていられず、私は顔をそむけた。メイヴンは、二度と振り向かなかった。

ファーレイは、大股のカイローンすら追いつかないほどのスピードで、どんどん進んでいった。私は人の心なんて読めないが、それでも私の家族と一緒にここにいる娘のことで頭がいっぱいなのだとすぐに分かった。

デヴィッドソンは手際のいいことに私たちの到着を事前に伝えており、おかげで私たちが着いたときには、窓もバルコニーも、暖かそうなキャンドルの光で照らされていた。そこに立つ見覚えのある人影に向けて、私たちはまっすぐ進んでいた。母さんがファーレイに手渡すと、クララは眠そうにしながらもにっこり微笑んだ。デヴィッドソンが夫のカーマドンをハグするのがちらりと見えた瞬間、私も母さんに抱きしめられた。私の体をきつく抱き、深いため息を漏らす。私は家族しか与えてくれない安心感に浸りながら首相官邸に入ると、上の階で待つ家族たちの元に連れていかれた。

もうすっかり恒例行事みたいになっていたけれど、家族の再会は相変わらず感動した。両親もできるならば、こんなことを二度と繰り返さないよう私を縛りつけてしまいたいだろう。でもふたりとも私を信頼して任せてくれているし、そのうえ私はニュー・ブラッドだ。稲妻娘なのだ。私をつなぎ止めておける縄なんて、そうそうありはしない。どんなに私が家族といたくても、前に進み、戦わないわけにはいかないのだ。

ファーレイはクララを抱いたまま、くたくたに疲れ果てた顔で、自分の部屋に消えていった。誰も止めなかった。娘と過ごす時間は必要だし、みんなそれを喜んでプレゼントしたかったのだ。

家族に連れられてバルコニーに出てみると、前よりもたくさんの花々が咲き乱れていた。

どうやらトレイミーがずいぶんと手をかけたようだ。

「綺麗ね」私は兄さんに声をかけ、手すりに絡まって咲き乱れた白い花を見回した。

トレイミーははにかむような笑みを浮かべて椅子に座った。その肘掛けに、ジーサが座る。私はとなりのタイルの上に置かれたぺしゃんこのクッションに、乱暴に座り込んだ。

「母さんが手伝ってくれてさ」トレイミーが、母さんのほうをあごでしゃくった。

テラスの端で、母さんが手を振った。今日は髪を下ろしている。ずっと昔から、顔に髪が落ちないようぴっちりと編み上げた母さんを、私は見慣れていた。けれど下ろしていると、白髪まじりでも、ずっと若く見えた。「ただジョウロを持って、トレイミーの後をついて回ってただけよ」

ルース・バーロウを綺麗だなんて、思ったこともなかった。シルバーの横にいる貧しいレッドの女ともなれば、綺麗だと思う人なんてまずいないだろう。けれどモンフォートに来てからの母さんは、褐色の肌が輝いているかと思うほど、健康的で美しかった。ランプの明かりを浴びて和らいだ顔からは、皺が減っているようにすら見える。もちろん、パパもスティルトにいたころとは比べものにならないくらい、とても元気に見えた。必要なところにちゃんと肉がつき、腕も脚もたくましくなり、腰は細くなったように見える。栄養をしっかり摂っているのもあるけれど、新しい脚と肺がよく合っているのだろう。父さんは私を出迎えるといつもどおりむっつりとし、ブリーのとなりに自分の椅子を並べろと言った。みんな、モンフォートに来たのがとてもよかったようだ。特にジーサは変わっていた。私は、彼女が着ているちょっと変わったモンフォートの制服に目をとめた。襟と袖に色付きの糸で、花々や、ジグザグに走る紫色の稲妻が刺繍されている。私は手を伸ばすと、繊細な彼女の刺繍を指でなぞった。

「欲しいなら、メアにも作ってあげるわよ」ジーサが、私の制服を見つめた。攻撃的なほどにまっ赤な〈スカーレット・ガード〉の制服に、彼女が鼻に皺を寄せる。「こんなの、ぜんぶ要らないわ。メダルなんかより、ちょっとはマシにしてあげる」

カイローンは私のとなりに座り込むと、両手をついて組んだ脚を前に伸ばした。「俺のも作ってくれる?」

「気が向いたらね」ジーサがいつもみたいに鼻で笑い、まるで客の寸法を計るみたいにカイローンをじろじろと見回した。「花よりも魚の刺繍のほうがよさそうね」

大げさにふくれっ面をしているカイローンを見て、私は思わず両手で口を押さえて噴き出した。

「それで、今度はどのくらいここにいられるんだ?」父さんが、私を咎めるような声で言った。父さんのほうに顔を向け、ダーク・ブラウンの目を見つめる。私よりも色が暗い、ブリーやトレイミーと同じ目だ。

母さんはこの話をやめさせようとでもいうかのように、片手を父さんの肩にかけた。「ダニエル、メアは帰ってきたばかりなのよ」

父さんは振り向きもせず、「そう言おうと思ったんだ」と答えた。

「大丈夫よ」私は、父さんと母さんの顔を見た。最近のできごとを考えれば訊きたくなるのも無理はない。「正直に言うと、私にも分からないの。ほんの何日かだけかもしれない。何週間かいられるかもしれない。もしかしたら何ヶ月かも」期間が長くなるにつれて、家族の顔がだんだん明るくなった。本当にそうならいいのにと思いつつも、私は偽りの希望を与えることに胸が痛んだ。「事態がどう展開するのか、私たちもまだ分からないのよ」

父さんが顔をしかめた。「ノルタのことか」

私は首を横に振り、「レイクランドのことよ、ほとんどはね」と答えた。みんな黙って私の話に耳を傾けていた。ただ、カイローンだけは別だった。ゆっくりと眉間に皺を寄せ、怒りを顔に浮かべている。「今はレイクランドが力を握っているわ。カルはばらばらになった国をまとめようとしていて、私たちはそれがどう転ぶか結果を待っているところよ。もしレイクランドの攻撃が――」

ブリーが苛立ったように息を吸い込み、怒りのため息をついた。「他にその怒りを向ける相手もいないから、私を睨みつける。「お前も、レイクランドを追い払う戦いに力を貸すのか?」父さんと同じ、私を咎めるような声。

私は、肩をすくめるしかなかった。兄さんは私に腹を立てているわけじゃない。私の巻き込まれる状況がそうさせているのは分かっている。危険に引き寄せられ、シルバーの王たちの間で引き裂かれ、武器として、そして道具として使われる。「分からないわ。もうカルとは味方同士じゃないから」

となりのカイローンが、身じろぎした。タイルの座り心地が悪いのだろうか。それとも、この話題のせいだろうか。

「で、その片割れはどうなったんだ?」

椅子の周りに集まっていた家族が、みんな困惑の顔つきになった。母さんは腕組みをし、私もよく知っている、あの射抜くような目で私を見た。「誰のこと?」と、分かっているくせに訊く。私の口から言わせたいのだ。

私は歯ぎしりをしながら「メイヴンよ」と声を絞り出した。

父さんは、聞いたこともないほど恐ろしい声で「死んだはずだろう?」と言った。

「死んでないぜ。ここにいるんだからな」カイローンは、私が止めるよりも先に言ってしまった。

家族の中に怒りの波が広がった。みんなが顔を赤くし、唇を歪め、両目に怒りの炎を燃やす。

「カイローン、面倒を起こすのはやめてよ」私は囁きながら、彼の手首をきつくひねり上げた。だけど、今さらもう手遅れだ。バルコニーに流れる沈黙には、ずっしりと重い怒りが漂っていた。

ようやくジーサが口を開いた。「殺さなくっちゃ」と、父さんと同じ恐ろしい声で言う。妹は暴力を好むタイプじゃない。ナイフなんかより、縫い針のほうがよく似合うのだ。その妹が、チャンスさえあればメイヴンの両目をくり貫いてやると言わんばかりの顔をしている。そんな怒りを植えつけたのが自分だと思うと罪の意識を感じたけれど、とつぜん湧き起こったジーサへの愛情と嬉しさ、そして誇らしい気持ちは圧倒的だった。

兄さんたちもジーサと同じ気持ちだと、ゆっくりうなずく。今メイヴンの牢屋に忍び込んでいいとなれば、ふたりともどんな無茶でもするだろう。

「生かしておけば使いみちがあるのよ」私は、みんなを押しとどめようと言った。

「あいつの使いみちなんて、知ったことじゃないね」ブリーが吐き捨てた。

口汚いブリーを母さんが叱ってくれると思ったのに、母さんは何もせず黙っていた。むしろ、自分が殺してやると言わんばかりだ。母さんの目の中に、私はアナベル皇太后、ラレンティア・ヴァイパー、そしてエラーラ・メランダスと同じ、暴力的な愛情を見た。

「あの怪物は私から息子を、そしてあなたを取り上げたのよ」

「私ならここにいるわ、母さん」私は、とつぜん蘇ったシェイドの思い出に苦痛を覚えながら答えた。

「そういう意味じゃないわ。この手であの男の喉を切り裂いてやりたい」

いちばん衝撃的なのは、父さんが何も言わないことだった。もともと無口な人だけれど、大嫌いなシルバーの話となれば別だ。私は父さんをちらりと見て、なぜ黙っているのかすぐに察した。止めどなく込み上げてくる怒りで、顔をまっ赤にしていたのだ。口を開けば何が飛び出すか、もう誰にも分からなかった。

「何か他の話でもしない?」私はみんなの顔を見回した。

「どうぞ、そうしてくれ」父さんが、歯ぎしりしながら言った。

「みんな元気そうだけど、モンフォートはどう——」

母さんは険しい顔をしながらも、しょうがないといったようにうなずいた。私を遮り、みんなの代わりに答える。

「まるで夢のようよ、メアア」

ふと、疑念が湧き起こった。デヴィッドソンのことはよく分かっているけれど、この国のことも、この街のことも、私は知らないのだ。この国の政治家や議員たちのことも、私は知らないのだ。

「夢みたいで落ち着かなかった？」私は質問を続けた。「目が覚めたら面倒に巻き込まれてるんじゃないかとか、何かひどいことになってるんじゃないかとか、そんな気がした？」

母さんは重いため息をついて、アセンダントにきらめく街の灯を見つめた。「いつでも用心しなきゃとは思っているけれど――」

「いや、そうは思わん」父さんが、母さんを遮り言葉を続けた。言葉少なだけれど、強い口調だ。「この場所は違う」

ジーサがうなずいた。「レッドとシルバーがこんなふうに暮らしてる場所なんて、初めて見たわ。ノルタじゃ、お師匠と一緒に物売りに行ったって、シルバーは私たちに見向きもしなかったもの。触ろうとなんて、絶対にしなかったわ」ジーサは遠い昔――シルバーの兵士に利き手を叩き潰される前のこと――を思い出すように、私と同じ茶色の瞳を小さく光らせた。「でも、ここはぜんぜん違う」

トレイミーは、少し怒りが収まったような顔で座っていた。「まるで、あいつらと対等になったような気分さ」

もしかしたら私のせいじゃないかと、思わず疑った。稲妻娘の家族ならば、モンフォートの首相にとっては大切な客人だ。もちろん丁重に扱われるだろう。でも私は、何も言わなかった。うかつなことを口走り、せっかく訪れかけた平穏を台無しにしたくなかった。しばらくすると、みんなはもっと楽しい話をしはじめた。

優しげなメイドたちが微笑みながら、次々とディナーを運んできてくれた。食事はシンプルだったけれど本当に美味しかった。フライドチキンから、紫色をした甘いベリーを載せたトーストまで、いろいろある。ほとんどは私とカイローンをねぎらうために用意されたものだったけれど、ブリーとトレイミーは必死にがっついていた。ジーサはフルーツやチーズを嬉しそうに皿に取り、父さんと母さんはハムやクラッカーを食べている。私たちは会話を楽しみながら、ゆっくりと食べた。私はといえばもっぱら聞き役で、アセンダントのあちこちを見て回ってきた兄さんたちの話に耳を傾けてきた。ブリーは毎朝、湖で泳ぐのだという。たまにはトレイミーも連れていくため、冷たい水を頭からかけて目を覚まさせるのだそうだ。ジーサはお店や市場のことも、そして首相官邸の敷地のことも、学者並みに知り尽くしていた。彼女はトレイミーと一緒に高原を散歩するのがお気に入りで、母さんは街の庭園や、坂道を下ったところにある広場が好きらしい。父さんはみるみる脚力を取り戻し、毎日渓谷のどんどん奥へと歩いていくのだという。そうして新しい筋肉を鍛え、二本の脚に慣れていっているのだ。

カイローンは、最後にモンフォートを出発してからの話をみんなにしてくれた。とはいえあくまでもまばらに、気まずい話やみんなを苛立たせるような話はうまく避けてくれていた。もちろん、キャメロン・コールの話も。これはジーサへの気遣いだったけれど、女の子たちの話や、手伝っている宝石店の話なんかをする彼女の様子を見ると、どうやら私の大親友にジーサが感じていた愛情も、今はすっかり消え去ったように見えた。

やがて、私のまぶたが重くなってきた。長く、大変な一日だった。今朝、カルのベッドで目を覚ましたのは、もう頭から追い出すことにした。今夜はひとりでベッドで眠るのだ。とはいえ、すっかりひとりというわけじゃない。部屋にはジーサのベッドもあるからだ。私はまだ、誰かがいてくれないと眠れない。メイヴンの牢獄を出てきてからというもの、本当にひとりで寝ようと試してみたことはなかった。

あいつのことは考えるな。

ベッドの用意をしながら、私は何度も何度もそう繰り返し、自分に言い聞かせた。カルの顔はまぶたに焼きついてしまったみたいだったし、メイヴンは夢の中にまで私を追いかけてきた。あの馬鹿兄弟……。私をひとりにする気はないというのだろうか。

朝になると、体じゅうの神経に力がみなぎっていた。私の手足が、起きろ、動け、とせっついてくる。どこに行きたがっているのかは分かっていた。アセンダントの中央兵舎だ。瀕死（ひんし）の動物みたいに檻の中をうろついているメイヴンの姿を、私は頭から振り払おうとした。なぜあんなやつに会いたいと感じるのか、自分でもさっぱり分からなかった。たぶん心のどこかで、あいつにはまだ利用価値があると思っているのだ。いや、もしかしたら時間切れになってしまう前に少しでもあいつを理解したいと思っているのかもしれない。私たちにはどこか……いや、あちこち、とてもよく似たところがある。私は暗闇を味わったし、あいつは暗闇に生きている。家族という錨もなしにその奈落に突き落とされたなら、私は間違いなくメイヴンと同じになってしまうだろう。

だが、メイヴンがその奈落なのだ。会えるわけがない。今はまだ駄目だ。まだそんな強さは私にないのだ。あいつはきっと私を笑い飛ばし、嘲り、苦しめるだろう。胸の傷口をまた開かせないためにも、今はもっと癒やしが必要なのだ。

だから私は街に降りていくのはやめ、代わりに登った。どんどん登っていった。

最初は、レイダーたちが平原を襲ったときに私たちが通った道を進んでいった。あの攻撃は、ブラッケンの子供たちをレイクランドが救出するための目くらましだったと、今は分かっている。レイダーたちは報酬を、それもたっぷりもらっていたのだ。私はあの戦いを心の中で振り返りながら、石を蹴飛ばした。あたりの静けさが、まるで命でも持っているかのように私の体に爪を立てた。体の中から稲妻が消え、ぽっかりと虚無が広がっていく。私は舌打ちをしてそんな想像を頭から追い出すと、道をはずれて岩や木々の中へと足を踏み入れていった。

ずいぶん歩き続けたせいで、肺は焼けつくようだったし、喉はからからだった。一歩踏み出すたびに、岩を乗り越えていくたびに、体じゅうの筋肉が悲鳴をあげる。夏も終わりかけだというのに、日陰にはまだ雪が残っていた。登るにつれてだんだんと寒くなっていった。泥や松葉、小石、剝き出しの岩などに覆われた地面で足を滑らせながら、私は進んでいった。

小川が山肌を流れ、ずっと下の湖に注ぎ込んでいる。高みから見下ろす異国の首都はとても小さく、まるでおもちゃの街みたいだった。リボンのように細い道路や曲がりくねった階段の合間に、白いブロックみたいに建物が並んでいる。山並は果てしなく続き、凸凹した岩壁と雪が、世界をふたつに隔てていた。見上げれば、透き通るような青空が、もっと登れと私を誘っていた。小川で水を飲んだり、まっ赤になった顔を洗ったりしながら、私は必死に登り続けていった。

時々リュックからクラッカーや干し肉を取り出しては、それをかじった。匂いにつられて熊か狼でも出てくるのではないかとひやひやした。

いつでも稲妻が出せるよう、身構え続けていた。けれど、私を狙う獣が現れることはなかった。きっと獣のほうも、私が自分たちと同じくらい危険な生きものだと知っているのだろう。

だが、そうでない獣が一頭だけいた。

完璧な青空のもと、相変わらず灰色の服をまとったその男を見て、私は最初、突き出した岩と勘違いした。この標高では松の木もまばらで、午後の日差しを遮るものも少ない。私は何度も瞬きしたり目をこすったりして、ようやく人影の正体に気づいた。

目の前にいるのが誰なのかに。

私の稲妻が、男の足元の花崗岩をまっぷたつに叩き割る。男は寸前に飛び退き、岩山に身を隠した。

「クソ野郎」私は思わずそう漏らし、スピードを上げて進んでいった。アドレナリンがとつぜん湧き出し、血管を駆け巡る。けれど興奮と同様、苛立ちも感じていた。どれだけ素早く私が動こうとも、どれだけ強い稲妻を放とうとも、男に届くことは絶対にないと分かっていたからだ。

ジョンはいつでも、私を先に感じ取る。

斜面のずっと上から、ジョンの笑い声が響いてきた。私は舌打ちしつつも、その声に誘われるままぐいぐい登っていった。彼が笑い、私が登る。また彼が笑い、また私が登る。やがて木々も生えないほどの標高にまで到達し、空気は刺すように冷たくなった。怒りに任せて息を吸い込むと、まるで肺が凍りつくような衝撃が走った。追いかけるのをやめ、へたり込む。ジョンにも誰にも、私の行き先を決められたくなんかない。けれど、へたり込んだのはほとんどが疲れのせいだった。

容赦ない風雪にさらされてすっかり滑らかになった大きな岩に、どさりと寄りかかる。私はもう、すっかり肩で息をしていた。ふたたび呼吸を落ち着けることも、あのむかつく預言者を捕まえることも、とてもできないような気分になった。

「高度というのは」ジョンの声が響いた。「不慣れな者からあらゆる力を奪うものだ。君の炎の王子ですら、初めて山の頂を極めるのには心底苦労するだろう」

私はもうくたくたで、閉じかけた目を彼に向けるくらいしかできなかった。ジョンは岩に腰掛け、足をぶらぶらさせていた。山の天気に合わせて分厚いコートをまとい、両脚にはしっかりとしたブーツをはいている。いったいどのくらい歩き続けていたのだろう？　どのくらいこんなところで私を待っていたのだろう？

「あいつがもう王子じゃないなんてこと、あんただって知ってるくせに」私は慎重に言葉を選んで言った。うまくすれば、この先に待ち受ける行く末を、ちらりとでも聞き出せるかもしれないのだ。「あいつがいつまで王様でいられるのかもね」

「知っているとも」ジョンが薄ら笑いを浮かべた。私の狙いなど百も承知で、何も漏らす気などないのだ。

悲鳴をあげる肺に空気を入れようと、私はまた必死に息を吸い込んだ。「こんなところで何してるの？」

「なあに、景色を見にな」

ジョンはまだ私のほうを見ず、赤い両目を地平線に向けていた。目の前に広がる景色は圧倒的で、三百メートル下から見るよりも遥かに素晴らしかった。こうして世界の縁に座り込んでいると、自分がちっぽけにも大きくも感じた。取るに足りない存在のような気分にも、神のような気分にもなった。冷気の中、私の息が目の前で白く曇った。長くはいられない。夜になるまでに帰りたいのなら、なおさらだ。

ジョンの首を持ち帰ってやりたかった。

「こうなると、前に言ったろう」ジョンがつぶやいた。

私は鼻を鳴らし、彼を睨みつけた。「何も話しちゃくれなかったわ。話してくれてたら、兄さんはまだ生きてる。数え切れない人々も――」

「逆に考えたことはないのか？」ジョンが厳しい声で私を遮った。「わしがしたこと、しなかったこと、言ったこと、言わなかったこと……。それがもっと多くの命を救ったのだと考えたことはないのか？」

私は手を握りしめて地面を蹴った。石ころがいくつも坂道を転がり落ちていく。「何にも首を突っ込まずにおこうと考えたことはないの？」

ジョンは大笑いした。「数え切れないほどあるとも。だがわしが関わろうが関わるまいが、いずれにせよ道は見える。運命が見える。時にはその運命が許せぬこともあるというものさ」

「許せなかったらどうするの？」私は鼻で笑った。このニュー・ブラッドには、まったくいつも苦い気分にさせられる。

「メア・バーロウ、君は自分の背負う重荷が好きかね？」ジョンはそう答え、私のとなりまで降りてきた。悲しげな笑みを浮かべている。「いいや、好きじゃあるまい」

赤い目に見つめられ、私は身震いした。「あんたに言われたわ。私は立ち上がるのだと、己ひとりで」私はずっと前、雨の降りしきる炭鉱の街で彼に言われた言葉をぼそりと繰り返した。それが運命なのだと言われた。そして今、それが日に日に現実へと近づいていくのを感じている。シェイドを失ったときも。カルを失ったときも。そしてずっと感じ続けている孤独の中にも。どれだけその気持ちを振り払おうとしても、どうしても自分は違うのだという気持ちも、ぼろぼろになったような惨めさも、怒りも、そしてそこから生まれてくる孤独も、感じずにはいられないのだった。私のことを本当に理解できる人は、ひとりしか残っていない。そして、彼は怪物なのだ。

私はメイヴンも失った。私が孤独でおびえていたころ、愛し、必要とした、あの見せかけの友人を。私はあまりにもたくさんの人たちを失ってしまった。

けれど、手に入れた人々もたくさんいる。ファーレイとクララ。シェイドは死んでしまったけれど、家族はまだ私を支えてくれている。カイローンはずっと変わることのない友情で私に接してくれる。そして私はひとりじゃないと思わせてくれたニュー・ブラッド、エレクトリコンの仲間たち。デヴィッドソン首相と彼の理想も。失った人々よりもずっと多くのみんなが、私にはいてくれるのだ。

「あんたが正しいとは思えないわ」半分は信じながらも、私はつぶやいた。となりのジョンが、首が鳴るほどの勢いで、さっと私のほうを向いた。「それとも、この道も変わったのかしら？」

ぞっとするようなジョンの目を、私は無理やり覗き込んだ。嘘か、それとも真実を見つけ出すために。

「私が変えたの？」

彼はゆっくり目を閉じ、また開いた。「君は何も変えてなどいない」

私はジョンの喉か腹か、それとも頭に肘を叩き込んでやりたくなった。けれどそうせず上半身を倒し、天を仰いで空を見つめた。ジョンは小さな笑いを漏らしながら、そんな私を見ていた。

「何よ？」私は睨みつけた。

「立ち上がるのだ」ジョンがつぶやき、何百メートルも下の渓谷を指差し、それからその指を私の胸に向けた。「己ひとりで」

私は、少しはこの預言者に痛い思いをさせてやりたくなり、軽く腕を殴った。「疲れて座ってないで立てなんて言う気じゃないのは、私だって分かってるわ。稲妻を超越して嵐となれ、世界を丸呑みにする嵐にだ、っていうんでしょう」

ジョンは肩をすくめてまた地平線を見つめると、白い息を吐き出した。「わしの言ったことなど、誰にも分からんさ」

「あんたには分かる」

「やれやれ、その重荷はわしひとりで背負うとするさ。他の誰にも必要のないことだ」

「運命の重みを私たちに背負わせるのを、さぞかし楽しんでいるように見えるけどね」私は唇を噛み、またジョンの表情をうかがった。この男が口にしたあの短い預言は、ものすごく重要なものなのだろうか？　それとも彼が選んだ道へと私を放り込む、最悪の言葉だったのだろうか？「もうちょっとていねいにお願いするかひと押しするかすれば、教えてくれる気になる？」

ジョンは口元に笑みのようなものを浮かべたが、その目は悲しげに揺れていた。「君の友人のほうが、釣りはずっとうまい」

はっとして息をのむと、胸を冷気が通っていった。「あんたにカイローンの何が分かるっていうの？」思わず声を上ずらせる。ジョンにとって、カイローンなんてどうでもいいはずだ。あらゆる国々を巻き込んだ運命の流れにも、なんの関係もない。ジョンの頭の中に――そこにしまわれた千もの恐ろしい秘密の中に――カイローンの居場所などあるはずがない。私は腕を掴もうと手を伸ばしたが、ジョンはさっと身をかわした。

ふたつの血のしずくみたいな彼の目が、私をじっと見つめている。「あの少年の存在がこのすべてを動かしたのだよ、違うかね？　少なくとも君は動かされたはずだぞ。哀れにもあの少年は、君の助けがなければ、兵役に行かされる運命だったのだからな」

ジョンはゆっくりと、私に説いて聞かせるように言葉を選んでいた。このパズルを解く時間を私に与えてくれているみたいだった。目の前に何を突きつけられているのか、知りたくも、受け入れたくもなかった。ジョンを殺してやりたかった。頭を岩に叩きつけ、潰してやりたかった。けれど、私は動けなかった。

「見習いでいられなくなったからよ」私は震える声で言った。「カイローンの師匠が死んでしまったからよ」

「カイローンの師匠が川に落ちたからだな」ジョンの言葉は、質問なんかじゃなかった。ジョンはカリー老人に――私の大親友の師匠だったあの漁師に――何が起きたのかを、まざまざと知っているのだ。歳に似合わない白髪頭の、質素な人だった。私たちみんなと同じように。

私の目に涙があふれた。私は、自分が思っていたよりもずっと長い間、ずっと操り人形にされ続けていたのだ。「あなたが押したのね」

「たくさんの人を押してきたよ。さまざまな方向にな」

「罪もない人を押して、殺したの？」私は声を荒らげた。

　ジョンの中で何かスイッチが切り替わった。ランプが点いたのだろうか、それとも消えたのだろうか。彼の視線がさまよう。ジョンは我を取り戻して鼻をすすると、さっきよりもはっきりとした、力強い声で先を続けた。まるで私だけでなく、兵士の一団に話してでもいるかのように。

「間もなくレイクランドがアルケオンを襲う。ほんの何週間か先の話だ。こうして話している間にも着々と準備を進め、完璧な軍隊をさらに完璧にすべく訓練を続けているのだよ。タイベリアス・カロアは弱い。レイクランドはそれを知っているのだ」私に言い返す気力はなかった。ジョンは正しいし、私はまだ頭がふらふらしていた。「アルケオンを取られたら、タイベリアスにはもうノルタを勝ち取ることなど叶わん。今年も。来年も。いや、百年先までも」

　私は歯ぎしりした。「嘘かもしれないわ」

　ジョンは私を無視して先を続けた。「アルケオンがレイクランド王妃の手に落ちたら、そこから先は、君が考えもしなかったほど長く血みどろの道となろう」彼は両手を膝の上で組み、骨が浮き出るほど力を込めた。「このわしにすら、その道の果てはほとんど見通せん。だが、恐ろしいことになるのだけは分かっている」

「あんたのチェスの駒になるのはごめんだわ」

「メア、好むと好まざるとにかかわらず、誰もが誰かの駒なのだよ」

「あなたは誰の駒なの？」

ジョンは何も答えず、冷たい青空をじっと見上げた。そして最後のため息とともに、体についた小石を払いながら立ち上がった。「君は動かねばならん」そう言って、山のふもとを指差す。

「あんたの預言を伝えろというの？」私は、吐き捨てるように言った。たとえジョンの言葉が正しいとしても、こんなやつの命令なんて絶対に聞きたくない。この男を満足させてやるくらいなら、この場で凍りつくほうがまだましだ。

「そうすれば、あれを避けられる」ジョンはあごをつんと上げ、連なる山頂に雲が集まった北の方角に向けた。「あの嵐は、動きが速いぞ」

「嵐なら、私が操れるわ」

「好きにするがいい」ジョンは肩をすくめ、コートを直して体をきっちりとくるんだ。

「君と会うことは、もう二度とないだろう。メア・バーロウ」

私は立ち上がりもせず、鼻で笑った。「それは何よりだわ」

ジョンは無言のまま、また山を登っていった。

灰色のシルエットがだんだんと小さくなり、やがて灰色の岩山に溶け込んで消えた。

立ち上がるのだ。己ひとりで。

風の方向と凍てつく雨から逃れて森に駆け込んだとたん、嵐が吹き荒れはじめた。足を踏み出すたびに衝撃で膝が悲鳴をあげ、登りと同じくらいに痛んだ。足元によく気をつけていないと、うっかり小石を踏んで足首を折ってしまいそうだ。山頂を振り返れば、低い雷鳴を轟(とどろ)かせながら稲妻が光っていた。私の心臓みたいに鼓動しながら。

渓谷の向こうに連なる山々に太陽が落ちるころ、私はアセンダントに帰り着いた。登山の疲れとあの話の苦痛でぼろぼろだったけれど、私はさらに急ぎ足で首相官邸に向かった。会議が終わったところなのか、それとも始まるのか、官邸には制服姿の兵士や将校、政治家たちがひしめいていた。通り過ぎていく私をじろじろ見ているが、恐れてはいない。この街では、私も化けものじゃないのだ。

ダーク・グリーンの制服や軍服の中、青と白、ふたつの頭が浮いていた。エラとタイトン、ふたりのエレクトリコンが人混みから離れ、窓辺に置かれた椅子にひっそりと座っていたのだった。

「待っててくれたの？　よかったのに」私が声をかけた。登山してきたせいで、まだ呼吸も整っていない。

タイトンが私の全身を眺め回した。白い髪が、はらりと顔に落ちる。向かい側に置かれた椅子に、長い脚を乗せている。「ひとりで山登りなんてしちゃ駄目だぜ。下手くそならなおさらだ」

「もっとうちの兄さんたちと遊ぶべきね、タイトン」私は、軽く言い返した。「私への嫌味がずっとうまいから」

彼はにやりと笑ったが、黒い目は笑ってなどいなかった。彼を制し、エラが口を開いた。

「みんなはデヴィッドソンの図書室にいるわ。ファーレイ将軍も、他の人たちも」と、廊下の先を指差す。

また会議かと思うと、胃袋がきゅっと縮んだ。「格好、変じゃない？」

エラは唇をぺろりと舐めて、私の全身を眺め回した。

タイトンは、もっとあけすけだった。「エラが黙ってるのがいい返事さ。でも、ウォーペイントを顔に塗りたくってる時間はないぜ、バーロウ」

「はいはい、了解よ」私はため息をついて、廊下の奥へと歩きだした。

風のせいでもつれた髪を隠そうと、急いで後ろにとかし、適当に編み上げる。

他の人たち――。

ファーレイと首相に同席しているとは、いったい誰だろうか？

図書室はすぐに見つかった。ひとつ上の階、官邸の東側をほとんど専有している。両開きの扉には兵士たちが立っていたけれど、私の姿に気づくと何も言わずに通してくれた。他のところと同じように図書室は明るく楽しげに彩られており、オーク材はどれもニスを塗られて輝いていた。本棚が二列に並べられており、見上げればぐるりと細い通路が作られていた。通路には剝き出しのまま銃を手に持った〈スカーレット・ガード〉の兵士たちが立っていた。私が入ってきたのに気づいた彼らが、私がおかしなまねをしたら攻撃しようと身構える。

司令部の将軍たちが来ているのだ。

部屋の中央には緑色の椅子が半円形に並べられており、ファーレイは他の将軍たちと一緒にそこにかけていた。長く司令部に出向いていたエイダも一緒だ。腕組みをして椅子の横に立ち、何も言わずにくまなく目を配っている。近づいていくと、彼女が小さく笑みを浮かべた。

将軍たちの向かいには同じく半円形に椅子が並べられており、そこにモンフォートの高官や政治家たちが座っていた。中央に、デヴィッドソンが着席している。彼らは私の登場に動じることもなく、ひそひそと何やら言葉を交わしていた。私が来るのなど、予想していたのかもしれない。

私はまたしても、山登りで薄汚れている自分を場違いに感じた。けれど、そんな心配は無用だった。司令部の将軍たちも、私と同じくらい――ともすれば私以上――に薄汚れていたからだ。どうやら、いつもどこにあるのかはっきりしないような本部から、到着したばかりのようだ。容姿はともあれ、全員ファーレイみたいな態度だった。まるで三十年以上にもわたり、ファーレイのようにぎりぎり命がけの経験をくぐり抜けてきたみたいなのだ。三人の男たちと三人の女たちはみんな白髪で、ファーレイみたいに短く刈り込んでいた。けれどファーレイが彼らのまねをしたとは思えなかった。ファーレイは中でも際立っている。彼女はまだ若く、花盛りなのだ。彼女が三人を率いているのだ。

頭上の通路に立ったたくさんの兵士たちの中に、彼女の父親も混ざっていた。両手を組み、手すりにもたれかかっている。娘の称号を妬んでいるのかもしれないが、表情からは分からない。大佐は私に気づくと頭を下げてみせた。赤い両目が光る。

私が近づいていく間も、ひそひそ話は続いていた。ファーレイが体をずらし、私がとなりに座れるよう隙間を作ってくれた。でも私は将軍じゃない。司令部の人間でもない。座る権利なんてない。私は彼女を守るように腕組みをし、背後に立った。

「ミス・バーロウ、お会いできて嬉しいわ」癖毛の将軍が、先生みたいに厳しい目で私のほうを振り向いた。まるで私が、とても重要な授業を妨害したとでも言いたげな目だ。私は、これ以上会議の邪魔をしたくなかったから、黙ってうなずいた。とはいえ、何か急ぎの話をしていたわけではないらしい。多くの出席者たちは身内でこそこそ話していたし、上の通路に立っている兵士たちも、ざわざわと雑談をしている。

「ちょうど自己紹介が終わったところよ」エイダが私のとなりに来て、教えてくれた。ファーレイは目を光らせていた。体をそらし、私に囁く。「スワンのことは気にしないで」と、さっきの女将軍をつついてみせる。「あなたに嫌がらせがしたいだけだから」

年上の女将軍がおかしそうに笑みを浮かべるのを見て、私はびっくりした。どうやらふたりは旧友か家族のように、ずいぶんと仲がいいらしい。けれど、似ているところはほとんどなかった。スワンは背が低くスリムで、褐色の肌は濃いそばかすだらけだ。そのおかげで年齢のわりに、子供みたいに幼くも見えた。

「スワン将軍」私は、無礼がないよう頭を下げながら、もごもごと挨拶した。今度は彼女も微笑みながら会釈を返してくれる。

エイダは小声で、他の将軍たちのことを次々と教えてくれた。司令部でずっと過ごしてきた彼女には、もうすっかりお馴染みの面子（メンツ）なのだ。他の女将軍ふたりはホライゾンとセントリー、そして男将軍はドラマー、クリムゾン、サザンだった。どう聞いてもコード・ネームだ。ここまで来ても、まだ使っているとは。

「パレス将軍はまだノルタで、作戦の指揮を執っているわ」エイダが言った。「ノルタや国境で何か見つかったら、知らせてくれる手はずになってる」

「レイクランドはどうなったの？」私は訊ねた。「アイリスの侵攻がいつ始まるのか突き止めなくちゃ」数週間後だと、ジョンは言っていた。それではまだ不十分だ。

スワン将軍が咳払いをした。「レイクランドは国境を閉鎖したわ。部下はおろか私まで出られなくなりそうだったから、大急ぎで脱出したのよ」彼女の表情が暗くなる。「簡単ではなかったわ。察してちょうだい」

私は暗い気持ちでうなずいた。いったい何人の仲間たちを置き去りにし、見殺しにしなくてはならなかったのだろう？

私は、その場に集まった兵士や政治家たちを見回した。ほぼ全員がレッドだ。デヴィッドソンと一緒にシルバーが何人か座ってはいたが、数では圧倒されていた。あの人民ギャラリーにもいた金髪のレイディス議員が、その中にいた。私を見つけ、かすかにうなずいてみせる。

デヴィッドソンも私と目を合わせ、小さく頭を下げた。

私は大きく咳払いをすると、顔を赤らめて少し前に出た。すぐそばの将軍たちが、私を振り返る。だが兵士たちがまだ静まらなかったので、私はもう一度、もっと大きな咳払いをした。ゆっくりと、しかし確実に兵士たちが静まっていき、やがて全員の視線が私に集まった。私は生唾をのんだ。すっかり慣れたような気がしてはいるけれど、とても落ち着けるものじゃない。

うろたえるな。恥ずかしがるな。ためらうな。

「私はメア・バーロウです」私は、集まった人々に向かって口を開いた。上の通路にいる誰かが、小さく鼻で笑った。どうやら、ここでは自己紹介なんて必要ないようだ。「今日は集まることができて、本当によかったです」何をどう言えばいいのか言葉を探しながら、私は続けた。未来を見通す力を持つ男からちょっとした預言をあずかってきたなど、頭がどうかしていると思われるだろう。「遅れてすみません。ちょっとその……山登りをしていたものだから。そして山のてっぺんで、ある男に会ったんです」

「それは、たとえ話か何かかね？」クリムゾン将軍が不機嫌そうにうなり、ドラマー将軍に止められる。その名のとおり、ドラム缶みたいにまるまるとしている。

私はエイダを、それからファーレイをちらりと見た。「ジョンという男です」と言うと、ファーレイが目を見開いた。その顔に浮かんだショックが、部屋じゅうに広がっていく。

「前に取引をしたことがある、ニュー・ブラッドの預言者です」

デヴィッドソンが顔を上げた。「その男なら、メイヴンとも取引したはずだ。私の記憶が確かなら、君を捕らえるのに力を貸していたはずだが？」

「ええ、そうです」私は、気まずくて小声で言った。

首相が難しい顔をした。「そしてその男は、一度はメイヴンに仕えていた」

私はまたうなずいた。「ええ。彼なりの理由があったから」

仲間たちの何人かは不満げだったが、デヴィッドソンは身を乗り出し、熱心に私の顔を見た。「メア、その男はなんと言っていたんだね？」

「レイクランドにノルタの首都を落とさせてはいけないと」私は答えた。「落とされたら、そこから先は長く血みどろの道のりになると言っていました。これまでよりも遥かにひどいことになると。アルケオンを落とされたら、そこから百年以上にわたりレイクランドの支配が続くのだとか」

レイディス議員は、磨き上げた自分の爪を見ながら鼻で笑った。「預言者などに頼らなくとも、それくらい私でも分かる」

私の言葉に呆れているのは、彼だけじゃなかった。他にも数人の将軍たちがうなずいている。スワンが言った。「侵略が始まるのは、私たちも知っているわ。問題は、いつ始まるかなのよ」

「数週間後……。ジョンはそう言っていたわ」私にはもう、チクタクと鳴る時計の音が聞こえていた。

スワンは眉間に皺を寄せた。私を責めたり疑ったりしているんじゃなく、哀れんでいるのだ。「信じるというの?」

「信じなくちゃいけない気がするの」私は声が揺れないよう、ゆっくり言った。自分はジョンの駒じゃないと言ったはずなのに、このざまだ。

また図書室がざわめきだした。将軍も、議員も、頭上の兵士たちも。怒鳴り声まで聞こえる。

ファーレイ、デヴィッドソン、そして私。

私たち三人だけが何も言わず、視線を交わしていた。

金と青。ふたつの目を見た私は、ふたりが同じ決意をしているのだと感じた。そして、私の中にも同じ決意があるのだと。

私たちはまた戦う。あとは、どう戦うべきなのか、それだけだ。

いつものように、まずファーレイが立ち上がった。

立ち上がって、静かにするよう両手を広げる。彼女の部下の兵士たちと、将軍たちが静まった。モンフォートの議員たちは何人か、まだひそひそ話を続けていた。

「作戦が必要だわ」ファーレイが大声で言った。「預言者の言葉がどうあれ、みんなには分かっているはずよ。この道はアルケオンに続いているんだってね。あの国を開放したいのなら、モンフォートも〈スカーレット・ガード〉も、ノルタの首都を落とさなくちゃいけない。玉座にいるのが誰であろうとね」

スワンがうなずいた。「ここに逃げてくる前には、レイクランドで任務に就いていたわ。だからこの場の誰よりも、彼らの力を知ってる。もしシグネット王妃たちに先手を打たれてしまったら、街を取り戻すのは不可能に近くなる。戦うなら弱いほうの敵にしておくのが得策よ」

カル……。まさか彼を、弱いほうの敵だなんて言う日が来るとは思わなかったけれど、確かにその言葉どおりだった。彼の立場は、控えめに言っても危うい。父親と弟が破壊してしまった世界を元どおりにしようと玉座で孤立している彼を思い浮かべ、私は胸が苦しくなった。

「アルケオンにはまだ〈スカーレット・ガード〉が残っているんだな?」デヴィッドソンが言うと、みんながぴたりと静まり返った。

「パレス将軍が、街のすぐ外にいるわ」ファーレイが答えた。「彼女の部隊はまだ全力で各地に展開してる。ハーバー・ベイにも、デルフィーにも、アルケオン郊外にもね」

太ったドラマー将軍が口を挟んできた。「パレスは、街に潜入するよう命令を受けている……もちろん、見つからないようにな。新王は弟のほうとは違うし、〈スカーレット・ガード〉にも今のところ、敵意を見せているわけじゃない。冒すだけの価値があるリスクだろう」

「とりあえず、街の様子は分かるというわけだな」デヴィッドソンがつぶやくように言った。「君たちのスパイに加え、私たちもスパイを送り込んでいる。確実な連携を取るよう連絡を入れておこう」

「〈スカーレット・ガード〉は前にもアルケオンに潜入している」ドラマーが巨体を揺らしながら言った。「今回も成功するさ」

首相はしかし、やや険しい顔つきになった。「だが、同じ方法を採るわけにはいかない。

カルには強力な空軍の後ろ盾があるから、空路から侵入するのは危険すぎる。着陸を狙われてはひとたまりもあるまい。メイヴンの結婚式のときと同様、奇襲を仕掛けるわけにもいかない」

「それに地下道も使えないわ」ファーレイは、失敗に終わった反乱のことを思い出しながらつぶやいた。「街の下にある地下道は、すべてメイヴンが封鎖してしまったからね」

「すべてじゃないわ」私は思わず口走った。全員が険しい目をして、身を乗り出してくる。「前に、メイヴンが逃走用に使っていた列車を見たことがあるの。宝物庫の真下を通っているし、宮殿の下には他にも入り口があるわ。メイヴンは、誰にも見つからずに街を出るために、それを利用してたのよ。きっと自分で使うために、いくつかのトンネルは手つかずのまま残してあるわ」

ドラマーがのっそりと立ち上がった。年齢と巨体のわりに、驚くほど軽快な身のこなしだ。「パレス将軍にそれを伝え、探らせるとしよう。エイダ、頭の中に街の全図は入っているな？」

「はい、将軍」エイダがすぐに答えた。彼女の完璧な頭脳から何かが漏れているなんて、私にはとても思えない。

ドラマーがこくりとうなずいた。「パレスに連絡を取れ。そして情報収集の力になってやるんだ」

エイダはためらいもせずにうなずいた。「イエッサー」と答えながら、もう図書室の出口に向かいはじめる。

ファーレイは、部屋を出ていく友人を見ながら険しい顔をしていたが、すぐに私の返事を待つように横目で私を見た。

「そんなことしてる時間あるの？」

「ないかもしれない」私はつぶやくように答えた。ジョンの預言がもっとはっきりしていたらいいのだけれど、そんな簡単にいくわけがない。あいつは、そういう人間じゃない。

「じゃあ、どうすればいいのよ？」ファーレイが私に詰め寄った。

とつぜんこめかみのあたりを頭痛に襲われ、私は鼻の付け根をつまんだ。今日は、メイヴンからせめて遠ざかりたくて山に登った。会わずにいるわけにはいかないけれど、そんなことをしても、面会が先延ばしになるだけだった。会わずにいるわけになんて、いくわけがないのだ。

「さあね。訊いてみるとしましょう」

ジュリアンやウィスパーの力でも借りない限り、メイヴン・カロアの尋問は嘘との戦いになる。いかにモンフォートにシルバーがいようと、能力だけでメイヴンから真実を引き出せる人などいないのだ。

けれど、苦痛を利用すれば話は別だ。

メイヴンが連れてこられるより先に、ひとりの将校がタイトンを連れて戻ってきた。白髪のエレクトリコンは、むっつりした顔で部屋に入ってきた。デヴィッドソン側の椅子にかけ、肘掛けを指で叩く。素早く指をひねるようなその動きは、これからメイヴンに喰らわせてやることになるかもしれない稲妻のようだ。彼の能力は私のものより精密で、修復不能なものを壊すことなく極限まで肉体を追い込むことができる。

頭上の兵士たちも議員たちも立ち去り、図書室は死んだように静まり返っていた。デヴィッドソンと将軍たちは、メイヴンの尋問に観客を招待するような馬鹿なまねはしない。メイヴンは演技と嘘の達人なのだから。

私も今は、ファーレイと彼女の椅子の肘掛けに挟まれて座っていた。彼女は私より大柄だけれど、すぐそばにいてくれるのが嬉しかった。メイヴンのことを考えると、今でも血が凍る。アルケオンではカルがいたから、メイヴンも私だけを見て妄想を、怒りを押しつけているわけにはいかなかった。けれど、今ここには私しかいない。

メイヴンは、数人の兵士に囲まれてやってきた。モンフォート兵たちは〈スカーレット・ガード〉のように、武器と能力でびっしりと装備を固めていた。メイヴンはさも重要人物のように注目を浴びるのが楽しいのか、薄ら笑いを浮かべながら図書室に連れてこられた。

氷のような目が室内を走り、窓を、本を、そして自分を待っていた人々の顔を確かめる。私は、彼の目をじっと見ていた。

「まったく、またあなたに会えるとは思ってもいなかったよ」メイヴンは私から目をそらし、デヴィッドソンの顔を見た。首相は相変わらず動じず、平然としていた。「それに、またこうして外に出てこられるなんて。しかし謎に満ちた山国とはいえ、そうそう野蛮なところでもないみたいじゃないか？」

野蛮じゃないもんですか。

私は、バイソンの群れとの死闘を思い出しながら、胸の中で言った。

「聞いた話じゃあ、いろんな王や領主が混在しているとはいえ、僕のところと変わらないシルバーの国だって教わったんだけどな。まったく、ひどい嘘を教えられたものだよ」メイヴンは小さく首を動かし、室内を見回した。私たちを数えているのだ。ここには司令部から来た七人の将軍に加え、デヴィッドソンと、政府や軍のお偉いさんたちも揃っている。メイヴンは、銀髪と氷のような白い肌をしたレイディスを見つけると、そこで目をとめた。

「こいつは面白い」とつぶやく。

レイディスはさっと手を振った。弱くなってきた太陽の光が長い爪にきらめく。するとそよ風が起こり、メイヴンの髪を揺らした。これは警告だ。「口を慎みたまえ、少年。我々には話し合うべき重要なことがあるのだ」

メイヴンがにんまり笑った。

「まさかシルバーがいるなんて思ってなかったものだからね。こんな……まっ赤な顔ぶれの中にさ」

私は、早くもメイヴンのこざかしさにうんざりしてため息をついた。「さっき自分で、この国のことは何も知らないって言ってなかった？」メイヴンはまた私のほうを向き、睨みつけた。「まあ、知る必要なんてないけどね」

彼が歯を剝いた。「もうすぐ僕を処刑するからか？　そんな脅しが通じると思ってるのかい、メア？」私は答えないよう、歯を食いしばった。「つまらない脅しだね、まったく。君が殺す気なら、もうとっくにやってるだろ。まだ殺さないのは、生かしておいたほうが使いみちがあるからだ。君たちにも、君たちの目的にとってもね」

答える代わりに、全員が押し黙った。

「おいおい、恥ずかしがるなよ」メイヴンがあざ笑った。「僕は息をしている限り、兄さんへの脅威になるんだ。兄さんが僕の脅威だったようにね。きっと今ごろあいつはノルタじゅうのハイ・ハウスの連中を呼び集めて、自分に忠誠を立てさせようとしてるはずだ。僕に従っていたやつらを説得してね。まあ、中には寝返るやつもいるだろうけど、全員ってのはどうだろうな？」メイヴンはそう言うと、子供を叱ろうとしている母親のように舌打ちをしながら、ゆっくりと首を前後に揺らした。「いいや、連中はじっと座って動きゃしないよ。じゃなきゃ、反乱を起こして兄さんを追い落とすかだ」

「あんたのために？　ありえないわね」私は吐き捨てた。

メイヴンは喉の奥で、動物のようなうめき声を発した。

「さて、僕に何をさせようっていうんだい？」そう言って私から目をそらすと、彼は優雅に部屋じゅうを見回した。堕ちた王は檻に入れられているわけではないが、しっかりと囚われている。なぜか、その目がタイトンのところで留まった。「あれは誰だい？」

メイヴン・カロアの声に恐怖が浮かぶのに気づき、私は驚いた。

その臭いを嗅ぎつけたファーレイが、さっと口を開く。「アルケオンのトンネルをどうしたのか、話してもらうわ。どれが閉鎖され、どれがまだ使えるのかをね。そして、玉座を奪ってからどのトンネルを作ったのかを」

追い込まれているというのに、メイヴンは肩をすくめて笑い声をあげた。「トンネルのことなんかが知りたいのか」

ファーレイは動じずに、「さあ」と詰め寄った。

「見返りに何をくれるんだい？」メイヴンが、彼女をせせら笑った。「もっと景色のいい牢屋に移してくれるとか？　まあ、そのくらいなら簡単だろうね。なにせ今のところは窓ひとつないんだから」そう言って、妙な手つきで指折り数えはじめる。「ましな食事とか？　いや、来客の許可かな？　それとも、安楽死でもプレゼントしてくれるかい？」

私は、摑みかかって黙らせてやりたい衝動を我慢した。罠にはまって必死に逃れようともがくネズミみたいだ。

「満足させてあげるわ、メイヴン」私は声を絞り出した。

羽毛みたいに私の肌をなぞる彼の視線に、私はぞっとした。もう慣れてもいいのに。

「満足って、何にだい？」彼が声を落とした。

距離を置いてはいても、まるで目の前にいるみたいだ。

「分かるでしょう？」そう言うと、苦々しい味が口に広がった。

メイヴンはにんまりと笑った。私たちを脅す白い刃のように、歯が覗く。「玉座が僕のものにならないなら、あいつだって同じさ。そういうことなら、ちょっとは満足してやるよ」そう言って彼が声を落とし、真顔になる。「でも、それだけじゃ駄目だね」

彼の背後でデヴィッドソンが横を向き、タイトンと目配せを交わした。かなり間を置いてから白髪のエレクトリコンが椅子からゆっくりと立ち上がった。両手を体の脇に下ろしている。メイヴンはその物音に気づくと、ぱっと振り向いた。目を見開いている。

「そいつは誰だ？」メイヴンがまた質問した。その声が震えているのに、私は気づかないふりをした。

「私のお仲間よ」と言って顔を上げる。

タイトンが指先で脚を叩いた。まばゆく白い一本の稲妻が、その指に踊る。

「私よりずっと強いけどね」私は言葉を続けた。

メイヴンはまつげを震わせながら、生唾をのんだ。そして、聞こえないほどの震え声で、口ごもりながら言った。「見返りがないなら駄目だ」
「メイヴン、その話ならもう――」私は言いかけた。

だが彼はそれを遮るとこちらを向き、炎のような目で私を睨みつけた。「計画どおりアルケオンに侵入するときには、僕がちゃんと案内してやるよ。トンネルも、道もね。僕自ら君たちの全軍を街に入れ、兄さんのところまで連れてってやる」

ファーレイが椅子にかけたまま鼻を鳴らした。「罠にはめる気ね、見え見えだわ。シグネットの小娘にやらせる気なんでしょう?」
「ああ、あいつは間違いなくアルケオンにいるだろうね」メイヴンは、人差し指を立てて揺らしてみせた。ファーレイの顔が、怒りで赤く染まる。「あの蛇と母親は、僕の国に足を踏み入れたその瞬間から、ノルタ乗っ取りを企てていたんだからさ」
「あんたが招き入れた瞬間からでしょう?」私は鼻で笑った。

メイヴンはまったくたじろがなかった。
「そのリスクは計算済みだよ。今のこれも同じさ」

メイヴンを知らない人たちですら、そんな話は信じなかった。将軍たちは彼が部屋に入ってきたときよりも強烈な嫌悪感を顔に浮かべていたし、モンフォートのニュー・ブラッドたちは、生きたまま生皮を剝いでやるとでも言わんばかりの顔をしている。いつもならとことん冷静な首相も唇をきつく結び、不快感をあらわにしている。首相がまたタイトンにうなずきかけた。エレクトリコンが、また一歩前に出る。

それを見たメイヴンの中で、何かが弾けた。ぱっと飛び退き、私たち全員と距離を取る。その目には強烈な炎が燃えていた。恐怖なんてしていない。

「苦痛を与えれば嘘がつけなくなると思ってるんだろう?」メイヴンが毒づく。「そんなの、数え切れないほどくぐり抜けてきたぞ」

誰も答えられなかった。私は、そんな言葉には動じないふりをしようとしたが、とても無理だった。目を開けていることすらできない。ほんの刹那、私には暗闇しか見えなくなった。メイヴンの存在も、彼の言葉も、これまでの彼の人生も、これからその人生がどうなろうとしているのかも、すべてを頭から追い出そうとした。

みんなが容赦なくメイヴンを拷問してくれればいい。望みの情報を聞き出すために。稲妻と苦痛で口を割らせるために。そんな光景を見ていられるような強さが、私にあるのだろうか?

ファーレイですら、ひるんでいた。

メイヴンの考えを読もうと、彼女はじっと見つめていた。拷問していいのかどうかを推し量るために。メイヴンは怯えもせず、ファーレイの目を睨み返した。

小さな声で、彼女が毒づいた。

メイヴンがさっき言ったことだけは真実なのだ。

メイヴン・カロアは、私たちに残された唯一のチャンスなのだ。

30

カル

ずっと、いつか戴冠式を行うのだと思っていた。だから、儀式用の冠を見ても、特に驚きはしなかった。手にした冠をひっくり返しながら、鉄と銀、そして金の重みをずっしりと感じる。あと一時間もすれば、祖母の手でこの馬鹿でかい冠が僕の頭に載せられるのだ。父さんも、これをかぶった。父さんは僕が生まれたときにはもう国王で、僕が憶えていない王妃と一緒だった。

思い出すことができれば、どんなにいいだろう。ジュリアンから聞いたものばかりでなく、僕と母さんだけの記憶があれば、どんなにいいだろう？　僕は生身の母さんではなく、油絵の中にいる姿しか知らない。

あの日記帳はまだアルケオンの部屋で、ベッドサイドの引き出しの中に隠してある。もうじき国王の居室からメイヴンの名残がすべて取り払われたら、そこに移さなくてはいけない。そう思うと、身震いした。なぜあんな小さな日記一冊手に取るのを、僕はこれほどまでに恐ろしく思い、躊躇しているのだろう？　ただの日記じゃないか。走り書きの文字が並んでいるだけの、ただの日記帳だ。僕は処刑部隊や軍隊を相手にしてきた。稲妻や嵐とも戦った。銃弾の雨をかいくぐってきた。空から落ちたのだって、一度じゃない。

だというのに母さんの日記帳はなぜか、僕を何よりも怯えさせるのだ。僕にはほんの数ページしか読むことができなかったし、それだけのためにも、炎のブレスレットを遠くに置いておかなくちゃいけなかった。母さんの言葉で神経を掻き乱され、日記帳ごと灰にしてしまったら大変だからだ。僕の叔父が大切に保管していた、コリアーン・ジェイコスの形見。本物はずっと前になくなってしまったが、ジュリアンが多くを書き写しておいてくれたのだ。

母さんがどんな声をしていたのか、僕は知らない。その気になれば、知ることもできる。録音したものはたくさんあるし、写真だって何枚も残っているのだ。でも父さんがそうしたように、僕もそれらから距離を置いていた。僕が一度も見たことのない幽霊から。

心のどこかでは、この部屋で座っていたいと思っていた。ここは静かだし、平穏だ。今まさに弾けようとしている泡の中に僕はいるのだ。シーザー広場を見渡す窓からは、これから起こる大騒ぎの全貌が見て取れた。それぞれのハウスの色をまとったシルバーたちが広場を行き来している。ほとんどは、このような催しでよく使われる、王立裁判所に向かう人々だ。広場の周囲にはたくさんの建物が並んでいたが、僕は殿堂のほうを見る気にはなれなかった。

父さんもあそこで、光り輝くドーム天井の下で戴冠した。数ヶ月前には、メイヴンもあの場所で結婚式を挙げた。

あのときは、メアもあいつと一緒にいた。

今日は来てくれないだろう。

メアを失った痛みはまだ残っており傷口は深かったが、前ほどつらいとは思わなかった。僕たちはふたりとも、お互いが何をしようとしているのかも、いずれ時が来ればどんな選択をするのかも、理解していたのだ。ただ、あとほんの数日、いや、数時間だけでも一緒に過ごせたらと思う。

でも、メアは行ってしまった。またメイヴンとともに。

頭にきてもいいはずだった。こんなものは、どう考えたって裏切りだ。メアは、重要な捕虜を僕から盗んでいったのだから。メイヴンを殺せば簡単に、そしてほとんど血を流すこともなく、僕の国をひとつにまとめることができたはずだった。しかし僕は、ろくに腹を立ててもいなかった。それは、こうなったのが意外でもなんでもなかったからというのもあるが、メイヴンが僕の手が届かないずっと遠くに行ったのが大きかった。

今のあいつは、メアの捕虜だ。

ならば、僕が手にかける必要もなくなる。

そんな臆病風に吹かれるだなんて自分に許したことはなかったが、それでもやはりほっとしてしまう。

苦しまずに死んでくれればいいのだが。

ノックの音が響き、僕は反射的に立ち上がった。ジュリアンかナナベルが来たのだろうが、そのどちらかが入ってきてしまう前に、自分でドアを開けた。最後にひとつだけ、ひとりでやっておきたいことがあるのだ。僕は馬鹿じゃない。あのふたりが僕にとって、最後に残された家族というだけじゃないのはちゃんと分かっている。助言者、メンター。ふたりは互いに競い合っている。ふたりが一緒に来て、僕の平穏を台無しにしないでくれればいいのだが。

ほっとしたことに、そこにいたのはジュリアンだけだった。

彼は引きつった笑みを浮かべて両腕を広げ、今日の戴冠式のために作られた新しい服を見せた。上着とズボンの裾には、ハウス・ジェイコスの色、くすんだ金色があしらわれていた。しかし襟には僕の色である血の赤が施されている。ハウス・カロアのみならず、僕への忠誠を示す証だ。

それを見ていると、ジュリアンが僕の名のもとに何をしたのかを思い出さずにはいられなかった。アイラルの命と弟の命を、そしておそらくはもうひとりの男の命を引き換えにしたのだ。忘れはしない。ジュリアンの企みも、ナナベルの企みも、僕の頭を離れたことは一度もない。だからたとえ叔父だろうと、僕は警戒している。

王になるとは、こういうことなのだろうか？　誰も信じてはいけないのだろうか？　不安を隠すため、僕は作り笑いを貼りつけ「似合うじゃないか」と声をかけた。こんな服はジュリアンらしくないが、ほっそりしたとした体によく似合い、いい男に見える。

叔父は部屋に入ってきた。「この老いぼれにかね？」と、乾いた笑みを浮かべる。「君はどうだね？　準備はできているのかね？」

僕も腕を広げて自分の服を見せた。すっかりお馴染みの、黒い縁取りと銀の装飾が施された深紅のスーツ。レイクランドの艦隊を沈めたおかげで、じゃらじゃらと勲章がついている。揃いのマントはまだかけてあった。やたらと重いし、着た姿が間抜けでたまらない。

「服の話がしたくて来たわけじゃないんだよ、カル」ジュリアンが言った。

顔が熱くなった。弱さや不安を見抜かれないよう、さっと背を向ける。「それは分かっているさ」

「そうかね」叔父が、一歩近づいてきた。

僕はずっと教わってきたとおり、その場に立ち尽くしていた。「父さんは、準備が終わるなんてことはないんだと、いつも言っていたよ。準備ができたと思ったなら、それは準備ができていない証拠だってね」

「ならば、君が窓から逃げ出しそうに見えたのは、いい兆候というわけだね」

「言ってくれるね」

「君の父上も、神経質だった」ジュリアンが静かに言った。ためらいがちに片手を差し出し、僕の肩にかける。ほのかな重みを感じた。

言いたいことが形にならず、僕は口ごもった。

だが聡明なジュリアンは、僕が訊きたいことを察したようだ。

「母上はよくこう言っていたよ。父上にもっと時間があればいいのに、と」

もっと時間があれば――。

まるでジュリアンにハンマーで胸を殴られたような気持ちだった。

「誰でもそうだろう？」

彼はいつものように、苛立った顔で肩をすくめた。僕よりもよく知ってると言わんばかりの様子で。たぶん本当にそうなのだろう。

「おそらく、理由は人それぞれだろうがね」ジュリアンが言った。「不思議だとは思わんかね？　人はみなどれだけ違おうとも、結局は同じものを求めるようになる」ジュリアンがこちらに向けた視線を、僕はかわした。絵に描かれた母さんのまなざしに、あまりにも似すぎているからだ。「しかしすべての欲求、希望、夢というものは――」

僕はうなずき、彼を遮った。「やめてくれ、余裕がないんだよ」

「夢を見る余裕かね？」不思議そうに、しかし興味をそそられたように、ジュリアンが少し身を乗り出した。「カル、君は今や王になろうとしている。目を開けていようとも夢を見て、望みのものを作ることができるのだよ」

またしても、ハンマーで殴られた気がした。彼の言葉の威力――そしてそこに込められた叱責――に胸が痛くなる。もちろんそれは、こんなつまらない格言など、耳が腐るほど聞かされてきたからだった。「いい加減な話を聞かされるのは、もううんざりだよ」

ジュリアンが目を細める。僕は本能的に自分を守ろうと腕組みをした。

「本当にそう思うのかね？」ジュリアンが言った。

「メアの話がしたいのなら……もう大陸の遥か彼方さ。それにあいつは――」

ジュリアンは笑みを浮かべそうな顔で両手を挙げ、長く細い指をこちらに見せた。戦争よりも読書がよく似合いそうな、やわな手だ。戦いで使われたことは、一度もない。僕はその両手が羨ましくなった。

「カル、私はロマンチストだが、残念ながら君の失恋の話がしたいわけじゃないよ。その話は……私の抱える心配ごとの中では、ずっとずっと下のほうだ。確かに君は大事だが、今は他に考えるべきことが山のようにあるんだよ」

また顔が――今度は耳の先まで――熱くなった。

ジュリアンはそれに気づかないのか、ありがたいことに顔をそらしてくれた。

「君の用意ができるのを、ドアの外で待っているよ」

もう時間切れだ。これ以上隠れているわけにはいかない。

「父さんの言葉どおり……」ぼやきながら僕はマントを肩にかけ、しっかりととめた。「用意ができることなんて絶対にないさ」

ジュリアンを回り込み、ドアを引いて開ける。安全な自分の部屋を出ると、これから何キロも走らされるような気持ちになった。背中に汗が滲み、流れ落ちていく。逃げ出して部屋に戻ってしまいたい気持ちを、全身全霊で押さえた。

ジュリアンはまるで松葉杖のように、僕のとなりをぴったりとついてきた。

「背筋を伸ばしなさい。その角を曲がった先に、皇太后がいる」

僕にできる最高の作り笑いを彼に向けた。弱々しい偽物になった気分だった。このところ僕を取り巻くすべてと同じような、偽物に。

王立裁判所のクリスタルのドームは、シルバーの工芸技術が作り上げた究極の芸術品だ。子供のころは、夜空から盗んできた星々でできているのだと信じていた。今日もまばゆいが、本来の輝きにはほど遠かった。賃金を上げて扱いもよくすると言われても、ほとんどのレッドたちが仕事をやめてしまい、今やレッドの使用人たちがほとんど残っていないのだ。戴冠式にふさわしくアルケオンを磨き上げ、輝かせてくれるレッドたちは、もういない。ドーム屋根に目を向ける気にもなれなかった。僕の治世は、汚れとともに始まるのだ。

この首都も、僕の新しい国も、そんな感じだった。レッドたちは新たな土地を求めて世界へと旅立ち、シルバーたちはそれがどんなことなのかを思い知らされる。テチーたちの街もほとんど無人になってしまい、アルケオンを含むあちこちの街が電力不足に見舞われている。生産力もすぐに落ち込み、店や倉庫にはもうほとんど品物がないありさまだ。これが僕たちの戦力や軍事力にどう影響するのか、想像もつかなかった。もちろん、これは予測していたことだ。こうなると、僕には分かっていた。

とにもかくにも、レイクランドとの戦争は終結したのだ。いや、第一次、とつけるべきだろうか。次の戦争が、もう始まろうとしている。アイリスと母親が軍隊を引き連れて戻ってくるのは、時間の問題なのだから。

ドームの真下へと向けて式場を進んでいく僕の後ろから、人々のざわめきがついてきた。巨大なホールの中、そのざわめきはまるで僕の失敗や裏切り、そして弱さをあざ笑う亡霊たちの囁きのように響いた。

そんな妄想を頭から追い出しながら、僕は大勢の人々の前でひざまずいた。剝き出しの首を無防備に晒して。まさにこの場所で行われた結婚式の後、僕たちはメイヴンを襲撃した。まったく同じことが今起こらないと、誰に言えるだろう?

いや、それも考えてはいけない。

僕は膝の下に広がる白い大理石の床をじっと見つめた。チャコール・グレーのマーブル模様が入っている。色とりどりのハイ・ハウスの人々に囲まれ、このホールは、さぞかし際立って見えるだろう。虹色の背景に、白と黒だけが広がるのだ。ここは千人がゆったり座れるほど広々としているが、今日は百人も来ていない。多くのハイ・ハウスが、ハウス・カロアのふたりの息子たちに与(くみ)して内戦を戦い、命を落としたのだ。アナベルの一族がまとう炎の赤はよく目立っていた。そしてエヴァンジェリンの一族、セイモスとヴァイパーの生き残りたちもだ。レアリスやアイラルといった味方のハウスたちは、簡単に見つかった。さらには、かつてメイヴンに味方し、今は離脱しているハウスの人々も来場していた。ランボス、ウェル、マカントス。みな、自分のハウスの色、赤茶、緑と金、そして銀色を帯びた青に身を包んで座っている。だが、他のハウスの人々はまったく見かけなかった。オサノスのニンフたちも、イーグリー、プロヴォスの人々も、そして残念なことにスコノスとアーヴェンの人々もいない。だが、彼らだけじゃない。ジュリアンとナナベルは来場を拒んだ人々にしっかりと目を光らせ、誰が味方で誰がまだ敵なのかをしっかりチェックしていることだろう。

アナベルは、空席など気にもとめないような顔をして、僕の前に立っていた。父さんの冠を両手で持ち、ブロンズの瞳で誇らしげに見つめている。

「真の王、タイベリアス七世、万歳！」力強い彼女の声が、式場に響き渡った。

ひんやりとした冠を額に感じても、僕は身じろぎひとつしなかった。発砲されても瞬きしないよう、訓練を受けている。けれどハイ・ハウスの人々がアナベルの言葉を唱和しはじめると、全身に震えが走った。人々は、何度も何度も繰り返した。真の王。繰り返されるその言葉は、まるで心音のようだった。これは現実なのだ。今起きていることなのだ。僕は王だ、王になったのだ。ついに生まれ持った宿命を果たしたのだ。

だが別の部分では、今朝と変わらない気持ちを感じていた。僕はまだカルなのだ。古傷や新しい傷、そして見えるあざや見えないあざに苦しみ続けている。この先の運命に怯え、この弱き王国を守るには何をすればいいのかと恐怖している。この冠が僕を何者に変えるのだろうかと、恐れている。

いや、もう変わりはじめているのだろうか？

そうかもしれない。心のどこか、忘れ去られた片隅で、僕は変わりはじめているのかもしれない。僕はすでに自分がばらばらになってしまったような、孤独感にさいなまれている。確かに、血と肉を分けたジュリアンと祖母はすぐそばにいる。だが、足りない人が多すぎる。

母さん。

父さん。

メア。

それにメイヴンもだ。僕の弟としてかすかに存在していた男。

いや、存在などしていなかったのだろうか。

いつか僕が王になり、その横にはあいつがいるのだと確信しながら、僕たちは育った。メイヴンは僕のいちばん強い味方で、いちばん一生懸命に助けてくれようとした。いちばんの助言者であり、盾として、そして杖として頼りがいがあった。僕にとってはよい相談相手であり、聖域だった。だが、そんなのは大間違いだった。

僕は自分が王になると疑ったことはなかったし、あいつも同じだと思っていた。前はメイヴンを失ったのがつらかったが、今はどうだろう？　冠を頭に戴き、あいつがいるはずの場所に誰もいない今、僕はどう思うのだろう？

とつぜん、呼吸がひどく苦しくなった。

祖母らしい癒やしを求め、ナナベルの顔を見上げる。

ナナベルは僕だけに微笑み、両肩に手をかけてくれた。その顔の中に、父さんを探した。国王としても親としても、欠けたところのある人だった。その父さんが、今は恋しくて恋しくてたまらなかった。

ナナベルは僕を立たせると、背筋をぴんと伸ばさせた。貴族たちに、そうして示さなくてはいけない。

タイベリアス・カロアは国王なのだ、二度とひざまずいたりしないのだと。

たとえ相手がヴォーロ・セイモスであろうとも。

僕はナナベルに腕を取られ、ヴォーロに近づいていった。頭を下げると、ヴォーロも会釈を返してきた。

いかめしい、心の読めない表情で、僕の全身をゆっくりと眺め回す。

「おめでとう、陛下」ヴォーロはそう言いながら、僕の王冠に目をやった。

僕も同じように、彼のかぶる鋼鉄の冠を見た。「ありがとう、陛下」

彼のとなりではヴァイパーの王妃が、しっかりと夫の腕を取ったまま固まっていた。だがヴォーロも僕も、何もしなかった。僕とナナベルは揉めごともなく無事にそこを過ぎると、ハウス・セイモスの面々に挨拶していった。

エヴァンジェリンが僕の視線に気づいた。兄のとなりにいると小さく見える。家族の面々の装いに比べればドレスもアクセサリーも地味で、いつになく霞んでいた。銀のシルクは黒く見えるほど色が濃く、戴冠式よりも葬儀のほうにお似合いだ。一週間前に彼女からあの話を聞いた後だと、なおさらそう見えた。もしエヴァンジェリンの疑念が正しいとすれば、ヴォーロ・セイモスは今、かりそめの時を生きていることになる。そして彼女は、それを食い止めるため自ら動いたりはしないだろう。

どぎまぎした空気が、僕たちの間に流れた。僕たちふたりはその秘密を共有しているうえに、戴冠式が済めば次に何が起こるか分かっているのだ。

今や僕はノルタの正式な国王だ。エヴァンジェリンとの結婚の妨げになるものは何もなくなってしまった。まだずっと先だと思っていたが、もっと先でもよかった。

僕たちはふたりともこの結婚に、なんの幻想も抱いていない。エヴァンジェリンが暗い顔になった。無表情だったその顔に、嫌悪が広がっていく。彼女はそっぽを向くと、兄の陰に顔を隠した。

そこから数時間は、色と社交辞令の洪水だった。でも王家の祝いごとなら慣れている。僕は以前のように、次々と会話をこなしていった。中身のない会話を延々と続けるのだ。ナナベルとジュリアンは、ずっとそばについていてくれた。僕たちはまるで無敵のチームだったが、完璧に信頼できる味方というわけじゃなかった。メイヴンが敗北して訪れた束(つか)の間(ま)の平和……せいぜいその間だけの、危ういチームなのだ。ふたりはそれぞれ自分の事情で味方してくれているだけで、僕は二頭の犬に引っ張られる骨になったような気分だった。ナナベルのほうが凶暴で向こう見ずだ。長く王宮で過ごしてきた祖母は、宮廷も戦場も知り尽くしている。

でも僕の心をよく知っているのはジュリアンのほうだ。

せっかくのディナーだし、精一杯楽しもうとした。一応食べられるが、かつてのごちそうに比べれば地味な食事だった。なぜだか、カーマドンとデヴィッドソン首相と食べた夕食が恋しくなった。雰囲気は張り詰めていたものの、ふたりが用意してくれた食事は美味しかった。

食事の質を気にしているのは、僕だけじゃなかった。エヴァンジェリンはひと口も手をつけようとしていなかったし、彼女の母親も、足元で丸くなっているパンサーに肉をやる素振りすら見せていない。

電気やメイドや停止してしまったノルタじゅうの工場と同じく、食料もだんだんと底をついてきているらしい。このままではきっと、宮殿のシェフたちも消えてしまうことになるだろう。

ナナベルは、何もおかしくなどないといった顔で、食事を平らげてしまった。

「今度の戦争には勝てないぞ」僕はジュリアンのほうに体を傾けると、彼にだけ聞こえるように囁いた。

ジュリアンは無表情のままワインを飲み干した。「今はやめておきなさい、カル」と、グラスのふちで口元を隠しながら言う。「おや、国王は退出をご希望かな？」

「ああ、そのとおりだよ」

「承知した」叔父が答え、グラスをテーブルに置いた。

一瞬、どうすればいいのか分からなかった。誰かが引き止めるかと思って見回したが、そんな雰囲気はまったくなかった。僕は王であり、ここは僕の宮殿なのだ。

僕はさっと立ち上がり、いとまごいをしようと咳払いした。ナナベルがすぐ、その合図に気づく。とにかく、さっさと出ていきたかった。

「今日の来場と変わらぬ忠誠に感謝しますよ」ナナベルは両腕を広げ、部屋じゅうの注目を一身に集めた。集まっていた貴族たちのざわめきや話し声がぴたりとやむ。「大変な嵐を皆さんとともに乗り越えこうして集まれたことの喜びに、王家を代表して感謝します。そして、またノルタが盤石となったことに」

あからさまな嘘だった。今日の料理と同じで、ひどいものだ。ノルタは盤石などとはほど遠い。晩餐会が半分は空席になっているのが、いい証拠だ。メイヴンのようにごまかしや嘘の上に玉座を置くような王になりたくはないが、今は他にどうしようもない。たとえただの幻想にせよ、僕たちは強くあらねばならないのだ。

僕が肩に手をかけると、ナナベルは僕が話せるよう場所を空けてくれた。

「ひとつの嵐が過ぎ去った。しかし、地平線に集まりつつある次の雷雲に気づかないほど、僕は愚かじゃない」できるだけはっきりと話す。大勢の目が僕に集まっている。服も色もさまざまだが、血の色は同じだ。席に着いているのはシルバーばかりなのだ。僕はぞっとした。レッドの味方は、みんないなくなってしまった。次の戦争が始まったら、今度は自分たちだけで戦わなくてはいけなくなるのだ。「レイクランドは、自分たちの領土だけで満足したりはしない。王女を使ってメイヴンを操ることにあわや成功しかけたのだから、なおさらだ」

何人かが、額を寄せ合い小声で囁き合った。ヴォーロは身じろぎひとつせず、壇上に置かれたテーブルからじっとこちらを見ている。まるで僕を突き刺すような目だ。

「けれど約束しよう。嵐が吹き荒れるころには、もう用意はできていると」

戦う用意が。敗北する用意が。そしておそらくは、死ぬ用意が。

「強さと力を！」誰かが、祖父や父の代から受け継がれるあの言葉を叫んだ。ノルタに暮らすシルバーたちの象徴だ。他の誰かがそれに続く。僕も唱和しなくては。

しかし、僕にはできなかった。その言葉が何を意味するか、僕は知っているのだ。強さと力を持つ者とは、いったい誰なのかを。僕はきつく口を結び続けた。

式場を出ていく僕の後から、ジュリアンがぴったりとついてきた。廊下ではなく、使用人用の通路を使う。ナナベルが、レロランの兵士たちを引き連れて、僕たちを追ってきた。僕を守るセンチネルはひとりもいなかった。国王としてはセンチネルをたずさえるべきだったが、今は僕が王子だったころとは違う。多くのハウスが新たな忠誠を僕に誓ってはいたが、かつてメイヴンに仕えた兵士たちをやすやすと信じるわけにはいかないのだ。信頼できる新たなセンチネルを探さなくちゃいけない。すでにすべきことが山ほどあるというのに、想像するだけでもくたびれる。

まだ夜になったばかりだったが、自分の部屋が見えてくると、もうあくびが出た。疲れるだけの理由はたくさんある。国王になるというのは、簡単なことじゃない。王冠の重みは片時も休まず、それを嫌というほど知らせてくれる。

ナナベルとジュリアンは衛士たちを廊下に残し、寝室のとなりにあるサロンについてきた。僕は、祖母を止めるように顔を見た。

「できれば、ジュリアンとふたりきりで話をさせてほしい」と、できるだけ命令に聞こえるよう祖母に声をかける。

がっかりした祖母は、侮辱されたかのように顔をしかめた。いや、むしろ僕に傷つけられたと感じたのかもしれない。

「少しだけだよ」僕は、その痛みを取り除こうと思って付け足した。祖母のとなりには、両手を体の前で組んだジュリアンが黙って立っていた。

ナナベルが、体をこわばらせた。「もちろんですわ、国王陛下。ご自由にどうぞ」と頭を下げる。灰色の髪が、まるで鋼鉄のようにランプの光を跳ね返した。

祖母は炎のようなドレスを翻し、それ以上何も言わずに出ていった。僕は手を伸ばさないよう、両手を握りしめてぐっとこらえていた。王国のためを思う気持ちと家族への愛情を両立させるのは、簡単なことじゃない。

必要以上に大きな音をたててドアが閉まった。思わず顔をしかめるほどの音だ。

ジュリアンは一刻の猶予もないとでも言わんばかりに、ソファに腰も下ろさないうちから口を開いた。長い授業になりそうだと身構える。

「カル、公衆の面前であんなことを言うんじゃない」

今度の戦争には勝てないぞ。

彼の言うとおりだ。僕は、アーチ型の窓辺に歩み寄った。アルケオン橋と川、そして星がきらめく地平線がよく見渡せる。この距離からだと、川を行き交う船たちも、まるで星々のように見えた。戴冠式に大勢の人が出ているので、いつもより船は少なかった。貿易も旅行も、普段より少ないのだ。国王になってまだ一日だというのに、僕の国にはもう危機が訪れている。国が崩壊してしまったら、国民たちはどうなってしまうのだろう。

窓ガラスに手を当てる。触れたところだけ、窓が熱くなった。「侵略を防ぎきるような戦力はないよ」

「報告が正確だとすれば、君の発した宣言により軍は本来の四十パーセントにまで減ってしまった。レッド兵のほとんどは軍を離れたか、これから離れようとしている。残ったのは、歴戦のつわものたちだけだ」

「つわものとはいえ、国境は長いからな……」僕はつぶやいた。「レイクランドとの国境も、南のピードモントとの国境も、一触即発だ。僕たちは囲まれているうえに、数でも負けている。しかもこれから秋が来るというのに、農夫もいなくてどうやって収穫できる？銃弾を作る者がいないのに、銃が撃てるか？」

ジュリアンは片手であごをさすりながら僕を見た。「宣言を後悔しているんだね？」

「ああ、そうだよ」僕は答えた。叔父は、僕が正直にそう認めてもいいと思っているふたりの片方だ。

「あの宣言は正しい決断だったよ」

「今のうちだけさ」僕は思わず吐き捨てるように言った。体から噴き出す熱気を感じながら窓に背を向け、上着についたいちばん上のボタンをはずす。熱い素肌にひんやりとした空気が触れる。「レイクランドが戻ってきたら、僕のしようとしていることが台無しにされてしまう」

「これは摂理というものだよ、カル」ジュリアンの落ち着いた口調が、さらに僕を苛立たせた。「歴史を振り返っても大きな変動が起こり社会全体が変わるときには、ふたたびバランスを取り戻すまでに時間がかかるものなんだ。レッドたちもいずれは、よりよい賃金と地位とを求め、仕事に戻ってくるとも。彼らだって、家族を養い、守らなくてはいけないのだから」

「そんな悠長に待っている時間はないんだよ、ジュリアン」僕はうんざりしながら答えた。「あなたの持っている地図だって、やがて誰かの手で描き替えられてしまう。ノルタは没落するだろう」

ジュリアンは座ったまま、歩き回る僕を目で追った。「数日前に訊いておくべきだったとは思うが、君はなぜこの国や冠に、それほどまでに心を注ぐのかね?」

答えを考えようと思ったが、頭の回転が鈍った。舌が重くなり、思ったことがうまく出てこない。答えない僕を見て、ジュリアンはさらに続けた。

「君はたった今、自らが発した宣言と、自らが起こすと決めた変化のために我々は負けると……君は負けると言った。自分には味方がいないからとね」ソファで体を伸ばしながら、叔父が片手を出した。「そして、〈スカーレット・ガード〉とモンフォートの望むことをほとんどしてやった。彼らの望みのままに、すべてを諦めた。それを除いてね」と、僕がまだかぶっていた冠を指差す。「なぜかね？　いずれ失うことになると分かっているのなら、なぜだ？」

心に浮かぶのは、子供のように間抜けな答えだけだった。それでも僕は、その答えを口にした。

「父さんの冠だからだ」

「しかし、その冠は父上じゃない」ジュリアンが、さっと立ち上がった。大股で僕に近づき肩に両手をかけ、彼は声を和らげた。「母上でもない。そして、冠を手に入れても、ふたりが帰ってくるわけじゃない」

僕は、叔父を見ていられなかった。あまりにも母さんに似ている。まるで僕が頭の中にしまっている母さんの影みたいだ。本当の姿ではなく、僕が願い、夢見る母さんの姿。メイヴンは命ある母親に苦しめられ続けたが、それは僕も同じだった。自分の元から連れ去られてしまった母親に、僕は苦しめられているのだ。

「それが僕なんだよ、ジュリアン」国王らしくしっかりと呼吸をしながら、僕は答えた。心の中では確かにそう感じたのに、言葉にするとひどく不安になった。自信を失い、声が震える。「僕はそれしか知らないんだ。その道しか望んだことはないし、それだけを望むよう育てられたんだ」

叔父は、僕の肩にかけた両手に力を込めた。「メイヴンも同じことを言ったろうが、それで彼の運命はどうなったかね？」

僕はその言葉に腹を立て、叔父を睨んだ。「僕とあいつは違うよ」

「ああ、そのとおりだとも」ジュリアンが慌てたように答えた。すると態度が変わり、妙な目つきになった。目を細め、意味ありげに唇を歪める。「まだあの日記を読んでいないんだね？」

僕はまた視線を落とした。あの薄い日記帳をこれほど恐れている自分が恥ずかしくなったからだ。「どうしても読む気になれないんだ」と、蚊の鳴くような声で答える。

ジュリアンは険しい顔で手を放し、腕組みをした。

「そうか……しかし、読まなくてはいかん」と、また教師の顔に戻って言う。「君のためだけじゃない。我々のためにだ。全員のためにだ」

「死んだ母さんの日記が、今なんの役に立つというんだ？」

「ふむ……。君にそれを突き止める勇気があるよう祈っているよ」

日記を読んでいると、泥の中で岩を押しているような気分になった。なかなか進まないし、簡単にはいかないし、自分が間抜けに思えてくるのだ。並んだ言葉たちが僕を引き離そうと、インクの手で体を摑んでくる。読み進めるに従い、どんどんページが重くなっていった。しかしやがてそれがふっと軽くなり、まるで山を転がり落ちる石ころみたいにどんどん進むようになった。頭の中に、母さんの声が響いてくる。時には涙がこぼれ、ページに染みをつけた。時には知らず知らず笑みを浮かべていた。

思わず笑いだしてしまうこともあった。母さんに楽しげなライバル心を抱いて、彼女が読みもしない本を持ってくるジュリアンの姿が愉快に書かれている。なんだか、母さんがまだ生きているような気持ちになった。日記帳の中にではなく、すぐとなりに座っているのではないかと感じた。

だが、いちばん感じるのは重苦しい痛みだった。渇望。悲しみ。後悔。母さんも僕たちと同じように、悪魔を飼っていたのだ。王妃になるずっと前から、苦痛を抱えていたのだ。父さんと結婚し、命を狙われるようになってしまう、その前から。

あの子を戦士にしたりはしない。大切なあの子だもの。ハウス・カロアの子供たちはあまりにも長いこと戦いに明け暮れてきた。この国はあまりにも長いこと、戦士を国王としてきた。私たちは前線でも国内でも、ずっと戦争を続けてきた。こんなことを書くのは罪かもしれないけれど、私は王妃だ。この国の王妃なのだ。自分の胸の内を口にし、書き留める自由くらいあると思う。

ハウス・カロアは炎の子供だ。彼らが放つ炎と同じくらい、強く破壊的な一族だ。けれど彼は、これまでの人たちみたいにはさせない。炎は破壊するし、人の命も奪うけれど、創造もする。夏に燃えた森は春に芽吹き、前よりも美しく強い森になる。カルの炎は戦争の灰から新たなるものを生み出し、根を下ろす炎。銃声はやみ、煙は晴れ、レッドもシルバーも、兵士たちはみな家族の元に帰るのだ。百年の戦争を、私の息子が終わらせるのだ。この子を戦いで死なせたりはしない。絶対に。絶対に。

文字を指でなぞり、遠い昔につけられたペンの跡に触れた。これは母さんではなくジュリアンの筆跡だ。本物の日記帳はエラーラ・メランダスの手で処分されてしまったが、持ち去られる前にジュリアンができるだけ多くを書き写しておいてくれたのだ。ひと文字ひと文字書き写すのは、さぞかし大変だったろう。

僕は、激しく心を揺さぶられていた。

コリアーン・ジェイコスは、息子に違った人生を送ってほしいと思っていたのだ。子供のころから叩き込まれた生きかたとも、父さんに作られた僕の人生とも、まったく違う人生を。

もしかしたら、父さんと母さんがそれぞれ思い描いた僕の運命の間には、僕がひとりで選ぶことができる他の道があるのだろうか？　本当に僕だけの道があるのだろうか？

いや、そんなものを探すのは、もう手遅れだろうか？

31

メイヴン

窓のひとつも与えてもらえないなんて。メアを捕らえていたときには、窓付きの部屋にしてやったのに。もちろん、そうしたのもまた拷問の一部だった。窓の外で動いていく世界や、うつろいゆく季節を、贅沢な牢獄の鉄格子の奥から見せつけるために。でもあいつらは、万が一にも僕に逃亡のチャンスを与えたくないらしい。炎のブレスレットはずっと前に取り上げられ、たぶん破壊されたことだろう。床には〈静寂の石〉が仕込まれ、僕に残された能力を封じ込めている。夜も昼も、最低十二人の兵士たちが、鉄格子のすぐ向こうから僕を監視している。

ここに囚われているのは僕ひとりだけだ。誰も話しかけてはこない。兵士さえもだ。聞こえてくるのは母さんの囁きだけだけれど、その言葉もだんだんと弱まり、消えかけていた。それだけが、〈静寂の石〉のありがたいところだった。石のおかげで僕はすっかり衰弱しているけれど、母さんの声も同じように弱めてくれるのだ。玉座でも、同じように感じていた。あの玉座は僕に苦痛を与えてはいたけれど、外からも内からも、僕を誰かの能力から守ってくれる盾であり錨だったのだ。あの玉座に座っていれば、僕は自分だけの意思でものごとを決めることができた。

ここも同じだ。

僕はほとんどいつも、眠ることに決めている。

〈静寂の石〉は、僕に夢を見ることも許してはくれない。母さんの仕打ちを、取り払うのは不可能なのだ。夢を見る力はずっと昔母さんに奪われ、二度と取り戻せなくなってしまった。

時々、壁をじっと見つめて過ごす。触れるとひんやりするから、もしかしたらここは地下なのかもしれない。あの妙な会議で話をするため街に連れていかれたときは、目隠しをされていたから、何も分からなかったのだ。僕は、壁板をつないでいるモルタルとセメントを指でなぞりながら、何時間も過ごした。いつもなら、あれこれ考えながらひとりごとを言うのだけれど、今は兵士たちがすぐそばにいて、いつでも聞き耳を立てている。僕はほんのちらりとでも心の中を連中に覗かせてやるような、愚か者じゃない。

最強の味方に見捨てられ、カルは孤立した。馬鹿だから、自ら招いたんだ。アイリスもあの母親も、カルが国を落ち着かせるような時間を、みすみす与えてなどおかないだろう。

望みどおりに手に入れた冠だけれど、カルはもうすぐ手放すことになるんだ。

あの完璧な兄さんが、自分の手ですべてを完璧にぶち壊したのだと思うと、おかしくてたまらなかった。あいつは、ノーと言えばそれだけでよかったんだ。玉座なんて放り出して。軍隊も、チャンスも、メアも手に入ったはずだ。でもメアですら、兄さんにとってはじゅうぶんじゃなかったのだ。

たぶん、僕はそれをちゃんと分かってる。

僕にとっても、メアはじゅうぶんじゃなかった。とはいえ僕に変化を起こし、自らなることを選んだ怪物から引き戻してくれるにはじゅうぶんだった。

トーマスには、そんな力があったろうか。

彼の名を、顔を、手の感触を思い出すと、いつもどおり頭が割れるような痛みに襲われた。僕は片隅の簡易ベッドに寝転がり、両手を目に押しつけた。トーマスの記憶とこの牢獄の圧力を、少しでも消し去らなくては。

モンフォートのことはよく知らないし、首都であるアセンダントのことはほとんど知らない。ここから逃亡を企てたとしても、そんなのは時間と限られた体力の無駄遣いというものだ。もちろん、アルケオンではチャンスに賭けてみるつもりだ。兄さんに向けて軍を放ったら、姿をくらませてやる。メイヴン・カロア、最後の復讐だ。その後どこに消えるのかは、僕にも分からない。今からそんなことを考えるのも、同じく時間の無駄だからだ。

まあ、そのときが来れば分かる。

間違いなく、メアは僕を疑うだろう。なにせ、僕のことを知り尽くしているんだから。

すべての終わりには、メアを殺さなくちゃいけなくなるかもしれない。

いや、僕が死ぬのだろうか。

難しい決断だけれど、僕は自分で決めるつもりだ。

いつでもそうするのだ。


「トンネルの入り口はどこなの？」

最初は、夢でも見ているのかと思った。ついに母さんの亡霊が、完全に消え去ったんじゃないかと。

でも、そんなのはありえない。

目を開くと鉄格子の向こう、手が届かないくらいの距離にメアが立っていた。兵士たちはいなくなっていた。たぶん通路のすみっこあたりで、いざというときに備えて待機しているんだろう。

首相の会議に呼ばれてから二日が過ぎていたけど、メアはあれっきり眠った様子もなかった。稲妻娘は目の下にくまができ、頬もこけてしまっていた。それでも、僕に捕らえられていたころに比べればましな姿だった。今は目に光がある。気力を失ってはいないのだ。

僕にはその感覚がよく分かった。今も、〈静寂の石〉の玉座に守られていたころも、僕はそれを感じ続けていた。

肘をついてゆっくりと体を起こし、自分のつま先の向こうにいるメアの姿を見た。

「僕の条件をのむかどうか、きっと今ごろ揉めてることだろうな」

「気をつけなさいよ、メイヴン」メアは、敵意を剝き出しにして警告してきた。「おかしなまねをしたら、すぐにタイトンをここに呼ぶわ」

メアと同じ能力を持つ、白髪と読めない目のニュー・ブラッドのことは、まったく知らない。あの会議のときメアは、自分より強いと言っていた。けれど、メアが負けなかったのを、僕はこの目で見ているのだ。そのニュー・ブラッドの稲妻に引き裂かれたとしても、僕は口を割ったりしない。やつらに利用されるのなら、なおさらだ。拷問なら耐えられる。たとえ死を意味するとしても、口を閉じておくことくらい僕にはできるのだ。

しかし、こんな朝から電球に変えられるのはごめんだった。

「おかしなまねなんてするわけないよ」僕は答えた。「むしろ、心の底からひとりを楽しんでるんだからさ」

彼女が目を細め、僕を眺め回した。距離はあったが、メアが息をのむのが聞こえた。まだ僕を見てそんな反応をするんだと思うと楽しくなり、僕は小さな笑みを漏らした。彼女はまだ、強い恐怖を抱いているんだ。これには意味がある。無関心より何倍もいい。ゼロよりもずっといい。

「これで終わりってことか」僕は足を振るようにして勢いをつけ、ベッドから下りた。鉄格子に額を押しつけると、鉄格子の冷たさがひんやりと伝わってきた。「メイヴンとメアの内緒話も今日が最後だ」

顔をしかめる彼女を見て、僕は唾を吐きかけられるに違いないと身構えた。だが、彼女は何もしなかった。

「あんたを理解するのは、もう諦めるわ」手の届かないところで、彼女が冷ややかに笑った。僕に見つめ返されても、メアはたじろがない。手を伸ばし、目と鼻の先にまで指を伸ばしても、震えすらしなかった。

彼女が恐怖しているのは、本当は僕じゃないからだ。

メアの目がちらりと、僕を閉じ込めている牢獄の床を見た。セメントに埋め込まれた〈静寂の石〉に。

僕は喉の奥から笑い声を漏らした。牢獄にそれが響く。

「どうやら僕は君の中の何かを、徹底的に破壊しちゃったみたいだね。違うかい？」

メアは、僕に殴られたように身を引いた。心にできた青あざが見えるみたいだ。彼女は歯ぎしりしながら背筋を伸ばした。

「私に治せない傷はひとつもなかったわ」メアが絞り出すように言う。

浮かべた笑みが歪み、傷つき、壊れるのを感じた。まるで、僕自身みたいに。「僕もそう言えりゃいいんだけどね」

その言葉が響き、弱まり、消える。

メアは腕組みをして自分の足元を見つめた。僕は、その姿をあますことなく記憶に焼きつけようと、食い入るように見ていた。「トンネルのことを教えて、メイヴン」

「条件は、君も聞いたろ?」僕は言い返した。「僕が一緒に行って、君たちの軍隊を案内するって……」

彼女は、ぱっと顔を上げた。足元に〈静寂の石〉が埋まっていなければ、電気のうなりが聞こえてきただろう。「それだけじゃ足りないわ」メアが言った。

いやはや、吹っかけるものだ。

「じゃあ僕を電気で処刑しなよ。そして、せいぜい僕の血と引き換えに戦争にでも巻き込まれりゃいいさ。本当にそれでいいのかい?」

メアは憤慨したように両手を振り上げた。僕を王様じゃなくて子供だと思ってるみたいだ。僕は、やすりで素肌をこすられたように苛立った。

「じゃあ、せめて妥協といきましょう。トンネルの入り口はどこなの?」

僕は、冷たく片眉を吊り上げてみせた。「出口も知りたいんだろう?」

「そのピースはまだ取っときなさい。私たちに必要になるまでね」

「ふむ……」僕は声を漏らしながら、指先であごを叩いた。牢獄の中をぐるぐると歩き、熱狂的な観客に見せつけてやった。彼女の目が僕を追い続ける。エヴァンジェリンの母親がいつもそばに置いている、あのパンサーを思い出さずにはいられなかった。「君も一緒に来るんだな？」

メアは、小さく鼻を鳴らした。その唇が歪み、皮肉な笑みが浮かぶ。「そんな無意味で愚かな質問、あんたらしくないわね」

「君をここに引き止めるためなら、なんでも言うさ」と、僕は肩をすくめた。

メアは何も言い返さなかった。言いたい言葉はあるだろうが、唇に届く前に死んでしまったのだろう。その言葉に、触れることさえできたなら。メアの素肌を……滑らかなあの肌とそこに脈打つ赤い血に触れることさえできたなら。しかし、僕に目の敵にされていると知りながら、メアはなぜまだ立ち尽くしているのだろう？　僕か彼女のどちらかが、相手に殺されるかもしれないのに。けれどこの謎も、決して解き明かされたりはしない。

メアは僕にじろじろ見られるのも気にせず、突っ立っていた。たじろぐ様子もない。平然とした仮面の裏側には疲労と希望、そしてもちろん悲しみが宿っている。あまりにもたくさんのできごとに抱く、悲哀が。

兄さんも、その中にいる。

「あいつに傷つけられたんだろう？」

メアは黙ってため息をつき、うなだれた。

「馬鹿なやつだ」僕は小声で言った。

彼女は反応しなかった。さっと首を振り、茶色と灰色が混ざった髪を背中に払う。素肌と、そこに刻まれた焼印がはっきりと見えた。メイヴンのM。僕のもののM。モンスターのM。メアのM。

「あなたもでしょ」

口の中に、酸っぱい味が広がった。てっきりひるむはずだと思ったのに、僕のほうが目をそむけるはめになってしまうとは。「僕には傷つくだけの理由があった」と、負け惜しみを言う。

メアは、鞭のように鋭く手厳しい笑い声をあげた。

「あいつは冠を手に入れるために僕を傷つけたんだ」僕は歯ぎしりした。

彼女は僕を横目で見たが、足を動かそうとはしなかった。手が届くほどの距離に来ようとはしなかった。「あんたは傷つけなかったとでも？」

「僕がああしたのは母さんのためだ。母さんがそうするよう、僕を仕込んだからだ」

「そうやってエラーラを責め続けるのね。さぞかし楽でしょう」メアが言いながら足を横にずらすのを見て、僕はぎょっとした。横に移動している。近づくのでも、遠ざかるのでもなく。今度は彼女がうろうろしようとしているのだ。「カルも父親の手でああなるよう仕込まれたとは、考えたことないの？　私たちはみんな、今のように育つよう誰かに仕込まれたとは、思ったことないの？」メアはただ歩いているだけなのに、まるで踊っているみたいだった。僕は彼女の動きに合わせ、歩きだした。メアのほうが、僕よりも動きが優雅だった。何年もスリとして過ごし、ねじれた運命を生き抜いてきたというのに。「でも私たちには、最後には自分で選ぶ力があるわ。そしてあんたは、両手を血まみれのままにする道を選んだ」

僕は拳を握りしめた。炎を出すことができたら。燃やし尽くしてしまうことができたら。メアは僕の様子を見て、にやりと笑った。鉄格子の向こうで指を動かし、紫と白の稲妻を踊らせる。でも、ただの挑発だ。僕には届かないし、だいたい〈静寂の石〉があるのだから。僕はメアを、トーマスを、いつかなるはずだった本当の自分を求めるように、炎を求めた。

「とりあえず私は、昔の自分が犯した間違いを認めるわ」メアが続けた。「過ちを犯したことをね。ああして悪いことに手を染めてたのは、自分の過ちだった」彼女の目に、稲妻が映る。その目が茶色から紫色に染まり、この世のものとは思えない表情に変わる。まるで僕を突き抜けようとしているみたいだ。本当にそうなればいいと思った。「それを教えてくれたのは、あんたよ」

僕はまた笑みを浮かべた。「じゃあ、ちゃんとお礼をしてもらわなくちゃな」

メアは答える代わりに、僕の足元に唾を吐き捨てた。どうやらこの世界にも、まだ変わらないものがあるようだ。

「君は決して絶望しないんだな」僕は、靴でセメントの床をこすりながら、憎々しげに言った。

メアは動じなかった。「トンネルのことを話しなさい」

僕は大きくため息をつき、心底ひどい扱いを受けているような顔をしてみせた。わざと答えず、ぴりぴりと張り詰めた緊張感を漂わせながら、僕は彼女をじっと見た。今のメア・バーロウのありのままを。僕の記憶の中にいる彼女とは違うメア・バーロウを。僕が望んだ彼女とは違う、メア・バーロウを。

僕のものになるはずだった――。

けれどメアは今、誰のものでもない。兄さんのものですらない。そんな小さな慰めにも、心は安らいだ。僕も彼女も今、どちらも孤独なのだ。どんなに恐ろしい道を歩んでいようと、この二本の道は僕たちが自分たちの手で作ったものなのだ。

こんな地下の牢獄でも、白い薄明かりに照らされたメアの褐色の肌は温かだった。あまりにも力強く生きてきたメアは、まるで雨に消えまいと燃え盛るロウソクの炎のように激しい。

「分かったよ」

メアの望むとおりの答えをやる。

たぶん、それは僕の望みでもあるのだから。

あいつらは、いつでも僕を殺す計画を立てている。用済みになったら殺す計画を。まあ、意外じゃない。僕だってそうする。だけど顔に巻いていた布を剝ぎ取られて周囲にそびえる山々が見えると、恐ろしくなった。この場所を……モンフォートとその首都を見ることを許されるというのは、本当の死を意味しているからだ。そして、その死が訪れるのは時間の問題なのだ。

空気は冷たく、剝き出しの顔に嚙みついてくるみたいだった。恐怖の震えが走るのもしかたがない。僕は夜明け前の、紫色に霞んだ空を見上げた。遠くに昇る朝日の光が、山々の頂に滲みはじめている。夏だというのに、てっぺんのあたりにはまだ雪が積もっていた。急いで、自分のいる方角を確かめようとした。

アセンダントの街はずっと下の渓谷へと続く斜面に広がり、高山湖で途切れていた。ノルタでもレイクランドでも、こんな街を見たことはない。あまりにも新しいのに、同時に古さを感じさせる。木々の間には、ごろごろと岩が転がっていた。変なところだ。まあ、僕には関係ない。どうせ二度と戻ってこないんだ。逃げられるか、それとも処刑されるのか。とにかく、モンフォートに戻るなんてまったく思えなかった。

僕たちが立っているのは、ふたつの山の間に作られた滑走路だった。新鮮な空気の中、ジェット燃料の臭いが鋭く鼻を突いた。舗装された直線路にはいつでも飛べるよう、何機かのジェットが並んでいた。僕を囲んでいる兵士たちの頭を見回す。その間から、遠くのアセンダントに立つ白い宮殿の姿がちらりと見えた。前にレッドとシルバー、そしてニュー・ブラッドたちに引きずっていかれたのは、たぶんあそこだろう。

周囲の連中には見覚えがなかった。モンフォートの緑と、〈スカーレット・ガード〉の地獄のような赤、ちょうど半々だ。身動きが取れないほど取り囲まれていて、つま先立ちで人々の群れを見回すくらいしかできなかった。

そう、まさに人々の群れだ。何十人という兵士と司令官たちがきっちりと列を作り、辛抱強くジェットを待っている。でも、思っていたよりはずっと少なかった。本当にこんな人数でアルケオンを攻撃する気なんだろうか？　奇妙で恐ろしい能力を持つニュー・ブラッドたちがいるにしたって、さすがに馬鹿げてる。自殺行為だ。僕はどうしてこんな馬鹿な連中に負けたんだろう？

誰かがそばで忍び笑いするのが聞こえた。僕が笑われてるのだという、いつもの妄想に襲われる。ぱっと振り向くと、兵士たちの肩の間から、モンフォートの首相がこちらを見ていた。

首相が手を振って合図をし、僕に近づけるよう兵士たちに道を空けさせる。意外にも、首相は兵士と同じように、地味なダーク・グリーンの軍服姿だった。メダルや勲章もつけておらず、一国の元首だと分かるようなものは何もなしだ。なるほど、カルのやつとうまくいくわけだ。ふたりとも、自ら前線で戦うような間抜けなのだから。

「何か面白かったか?」僕は鼻で笑いながら、彼の顔を見上げた。

首相はかすかに首を横に振った。あの会議のときと同じように、ほとんど無表情だ。取り巻きの兵士たちが感情移入できる程度の、かすかな表情しか浮かべていない。

「これが終わって戦利品を山分けするときが来たら、どうなる?」僕は笑った。凍てつく空気のせいで歯が凍りつきそうだ。「兄さんの冠は誰のものになるんだい?」

首相は、まったく動じないようだった。けれど僕は、彼がかすかに顔をしかめたのを見逃さなかった。「周りを見てみるんだ、カロア。我が国には、冠をかぶった者などひとりもいない」

「そいつは賢いな」僕は感心してみせた。「冠ってのは時として、誰も見ていないところでかぶるものさ」

首相は挑発に乗らず、冷ややかに笑ってみせた。この男は怒りを抑えるのにも、恐ろしく長けている。いや、もしかすると権力への欲望が本当にないのだろうか。もちろん前者に決まってる。この地上に、玉座の誘惑を無視できるやつなんていやしない。

「ちゃんと取引は守ってくれよ。もたもたしないでくれ」首相はそう言って、また下がっていった。「その男を乗せろ」険しい声で命令するのが聞こえた。

兵士たちが一斉に動きだした。よく訓練されている。僕はまぶたを閉じ、彼らをセンチネルだと思い込むことにした。僕を鎖につなぐネズミや血の裏切り者なんかじゃなく、僕の安全を守ると誓ったシルバーのつわものたちなのだと。

ともあれ、手錠はされていなかった。手首は、剝き出しにはされているけれど自由だ。ブレスレットも炎もない。

自分の力で火花を散らすことはできない。

そうなると、稲妻娘が一緒に行くというのはラッキーだ。

前に進まされながら、僕は必死に首を動かしてメアを見つけた。エンジンをかけて待つジェットへと向かう滑走路にいる。友人と一緒だった。あのファーレイとかいう女も、白髪のエレクトリコンもいる。きっとモンフォート人は変な髪型が好きなんだろう。青い髪の女や、緑色の坊主頭の男までいる。

メアがそのふたりに、本当に楽しそうな笑みを向けた。歩きだすのを見て、彼女の髪型まで変わっているのに気がついた。灰色の毛先がなくなり、僕も知っている綺麗な紫になっている。あの稲妻の紫だ。

僕は、どきりとした。メアも一緒のジェットに乗るんだ。たぶん、僕を見張るためだろう。着陸まで仲間たちを目の前に立たせ、僕を苦しめる気だ。上等じゃないか。受けて立ってやる。

残り時間が少ないことを思えば、たかだか数時間の恐怖くらい耐えられる。

僕たちのジェットは、モンフォート空軍の象徴、緑色の翼だった。タラップを上がらされ、座席がずらりと並んだ軍用機に乗り込んだ。下には機首から尾翼までぶち抜きで、武器や、座席に乗りきれなかった兵士たちを搭載できるようになっている。モンフォート製の飛行機なのだと思い、ぞっとした。それも一機だけじゃない。この妙な山国は、コーヴィアムやハーバー・ベイの戦いがあったというのに、僕たちの想像を超えるほどの軍備を持っている。

座席に着いたが、シートベルトをややきつく締めすぎた。デヴィッドソンが笑うのが聞こえた。滑走路を見れば、どのジェットの前にも兵士たちが集まっていた。

「アルケオンには、何千人連れてく気なんだ？」僕は、満員の騒がしい機内にも響くよう大声で訊ねた。

誰も返事をしなかったが、それだけで答えにはじゅうぶんだった。

僕の向かい側の席にメアが着き、そのとなりにファーレイが座った。ふたりがちらりと僕を見る。火打ち石みたいに固く、今にも火を噴きそうな目で。僕は、ふたりに指を向けてやりたい衝動を抑えた。

と、誰かが僕の目の前に立って、彼女たちを隠した。

ため息をつき、ゆっくり見上げる。

誰なのかは、考えるまでもなかった。

「おかしなまねをするなよ」白髪のエレクトリコンが言った。

僕はまぶたを閉じ、座席に寄りかかった。「しないさ」と、ベルトのせいで感じる息苦しさを隠そうとがんばりながら答えた。

彼はそこを動かなかった。ジェットがうなりをあげて陸を離れても、まだ立っていた。

だから僕は目を閉じながら、なんとも頼りない作戦を頭の中で振り返った。

何度も、何度も、何度も。

32

エヴァンジェリン

バーロウが去ってから二週間が、婚約者が戴冠して一週間が、そして最後にエレインの顔を見てから数日が経った。けれども、まだあの子を感じられる。指先にはまだ、白く滑らかな素肌のひんやりとした感触が残っている。でもあの子はずっと遠く、私の手が届かないところに行ってしまった。危険を避けるため、リッジに行ってしまったのだ。パパが許してくれたなら、カルもあの子をここに置いてくれただろう。いろいろありはしたけれど、私たちはお互いを理解するようになっているのだ。おかしな話だ。かつての私は、そういうのを夢見ていた。私の好きにさせてくれる王様と、自分だけの冠を。なのに今それは、最大の望みであると同時に、牢獄になってしまっている。私たちはそれに閉じ込められ、いちばん大切に想う人から引き離されているのだ。カルはメアを連れ戻せないし、私はエレインを連れ戻せない。レイクランドの王妃たちが、今にも侵略しようと狙っているのだから。ほんの数日だけ安らぎを得るためエレインを危険に晒すなんて、とてもできはしない。

ホワイトファイアー宮殿で私に与えられた新しい部屋は王妃専用の居室で、まだアイリス・シグネットの雰囲気が残っていた。何もかも、青、青、青だらけ。カーテンもカーペットも、大量に置かれたクリスタルの花瓶でしおれた花々も、何から何まで青ばかりだ。メイドが足りないせいで、部屋の掃除はなかなか進んでいなかった。だからカーテンは私自ら引き剝がさなくてはいけなかった。今も埃まみれのまま、寝室の外のサロンに積まれている。

川を見渡す長いバルコニーは、私たちを皆殺しにするためはるばる戻ってきたあの異国の姫君の痕跡がない、唯一の場所だった。それでも、そのバルコニーで顔を上げて太陽を見つめても、シグネットのニンフは決して頭から離れてくれなかった。眼下を流れるキャピタル川は、アルケオンの街をまっぷたつに分かち、曲がりくねりながら海へと向かっている。川の流れは穏やかだったけれど、私は水のことを考えないようにした。顔にかかる銀髪をどかし、編むことに集中する。シンプルな作業をしていると、気が紛れた。髪をきつく編めば編むほど、決意がしっかりするような気持ちになる。

今朝は少し訓練をするつもりだった。兵舎の間の道を走ったり、プトレイマスを誘ってスパーリングをするのもいい。ふと、バーロウがいてくれたらいいのにと思っていた。あの子は訓練相手にちょうどいいし、挑戦のしがいもある。そしてママよりも相手にするのが楽だからだ。

今日はまだ来ていないのが、意外だった。ここのところ、しょっちゅう突然やってくるのだ。ママに言わせれば、もっと王妃らしい活動をさせるためらしい。でも、貴族たちに気に入られたり、社交辞令を交わしたりするような気にはなれない。ママの利益のためとなれば、なおさらだ。パパとママは私にもっとシルバーたちを味方に引き入れさせ、カルより自分たちに忠誠を誓わせたいと思っている。沈没船のネズミを救うように、カルの味方を自分たちに引き寄せようというのだ。

ふたりとも私には、メイヴンにとってのアイリスみたいな王妃になってほしいと考えている。ベッドに忍び込んだ蛇か、そばを離れない狼のような王妃に。そうして力を蓄え、攻撃のチャンスを待つのだ。私はカルのことなんてどうでもいいし、それはこの先もずっと変わらない。けれど、パパとママの言うとおりにするのは間違っていると感じている。

しかし、もしアナベルとジュリアンが自分たちの計略をやり遂げたとしたら……。

自分がどうなってしまうのか、私には分からなかった。

両端が業火に包まれた橋のまん中に、置き去りにされて動けなくなった気分だ。

橋――。

編みかけの髪を放し、川を突っ切る巨大な橋に目を凝らす。向こう岸のアルケオンは朝日を浴びて輝いていた。多くの建物のてっぺんには、鉄や銅で作られた鳥が置かれている。おかしなものは、何も見えなかった。相変わらずたくさんの車や人々が道を行き交っている。橋もそれは同じで、三段作りのどの段にも次々と車が走っていた。いつもよりは少ないが、それも予想どおりだ。

それよりも私がおかしいと感じたのは橋脚と、そこを流れていく川の水だった。いつもと同じスピードで流れている。橋脚のところで白い波が立っているが、何か妙だ。川が逆方向に流れている。

そのうえ水かさがどんどん増している。

私は部屋を飛び出すとサロンを突っ切り、脇目も振らずプトレイマスのところへひた走った。鍵のかかったドアをひと息に開き、よじれた蝶番を避けて突っ走る。兄さんの名を呼ぶ自分の声も、ろくに聞こえない。頭の中のざわめきのほうがずっとうるさくて、体じゅうを怒濤のように駆け巡る冷たいアドレナリンを残してすべてをのみ込んでしまっているのだ。

プトレイマスはろくに服もまとわない姿で、ふらふらとリビングに出てきた。後ろのドアの向こうに、乱れたシーツとブルー・ブラックの腕が見えた。その腕が視界から消える。レン・スコノスが服を着ているのだろう。

「いったいどうした？」兄さんは、取り乱して目を見開いた。

駆け出したかった。叫びたかった。戦いたかった。

「侵略が始まったのよ！」

「あいつら、どうやってこっちに気づかれずに軍を動かしたんだ？」

プトレイマスは、私のすぐ後をついてきていた。急ぎ足で、廊下から廊下へとどんどん抜けていく。ギャラリー、サロン、応接間、舞踏場……。景色がぼやけるほどのスピードで私たちは進んでいった。ほんの数時間後には、すべて破壊され尽くしているかもしれない。私は、兄さんの死体を思い描いた。大理石の床に転がり、その周りには鏡のような血の池ができている。私は首を振り、そんな想像を頭から追い出した。吐き気が込み上げてくる。

私は、兄さんがまだ生きているのを確かめようと、振り返った。まだ生きて、息をしている。鎧に包まれた巨体はそびえるようだ。ヒーラーの記章がついた制服をまとい、レンもついてきていた。どうかこれから数時間、ふたりが離れないでいてくれたらいいのだけれど。できることなら、兄さんにレンを縛りつけておきたい気分だ。

「やつらの要塞は見張っていたのに」私は、自分を集中させようとつぶやいた。「何かしようとレイクランド軍が集まっているのは把握してたけど、もうやってくるなんて……」レンが口を開いた。「きっと北に進軍して、陸路で来たんだわ」ゆっくりと落ち着いた口ぶりに、少し心が落ち着く。

「〈スカーレット・ガード〉が行っちまったからな……レイクランドを監視しようにも、目が足りないってもんさ」プトレイマスがぼやく。

私たちは廊下を曲がり、玉座の間に向かっていった。パパもママも様子を見に来なかったということは、国王や大臣たちと玉座の間に集まっているのだろう。

レロランの衛士たちがドアを開けてくれる。私たち三人は、万が一もうレイクランド兵がどこかに入り込んでいたときに備えて、身を寄せ合うようにして隊列を組んでいた。私は能力を使い、銃弾の気配が見つからないかと磁力の網を張っていた。味方の衛士たちが持つ銃を数え、歩きながら位置を把握していく。

カルの玉座や、叔父と祖母のための椅子が置かれた壇上に、みんな集まっていた。ママとパパもいる。パパはいつもの鎧をまとっていた。身動きをするたびに、太陽の光をまばゆく跳ね返している。ママのほうは鎧こそ着てはいなかったけれど、武器はちゃんとある。ラレンティア・ヴァイパーは最愛のパンサーをどこかに置いてきていた。その代わり、二頭の狼たちを引き連れていた。目も、耳も、鼻も、周囲を警戒するように動いている。どちらも、見るからに恐ろしい狼で、戦いと同じくらい敵の臭いを嗅ぎ取るのにも長けている。あの二頭がいる限り、見つからずにママに近づくのは絶対に無理だ。

カルには、ジュリアン・ジェイコスとアナベル皇太后が付き添っていた。ジュリアンよりもアナベルのほうが戦いの準備をしっかり固めていた。ずんぐりとした小柄な体を、炎のオレンジ色をした制服に包み、その上から鎧を着けている。その手は剝き出しで、結婚指輪すらはずしていた。ジュリアンのほうは、いつもと大して変わらなかった。どうやら徹夜明けなのか、目の周りに黒いくまができている。彼は、甥にくっつきそうなほど近くに立っていた。自分のほうが、よっぽど護衛が必要そうだ。

ノルタ王は磨き上げられた赤と銀の鎧をまとっていた。腰の片側には拳銃を、もう片側にはきらめく剣を提げている。マントのようなものは着けていない。動きの邪魔にしかならないからだ。カルはまだ少年と言っていいような歳だけれど、ひと晩のうちにすっかり大人の男になったように見えた。迫りくる戦いにも動じていない。戦争にも流血沙汰にもすっかり慣れているのだ。彼は私に気づくと、険しい顔をこちらに向けた。

「どのくらい時間があるの？」私は挨拶もせず、率直に質問した。

カルがすぐに答える。「空軍はすぐにでも発進できる」と、南に顔を向ける。「海には嵐があって、かなりのスピードで移動中だ。おそらくあの中に、レイクランド艦隊がいるはずだと睨んでる」

私たちがハーバー・ベイの戦いで採ったのと同じ作戦だけれど、今度の私たちはもっと数が少なく、戦力も弱い。レイクランド王妃自らが率いるニンフの攻撃はいったいどんなかと思うと、体に震えが走った。前の戦いのように暗い海底にどんどん沈んでいき、二度と浮かび上がれない自分の姿を想像する。

その恐怖が声に滲まないようにしながら、私は言った。「あいつらの狙いは？」戦い、反撃するにはそれを知るのが最善だ。敵の狙いを突き止め、どうすれば食い止められるかを計算するのだ。

カルの背後で、ジュリアンが居心地悪そうにもぞもぞした。甥を見下ろし、肩に手をかける。「それは君だろうな、カル。君を捕らえてしまえば、こちらが何もしないうちにすべてが終わってしまう」

パパはじっと考え込むように、黙りこくっていた。カルが敵に捕まったり死んだりしたなら、それが自分にとってどんな意味を持つのかを考えているのだ。リフト王国は、それほど強固な絆でノルタと結ばれてるわけじゃない。メイヴンと結ばれていないのと、だいたい同じようなものだ。前にアルケオンが敵襲を受けたとき、ハウス・セイモスは戦いの準備をしていたけれど、結局逃げ出した。今度もパパは、同じことをするんじゃないだろうか？

私は早くもひどい頭痛に襲われ、歯ぎしりをした。

「メイヴンが逃走用に用意した列車は、まだ使える」ジュリアンが続けた。「少なくとも、君をアルケオンから逃がすことはできる」

カルはその言葉に気分を害したのか、まっ白な顔になった。「首都を明け渡せというのか？」

　ジュリアンはすぐに答えた。「もちろん違うとも。私たちが守るさ。君は連中の手が届かない安全なところに避難しているんだ」

「僕は逃げたりしない」カルはすぐさま言い返した。いかにも彼らしい。

　ジュリアンは落ち着いていた。さらに説得しようと口を開きかけたが、それも無駄だった。「カル――」

「みんなに戦わせて自分だけ隠れているなんて、僕はごめんだ」

　老皇太后は、苛立ったように孫の手首を摑んだ。まったくこの一族は、なぜこうも言い争ってばかりなのだろう。それも、こんなにも危険が迫っているときだというのに。「あなたはもう王子でも将軍でもないのよ」アナベルが、必死に訴えた。「国王になったのよ。国王になったからには無事でいてこそ――」

　叔父にそうしたように、カルは彼女の指を引き剝がすようにして、その手から逃れた。彼の目がめらめらと燃えている。「僕がこの街を捨てるということは、国王としての希望をすべて捨てるのと同じだ。恐怖のあまり目を閉じては駄目だ」

　馬鹿げた言い合いが嫌になり、私は舌打ちをした。時間を節約するため、分かりきったことをあえて言う。「残ったハイ・ハウスは、逃げ出した王様なんかに忠誠を誓ったりしないわ。それに、王様自身だって、自分を誇れなくなるでしょう」

「ありがとう」カルがゆっくりと言った。

私は窓の外、断崖のほうを指差した。「川が逆流を始めて、水位も上がっているわ。敵軍のいちばん大きな軍艦も、ここまで上ってこられるくらいにね」

カルは、元の話題に戻れて満足そうにうなずいた。少し動いて、ジュリアンと皇太后から離れ、私のそばに来る。

「敵は街をふたつに分断するつもりだ」カルは黙り続けている私のパパと、自分の祖母を見た。「もう両岸の兵士たちに命令は出してあるし、まだノルタに従軍している兵士たちには物資も配ってある」

プトレイマスが顔に皺を寄せた。「力を集めて、広場と宮殿の守りを固めたほうがいいんじゃないのか？　両岸に分かれてていいのか？」

兄さんはカルと同じく戦士で、戦術家じゃない。馬鹿力だけがとりえなのだ。カルは、すぐさま兄さんの間違いを指摘した。

「シグネットの王妃たちは、どっちの岸のほうが弱いかを探ろうとするだろう。でも、もし両岸の戦力が同じくらいなら、王妃たちはどちらを襲えばいいか分からなくなる。そうすれば、川に足止めすることができるはずだ」

「空軍を街の上空に飛ばせばいいわ」私は言った。提案というよりも、もはや命令に近い。「空軍に船を攻撃させるのよ。一隻でも沈められれば、艦隊の船足を遅くできるわ。いくらニンフでも、穴の開いた船を浮かせておくのは楽じゃないはずよ」私はにやりと笑みを浮かべた。

タイベリアス・カロアはちらりとも楽しそうな様子など見せず、胸の苦しみに耐えかねるように顔をしかめた。「川を墓場に変えてやる」

銀と赤。ふたつの血の墓場だ。レイクランドと、ピードモントの兵士たち。敵たち。顔も名前もありはしない。私たちを殺すために来たのだ。大事な人を守るためなら、殺すのにためらいはしない。この戦いが終わったとき、川は何色に染まっているのだろうか？

「地上では僕たちのほうが数で劣る」カルは、熱にうかされたように言いながら歩き回りだした。まるで私たちの前で作戦を練り上げるために、ひとりごとでも言っているみたいだ。「おまけに敵の嵐のせいで空軍は大混乱になるだろう」

パパはまだひとことも話そうとしなかった。

「敵には、シルバーに混ざってレッドの兵たちもいる」ジュリアンが言った。まるで申し訳ないような声だ。また、私は胃袋が締めつけられるような気持ちになった。カルも私と同じ不安を感じているらしい。歩き回る足取りが、ほんの少しだけ戸惑う。

アナベルは、冷ややかに笑った。「まあそれは、こっちに有利だわね。レッドが混ざっていればいるほど、敵の数は少なく見積もれるし、危険も少なくなるもの」

ジュリアンとアナベルの対立は、谷底のように大きく口を開けていた。ジュリアンはいつもの穏やかな表情をやや失い、見下すような目でアナベルを見た。「私が言いたいのは、そういうことじゃない」

少なく見積もれる。危険も少なくなる。

アナベルは間違っていないけれど、それは彼女が考えている理由でじゃなかった。

「レイクランドはレッドの扱いを見直していないわ」私は言った。「でも、ノルタは見直した」

老皇太后は、「それがどうしたの？」と私を見た。

私は、まるで子供に戦術を説くみたいに、ゆっくりと言った。

「要するに、レイクランドのレッドたちの士気は低いだろう、ということよ。もっといい扱いをしてもらえる国にであれば、自ら投降したがるかもしれない」

アナベルは眉間に皺を寄せた。「そんなのがあてになると？」

私は練習した笑みを浮かべて、肩をすくめた。肩の鎧が音をたてる。「ハーバー・ベイでは投降したもの。可能性を考えておいて、損はないわ」

周囲のシルバーたちが目を丸くした。何を考えているかは、やすやすと分かる。プトレイマスすら、私の言葉におののいている。カルとジュリアンのふたりだけが、私の言葉をちゃんと受け止めていた。私がカルを見ると、彼はしっかり私と視線を合わせ、分からないほど小さくうなずいた。

カルが舌なめずりをし、新たな作戦を立てはじめた。「僕たちにはニュー・ブラッドのテレポーターはいないが、もしどうにかして――」そう言って、プトレイマスと私を見る。「君たちふたりをまた敵戦艦に送り込み、大砲を無力化することができれば……」

「子供たちにそんなことはさせん」

有無を言わさぬパパの低い声が、空気を震わせた。私はまるで自分が小さな子供に戻り、反論を許してくれないパパの前ですくみ上がっているような気分になった。どんなにささやかだろうともパパを笑顔にさせ、愛情を与えてもらうためならば、どんなことでもしようと思ったものだ。

駄目よ、エヴァンジェリン。そんなことさせては駄目。

私は、爪が手のひらに喰い込むほど強く手を握りしめた。すると、不思議と落ち着いた。鋭い痛みに自分を取り戻し、私たちが今立っている崖っぷちがまた見えてきたのだ。

カルはパパただひとりと目を合わせ、無言の意思の戦いを繰り広げていた。ママは狼の頭に手を置き、じっと黙っていた。狼は黄色い目で若き王を見上げ、微動だにせずその顔を見つめ続けていた。

もうこの戦いには負けたと思っているのだ。

もう逃げ出そうと思っているのだ。

パパが静寂を破り、また口を開いた。「私の兵士も、衛士も、ハウス・セイモスの生き残りも、みな貴君のものだ。タイベリアス王。だが私の後継者を君のギャンブルに付き合わせる気はない」

カルが険しい顔になった。両手を腰に当て、親指で腰骨あたりを叩く。「ではヴォーロ王、あなたはどうだ？　あなたもここで座っているか？」

私は驚きのあまり、固まった。カルは今、リフトの王を臆病者呼ばわりしたのだ。狼がママの怒りを表すように、全身を震わせた。

パパには何か、自分の考えがあるのだ。あるはずだ。でなければ、こうもすんなりと侮辱を受け流せるわけがない。パパはさっと手を振って、カルの挑発を払いのけた。「私には、自ら血を流さずとも忠実な部下がいるのでな」と皮肉を返す。「私たちはここで広場を守る。レイクランドの連中め、もし宮殿を襲う気なら、痛い目を見ることになろう」

カルが歯ぎしりをした。国王でいる気ならば、やめたほうがいい癖だ。国王たるもの、そう簡単に心を読まれてはいけない。

ジュリアンがカルのそばに歩み寄り、見つめた。

パパを。

まるで微笑むような顔でジュリアンは口を開くと、不気味なほどゆっくりと息を吸い込んだ。パパが視線をはずすんじゃないかと、私は思った。シンガーの能力をかわすために。けれど、そんなことをすれば恐怖を認めたことになる。たとえ自分の心を守るためだろうと、パパはそんなことしない。

「それが賢明と言えるのかしら、ジェイコス？」ママが静かに言った。足元の狼たちもうなり声をあげる。

ジュリアンは静かに笑った。張り詰めた緊張が弾けた。「何をおっしゃられているのやら分かりませんな、陛下」と、いつもとまったく変わらない声で答える。唄うような声でもなければ、能力の気配も感じない。「カル、もし私をレイクランド王妃の元に行かせてもらえるのなら、役に立てると思うがね」と、柔らかな声で付け足す。何かメッセージを送っているのだ。

カルの顔に苦痛が走った。私の両親を忘れ、叔父の顔を見る。

「そんなのは自殺行為だよ、ジュリアン。近づくことすら駄目だ」

老シンガーは、片眉を上げてみせた。「そうかね？　私ならこれを終わらせられるよ」

「何も終わるものか」カルは、駄目だというように手を振った。空気が焦げる音が聞こえる気がした。「いくらあなたの力だろうと、センラとアイリスをこの戦争から追い出すなんて無理だ。それに、もしふたりを追い払い全軍を引き返させたとしても、結局はまた戻ってくるだけさ。レイクランドのシグネットは、王妃たちだけじゃない」

「それでも、貴重な時間を稼ぐことはできよう」

ジュリアンは間違っていないが、カルは耳を貸さなかった。「それに、貴重な人材を失うことになりかねない」

ジュリアンは床に視線を落とすと「承知した」と後ずさった。

「泣けるじゃないの」私は、思わずそうつぶやいた。

兄さんも、私と同じですっかりうんざりしていた。

「ところで、敵さんはいったいどんな感じなんだ？」

ママがため息をついた。パパと同じで、もう負けたとでも思っているようだ。もう街は落とされたのだと。「レイクランド全軍の他にということかしら？　レッドの部隊と集められるだけのシルバーたち、そして言うまでもなく強力なニンフたちと、武器として使える川まであるわ」

「そして、もしかしたらノルタのシルバーたちもね」私は指先で唇を叩いた。そう考えているのは私だけじゃない。他にもいるはずだ。訊いてみるまでもない。みんなの表情を見れば、みんなが私の言わんとしていることを分かっているのも、同じ疑念を抱いているのも、はっきり分かる。

「軍に加わろうとしないハイ・ハウスたちのことよ。彼らは誰ひとりとして、忠誠を誓いに来なかったわ。あなたの命令に応じた者は、誰もいなかった」

カルが生唾をのんだ。頬が銀色に上気する。「メイヴンが生きている限りはね。連中はまだ、もうひとりの王に従っているのさ」

「もうひとりの王妃によ」私はじっくり考えながら言った。

カルの顔が落ち込み、眉間に皺が寄る。「アイリスがノルタのシルバーたちを味方につけたと言いたいのか？」

「あの女なら、必ず味方につけようとするわ」私は肩をすくめた。「ものすごい切れ者よ」

疑念が黒雲のように立ち込め、無視することなどとてもできなかった。パパですら、またノルタが割れるのではないかと不安になっているのが分かった。いつか支配しようと企んでいる、この国が。

アナベルは落ち着かないように足をもぞもぞさせた。きっちりと編んだ白髪を直すように、指を走らせる。それから、小さな声でつぶやいた。

「そんなことがありえるとは思わないけれど、あの薄汚いレッドたちを忘れていたわ」

「ちょっと手遅れだね」カルが鼻で笑った。猛る雷鳴のような声だ。

パパが、まるで今日初めてたじろいだように口を歪めた。

もちろん、こういう場合の作戦はある。侵略から首都を防衛するための戦略や戦術は存在する。なにせ一世紀にもわたりレイクランドと戦ってきたのだから、ないほうがおかしいというものだ。しかし、カロアの国王たちがシグネットのニンフと戦うためにあてにしていたものは、もう存在しない。万全のノルタ軍も、ひとつにまとまった国も、フル稼働しているテチーの街も、電力や爆薬も。カルはどれひとつ頼れないのだ。

広場に隣接した兵舎や軍事施設、そして地下倉庫を備えた宝物庫はもっとも安全だったけれど、私はがたがたの列車しか頼れるものがない地下に閉じこもるなんて嫌だった。パパとママは軍事司令部の中心部に引きこもり、上空を旋回する空軍からどんどん入ってくる報告をチェックし続けている。カルが自ら部隊を率いて戦おうとしているのを横目に、そうして権力の座にふんぞり返っているのは、さぞかしヴォーロ王も気持ちがいいだろう。

私は、戦場から遠く離れたところで、文字だけの報告書を見ているだけなんて向いてない。そんなものよりも、自分の目を信じているのだ。それに今は、両親のそばにはいたくない。迫ってくる敵軍や、けむる沖合に隠れた敵艦隊のおかげで、私の気持ちははっきりと決まっていた。

プトレイマスも私と一緒に、軍事司令部の階段のてっぺんに座っていた。兄さんの鎧はまだ、筋肉の形に合わせてざわざわと蠢(うごめ)いていた。完璧にフィットしようとしているのだ。兄さんは顔を上に向けると、頭上に集まりだした黒雲を睨んだ。黒雲は、どんどん濃くなっている。レンも兄さんのすぐそばにいた。いつでもヒールできるよう、素手だ。

「今にも雨が降り出しそうだな」兄さんが、空気の匂いを嗅いだ。

レンは私たちの向こう、広場のゲートのさらにずっと先に見えるアルケオン橋に目を凝らした。霧が街に吹き込んできたせいで、アーチやそれを支える柱の数々も、すっかり霞んでしまっている。「水かさはどこまで上がったのかしら……」レンがつぶやいた。

私は能力を使い、どんどん近づいてくる艦隊の気配を捉えようとしてみた。けれど艦隊はまだ遠すぎるようだった。いや、私が集中できていないのかもしれない。

パパはまた逃げるつもりだ。ハウス・セイモスは逃げるのだ。崩壊するノルタから逃げ出し、ぽつんと取り残されたリフトで、シグネットの影におびえ続けるのだ。

最後には、私たちも国を取られるだろう。

センラ王妃には息子がいない。私を売り渡す相手がいないのだ。だからヴォーロ・セイモスには取引することができない。白旗を上げるしかないのだ。

そしておそらく、王妃の手にかかって殺されるのだろう。サリンと同じように。

サリンがまだ生きていれば、取引もできたけれど……。

敗北したら、私はどうなるだろう？

パパが私の婚約者と同じように敗北したとしたら？

きっと……私は自由になれるはずだ。

「ねえ、トリー。私を大切に想ってくれる？」

レンと兄さんがはっとして、私の顔を見た。プトレイマスは驚いて、口をぱくぱくさせている。「当たり前だろ。なんでそんなこと訊くんだよ？」兄さんが銀の眉をしかめ、怒りにも似た表情を浮かべる。

こんな簡単な質問で怒り、傷つくなんて。でも、私だってそうなるだろう。

私は兄さんの手を取り、きつく握りしめた。数ヶ月前の戦いで失った後にできた、新しい骨の感触が伝わってくる。「エレインはリッジ・ハウスから移したわ。兄さんが帰っても、もういないのよ」

「おい、エヴィ。どういうことだ？　いったいどこに——」

「言わないでおくわ。そうすれば、兄さんが嘘をつく必要もないからね」

私は震える脚で、ゆっくりと立ち上がった。まるで生まれて初めて歩く、小さな赤ん坊みたいに。つま先まで震えている。

プトレイマスも跳ぶようにして立ち上がると身をかがめ、顔がくっつきそうなほど近くで私の目を覗き込んだ。両手でがっしりと私の肩を摑む。とはいえ、その場から動こうとすれば動ける程度の力だ。

「中に行ってくるわ。パパに訊かなくちゃいけないことがあるから」私は小声で答えた。

「まあ、答えはたぶん、もう分かってるけれどね」

「エヴィ……」

私は兄さんの目を見つめ返した。私と同じ目を。パパと同じ目を。兄さんの力を借りたいけれど、そんなふうにどちらにつくか選択を突きつけ、引き裂くことなんてできない。私は兄さんを大切に想っているし、兄さんも私を大切にしてくれる。けれど兄さんは、両親も愛しているのだ。プトレイマスは私よりも、ずっといい後継者なのだ。

「ついてこないで」

私は震えも収まらないまま、兄さんを引き寄せて思い切り抱きしめた。兄さんも抱きしめ返してくれたけれど、私が何を言っているのか分からず、言葉に詰まっていた。

これっきり兄さんの顔を見られなくなるかもしれなかったが、私は振り返らなかった。とてもそんな気持ちになれなかった。兄さんは今日命を落とすかもしれない。いや、明日かもしれないし、一ヶ月後かもしれない。シグネットの王妃たちが私たちの一族を滅ぼそうとリフトを襲うそのときには、生き残れないかもしれないのだ。記憶に残すのなら戸惑った顔よりも、笑顔のほうがいい。

軍事司令部は人々でごった返し、大混乱になっていた。どの廊下や部屋もシルバーの将校たちが駆け回り、戦況や軍の動きを大声で伝えている。レイクランドの艦船や、ピードモントのジェット。何もかも、目が回るようだ。

パパとママはすぐに見つかった。ママの狼たちが通信室の扉の両側を守り、燃えるような目を光らせていたからだ。私に気づいた二頭が一斉にこちらを向いた。狼たちは牙を剥くことも懐くこともせず、通っていく私を見つめていた。

さまざまな情報が映し出された通信室のモニターが、まばゆく光っていた。しかし空軍機からの映像が映し出されるはずのモニターは、ほんのいくつかしか動いていない。悪い兆候だ。空軍は、嵐に巻き込まれているのだろうか？　いやむしろ、まだ飛んでいるのだろうか？

ヴォーロとラレンティアは、そっくりな姿勢で立ち尽くしていた。身じろぎひとつせず、瞬きもせず、この絶望的な状況を眺めている。一枚のモニターに先頭の戦艦が姿を現した。霧に包まれたシルエットが、だんだんと形をなしてくる。他の戦艦も、ゆっくりと見えてきた。最低でも十数隻、しかしまだまだいる。

この部屋には前も来たことがあったけれど、こんなにがらんとはしていなかった。最低限の人員がモニターや無線を操って、情報の海をなんとかしようと奮闘している。最新の情報を持った伝達員が、せわしなく部屋から駆け出していく。今どこにいるかは知らないが、たぶんカルのところに行くのだ。

「パパ？」私はまるで、子供みたいに声をかけた。

パパは、私を子供みたいにあしらった。「エヴァンジェリン、後にしなさい」

「家に帰ったらどうなるの？」

パパは、冷たい笑みを浮かべて振り向いた。いつもより短く髪を切り、ほとんど坊主頭にしている。まるで骸骨が丸見えになっているようだった。「この戦争に勝ってからにしてくれ」

私はどんな嘘をつかれてもいいように身構えた。

王妃になる。平和が訪れる。前と同じ暮らしに戻れる。どれもこれも、嘘ばかり。

「私はどうなるの？　何か考えがあるんでしょう？」私は戸口に立ったまま訊ねた。急がなくては。「次は私を何者にするつもり？」

ふたりとも私の質問の意味なんて分かっていたけれど、答えてはくれなかった。数人だろうとノルタの軍人がすぐそばにいるのだ。最後の最後まで、同盟という幻想を作り続けなくてはいけない。

「もし逃げる気なら、私も逃げるわ」私は小声で言った。

リフト王は拳を握りしめた。部屋じゅうの金属類がそれに応える。モニターにひびが入り、その枠がパパの怒りで歪む。「エヴァンジェリン、私たちはどこにも行かんよ」パパが嘘をついた。

ママは他の手を思いついたのか、私のほうに近づいてきた。私に懇願するように、目を大きく見開いている。子犬か子狼にでもなったつもりだろうか。ママはまるで愛情深い母親みたいに、私の顔にそっと手を触れた。「私たちにはあなたが必要なのよ」ママが囁く。「家族に必要なの、そして兄さんに――」

私はママの手から逃れ、また廊下に向かった。このままふたりを引き連れて。右に二回曲がり、正面に向かい、広場に出る――。

「行かせて」

だがパパはママを突き飛ばすくらいの勢いで追い越し、私の前に立ちはだかった。クロムの鎧がぎらりと光を反射する。

パパは私が何を言っているのかを、本当は何が訊きたいのかを、ちゃんと分かっているのだ。

「駄目だ」パパが険しい声で言った。「お前は私のものだ、エヴァンジェリン。この私の娘だ。私たちの娘だ。私たちに従う義務が、お前にはあるのだぞ」

もう一歩下がる。戸口の狼たちが立ち上がった。

「嫌よ」

影のように、巨人のように、パパは私に合わせて前に出てきた。「セイモスの名がなければ、お前は何者だというのだ？」パパが冷たい声で言う。「何者でもありはしない」

私には、それがパパの答えなのだと分かっていた。そして、今にも切れそうな最後の糸なのだと。そう覚悟していたのに、目に涙があふれてきた。こぼれたのかどうか、分からなかった。私にはもう、燃えるような怒りしか感じられなかった。

「私なんかもう要らないでしょ。権力も手に入れたし、強欲も満たしたんだから」私はパパの顔を見ながら吐き捨てた。「なのに、まだ自由にしてくれないというの？」

パパがめんくらい、ほんの一瞬怒りが消えた。うまくいったのだ。この人は私の父親だから、どうしても愛さずにはいられない。だというのにパパは私をこんなふうに扱うのだ。私の愛情を利用して、私を血の牢獄に閉じ込めようというのだ。

私は何よりも家族の役に立てと教わり、育てられてきた。血に忠実であれと。

そして、エレインは今やその家族だった。私の家族だった。

「もうパパの許しをもらおうだなんて思ってないわ」私はそうつぶやき、両手をきつく握りしめた。

頭上に並ぶ電球が次々と割れて降り注ぎ、パパがひるむ。額にできた切り傷から銀の血を流しながら、パパがふらふらとよろめいた。でも、死んだわけじゃない。力を失ったわけでもない。そんなことをする度胸までは、私にもありはしない。

こんなに必死に走った経験はない。命を守るためだろうと、戦場だろうと、一度もない。それは、こんなに怖いことなんてなかったからだ。

狼たちは、私よりも速かった。私を捕まえようと、すぐ後ろを追ってくる。私は腕を覆う鎧をナイフに変え、狼たちに向けて飛ばした。一頭が腹を引き裂かれ、キャンキャンと悲鳴をあげる。もう一頭、力も強く体も大きいほうの狼が、私を押し倒そうと飛びかかってきた。

私は避けようとしたが、喉元を嚙みつかれそうになりながら廊下に仰向けに倒れてしまった。百キロはあろうかという巨体が、胸にのしかかってくる。肺の空気を絞り出されて私はあえいだ。

狼は私の喉笛に歯を立てたが、嚙み切ろうとはしなかった。跡がつく程度に、鋭い歯の先を喰い込ませてくる。私の身動きを封じるには、それでじゅうぶんだ。

天井じゅうの電気が、金属の留め具の中で振動し、ドアの蝶番ががたがたと揺れる。

動くことも、息をすることもほとんどできなかった。

せいぜい十メートルしか逃げられなかった。

「指を動かしちゃ駄目よ」ママがそう言いながら、狭い視界の端に入ってきた。私の上に乗った狼が身震いし、黄色い目で私の目を見た。

ママのとなりには、怒りに震えるパパが立っていた。血を流し続ける額の傷口を片手で押さえている。狼よりも、ずっと恐ろしい目をしている。

「馬鹿な娘だ」パパがうめいた。「あんなにしてやったのに。ここまで育ててやったというのに」

「けれど、欠点を残してしまったわ」ママが私を見下ろしながら舌打ちをした。まるで自分の好きに利用できる動物でも見るような目。ある意味、本当にそうなのだろう。「たったひとつ、大きくて異常な欠点をね」

私はせめて少しでも息を吸い込もうと、狼の下でもがいた。放してくれと、情けなくすがりたい気持ちだった。

なぜか分からないけれど、メア・バーロウを思い出していた。それからモンフォートを出発するとき、メアを抱きしめてさよならを言っていた両親の姿を。生きていたって大して意味もない、美しさも知性も、そして力もない人たち。なのにあまりにも彼らが羨ましくて、苦しくてたまらなかった。

「お願いよ」私は必死に声を出した。

狼は微動だにしない。

パパが一歩、私との距離を詰めた。その指が銀色の液体に濡れていた。パパがさっと手を振り、自分の血を私に浴びせる。私が流させた血を。

「私がこの手で引きずってでも、お前をリフトまで連れ戻してやる」

本気で言っている。

私は息をしようともがき、床を爪で引っ掻きながらパパを見上げた。私の鎧すらパパの力を受け、私の言うことを聞かずに溶けていってしまっている。私はもう生身で、武器も取り上げられてしまっていた。まったくの無防備だ。私はまだ、いつもと変わらない囚人なのだ。

そのとき、パパが珍しく驚きを顔に浮かべ、私から飛び退いた。クロムの鎧を着たパパの体が引きずり回されている。壁に叩きつけられたパパが、首をのけぞらせた。がっくりと前に崩れ落ちるその体を見て、ママが悲鳴をあげる。

私にのしかかっていた狼は、もっと悲惨だった。刃に切り裂かれた首が宙を飛び、気持ちの悪い音をたてて向こうに落ちる。まっ赤な生温かい血が、私の顔にかかった。

私はうろたえなかった。よく知っているひんやりとした手が私の手首を取り、引っ張ってくれる。

「俺たちを鍛えすぎたな」プトレイマスがそう言って、私を引き起こした。一緒になって走り出す。今度は後ろを振り返ってみた。

ママがパパの上にかがみ込み、両手で体をさすっている。パパは立ち上がろうとしているが、さっきの衝撃でふらついていた。まだ生きている。

「さようなら、エヴァンジェリン」別の声が聞こえた。

交差している廊下からジュリアン・ジェイコスが姿を現した。アナベルも一緒だ。合わせた指先を、とんとんと叩いている。近づいていく私には目もくれず、アナベルが両手を上げた。こんなにも小柄な女に、とてつもなく恐ろしい力があるだなんて。

「さっさとお行き、ラレンティア」ジュリアンの唄うような声が響き渡った。自分に向けられた声ではないけれど、私は耳をふさぎたくなった。「子供たちのことは忘れるんだよ」

ママは、まるで盗み見ていたネズミのように小刻みな足音を響かせた。

「ラレンティア！」パパは、まだ意識が朦朧としながらも必死に叫んだ。

私はパパの運命を、アナベルとジュリアンの手に委ねた。リフト王の運命を、ふたりに託したのだ。

外に出てみると霧が深く立ち込めていた。自然のものとは思えない灰色のもやが、広場を覆い尽くしてしまっている。レンのすらりとしたシルエットが見えた。周りにはうつむきがちのシルエットが並び、隊列を組んでいる。カルの部隊だ。数が多いのを見ると、もしかしたら全軍かもしれない。

私を見つけて、レンが手を振った。「こっちよ」と、大声で呼びかけてくる。

意識の端に、何かずっしりと大きなものを感じた。かなり離れてはいるが、それでものしかかるように重い。レイクランドの船だ。間違いない。姿こそ見えないものの、頭上を何機ものジェットが飛び交っていた。どこかでミサイルの轟音が聞こえ、戦艦がいると思われるあたりから火の手が上がる。何も見えず、まるで霧に囚われた気分だった。私にできるのは、そばにいるレンとプトレイマスのシルエットに目を凝らすことだけだった。私たちは、動いていく兵士たちの間を抜けて走っていった。何人かの兵士たちが私たちに顔を向けたけれど、止めようとする者はひとりもいなかった。やがて軍事司令部が霧にのまれ、遠くに見えなくなっていった。

私たちは広場を斜めに突っ切り、宝物庫に向かっていた。メイヴンの結婚式を思い出し、私は奇妙で懐かしい感覚に捉われた。あのときもこの広場が戦場になり、メイヴンは逃走しようと列車へと走ったのだ。あの列車は絶対に好きになれなかったけれど、そんな不快感を私は押しのけた。あれがいちばん速く、いちばん安全なのだ。戦いが終わる前に、遥か彼方まで逃げられる。

そして……。

続きを考えるような時間も、気力もなかった。

霧に続いて、叩きつけるような雨が降ってきた。ほんの一瞬でずぶ濡れになる。広場はすっかり水浸しになって、私たちは足を滑らせて足首をひねったりしないよう、ペースを落とさなくてはいけなくなった。川のほうで轟音が聞こえ、足元の地面が揺れた。

軍艦が、川の東西に広がるアルケオンに向けて砲撃をしているのだ。

私はプトレイマスに手を伸ばした。何か摑まれるものを求めて、指先が鎧の表面を滑る。レイクランドの砲撃がここに落ちてきたらと、私はずっと体をこわばらせて身構えていた。

その直感は、間違っていなかった。

一発目のミサイルがうなりをあげ、シーザー広場のゲートの上を通過する。霧のせいでほとんどその姿は見えなかった。どこに着弾したかは分からないが、地面を震わせる爆発音からすると、どうやらホワイトファイアー宮殿が直撃を受けたようだ。その衝撃で数人の兵士たちが倒れ、私たちもふらつく。プトレイマスと私は鎧の中で身をすくめた。転びかけているレンをトリーがしっかりと摑まえる。

「足を止めないで！」私は、次の爆発音に負けじと声を張りあげた。今度は、軍事司令部のどこか近くで爆発が起きたようだ。

大混乱の中、他の誰かの叫び声がかすかに聞こえた。その声と一緒に、兵士たちの頭上に立ち込めた霧の中に炎が走る。兵士たちを奮い立たせるためのカルの演説も、こうなると大して役には立たない。あたりはあまりにもうるさく水浸しで、兵士たちは川を埋め尽くしている艦隊にすっかり気を取られているのだ。それでも兵士たちは、カルの命令に従おうと前進を始めた。たぶん、断崖の守りを固めに行くのだ。そこから、下を流れる川を攻撃するつもりだろう。

いきなり、私たちはその流れにのみ込まれた。兵士たちはまるで波のように、私たちを引き連れて動いていく。私は軍服を着た彼らを押しのけながら、プトレイマスとレンの顔を探した。まだ近くにいるはずだが、距離は着実に開き続けている。兄さんのベルトについた銅のバックルを感じ取ると、私はその感覚に意識を集中させた。

「止まるな！」私は兵士たちを掻き分けながら叫んだ。鎧を使って周りを押しのけ、プトレイマスを目印にして進んでいく。「止まるな！」

次の爆発がさらに近くで起きた。今度はミサイルじゃなくて炸裂弾だったが、それでも当たれば命取りだ。私とプトレイマスは、離れていたが同時に手を上げ、能力を一気に解き放った。

鉄の飛来物を捕らえ、猛スピードのそれを食い止めようと歯を食いしばる。そしてなんとか受け止めると、また声をあげながらそれを霧の中へと投げ返した。レイクランド軍のどこか近くで爆発するよう祈る。カルの部下のテルキーたちも力を合わせ、炸裂弾やミサイルを押し返している。けれど霧の向こうから飛んでくる敵弾はあまりにも数が多く、私たちだけではとても追いきれるものじゃなかった。

空軍はまだ雲の中を飛び回りながら、必死の爆撃を敵艦隊に浴びせ続けていた。しかし、空にいるのは味方のジェットだけじゃない。レイクランドも空軍を持っているし、ピードモントにも小規模とはいえ空軍があるのだ。船からの砲撃音とジェットのたてる咆哮の中では、考えることすらまともにできなかった。おまけにノルタからの砲撃が、その大混乱に拍車をかけているのだ。前方に見える砲台に砲撃の閃光が走る。普段は広場を取り巻く壁や、橋脚に隠れているが、今はもう違う。テルキーたちが砲台に立ち、その能力を使って正確に標的を探している。

生き延びることを目的として造られたこの街が、今その機能を全開にしていた。風が吹きはじめた。たぶん味方のウインドウィーバーたちが呼んだ風だろう。まだカルに忠誠を誓っているハウス・レアリスが、死力を尽くしているのだ。私たちのどこか背後で湧き起こった猛烈な風が、うなりをあげて広場に吹き荒れる。炸裂弾やミサイルがその風に進路を変えられ、川に落ちたり、霧の中に虚しく消えたりしている。吹き荒れる風の中、私はプトレイマスとレンを見失わないよう目を凝らした。けれど猛烈な風に兵士たちが身を寄せ合い、私たちもそこに押し込められてしまった。

私は歯を食いしばりながら、兵士たちの腕をかいくぐり、胴体や銃器を避けながらなんとか進んでいった。吹きつける風とひどい雨、そしてひしめき合う兵士たちのせいで、一歩踏み出すのもひと苦労だ。

私の手が、トリーの手首を覆う冷たい鎧に触れた。兄さんがその手を摑み、安全な自分のそばに引き寄せてくれる。私と同じように、レンも守られるように肩を抱かれていた。

ここからどうすればいいのだろう？

なんとかこの人波から抜け出さなくてはいけないが、広場を取り囲む壁や建物のせいでどうにもできないまま、私たちは一緒になって橋へと押し流されていった。離れたところにカルの姿が見えた。荒れ狂う嵐を背景に血のような赤の鎧をまとっている。彼は開かれたゲートの横、石造りの砲台から、兵士たちの群れを見下ろしていた。

狙ってくれと言わんばかりの間抜けな姿だ。

腕利きのスナイパーが狙おうと思えば、一キロ先からでも射殺できるだろう。

それでも彼は橋に押し寄せる兵士たちの士気を高めようと、大声を張りあげ号令をかけ続けていた。

橋を包む霧の中に、シルバーの兵士たちがどんどん消えていく。どこに消えていくのかは分かっていた。リズミカルに続いていた船の砲撃音が乱れている。万全の態勢でやってきたセンラとブラッケンの同盟軍を相手に、甲板で必死に戦っている兵士たちのことは、考えないようにした。

君たちふたりをまた敵戦艦に送り込み……。

カルの声が、頭の中に蘇った。後ろめたくなり、歯ぎしりする。私はこの戦いにも、川にも行かない。目の前の兵士たちとは一緒に戦わない。

今このチャンスを逃すわけにはいかないのだ。

「どんどん進むのよ！」私は、トリーにも聞こえろと念じながら叫んだ。もう宝物庫は背後にある。どんどん遠ざかっている。こうして背中を押されながら、私は呼吸もろくにできないまま、進みたくもないほうにぐいぐい押し流されていった。

パパに剝ぎ取られてしまったせいで鎧はほとんど残っていなかったが、私は残ったわずかな鎧を搔き集めて腕にまとい、丸い盾を作り出した。それを見たプトレイマスも同じように、滑らかな丸い盾を腕に着ける。私たちはそれを破城槌(づち)のように使い、能力と腕力を頼りに人混みを押しのけはじめた。ゆっくりと、しかし着実に、私たちの道が開けていく。

やがて、赤い鎧の人影が目の前に現れた。片手の上に炎の球が浮いている。

「何人連れてくつもりだ？」カルの声が、かすかに聞こえた。

私は目に入った水を払い、レンとプトレイマスを示した。「君の父上はどうだ、エヴァンジェリン。何人を連れて逃げる気か知っているか？」カルは視線を合わせたまま、大きく一歩前に出た。「誰が残っているのか、把握しなくちゃいけないんだ」

胸の中で、何かがぷつりと切れた。首を横に振る。最初はゆっくりとだったが、だんだんと激しくなっていく。

「知るわけないじゃない」

カルは無表情のままだったけれど、刹那、炎の球がわずかに大きく輝いたように見えた。彼がまた私と兄さんの心を探るように、私たちの顔を見回す。私は好きにさせておいた。

タイベリアス・カロアは、もう私の将来とは関係がないのだから。

ひとことも言わずに彼が横にどいた。兵士たちもそれに従う。広場に敷かれたタイルの地面が、私たちの前に広がる。

カルの前を通り過ぎると、その手が放つ温もりが亡霊のように、私の腕のそばに漂っているのを感じた。抱きしめられるのではないかと思った。カルはずっと他のシルバーたちとは違う、妙なところがある。私たちはカミソリのように鋭く、棘々しく育てられるけれど、カルは不思議と優しいところを持っているのだ。

私は抱きしめる代わりに、ほんの一瞬だけ彼の腕を取った。カルを引き寄せ、最後のひとことを囁くために。エヴァンジェリン・セイモスは、もう消えるのだ。冠も捨て、ハウスも捨て、色も捨てるのだ。まったく新しい誰かになるのだ。

「私が手遅れじゃないのなら、あなただって手遅れじゃないわ」

列車の座席に着くとライトがゆらゆらと瞬き、エンジンがうなりをあげて息を吹き返した。私はぼんやりと、この線路はどこまで続くのだろうと考えていた。モンフォートまでは、長旅になりそうだ。

33

メア

紫の髪にはまだ慣れない。

とりあえず、エラみたいに女の子らしくない。ジーサに頼んで、灰色になってしまった毛先のほうだけを染めてもらった。その髪を指でもてあそび、歩きながら見つめる。見慣れるものじゃないけれど、小さなプライドを感じた。私はエレクトリコンだ。そして、ひとりきりじゃないのだ。

アルケオンが最初の攻撃を受けてからメイヴンと大臣たちは、街の地下に広がる巨大トンネル網を爆破したり、水没させたりした。特に、多くのトンネルが集まる街の南端あたりは重点的に破壊された。どのトンネルも、キャピタル川の河口にあるネアシーの廃墟へと続いていた。デヴィッドソンは最初、この廃墟を根城にして攻撃すべきだと主張したのだけれど、私とファーレイは反対した。やがてメイヴンは〈スカーレット・ガード〉一掃のため、ネアシーを破壊し尽くした。そして〈スカーレット・ガード〉のまねをしてトンネルを作り、逃走用の列車を造ったのだ。そのトンネルがどこを走っているのかは分からなかったが、こうして進んでいれば、いずれ行き当たるんじゃないかと私は考えていた。

心の中のコンパスが、北を求めてぐるぐる回る。もちろん無駄だ。今は〈スカーレット・ガード〉が集めた、トンネル網についての情報に頼るしかない。そして、メイヴンも頼らざるをえない。馬鹿らしい話だけれど、街をだいぶ離れてしまった今、私たちにとってはあいつが最大の希望なのだ。

私たちのランプを浴び、メイヴンのシルエットが浮かんでいた。モンフォート軍に捕まったときに与えられた質素な服を、まだそのまま着ていた。洗いざらしのグレーのズボンとシャツ。生地はぺらぺらで、やたらとぶかぶかだ。おかげで実際よりも幼く、そして疲れきってやつれたように見えた。私は後ろに下がり、ファーレイを盾代わりにしてメイヴンから隠れていた。メイヴンの護衛も周囲を取り巻いている。レッドとニュー・ブラッド、ちょうど半々だ。全員たじろいだりせず、ホルスターの銃に手をかけている。タイトンはメイヴンから片時も目を離さず、そのすぐそばを歩いていた。おかしなことがあったらすぐ対処できるよう、抜かりはない。

私もだ。体が電線のようにびりびりしている。稲妻のせいじゃなくて、張り詰めた緊張感のせいだ。メイヴンの案内で街の北数キロにある作業用ハッチから地下に降りてからというもの、もう何時間も感じ続けている。

味方の軍も、ざわめきながら一緒に移動していた。暗闇を進む何千人もの足音が、トンネルの壁に響いていた。リズミカルに脈打つようなその音は、まるで私のあばらの中に響く心臓の鼓動みたいだった。

となりにはカイローンがいた。私に合わせて、少し歩調をゆっくりにしている。彼は私の視線に気づくと、小さな笑みを浮かべた。

私も笑みを返そうとした。カイローンは、ニュー・タウンで危うく死にかけた。この唇に彼の血が飛び散ったときの気持ちは、忘れられない。その記憶に、強烈な恐怖が湧き上がってくる。

カイローンは薄明かりの中、私の表情に気がついて、腕をつついた。「認めろよ、俺には生き残る才能があるってさ」

「その才能、涸れなきゃいいけどね」私は小声で返した。

能力と策略に長けてはいるものの、私はファーレイも同じように心配だった。もっとも、声に出して言う気はないけれど。

ファーレイは地上部隊の半分を指揮していた。〈スカーレット・ガード〉の兵士に加え、数ヶ月続いた反乱で集まった、ノルタ人の逃亡者のレッドたちも部隊には含まれている。もう半分はデヴィッドソンが率いていた。首相はファーレイに先頭を任せ、私たちに混ざって歩いていた。

前方で、トンネルが枝分かれしていた。片方は狭いが急な上りになっていた。古めかしい階段の間に、泥道の緩やかな上り坂が続いている。もう片方は今歩いているのと似たような広く平らなトンネルで、ほんの少しだけ傾斜していた。

メイヴンは分かれ道の手前でスピードを落とし、両手を腰に当てた。ぴったりとついてくる六人の兵士たちを見回し、愉快そうな顔をしてみせる。

「どっちなの?」ファーレイが命令口調で言った。

いつもの薄笑いを浮かべ、メイヴンは彼女を見た。顔に濃い影が落ち、氷のように冷たい光を放つ青い瞳が際立つ。メイヴンは答えなかった。

ファーレイがためらいもせず、彼のあごを殴る。トンネルの地面に銀の血が飛び散り、ランプの光にきらめいた。

私は、横に下ろした手を握りしめた。ファーレイがそうしたいならメイヴンをミンチにしたって構わないが、今はあいつが必要なのだ。

「ファーレイ」私は小声で呼びかけ、すぐに後悔した。

彼女が私を見て険しい顔をする。メイヴンがにやりと笑い、銀に濡れた歯を覗かせる。

「上さ」彼はそれだけ言うと、急坂を指差した。

私だけじゃなく、大勢がうんざりして小声で毒づくのが聞こえた。

狭いほうのトンネルはそれほど険しいわけじゃなかったけれど、それでも私たちのスピードは落ちた。メイヴンはそれを楽しむようににやにや笑いながら、何分かごとに後ろを振り向いた。上りトンネルが窮屈なものだから、さっきまでは十二列だったところを三列になって進まなくちゃいけなかった。緊張と動揺に包まれた兵士たちがひしめき合い、トンネルの温度はみるみる上がっていった。私のうなじに、大粒の汗が浮かぶ。むしろ全軍で首都に奇襲をかけたい気持ちだったが、こうするしかないのは分かっていた。カイローンは、中にはやたらと高くて傾いた階段もあり、私は足を取られてよろめいた。稲妻を呼んでやろうかと思ったけれど、やたらと急な階段を上るだけでも必死だった。

上り道はせいぜい三十分で終わったが、薄明かりと重苦しい沈黙の中で歩き続け、まるで数日も経ったような気分だった。カイローンすら無言になっている。兵士たちが作る長い列は、まるで黒雲にでも包まれたかのように怯えていた。いざ地上に出たら、そこで何が待ち受けているのだろう？

メイヴンのほうは見ないようにしていたが、気づけば前を行く彼の輪郭に目をやってしまう。岩壁の裂け目にでも身を躍らせ、逃げてしまうかもしれないか不安だった。だがメイヴンは足を止めようとすることもなく、落ち着いた足取りで歩き続けていた。

やがて道がまた平らになり、弧を描く壁と石の支柱が並ぶ広いトンネルと合流した。熱を帯びた肌に、空気がひんやりと冷たい。

「ここがどこか、君なら分かるだろう?」メイヴンの声が、私の耳元に響いてきた。片手を出し、地面の中心を指差す。

ランプの光を受け、二本の新しい線路が光っていた。列車にたどり着いたのだ。

私は生唾をのみ、喉元まで恐怖がせり上がってくるのを感じた。もうすぐなのだ。兵士たちが忙しく動きはじめた。みんなも分かっているのだ。ここからなら、ファーレイが率いる半数の兵士たちは、ひと息にホワイトファイアー宮殿へと、シーザー広場へと、そして西アルケオンの断崖へと向かうことができる。デヴィッドソン首相とスワン将軍率いる残り半数は川の下をくぐり抜け、まだ東アルケオンで活動中のパレス将軍と合流できるはずだ。作戦どおりにいけば、ここにいるのを誰にも気づかれないうちに、東西アルケオンを制圧できる。そうなればレイクランド軍は挟まれ、身動きが取れなくなるだろう。

しかし、カルは私たちと一緒に戦ってくれるだろうか? 戦ってくれるはずだ、と私は自分に言い聞かせた。他に選択肢はないのだから。

公式には、街をレイクランド軍の手に渡さないのが目標だ。最低でも、それは達成できる。そう、私たちにはできる。

となりのカイローンが私の緊張を察し、腕に触れた。いきなり感じる温もりに、私はまた身震いした。

意識の端で、私はふと違和感を覚えた。どこか遠くで電気がうなり、ざわめいている。妙なことに、街のある頭上ではなく、私たちの前方からそれは届いていた。しかも、着実に近づいてきている。

「何か来るわ！」私は叫んだ。

タイトンもそれを感じているのだろう、身をこわばらせていた。「避けろ！」と叫び、メイヴンを壁ぎわに押しやる。私たちも同じように、急いで壁ぎわに走った。音はもうはっきりと聞こえている。

エンジンがうなりをあげながら、猛スピードでこちらに向かってきている。緩やかなカーブを曲がって、ライトが現れる。私たちのランプに比べて目がくらむような強烈な光に耐えきれず、私は思わず顔をそむけた。

そして視線の先に、棒立ちになっているメイヴンの姿を見つけた。瞬きひとつしていない。

見覚えのある灰色の列車が飛ぶように走ってくる。速すぎて、中に誰が乗っているのかも分からない。それでもメイヴンは目を皿のようにして、飛ぶように過ぎていく窓をじっと見ていた。その顔をタイトンの髪よりも白くし、きつく唇を結んで、何度も生唾をのんでいる。メイヴンはほんの一瞬で落ち着きを取り戻したが、私にはその一瞬だけでじゅうぶんだった。

メイヴン・カロアは今、強烈に怯えているのだ。怯えるだけの理由があるのだ。逃亡を図るためにどんな計画を立て、どんな希望を胸に秘めていたのかは知らないが、あの列車とともにそれが消え去ってしまったのだ。

メイヴンは、顔から消えていく恐怖の表情を私がじっと見ているのに気づいた。かすかに顔をしかめ、私の全身をゆっくりと眺め回す。

自分のしでかしたことからは、逃げられないわ。

私は、大声で言ってやりたかった。

メイヴンにもしっかりとそのメッセージが伝わっていた。

やがて列車が見えなくなり、私の能力でも感じ取れないほど遠ざかると、メイヴンは震えるまぶたを閉じた。

たぶん、さよならを告げているのだと、私は感じた。


宝物庫までの白い螺旋も、列車のライトのようにまばゆかった。

タイトンはメイヴンの首根っこを捕まえていた。無理やり引きずるようにしてペースを速め、螺旋階段を上っていく。武器や装備を確認する音が、がちゃがちゃと響いていた。みんな銃を装塡し、刃を引き抜き、ボタンをかけ、バックルをきっちりととめている。私は少し身をかがめるようにして、腰につけた銃の不自然な重みを中和していた。上に行っても、私はたぶん銃なんて使わないだろう。ファーレイとは違う。彼女は後ろから続いてくる大勢の兵士たちに紛れるため、ジャケットを脱いで投げ捨てた。赤いコートを脱ぎ捨てたファーレイは背中にも腰にもホルスターをつけ、さまざまな銃をぜんぶで六丁、それぞれ用の弾薬、そのうえ無線機までぶら下げていた。さらにナイフを何本も装備している。ダイアナ・ファーレイの戦闘準備は万全だ。

どこか後ろのほうで、〈スカーレット・ガード〉の女兵士が叫ぶのが聞こえた。なんと言っているのかまでは分からなかったが、すぐに周囲の兵士たちがその言葉を口にしはじめた。それが雷鳴のように反響するのを聞き、私はさっきの女兵士がなんと言ったのかようやく理解した。

「立ち上がれ、朝日のように赤々と」

恐怖しているというのに、歪んだ笑みが唇に浮かんだ。

「立ち上がれ、朝日のように赤々と」

螺旋階段に、ときの声が響き渡る。

私たちは、走るようなスピードで地上へと進みだした。メイヴンもタイトンに引きずられている。ファーレイは大股で白い大理石の床を蹴りながら、楽々とそれについていった。

「立ち上がれ、朝日のように赤々と」

カイローンの声が、兵士たちに加わった。

私の鼓動に合わせ、頭上のライトが明滅する。

背後を振り向き、赤と緑、〈スカーレット・ガード〉とモンフォート軍を見回す。いろんな顔、いろんな肌、赤と銀の血……。みんなが声を合わせて空気を震わせている。拳や武器を突き上げている人もいた。全員が声をあげている。あまりの音量に、自分の声も聞こえないほどだ。

「立ち上がれ、朝日のように赤々と」

電気を……稲妻を……体に残るすべての力を呼び集める。私は将軍でも司令官でもない。地上で私が気にかけなくちゃいけないのは、私自身とカイローン、そしてファーレイのことだけだ。もっとも、余計なお世話だと言われなければの話だけど。他の人を心配する余裕なんて、私にはない。

そして、どこにいるかはともかく、カルだ。軍を率い、大軍を相手に無駄な戦いをしているのだ。ほぼ確実な破滅から街を守るために。

最初にタイトンが宝物庫の扉を抜け、メイヴンを引き連れたまま、土砂降りの雨の中に飛び出した。濡れたタイルで足を滑らせたメイヴンを、タイトンがしっかりと摑まえる。

「やれよ」メイヴンがうなだれたまま声を絞り出し、白い両手を差し伸べた。指が震えているのが見える。私と同じように、この道が続く先をあいつも知っているのだ。

背後では、ファーレイの隊が、〈スカーレット・ガード〉のスローガンを唱和し続けながら、どんどん広場になだれ込んできていた。じめじめとした霧が立ち込める中、赤と緑の軍服がくっきりと際立っている。私は、自分の宮殿から百メートルほどのところで震えている、堕ちた国王の姿に集中した。次々と響き渡る激しい銃声や爆発音も、まるで遠くから聞こえてくるみたいだ。

「やれよって言ったんだ」メイヴンがあざ笑った。タイトンを挑発しているのだ。いや、私をかもしれない。

頭上では、雷雲が渦巻いていた。稲妻の閃きを感じた瞬間、紫と白の稲光が――私たちの象徴が――空を切り裂いた。

私たちがここにいると、カルに伝えて。

「もう僕は用済みだろう？」メイヴンの顔を、雨水がしたたっていた。「さあ、終わりにしようぜ」ゆっくりと、彼がその目を私に向けた。悲しみか、それか敗北感が浮かんでいるはずだと思った私は、目を見開いた。

そこに浮かんでいたのは、氷のような怒りだったのだ。

「タイト――」私が口を開いたその瞬間、一発の炸裂弾が飛んできて、円柱が並ぶ宝物庫の壁に直撃した。

爆風で横に吹き飛ばされた私たちが、濡れてつるつるになった地面に倒れる。タイルで頭を打って、目の前にちかちかと星が躍った。立ち上がろうとしてまたよろめき、同じように目を回しているタイトンの上に倒れ込む。彼の手が私を床に押さえつける。すぐ頭上を炎の舌が舐めていく。

「メイヴン！」私は叫んだが、戦いの喧騒に掻き消されてしまった。銃声とミサイルや炸裂弾の爆発音、そのうえこの暴風雨では、小声で囁くのと大して変わらない。

下敷きになったタイトンが地面に肘をつき、起き上がろうと力を込めた。灰色の服と黒い髪の人影を探し、彼がきょろきょろとあたりを見回す。

私は転がり、毒づきながら膝をついた。編んだ髪の毛がほどけはじめている。紫色の髪は、やっぱり見慣れない。走ってきたカイローンが私のそばで立ち止まった。もう汗まみれで、顔をまっ赤にしている。

「逃げちまったのか？」肩で息をしながら、カイローンが助け起こしてくれた。

ようやく目まいが治まり、私はふらふらと立ち上がった。炎の一撃が来るのではないかと、筋肉を引き締める。いや、来るわけがない。メイヴンはそういうタイプじゃない。あいつは戦士じゃないのだ。

「逃げちゃったわ」私は吐き捨てるように言った。

追いかけていってもよかった。それとも、始まってしまったこの作戦を最後までやり遂げるべきだろうか。仲間たちの命をちゃんと守るべきだろうか。

私は意を決して無理やり振り返り、広場のゲートのほうを見た。そして、その向こうに延びる橋を。

「さあ、仕事に取りかかるわよ」

霧が立ち込めてはいるものの、橋を守る数百人の敵兵が見えた。下を走る川から、巨大な船首がいくつもそびえ立つように見えている。空では、黄色、紫、赤、青、緑、色とりどりの翼を持つジェットが、まるで互いの命を狙い合う鳥たちのように追い回し合っていた。川の向こうは完全に霧に閉ざされ、まるで見えなかった。ともあれ、ファーレイたちは無線機を持っているのだ。向こう岸のデヴィッドソンと連絡を取り合うことはできるはずだ。

私は手を伸ばしてタイトンの手首を掴み、引き起こした。自分に失望したように、彼が暗い表情で顔をしかめる。

「悪い」タイトンが、消え入りそうな声で言った。「チャンスがあるうちに、メイヴンの野郎を殺しちまうんだった」

私はさっと背を向けて、ファーレイのほうに歩きだした。「あっちに合流するわよ」空にもうひとつ、怒りの稲妻が走った。

霧の向こうで、青と緑の稲妻が応えるように光る。

「あいつら、渡りきったんだ」カイローンが遠くの光を見て目を丸くした。「レイフとエラのやつ。デヴィッドソンの部隊が成功したんだ」

メイヴンは逃したが、私の口元に笑いが込み上げてきた。小さな勝利が胸で弾ける。

「まあ、なかなかってとこね」

なかなかどころじゃない。

シーザー広場には、ノルタの中枢が集まっている。宮殿、裁判所、宝物庫、そして軍事司令部があるのだ。しかし首都のほとんどは川の向こう岸に広がっていた。こちら側のほうが要所と言えるけれど、東アルケオンはもっと大きくて人口も多いのだ。レッドもシルバーも住んでいる。カルの部隊が艦隊だけに集中していれば、その人々はレイクランドの攻撃を防ぐことはできないだろう。

周囲を動いていく兵士たちの中、ファーレイはまるで無表情な彫像みたいに立ち尽くして、橋を睨みつけていた。副官が大声で号令を発し、訓練どおりの隊列に兵士たちを並ばせている。半分がホワイトファイアー宮殿や軍事司令部のほうを向いて壁を作る。あそこにはまだカルたちがいるはずだ。もう半分は逆側、断崖から川のほうを向くか、橋の出口を固めた。

予定どおりの到着時刻だ。〈スカーレット・ガード〉とモンフォート兵が道を空け、私たちを通してくれる。タイトンはすぐさま敵艦隊に向け、まばゆく光る白い稲妻を次々と放ちはじめた。鋼鉄の海獣（リヴァイアサン）たちは、微動だにしなかった。マグネトロンでも、どうにもできないだろう。雲に青い雷光が走り、エラの稲妻が戦艦の舳先に命中する。金属が裂ける、ものすごい音が響く。私は目を細め、崖っぷちから川を見下ろした。数十メートルはあるはずと思っていたけれど、記憶よりもずっと近い。私はぎくりとした。きっと最大級の戦艦でもここまで来られるよう、レイクランド軍が水かさを上げたのだ。

「まだ水位が上がり続けてるわ」ファーレイが私のほうを振り向き、となりにスペースを空けてくれた。「逃げるとなっても、来た道はもう使えないわね」

私は唇を噛み、地下のトンネルのことを考えた。「浸水してるの？」

ファーレイは「ほぼ確実にね」とうなずいた。船と、橋にひしめく人影を見比べている。霧と一緒に、黒々とした煙が立ち上っていた。「どうやら時間どおりみたいね」

カイローンがとなりにやってきた。川じゃなく、橋に注意を向けている。見晴らしがいいここからは、カルの部隊の様子がよく見えた。橋を守るのではなく、橋から攻撃している。ストロングアームとアナベル配下のオブリビオン、そして他のシルバーたちが、スイフトたちと一緒にもう敵艦を襲っていた。ハウス・グリアコンの連中が先頭に立ってものを凍らせる能力を使い、小型の戦艦をしっかりと橋脚に氷漬けにしているのが見えた。

どの船にも炎が踊っていないのを見て、私はほっとした。普通の爆発以外は何も見えない。カル自ら降りて戦っているわけじゃないのだ。今のところは。

「あいつ、俺たちがここにいるの知ってるのか？」カイローンは、じっと橋を見つめたまま言った。

ファーレイが険しい顔をした。腰につけた無線機に手をかけている。「カルは今、ちょっとそれどころじゃないみたいね」

「あいつなら知ってるわ」私はつぶやいた。また空に、紫の稲妻が走る。あたりにはもやがかかっていた。まるで雲が、目の前で繰り広げられる戦闘を私たちから隠そうと降りてきたかのように。何発かのミサイルが宮殿をかすめて広場で爆発し、私はたじろいだ。

「メイヴンがいないようだけど」ファーレイは、私に体を寄せてきた。もやの中でも鮮やかに光る青い瞳が、私をしっかりと見つめている。「終わったの？」

私は、血が滲むほど強く唇を噛んだ。恥辱よりも、この痛みのほうがいい。彼女は私の戸惑いを読み取ると、さっと顔色を失った。

「メア・バーロウ――」

そのとき無線機が音をたて、ファーレイの怒りから私を救ってくれた。乱暴に受信機を取り、ファーレイが不機嫌そうに応じる。「こちらファーレイ将軍」

無線機から聞こえてきた声は、司令部の将軍でもモンフォートの将校のものでもなかった。デヴィッドソンでもない。

銃声のせいでとぎれとぎれだけれど、どこにいても聞き間違えようがない声だ。

「戻ってこないと思っていたよ」カルの声は、無線の電波のせいでぼやけ、遠くから響いてくるようだった。宙を走る電気は、無線にあまりよくないらしい。

　私は息をするのも忘れ、ファーレイから橋に視線を移した。霧に浮かぶ人影がひとつ、だんだんはっきりと見えてくる。がっしりした肩とから橋に視線を移した。私もよく知る力強い足取りが、こちらに近づいてくる。、私は根が生えたように立ち尽くしていた。

ファーレイが、無線機に向かい冷ややかに言った。「私たちのために時間を割いてくれて感謝するわ」

「なあに、それが礼儀だと思っただけさ」カルが答えた。

　ファーレイはため息をつき、橋の人影に向き直った。もう五十メートルくらいのところまで来ている。自分を取り囲んでいる衛士たちと一緒に、カルが足を止めた。衛士のシルバーたちは身をこわばらせて銃を構え、命令を待っている。カルが私たちに、こくりと頭を下げた。ファーレイは躊躇するように、小さく顔をしかめた。

「情勢は分かっていると思うけど、カル」彼女が言った。ファーレイ
　カルは「分かっているさ」と即答した。

　ファーレイは「それで？」と唇を嚙んだ。

　しばらく無線が乱れ、また彼の声がした。「メア？」

　私が手を出すよりも早く、ファーレイが無線機を押しつけてきた。

「ここにいるわ」私は橋にいる彼を見つめながら答えた。

「もう手遅れかい？」

数え切れないほどの意味を持つ質問だった。

紫、白、緑、そして青い閃光が雲を切り裂いた。霧を貫くほどの強烈な光に、一瞬、何も見えなくなった。私はまぶたを閉じると、全身から激しくほとばしるエネルギーに、思わず笑みを浮かべた。

稲妻が消える。私は無線機に向かって伝えた。彼が意味するすべての質問への答えを。

「まだよ」とだけ言って、ファーレイに無線機を返す。

階段を下りる私を、彼女は止めなかった。カルの衛士たちも道を空けてくれる。私はぼろぼろになった広場のゲートを抜け、歩いていった。

カルはアルケオン橋のたもとで立ち尽くしていた。昔と同じように私を待ち、私にペースを決めさせ、方向を選ばせ、決断を任せてくれる。すべてを私の手に委ねてくれる。

私は下から響いてくる戦いの喧騒を尻目に、一歩一歩進んでいった。何かが爆発し、ものすごい音が轟く。どうやら一隻の戦艦が、別の戦艦に衝突したようだ。私はほとんど気づかなかった。

ほんの一瞬だけの抱擁だったが、それでじゅうぶんだった。私はしっかりと体を押しつけて、できるだけ長く彼を抱きしめながら、その温もりを、私に押し当てられているがっしりとした体の感触を味わっていた。煙と血、そして汗の臭いがする。彼は私の背中に腕を回して肩のあたりを掴み、胸元に引き寄せてくれた。

「もう冠は要らないよ」頭の上で、カルの声がした。

「やっとそう思ってくれた」私が囁いた。

同時に体を離し、目の前の混乱に顔を向ける。それ以上余計な時間などなかったし、私はもう頭の中がいっぱいだった。

カルは私の肩に片手をかけたまま、また無線機を手に取った。「将軍、確かヴォーロ・セイモスと彼の兵士たちが、まだ軍事司令部にいるはずだ」私は広場の端に立つ巨大な建物に目をやった。「背後にも目を配っておいたほうがいい」

「了解、そうするわ」ファーレイが答えた。「他には？」

彼女は今の助言を部下たちに大声で伝えた。カイローンとタイトンは、まるで衛士のように彼女のそばにいた。

「僕たちは現在、川を封鎖しようとしているところだ。敵戦艦が方向転換できなくしてしまえば……」

「逃げることもできない」私は続きを言って、混乱に包まれた東西アルケオンを見渡した。

ミサイルが黒いインクみたいな尾を引きながら弧を描いて飛び、爆発する。

カルの部隊と空軍からの攻撃を受けても、レイクランド艦隊は大したダメージを受けていないように見えた。私の見ている前でエラの雷がまた弾ける。だが目にもとまらぬ速さで大波が立ちはだかると、向かってくる稲妻から戦艦を守ったのだった。電気を吸い込んだ波が不気味な光を放ち、何ごともなかったかのようにまた川に戻っていく。きっとセンラ王妃の力だろう。もしかしたら、娘も協力していたかもしれない。自分の能力を楽しげにひけらかす連中はいくらでも見てきたが、あんな光景を見せつけられたのは初めてだ。

カルは険しい顔つきで、私と一緒に眺めていた。「船をなんとか沈めなくちゃいけないが、ああして川に居座られたんじゃ、どんな攻撃をしても効きはしない。今できるのは、街の被害を最小限に食い止めることだけだ」また次の砲撃が防がれるのを見ながら、カルがいまいましげに言った。「でも、敵の弾薬だって、いつまでももつわけじゃない。そうだろう?」

私は砲撃をしている艦隊を睨み、鉄の装甲に視線を走らせた。「誰かテレポーターを呼んで。レロランのオブリビオンとエヴァンジェリンを船に送り込むの。何箇所かに穴を開けさせるのよ」

「エヴァンジェリンはもういないよ」

「でもさっきヴォーロはまだ軍事司令部にいるって……」

カルはなぜか、妙に誇らしげな顔をしてみせた。「彼女はチャンスを見つけ、それを摑んだのさ」

すべて置き去りにして、ここから逃げ去るチャンスを……。どこに逃げていったのかは、ほとんど想像しなくても分かった。そして、誰と逃げたのかも。カルと同じように、私も誇りと驚きが入り混じった、奇妙な気持ちになった。

「あの列車だわ……」私は、ほとんどひとりごとのように言い、薄笑いを浮かべた。上出来じゃない。

思わず、胸の中で言う。

カルは、不思議そうに眉間に皺を寄せ、「え？」と言った。

「トンネルの中で、メイヴンが逃走用に用意した列車が走ってくのを見たの。きっとエヴァンジェリンのしわざだったんだわ」私は答えた。あいつの名を口にすると胸がずきりと痛み、私は顔をしかめた。口に酸っぱい味が広がる。「そういえば、メイヴンもここに来ているのよ！」私は慌てて大声を出した。

周囲の温度が何度か上がった。愕然としたカルがぽかんと口を開ける。「メイヴンが？」

私はうなずいた。熱気が頬をちりちりと焼く。「私たちを街まで案内してきたのよ。あなたに報復するためにね」

カルはうろたえながら、片手で顔をなでた。「まったく、礼を言いそびれて残念だよ」

ようやく口を開き、余裕の笑みを浮かべようとする。「それでどうなったんだ？」

嘘をついてもしかたがなかった。「逃げられたわ」

カルは目をぱちくりさせた。またミサイルが一発、轟音を響かせて飛んでいった。「冗談を言っているときじゃないぞ、メア」

私はうろたえ、視線を落とした。冗談なんて言ってない。

カルの手首で炎のブレスレットが光った。彼がそこから炎の球を作り出す。怒り、驚き、そして苛立ちにさいなまれながら、カルはその炎を橋の外に放り投げた。霧を焦がしながら、炎の球が消えていく。

「つまり、あいつはこの街のどこかにいるんだな?」カルは、吐き捨てるように言った。

「そいつはいい」

「カイローンとファーレイを頼むわ。私があいつを探してくる」私は急いで彼の腕に手をかけた。指が触れた鉄の装甲が、まるでオーブンにでも入っていたかのように熱い。

カルはそっと私の手を払った。もう一度広場を振り返り、歯ぎしりをする。「いや、僕が行く」

しかし、素早さならカルに一度も負けたことがない。私はさっと彼の両手をかわすと、彼と広場の間に立ちふさがった。彼の胸に手のひらを当て、腕一本の距離でカルを止める。

「あなたにはちょっとお仕事があるでしょう?」私は眼下の艦隊をあごでしゃくった。

「ちょっとだけさ」カルがいまいましげに言う。

「私なら決着をつけられるわ」

「ああ、分かってる」

温かな鎧に触れる私の手に、彼が自分の手をそっとかぶせた。

その瞬間、何かが衝突し、足元で橋が大きく揺れた。何度も続けざまに大きな揺れが襲ってくる。それもあちこちからだ。上からも、下からも。ミサイルや炸裂弾が飛んでくる。ものすごい大波が橋脚を乗り越え、私たちがいるところまで届いてくる。私はなんとか倒れないように踏ん張っていたが、重い鎧をまとったカルはバランスを失い崩れ落ちた。

もう、どちらが上なのかも分からない。

石と鋼鉄で造られた三層構造のアルケオン橋が中央に向けてゆっくりと陥没し、沈下していく。なぜそんなことになっているのかは、考えるまでもなかった。また爆発が起こり、橋が激震した。瓦礫が外に向けて吹き飛び、中央橋脚と一緒に崩落していく。

私はよろめきながら立ち上がろうとしているカルの腕を摑んだ。引きずり起こしたかったが、鎧が重すぎて無理だった。

「誰か！」と叫び、衛士たちの姿を探す。

アナベルの一族、レロランの兵士たちが駆けつけ、カルを引き起こした。だが、橋は断末魔の咆哮をあげながら、どんどん崩落のスピードを上げていた。

足元の舗道が崩れて十メートル下の第二層に叩きつけられ、私は悲鳴をあげた。横腹を激しく打ちつけたその瞬間、苦痛が蜘蛛の巣みたいに全身へと広がった。私はあえぎ、仰向けになろうとしながら、自分の周囲を見回した。

橋から逃げろ、橋から逃げろ。

頭の中で、何度もそう繰り返す。

カルがひざまずき、片手を私のほうに伸ばしているのが見えた。私を掴むためじゃない。止めるためだ。

「動いちゃ駄目だ！」彼が叫び、手を大きく広げる。

私はあばらを押さえたまま立ち上がりかけ、固まった。

カルの目だけがやたらくっきりと見えた。強烈な恐怖をたたえ、瞳孔が黒く、大きく開いている。

艦隊からの砲撃が、まるで地獄の雨のように降り注いでくる。もう他の音なんて何も聞こえなかった。

砕け、崩れ落ちていく。

「カル――」

私たちの足元で、すべてが崩れ去っていく。

34

カル

まるで石のように僕は落ちていった。

動きづらいばかりでなんの役に立ったこともない偉そうなこの鎧は、荒れ狂う川への数十メートルの落下から僕を守ってなんてくれないだろう。鎧は僕を助けられないし、僕には彼女を助けられない。何か摑まるものを求めて僕は手をばたつかせたが、指の隙間を霧が抜けていくだけだった。叫び声すらあげられない。瓦礫と一緒に落ちていきながら、衝撃に備えて体を丸めた。もしかして、溺死する前に衝突して死ぬのだろうか。まったく大した慈悲だ。

自分に向けてぐんぐん上ってくる波をよそに、僕はメアを探そうとした。

誰かの腕が僕の体に回った。あまりにきつく締めつけてくるせいで、息もできないほどだ。視界がぼやける。意識を失いそうだ。

いや、これは違う。

霧と崩壊する橋が消え、暗闇にのみ込まれながら、僕は叫び続けた。全身がこわばり、張り詰める。何かに衝突した瞬間、全身の骨が粉々に砕けると思った。

だが僕は、まったくの無傷だった。

「王様があんなふうに叫ぶなんて知らなかったぜ」

ぱっと目を開くと、転がる僕をカイローン・ウォレンが見下ろしていた。青白い顔に親しげな笑みを浮かべている。彼が差し出した手をありがたく握り、引き起こしてもらった。緑色の軍服を着たモンフォートのテレポーターが、小さく肩で息をしていた。メイヴンと同じくらい小柄な彼女が、僕にうやうやしく頭を下げる。

「ありがとう」助かったのだと理解しようとしながら、僕は礼を言った。

「命令に従っただけです、陛下」彼女が肩をすくめた。

「何回味わっても慣れる気がしないわ」少し離れたところでメアが言った。膝立ちのまま、起き上がれないようだ。まっ青な顔をして、少し唾を吐く。

彼女を助けたモンフォートのテレポーター、アレッツォは、いたずらな笑みを浮かべてメアを見下ろしていた。「もうひとつの方法のほうがよかった？」

メアは呆れ顔をしてみせた。ちらりと僕を見て、立たせてくれといった顔で両手を差し出す。カイローンが片手を、僕がもう一方を取り、ふたりで立ち上がらせた。メアは何かしないと落ち着かないのか、血の赤をした〈スカーレット・ガード〉の制服についた土埃を払い落とした。顔には出さないが、僕と同じくうろたえているようだ。何度経験しても、死の淵ぎりぎりから救い出されるなんて、絶対に慣れるものじゃない。

「何人落ちたの？」メアは、地面に視線を落としたまま訊ねた。

僕は唇を噛んで周囲を見回した。レロランの兵士たちが何人か、僕たちのように立ち上がろうとしていた。しかし、テレポーターに救えたのはそれだけだった。僕の兵士たちは橋に数百人、下にはもっと大勢いた。彼らの運命を思うと、胃が締めつけられた。歯を食いしばりながら自分の居場所を確かめると、僕たちはまたシーザー広場の端に戻ってきていた。ファーレイの部隊は断崖を固めつつあった。その向こうに目をやると、アルケオン橋の残骸が見えた。まん中で崩壊し、その下に荒れ狂う川が見える。レイクランドの戦艦が一隻立ち往生していた。嵐で折れた大木のような橋脚が鋼鉄の船体に直撃し、その重みで沈みかけている。さすがのレイクランド王妃たちでも、どうすることもできないほどの重さなのだ。

立ち込める霧のせいで橋の向こう端は見えなかったが、できるだけ多くの兵士たちが無事にそこまで逃げ延びてくれているよう祈った。最初から軍と呼べるほど大勢の兵士はおらず、失われた命のひとつひとつが、僕の両肩に重くのしかかってくる。もうその重みに押しつぶされそうになっているというのに、戦いはまだまだ続くのだ。

メアがよろめきながらとなりで立ち上がり、僕と同じ方角を見つめた。一瞬だけ僕の手に指を絡ませ、名残惜しそうにほどく。「あいつを探さなくちゃ」彼女が囁いた。

そんな危険をメアだけに負わせるのは嫌だったが、どうしようもなかった。ナナベルと、同じ一族のジュリアンを戦場に置き去りにするわけにはいかないからだ。ふたりともアルケオン防衛の備えが万全でないうえに、あのダイアナ・ファーレイと共闘しなくてはいけないのだ。

「任せたよ」僕はメアの腰に触れた。重いため息をつき、かすかに彼女を押す。弟の元へ。殺すために。「あいつを消してくれ」

本当ならば僕がやるべきだ。その覚悟を持っているべきだ。

しかし、耐えられなかった。あいつを殺す重みが僕には耐えられなかった。メイヴンを殺すなんて。

歩きだしたメアにカイローンが付き添った。僕は目を閉じ、長く震える息を吸い込んだ。

何度あいつにさよならを告げればいいのだろう？

何度あいつを失えばいいのだろう？

「川を見ろ！」誰かの怒鳴り声が響いた。

ぱっと我に返り、直感に身を委ねた。僕は長い間、戦士として、将軍として訓練されてきた。目の前の戦場も、ずっと先の戦場も見ることができるように。すぐに街の全図を頭の中に思い描いた。中央を、今はレイクランド艦隊に封鎖されているキャピタル川に分断されたアルケオンの街を。現在僕たちは向こう岸から切り離され、移動手段はテレポーターたちだけだ。どのくらいの人数がいるのかは分からない。だが、もしレイクランド軍が橋から断崖の上の僕たちに攻撃対象を移したりしたら、とても太刀打ちできないくらいの数しかいないだろう。

ファーレイは長いライフルを肩から下げ、まだ持ち場についていた。両目を双眼鏡に押し当てて、微動だにせず下を見ている。立ち込める霧と煙でシルエットになり、まるで彫像みたいだ。

「水位はまだ上がっているか？」僕はもっとよく見ようと彼女のとなりに行くと訊ねた。ファーレイは下を見つめたまま、僕に双眼鏡を手渡した。

「上がってるわ、それもさっきより速くね。下流を見てみなさい」そう言って、親指で南を指す。

彼女が言っているものは、すぐに見つかった。激しくうねる白波が近づいてきている。レイクランド軍が、さらに海水を呼び寄せているのだ。川の水がみるみる盛り上がり、高さ六メートルはあろうかという無敵の盾になる。見る限り、水位は最低でも十メートルは上がっているが、これからまた一気に上がろうとしている。

〈スカーレット・ガード〉が守りを固めているとはいえ、崖はもうもちそうになかった。

ミサイルが命中するたびに、断崖がどんどん崩れ落ちていくのだ。僕は身をかがめて腕を上げ、降り注いでくる瓦礫を防いだ。ファーレイは首だけを動かして避けている。

「ジュリアンがサラ・スコノスと一緒に、兵舎で怪我人を診ている。怪我人をそこにやったほうがいい」数人の兵士たちが血まみれの顔でこちらを向くのを見ながら、僕は言った。

「アナベルは？」ファーレイが言った。無理に平静を保っている。

「軍事司令部だ」

「セイモスといるの？」

僕は口ごもった。戴冠式の前にエヴァンジェリンから聞いた話を思い出した。ジュリアンとアナベルはセイモスを殺害し、リフトを排除しようと企てている。そして、彼の死体と引き換えに休戦させようとしているのだ。もしそれで済むのなら、僕にもナナベルを止める気はない。

「たぶんね」僕はなんとかそれだけ答え、話題を変えた。「君の作戦は？」僕の知るダイアナ・ファーレイは、なんの考えもなしに攻撃をするような女じゃない。もしかしたら、大逆転のトリックを隠し持っているかもしれない。特にデヴィッドソンのような誰かの援護と、そのうえ〈スカーレット・ガード〉全軍がついているのだから、なおさらだ。「何かあるんだろう？」

「かもね。あなたはどうなの？」ファーレイが訊き返してきた。

「今は敵艦隊の動きを封じているところさ。退路を防ぎ、もしかしたら砲撃をやめさせられるかもしれない。でもあのニンフの王妃たちは、水上じゃ無敵ときてる」

「そうかしら？」ファーレイは目を細めて僕の顔を見た。「ハーバー・ベイでアイリスにびびらされすぎたんじゃないの？」

そのことは思い出したくもなかった。押し寄せる波の重みに、想像を絶するようなスピードで海中に引きずり込まれたのだ。「かもしれないな」

「じゃあ、お返しをしてあげなくっちゃね」

「分かったよ。オブリビオンとテレポーターを何人か用意する。それで――」

彼女がさっと手を振って遮ったので、僕はたじろいだ。却下されてうろたえ、顔が上気する。

「そんなの要らないわ」ファーレイは顔をそむけた。無線機を手に取ってつまみをひねり、どこかの回線にチャンネルを合わせる。「首相、そっちはどうなってる？」

デヴィッドソンの返事が聞こえた。背後に銃声が響いている。「しっかり持ちこたえているよ。ピードモントの連中が崖を奪おうとしたが、我々がいるとは思わなかったんだろう。追い返してやったよ」

紫と金をまとったピードモント兵たちがニュー・ブラッド部隊にやられ、崖から落ちていく姿を想像した。

「そちらの様子はどうかね、将軍?」デヴィッドソンが続けた。

ファーレイはにやりと笑った。「話が分かるほうのカロアが一緒にいるわ。バーロウは、もう片方を追っていったところよ」

「首相」僕は無線機に話しかけた。「部下のシルバー数百人が橋に展開し、下の艦隊と戦闘を続けているんだ。援護できないか?」

「もっといい方法がある。部下を水辺から引き上げさせるんだ。私のテレポーターたちを送る」首相が答えた。

「私のもよ」ファーレイが答えた。「激戦になる前に、できるだけ多くの兵士を退避させるわ」

僕はわけが分からず彼女の顔を見た。「こちらの艦隊に増援が出るのか?」

ファーレイのにやにや笑いが大きくなった。「まあ、そんなとこね」

「隠しごとをしてる場合じゃないだろう?」

「どうやら、私たちにどんな力があるのか忘れてるみたいね」彼女がおかしそうに笑った。戦闘と破壊を背景に笑う彼女を見て、私はますます妙な気分になった。「水位がたっぷり上がるまで待たなくちゃいけなかったのよ。ニンフの王妃たち、本当によくがんばってくれたわ」

僕はまた川に視線を戻した。水かさはどんどん上がって船に打ち寄せ、舳先はもう下の断崖にまで到達している。もう少し上がれば僕たちにもその姿をまっすぐに捉え、こちらに向いている全砲門まではっきりと見えるようになるだろう。なぜファーレイたちは、そんな状況を待っているのだろう？

彼女は楽しそうに、困惑する僕を見つめていた。「よかった。こっちの戦術を見てくれる気になったのね、カル」

「確実な戦術なら、だ」僕は答えた。「間違いないんだろうな」

ファーレイの笑顔が消えた。気分を害したわけじゃない。おそらくは驚いたのだ。初めて優しい手つきで彼女が僕に触れた。同情のこもった指先が、僕の肩をなぞる。

「もう王様は要らないわ、カロア」

「ああ、王様は要らない」僕は繰り返した。

ファーレイの声、ミサイル、戦艦、水、傷ついた兵士たちの悲鳴……。すべての喧騒が消え、母さんの声が聞こえた。

カルは他の子たちとは違う将来を歩むのよ。

母さんは僕に、父さんと違う道を歩んでほしいと願っていた。これまでの一族の者たちと違う人間になってほしいと思っていた。けれど、国王になってほしいとも思っていた。

僕は、自分の選択を母さんが喜んでくれるよう願っていた。

「王様といえば……」ファーレイがつぶやいた。表情がさっと変わる。背筋を伸ばし、広場を突っ切る人影を指差す。「あれは――」

霧の中、人影がまとう黒いマントがはためき、鏡のように完璧に磨き上げられた鎧に覆われた手足が見えた。足早に歩いていく男の前から兵士たちが飛び退き、道を空ける。男は足を緩めもせず、崩れかけた橋に踏み込んだ。

「ヴォーロ・セイモス……！」僕は息をのみ、歯ぎしりした。あの男が何をする気か知らないが、こちらのために働くとは到底思えない。

だが彼は、どんどん危うくなっていく橋の上を足も止めずに歩いていった。波に押し上げられた敵艦隊は、もう足の下にまで迫っている。それでもヴォーロは立ち止まろうとしなかった。

崩れた橋の縁に差しかかっても……。

ファーレイが息をのんだ。ヴォーロがゆっくりと虚空に吸い込まれ、ゆっくりと落ちていく。霧の中、黒いマントとつややかな鎧が見える。

僕は、鋼鉄の甲板に激突する彼を見ていられず、顔をそむけた。

広場の向こうに祖母が見えた。決意を固めたように立ち尽くしている。戦闘服が赤とオレンジに輝いている。ひしめく兵士たちの向こうから、祖母はじっと僕を見ていた。

そのとなりで、ジュリアンががっくりとうなだれていた。

人を殺したのは、これが初めてのはずだ。

35

アイリス

「次の波が来れば、船から地面に降りられるようになるわ」母さんはそう言ってブリッジを出ると、外の空気に身を晒した。叩きつけるような雨が剝き出しの顔を伝う。私は衛士たちと一緒に、母さんのすぐそばをついていった。母さんは喉元までしっかりと鎧をまとい、黒とコバルト・ブルーの装甲で全身を包んでいた。失敗は許されない。流れ弾がほんの一発でも母さんに命中すれば、私たちの侵略は失敗に終わってしまうのだ。

「落ち着いて、母さん」私は、母さんに体をくっつけるようにして囁いた。「敵が私たちを防げるのも、ほんのわずかな間だけよ」

そう願わずにはいられなかった。タイベリアス・カロアはレッドもシルバーも含め、国民たちを裏切り国をめちゃくちゃにした。そうして、せっかくあの邪悪な弟からぶん取った玉座に就くチャンスを、自分で放り投げたのだ。

アルケオンは落ちる。それも、すぐにだ。

私は川の両側にそびえる断崖を見上げた。どちらの上も煙と霧に包まれている。空に奇妙な色の稲妻が走るのを見て、私は自分の結婚式を思い出した。あの日、レッドの化けものと山国の裏切り者たちが、アルケオンを襲撃した。もっとも、今の私たちのようにうまくいったわけじゃなかったけれど。川の水は船の周りに押し寄せ、船首を愛撫（あいぶ）している。能力を全開にし、波のうねりをじっと感じ取り続けた。

壊れたアルケオン橋がすぐ頭上に見える。まだ崩れ続けている。瓦礫がばらばらと川に落ちていく。私は片手を上げると、自分に向かって落ちてくる大きなコンクリートの塊を、水の腕を動かして弾き飛ばした。すぐにまた岩が落ちてきた。奇妙に回りながら金属の輝きを放ち、私たちがいる甲板めがけて一直線に落ちてくる。

私はまた波を呼ぼうと手を出したが、母さんがその手首を摑んだ。

「そのまま落としなさい」落ちてくる岩を見たまま、母さんが言った。

ほんの数メートル離れたところに落ちてきて、ようやく私はそれが人間だったのに気がついた。手脚がぴくぴく痙攣し、頭蓋骨がメロンのようにぱっかりと割れ、白と銀の中身を甲板にぶちまけている。鏡の鎧は骨みたいに砕け、ところどころ衝撃で粉々になっている。死体は、背の高い男のものだった。ぐしゃぐしゃに潰れた顔に生えたひげを見るに、どうやら歳を取った男らしい。体を、黒いマントが覆っていた。銀の縁取りがされている。

この色は、知っている。

とつぜん、戦いが夢のように彼方へと遠ざかった。視界の隅で世界がぼやけていてく。私にはもう、目の前でひしゃげているこの男しか見えなかった。冠をかぶってはいない。顔すら失っている。

「リフト王国のヴォーロ・セイモスも、これで一巻の終わりね」母さんがそう言って、男のなきがらを見下ろした。足を使ってマントをはだけさせ、顔色ひとつ変えず、頭蓋骨の残骸を転がす。

私は見ていられずに顔をそむけた。胃の底から吐き気が込み上げる。「アナベル皇太后との取引は完了だわ」

死体を調べながら、母さんが大きく舌打ちをした。黒い目が王の屍の上を、舐めるように滑っていく。「あの女、これで街と孫を守れると思っているのね」

私は意を決し、またセイモスに視線を戻した。血なんて見慣れている。新たな死体ひとつくらい、別にどうってことない。

この男のせいで父さんは死に、国は王を、母さんは夫を失った。

こんな終焉を迎えるのも、当然の報いだ。しかし、なんてむごい最期なのだろう。

「馬鹿な女」私は怒りを感じながら、アナベル・レロランと、そしてこの侵略を止めようとして彼女が仕組んだ愚かな企みのことを考えた。成功するわけがない。それだけのことを、すでにしてしまったのだから。

母さんは満足して死体から離れ、さっと手を振って合図した。ふたりの兵士たちが、甲板からセイモスを片付けるというおぞましい作業に取りかかる。引きずられていく死体が、まるでペンキみたいに銀の血をべっとりと甲板に残した。

「愛する者のためになら、私たちはみな馬鹿になるのよ」母さんは体の前で両手を組み、楽しげに言った。足を止めず、ひとりの将校に目をやる。「東西アルケオンを等しく警戒せよ。決して敵軍から目を離すな」

将校はうなずき、母さんの命令を全艦隊に伝えるため、司令ブリッジに戻っていった。レイクランドとピードモントの全戦艦が命令に応え、渓谷に向けて砲撃を開始する。断崖で爆発が起こって煙が上がり、建物や岩石が瓦礫となって落ちてくる。少し間を置いて、両断崖の敵から砲撃が返ってきたが、大した規模じゃなかった。敵の銃弾が次々と鋼鉄の船体に跳ね返され、川に消えていく。

母さんは残忍な笑みを浮かべて見守っていた。「水位がじゅうぶんに上がったら敵の前線を崩壊させるわよ。そうすれば楽々と街に入れる」

下甲板には何千人という兵士たちが、いつでも飛び出し、どんな敵であろうと制圧してやろうと待機している。

強烈な風が、空を飛ぶジェットの轟音を引き連れて舞い込んできた。ノルタ空軍の存在だけは、敵の有利なところだ。今やピードモント空軍は数が減っているし、私たちの空軍部隊はかなり小規模だ。私たちにできるのはせいぜい、嵐を使ってそれを食い止め、わずかなジェットを飛ばして艦隊から敵の気をそらさせたりすることくらいだった。ともあれ今のところ、どうやらそれがうまくいっているようだ。

タイベリアスは愚かにもノルタ兵たちをこちらの艦隊にまで降ろしていたが、これを押し返すのはそう難しくはなかった。ストロングアームやスイフトが相手だろうと、ハウス・オサノスのニンフたちは、水を自分たちの味方につけられるのだ。いや、私たちの味方に。

「連中、船から引き上げていくわ」私は誇らしい気持ちとがっかりした気持ちを同時に感じながら、母さんのほうを向いた。ノルタ兵め、しっぽを巻いて逃げ出すほど私たちが怖いのだ。「まあ、残兵ばかりだけれどね」

レイクランド王妃がつんと顔を上げ、堂々たる君主の顔になる。「撤退し、最後の反撃をするつもりね。面白い」

刹那、私はシーザー広場を堂々と歩いていく母さんの姿を想像していた。かつては私を閉じ込めていたきらびやかな牢獄へと続くあの階段を上り、ハウス・カロアがついに手放した玉座に就く母さんの姿だ。すべての戦いが終わったら、母さんは女帝になるのだろうか？　いや、そんな想像は早すぎる。まだ戦いに勝ったわけじゃないのだ。

自分の心を鎮めようとする。鼻を突く煙の臭いとセイモスの血は、ちょうどいい錨だった。深く息を吸い込み、その臭いで自分の感覚を包み込んでいく。自分の内なる怒りを捨て去り、セイモス王と一緒に消してしまいたかった。けれどその怒りはまだ胸の奥に残り、心に喰らいついていた。父さんは死んでしまい、どんな玉座を、どんな冠を用意しようと、二度と戻ってきてはくれないのだ。どんな復讐をしたところで、この苦痛を消すことなんてできはしない。

私はもう一度深呼吸をして、下の川面に集中した。川は神の使いなり。すべての祝福と呪いを運んでくる。いつもならば、そう思うと心が落ち着いた。そんな力のすぐそばにいるのだと思うと、私ですら謙虚になった。けれど今の私には、神の存在がまったく感じられなかった。

その代わり、他の何かを感じていた。

「母さんも感じた？」私は、母さんのほうをぱっと振り向いた。体じゅうの神経が、不安に張り詰める。まるで鎧がきつくなったように感じる。これはいったいなんだろうか……水中のこれは……。

私の不安を読み取りながら、母さんは眉間に皺を寄せた。強烈な能力を駆使し、私を怯えさせているものの正体を探るべく波間を探っているのだ。私は息をするのも忘れ、母さんがなんでもないと言ってくれるのを待った。気のせいだと、間違いだと言ってくれるのを。

母さんが目を針のように細くした。とつぜん、背中に流れ込んでくる雨がまるで氷のように冷たく感じられた。

「次の波が……？」母さんがつぶやき、そばにいた将校にぱちんと指を鳴らした。ノルタから寝返ったシルバーだが、まだレイクランドの青い軍服では落ち着かないようだ。「オサノス！」母さんが大声で言った。「貴兄のニンフたちは、もしやまた波を――」

「そんな命令はしておりません、陛下」将校がぶんぶんと首を横に振った。

私は唇をぎゅっと噛んだ。水中を移動する巨大な物体を、まだ感じ続けていた。もちろんどこかに押し出そうとはしてみたのだが、とにかく重すぎる。「まさか、鯨でも来たというの……？」私は、そんなわけはないと思いながらつぶやいた。

母さんは、ぴりぴりした表情で首を振った。「もっと大きくて重いものよ。それに、ひとつだけじゃない」

とつぜん、目がくらむようなライトがいくつも点灯し、警報が響き渡った。

「衝撃に備えろ！」船員が怒鳴り、何かにつかまるよう合図をする。

母さんは私の腰を抱き、力強く引き寄せた。艦隊の下を移動するたくさんの何かを感じ取りながら、ふたりで恐怖する。これは機械だ。きっと私たちがまったく知らない、軍事兵器に違いない。

最初に攻撃を受けたのは、艦隊の中央あたりに浮かぶ戦艦だった。金属が引き裂かれる轟音をたてながら、急激に船体が傾いていく。水位線より下で爆発が起き、泡と金属片が宙に飛び散る。ピードモントの船が炎を上げる。火薬庫にそれが移り、船体の前半分が吹き飛ぶ。焼けるような爆風が吹きつけてきたが、私は顔をそむけることができなかった。ものの一分もせずに沈んでいく戦艦を、恐怖に固まりながら私は見つめていた。あの中にはいったい何人の兵士たちがいるのだろう。

私たちの乗った旗艦が大きく揺れた。船底に何かが衝突したのだ。

「押して、アイリス。押すのよ！」母さんが叫び、私を船べりのほうに押し出した。自分も身を乗り出して両腕を外に突き出す。母さんの意思に従って水が蠢き、波が逆巻きだす。私もすぐ一緒に、水を操りはじめた。船底にぶつかった何かを押しのけようと、必死に押し続ける。けれどそれはあまりにも重く、あまりにも大きかった。しかも、エンジンを備えている。

旗艦を守ろうと必死になるあまり、私は周囲の艦隊が大混乱に陥っているのにもろくろく気づかなかった。何隻かの船がパニックを起こし、命令もなしに引き返そうとし、沈みかけた鉄の船体の間を進んでいる。額からどっと噴き出した汗が雨に流され、口に入り込んできた。舌に刺さるようなその味にうろたえ、集中できなくなる。

「母さん」私は呼びかけた。

返事はなかった。母さんは未知の敵兵器を自ら掴み出そうとしているかのように、指を鉤爪のように曲げて両手を突き出していた。小声で毒づいている。荒れ狂う風のせいで、何を言ったのかまでは聞き取れなかった。

また空が光り、青い稲妻が襲ってきた。防ごうとしたが間に合わず、稲妻がとなりの戦艦に命中した。水を蒸発させ、肉を焼き、甲板を吹き飛ばす。兵士たちが悲鳴をあげ、死の稲妻から逃れようと川に飛び込んでいく。そしてあっという間に、荒れ狂う波にのまれていく。

「母さん！」今度は怒鳴った。

歯ぎしりしながら、母さんは呪いの言葉を吐いていた。「あのレッドども、水中を進める船を持っていたんだわ。船と武器を」

「止めることはできないの？」

嵐の黒雲と突如変わった私たちの運命に翻弄されながら、母さんの目がぎらりと光った。前触れもなく、いきなり両手を下ろす。「大勢を犠牲にしない方法はないわ。そして確実な方法もね」呆然としたように、ぶつぶつと言う。

私は、必死に母さんの体を揺さぶった。「断崖を上って陸に上がらなくちゃ。戦えばまだ勝てる――」

背後から衛士たちが来た。ぴりぴりと張り詰めた顔で、母さんの命令を待っている。

母さんは無視して、私の顔を見た。「本当に？」妙に静かで、妙に無表情な声。まるでずっと眠っていて、今起きたばかりみたいな声だ。

冷たく濡れた手で母さんは私の背中を叩き、私の背後に広がる甲板をじっと見つめた。私も振り向いてみたけれど、鉄の甲板に残ったセイモスの血が黒ずみかけているのが見えるだけだった。私たちが果たした、ささやかな復讐。雨にもそれは洗い流せない。神様もこの痛みを癒やすことはできない。

また別の船が攻撃を受けて沈没していくのが見え、私はひるんだ。「これで終わってしまうの？」声に出し、つぶやく。

母さんが、私と指を絡ませた。

「終わってしまう？」ぎゅっと私の手を握り、母さんが低い声で言う。「そんなこと……終わりになんてさせやしない。ひとまず、あなたを生きたままここから連れ出すわ」

私は今日初めて下流を、退路を振り返った。急激な戦況の変化にくらくらしながら生唾をのむ。まるで体を切り開かれているみたいだ。

でも今は、死か敗北かを選ぶしかない。

「帰りましょう」

36

メイヴン

何日もずっと囚われの身として過ごし、炎のブレスレットを取り上げられ、静寂の石に苦しめられてきた。今の僕に炎は、喉を干上がらせた者が口にする水よりもずっと強烈に染み渡った。炎が僕の内側を舐め、恋人のキスみたいに体をなぞり、肌の表面で弾ける。強烈に猛ったその炎に、むかつくエレクトリコンが後ろ向きに吹き飛ぶ。メアも一緒に吹き飛び、ふたり揃ってシーザー広場の硬いタイルに背中から叩きつけられる。

それ以上メアには一瞥(いちべつ)もくれず、僕は追手を防ぐ壁代わりに炎を残してその場から逃げ出した。新たな炎を生み出しそれで自分の拳を包み、全力で燃やし続ける。広場を突っ切り、僕は生まれて初めてというくらい必死に走り続けた。僕はカルと違って素早さも力もないが、恐怖が僕を震えさせ、そして大胆にさせていた。アルケオンを包む混乱は僕にとって有利だった。それに、宮殿を知り尽くしているのだって、言うまでもなく大きい。このホワイトファイアーはかつて僕の家だった場所だ。忘れるわけがない。

いきなり到着した何百という〈スカーレット・ガード〉にカルたちはすっかり気を取られ、まだレイクランドを迎え撃つべく部隊を編成し直しているところだった。それでも僕は、顔を下げていた。髪を顔にかけ、あまりにも知れ渡ったこの顔を隠していた。

この兵士たちは僕の部下だった。今でもそうあるべきだ。

頭に響く声が、僕の声から母さんの声に変わっていく。

連中はひとり残らず愚か者だわ、と母さんがあざ笑う。母さんの亡霊がこの肩に触れ、逃げていく僕の背筋を伸ばそうとするのが感じられるみたいだった。

あなたを追い落とし、あのいまいましい根性なしが玉座に就くなんて。これで王朝は終わりだわ。私たちの時代が終わってしまうのよ。

母さんは間違ってはいない。ずっと前から、完全におかしいことを言っていたわけじゃないのだ。

お父様に今のあなたを見せてあげたいわね、カル。あなたが何者になり、お父様の国をどんな目に遭わせたのかを。

願いや後悔は山ほどあるけれど、たったひとつ、深く胸をえぐるものがあった。父さんは死んでしまったけれど、最期までカルを愛し、カルを信頼し、カルの偉大さと完璧さを疑いもしなかった。あのふたりの思いどおりにさせるべきだったんだろうか。それとも何か手を打って、完璧な息子が実はどんな失敗作なのか、父さんに分からせるべきだったんだろうか。

でも、母さんがああしたのにはちゃんと理由があったのだ。母さんは、いちばんよく分かっていた。

未来をひとつ、選択肢からはずしただけの話だ。ジョンが言う、死んだ未来を。

また近くでミサイルが爆発し、僕はさっきみたいにその混乱に身を隠した。煙や炎を隠れみのにして進んでいく。レッドのネズミどもがうろちょろしている今、宝物庫のトンネルに戻るわけにはいかない。でも線路に降りる道は――誰にも知られずアルケオンを脱出する道は――他にいくつもある。僕がいちばん確実に憶えている道は、ホワイトファイアー宮殿の中にある。僕はできるだけ急ぎながら、宮殿への道を進んでいった。

くそ……。

僕は毒づいた。あの列車泥棒は、今ごろのんびりと走っているころだろう。まあ、線路沿いに歩いていくことはできる。もう暗闇なんて、すっかり慣れっこだ。あとほんの数キロ歩くくらい、どうってことない。

そうとも。僕はずっと、染みついたように消えてくれない暗闇に包まれた気持ちで生きてきた。どこに行こうとも、暗闇はついてきた。

しかし僕はどこに行くというんだ？　どこかに行き場所はあるんだろうか？

僕は追い落とされた王であり、人殺しであり、裏切り者だ。すべての人々の敵なのだ。でレイクランド、モンフォート、そして自分の祖国……どこに行っても殺されるだろう。でもそれも当然だ、と走りながら胸の中で言う。ありとあらゆる苦痛に満ちた千もの方法で処刑されても、しょうがないくらいの行いをしてきたのだ。

背後に置いてきたメアのことを想像した。広場でよろよろと起き上がり、僕を追いかけようとしているだろうか。そして兄さんは、愚かしいほどの勇敢さでこの街と、僕から盗み取った玉座を守り抜こうとしているのだろうか。見慣れたホワイトファイアーの階段を飛ぶように駆け上がりながら、僕はそんなふたりの姿を想像して笑った。弱まって消えかけていた炎をまた燃え上がらせ、手を包み込む。

広場は大混乱だったが、宮殿の中は人っ子ひとりいなかった。戦闘に加わっていない貴族や廷臣たちはきっと宮殿の奥深くで自分の部屋に閉じこもっているか、もう逃げ出してしまったんだろう。どちらが正解かはともあれ、エントランス・ホールに響くのは僕の足音だけだった。自分の心音と同じくらい慣れ親しんだ場所を、僕は進んでいった。

まっ昼間とはいえ、窓がどれも霧や煙でふさがれているせいで、廊下は暗くひんやりとしていた。外の戦闘の影響を送電網が受けているせいで、電気は不規則に明滅を繰り返している。これは好都合だ。灰色の服を着ている今、宮殿内の影から影へと身を隠すことができる。子供のころはそうやって、飾り棚の陰やカーテンの裏側に隠れ、みんなの様子をスパイしたり、盗み聞きをしたりしたものだ。もっとも当時は母さんのためじゃなく、ただの好奇心でやっていたのだけれど。

カルも時間があるときには、一緒にそうしてスパイごっこをしてくれた。そうじゃないときには僕が授業をサボった罰を受けたりしないよう、先生たちに僕は病気だと嘘をついてくれた。そうした思い出はどれも消えないけれど、あのころお互いに抱いていた気持ちや絆は、今はもうほとんど完全に消え去ってしまった。母さんの手で切り裂かれたか、あの力で取り除かれてしまったのだ。もう誰にも、元に戻すことなんてできやしない。

どんなにあいつががんばっても、方法を探しても、僕を助けたがっても無駄だ。気分が悪くなり、僕はそんな想像を頭から追い出した。

玉座の間の扉は、思っていたよりも重かった。自分の手で開けたこともないなんて、笑える話だ。いつも、テルキーの衛士かセンチネルがここに立っていた。僕は情けない気持ちになりながら、両開きの扉の片方を肩で押し、なんとか滑り込めるくらいに細く開けた。

僕が使っていた〈静寂の石〉の玉座はなくなっていた。カルしか知らない場所に、運び出されてしまったのだろう。父さんが使っていた、炎をかたどるダイヤモンド・ガラスの玉座がまた置かれている。父さんの象徴だったきらめく巨大な玉座に、忍び笑いが漏れる。

そのとなりに、椅子がふたつ置かれていた。片方はジュリアンの、もう片方は僕たちの祖母の椅子だ。ふたりを思い出し、口元が引きつった。あのふたりさえいなければ、カルがここまで来られることは絶対になかった。あの蛇女、アイリスも、僕を引き渡したりはしなかったはずだ。

あんな女、自分の能力に首を絞められて、川で溺れ死ねばいいんだ。

いや、むしろ焼け死ねばいい。水の神様ならばあの女に真逆の罰、炎の苦しみを与えるだろう。もしかしたら、アイリスとカルが殺し合ってくれるかもしれない。一度はそうなりかけたくらいなのだ。

そのくらいの望み、持ってもいいじゃないか。

玉座の左にある小さめのドアは、国王の私室へと続いている。その先に書斎や面会室、そしてあの会議室もある。ずらりと棚が並んだ細長い部屋に足を踏み入れたとたん、またライトが明滅し、僕は薄暗がりに包まれた。背の高い窓がずらりと並び、灰色で虚ろな中庭が見渡せた。窓を数えながら、足早にその前を通り過ぎていく。

ひとつ、ふたつ、三つ……。

四つ目の窓で立ち止まり、今度は棚を見る。上から三段目……。

カルも本の整理をする時間がなかったようだ。僕はほっとした。いや、それともここ十年の経済的変動を記した革張りの学術書に偽装された隠しスイッチに気づかなかったのだろうか。

軽く引っ張ると背表紙が前に飛び出し、本棚の奥に並んだ歯車が動きだした。そして本棚が扉のように開き、壁の奥に細い階段が姿を現した。

手に燃やしている炎を松明代わりに階段を下りはじめると、背後でまた本棚が閉じた。漆黒の闇に、じめじめとした空気が淀んでいる。慎重に階段を踏みしめながら、僕はそれを吸い込んだ。この階段はもともと昔使われていた使用人用の通路で、もうずいぶん長いこと放置されているのだが、まだ宮殿の地下に通じている。そこから宝物庫だろうと軍事司令部だろうと、はたまた裁判所だろうと、シーザー広場周辺ならどこにでもアクセスできるのだ。先祖たちはこうした地下通路を、いざというときの避難路として作ったらしい。作った彼らも、とっておいた僕も、先見の明があるというわけだ。

やがて階段が終わり、荒削りの石で造られた、ゆったりと下る地下通路に出た。深くゆっくりと呼吸をしながら、僕はそこを歩いていった。頭上ではまだまだ戦いが続いている。もしかしたら、本当に逃げきれるかもしれない。

そう思った瞬間、前方で何かがちらちらと光った。炎のようだが、さざ波のようにゆらゆらと揺れている。僕は速度を落とし、足音を殺した。また深く息を吸い込むと、水の匂いがした。

くそ、あのレイクランド人ども……。

道は前方で黒々とした水に浸かり、消えてしまっていた。水面に、僕の手に燃える炎が映っている。壁を殴りつけたい気持ちをこらえ、僕は歯ぎしりしながら毒づいた。構わずに進んでいくと、やがて足首まで水に浸かった。体の芯まで冷えきってしまいそうだ。進むにつれて水はどんどん深くなっていった。僕は怒りに震えながら引き返し、土の地面を蹴りつけた。小石がいくつか飛び、水面に波紋が広がった。もう一度毒づいてから、僕は今来たほうに引き返しはじめた。

苛立ちが体の中で燃え盛り、顔までその熱で火照りだす。他の階段から、別の通路に行ってみるんだ、と胸の中で言う。けれど、その通路がどうなっているかは想像がついた。どうせまた逃走できないよう、水浸しになっているに違いない。

急に両側の壁が迫り、僕を押しつぶそうとしているような気がしてきた。知らず知らず早足になる。足取りが怪しくなるにつれ、炎が弱まっていく。やがて、駆け上がるようにして階段を上りきると、僕は部屋の中に転げ出て新鮮な空気を吸い込んだ。

トンネルが使えないとなれば、壁を越えるしかない。なんとかして乗り越えて西に向かうのだ。なんとか、この顔をごまかさなくては。気持ちを集中させて考えなくてはいけないというのに、心は恐怖にすっかり麻痺してしまっていた。すべき仕事、街からの脱出のことだけを考えなくてはいけないというのに、まったく考えがまとまらないのだ。食料、地図、そして物資がいる。地上を歩くなんて、本当ならば自殺行為だ。追跡され、殺される。メアも兄さんも、もし生き残っていれば絶対にそうするだろう。

何か使えるものが見つからないかと、僕はまず書斎から漁りはじめた。特にあのブレスレット、炎のブレスレットだけは探し出さなくては。カルがどこかにスペアを隠し持っているかもしれない。しかし、かつては僕のものだった机の引き出しを片っ端から開けてみても、何も見つからなかった。ふと、鋭いペーパーナイフが短剣のように薄明かりを反射しているのが目にとまった。それを手に取り、父さんの肖像画を斬りつける。ずたずたに切り裂かれても、父さんはまだ燃えるような目で僕を睨みつけていた。僕はその目を見ていられず、ペーパーナイフを握りしめたまま背を向けた。

次は寝室だ。蹴破るようにしてドアを開ける。しかし、中を見た僕は困惑して立ち尽くした。ノルタ王のために用意された豪華な寝室のはずが、家具も肖像画も取り払われ、完全にもぬけの殻になっていたからだ。カーテンも、カーペットすらない。適当な掃除用具が転がっているだけだ。

カルはここを使っていなかったのだ。僕の気配が残っているからだろう。臆病者め。

僕は、血が滲むほど強く壁を殴りつけた。

あいつがいったいどこを自分の部屋にしていたのか、見当もつかなかった。この居住区画には何十という部屋があり、すべてを調べる時間なんてとてもありはしない。必要なものは、街の外で盗むほうがよさそうだ。火打ち石と鉄があれば、ブレスレットを使わなくても火花を作り出せる。どうにかすれば、そのくらいは手に入れられるだろう。

と、いきなり視界の端が霞んだ。激しい心音と一緒に、その霞みがどくどくと脈打っている。僕は首を振ってその嫌な感覚を追い出そうとしたが、無駄だった。頭の中に、まるで頭蓋に食いつくような痛みが走る。トンネルのときと同じように、壁がぐんぐん迫ってきているような感覚に襲われる。窓が割れて全身をぼろぼろに切り裂かれるんじゃないかと思った。

僕はふらつき、よろめきながら、玉座の間に引き返していった。

それしかないのよ、メイヴン。

足を滑らせる僕に、母さんの声が響いてくる。いつでもそうだ。撤退も降伏も、母さんは決して僕に許してはくれなかった。エラーラ・メランダスは絶対に譲らない人だが、死してなお、同じように僕を操ろうとしているのだ。鋭い頭痛がまるで蜘蛛の巣のように、頭いっぱいに広がっていった。

頭上でライトがまた点灯した。強烈な明るさだ。電流が強すぎるのだ。

ひとつひとつ電球が弾け、背後の磨き上げられた床に割れたガラス片がばらばらと落ちてくる。頭上で大きな音をたてて電球が割れたので、僕は必死に身をかわした。

白い閃光を立てながら、電球は次々と割れていった。

白い閃光と、そして紫の閃光を。

僕が細く開けたドアの先に、じっと落ち着き払ったメア・バーロウが立ち尽くしていた。隙間からするりと玉座の間に入り込み、ドアを閉める。僕たちだけを閉じ込め、玉座の間は密室になった。

「もう終わりよ、メイヴン」メアが囁いた。

僕は玉座の間の奥に向かって必死に駆け出すと、通常は王妃たちのために用意された区画に逃げ込んだ。ここには僕の命令で、ある仕掛けが加えられているのだ。誰もいい顔はしなかったが、やっておいて正解だった。

素早さはメアのほうが上だけれど、彼女はゆったりと僕を追ってきた。僕に取りつくようにして、嘲っているのだ。その気になれば、一瞬で追いつけるのに。いや、狙いすました稲妻の一撃で、感電死させることだってできる。

まあいい、追ってこいよ。メア・バーロウ。

あとドアひとつだ。他の連中には無理でも、僕には生き延びることができる。

失敗はしないよ、母さん。

僕は笑みを浮かべて振り返った。戸口を挟んでメアと向かい合いながら、暗い部屋のさらに奥へと後ずさっていく。小さな窓がひとつだけあり、そこから差し込むかすかな明かりが部屋を満たしていた。グレーと黒のチェックみたいな模様がついた壁を照らしていた。グレーの部分が鈍く光っている。銀の血が筋になり、何本も残っている。アーヴェンの血だ。銀の血だ。

〈静寂の石〉の力を感じ、メアは戸口で戸惑った。みるみる顔色を失っていく彼女は、冷たい灰色の光を浴び、まるでシルバーになったみたいだった。僕はどんどん後ずさっていった。次の部屋に向けて。次の廊下に向けて。僕のチャンスに向けて。

メアは僕を止めようとはしていない。

じわじわと忍び寄る恐怖に、生唾をのんでいる。その傷をつけてやったのは、この僕だ。能力を封じ込め、鎖でつなぎ、生ける屍(しかばね)にしてやったのだ。この部屋に入れば、メアも僕を失うことになる。盾もなくす。勝ち目も怪しくなってくる。

握りしめたペーパーナイフが、ずしりと重くなった。

落とせ。放り出して逃げるんだ。

メアを生き延びさせるんだ。

いや、殺してしまえ。

簡単な選択だ。でもそれを下すのが、なぜこうも難しいのだろう。

僕はしっかりと床を踏みしめた。

そして、ナイフを握る手に力を込めた。

37

メア

この部屋は棺だ。私を体ごとのみ込む石の棺なのだ。戸口に立っただけで、もう死んだような気分になった。メイヴンに聞こえるほど、心臓が激しく脈打つ。

離れて立っているというのに、メイヴンはまるで目の前で眺め回すような目つきで、私をじろじろと見つめた。全身に満ちた恐怖に脈動する首の血管を、じっと見ている。私は稲妻を呼び寄せようと手を動かした。だが、紫色をした弱々しい稲妻が浮かび、すぐに消えていくだけだった。〈静寂の石〉の力は、それほどまでに強いのだ。

弱い光を受けて、メイヴンの手の中で何かがきらめいた。ナイフだ、と私は思った。刃は薄く短いが、鋭く尖っている。

私は腰に手を伸ばし、タイトンがしつこく押しつけて持たせてくれた拳銃を探った。けれど、ホルスターはなくなっていた。きっと橋が崩落するあの大混乱で、なくしてしまったのだ。私はまた息をのんだ。完全に丸腰になってしまった。

メイヴンも、それを知っている。彼が残忍な笑みを浮かべた。「おいおい、僕を捕まえる気だったんじゃないのかい？」と、いたずらな子犬のように首をかしげてみせる。

白く邪悪な歯を剝き出し、

「こんなことさせないで、メイヴン」からからに干上がった口を開いても、しゃがれた声しか出なかった。

メイヴンは軽く肩をすくめた。灰色で質素な服が一瞬、シルクと毛皮、そして鋼鉄の装束に見えた。もう国王ではないが、誰もそれを彼に教えていないのだろう。

「何もさせちゃいないよ」メイヴンは、国王の威風を声に滲ませた。「わざわざ苦しみに来ることなんてないんだ。そこに突っ立ってても、背を向けて引き返してもいい。どっちだろうと僕には同じことさ」

私はさっきよりも大きく息を吸い込んだ。忘れようもない〈静寂の石〉の記憶が、まざまざと蘇ってくる。

「あんたをこんなふうに殺したくないのよ」私はメイヴンを脅すように、低い声で言った。

「こんなふうにって、つっ立ってじろじろ見てるだけじゃないか」彼がせせら笑った。

「おっと、怖い怖い」

けれど、そんなふてぶてしい態度を取っても意味なんてない。メイヴンをよく知る私には、彼の言葉の裏がよく見える。傲慢な態度に滲んだ本当の恐怖が。彼の視線がさっきよりも素早く走った。私の顔じゃなく、足元を探っている。私が足を踏み出したら、すぐに逃げ出す気だ。

ナイフを持ってはいても、メイヴンも丸腰同然だった。

私はゆっくりと、〈静寂の石〉の牢獄に足を踏み込んだ。震えも襲ってこない。

「怖くて当たり前だわ」

驚いたメイヴンが、倒れそうになりながらよろめき、後ずさる。しかしすぐに体勢を立て直すと、ナイフをしっかり握りしめ、進んでいく私に向けて構えた。私の動きに合わせ、彼がまた後ろに下がる。決してお互いから視線をはずすことなく、私たちはゆっくりと死のダンスを踊る。瞬きすらしない。微妙なバランスを取りながら、狼たちがひしめく巣の上で綱渡りをしている気分だった。ひとつ動きを間違えば、下に落ちて牙の餌食になってしまう。

いや、もしかしたら私がその狼なのかもしれない。

あいつの目の中に、私が見えた。そしてエラーラが。そしてカルが。この世界の終末にたどり着くまでにしてきたすべてのことが。人を騙し、人に騙された。人を裏切り、人に裏切られた。人を傷つけ、数え切れない人々に傷つけられた。メイヴンは私の目の中に、いったい何を見ているのだろう?

「何も終わるもんか」メイヴンは低い声で、静かに言った。その声にジュリアンと、唄うようなあの声を思い出した。「僕の死体を世界じゅう引きずり回したって、何も終わりになんかなりゃしない」

「かもしれないわね」私は歯を見せて笑った。メイヴンの努力も虚しく、私たちの距離がじわじわと縮まっている。私のほうが素早いのだ。「私がいなくなったって、レッドの夜明けはもう止まらない」

メイヴンがいびつな笑みを浮かべた。「なるほど、僕にも君にも代わりがいるってことか。ふたりとも、もう用済みってわけだ」

私は大声で笑った。そんなふうに気にしたこと、一度もない。「使い捨てにされるのなんて、もう慣れてるわ」

「その髪、僕は好きだよ」彼の視線が私の肩にかかる、茶色と紫の髪の毛をなぞった。私は答えなかった。

最後の切り札なのは見え透いていたけれど、胸がちくりと痛んだ。その言葉に乗せられた無知な少女を、私がまだ憶えていたからだ。

「まだ逃げられるさ」メイヴンは私を誘うように、優しげな声で言った。「一緒にね」

あざ笑ってやりたかった。ふたりで過ごすこの最後のひとときに、与えられるだけ多くの苦しみを与えてやりたかった。だけど私は心の片隅が、完全に消えてしまった少年を想って深く傷つくのを感じていた。そして彼を救おうとして救えなかった、もう片方の兄弟を想い、心からの悲しみを感じていた。そんな目に遭わなくてはいけないことなんて、何もしてはいないのに。

「メイヴン」私はため息をつき、首を横に振った。この人には、まったく何も見えていないのだ。「あんたを最後まで愛してくれる人は、今この部屋にはいないのよ。外にいるんだから。でもその人へと続く橋を、あんたは燃やし尽くして灰にしてしまったのよ」

メイヴンは死者のように黙り、骨のように白くなった。氷のような目すら、ちらりとも動かない。私がまた一歩を踏み出して手の届く距離に入っても、メイヴンは気づいた様子すらなかった。握り拳を固め、身構える。

ゆっくりと、彼が瞬きをした。その目には、何もなかった。

メイヴン・カロアは空っぽだ。

「よく分かったよ」

メイヴンはそう言って私の喉を狙い、ものすごい速さでナイフを突き出してきた。とっさに飛び退き、その切っ先をかわす。彼は無言のまま、ナイフを振り回しながら向かってきた。頭より先に体が反応し、私は次々と攻撃を避けていった。スピードはこちらが上だ。私はメイヴンの攻撃に合わせて両腕を突き出し、禍々(まがまが)しい輝きを放つ小さなナイフを持つ彼の手首を掴んだ。

私にあるのはこの両手と両足だけだ。ナイフを寄せつけないようにしているせいで、私の攻撃もほとんど届かない。足をかけて転ばせようと、体をひねる。だが、メイヴンはさっとジャンプしてその足をかわした。私の背中が彼から丸見えになる。最初のミスだ。メイヴンが私の肺を狙い、ナイフを突き出す。さっと避けたつもりが、脇腹を長く切り裂かれてしまった。熱く赤い血が流れ出し、あたりに鉄くさい臭いが漂う。

一瞬、メイヴンが謝るんじゃないかと思った。私に苦痛を与えることを、本当は楽しんでなどいないのは分かっていた。けれど、彼は容赦しなかった。そして、私もそれは同じだった。

体に広がっていく痛みを無視しながら、私はメイヴンの喉笛を殴りつけた。呼吸ができなくなった彼がよろめき、膝から崩れ落ちる。私はもう一度拳を振りかぶり、今度はそれをあごに叩き込んだ。メイヴンは虚ろに目を見開いて衝撃で横に倒れながら、あたり一面に銀の血を吐き出した。ナイフさえ持っていなければ、この腕を首に巻きつけ、あいつの体が冷たくなるまで絞め上げていただろう。

その代わり私は飛びかかると全体重をかけてメイヴンの動きを封じ、その手に握られたナイフをもぎ取ろうとした。あごを割られながらもメイヴンが吠え、私を払いのけようともがく。

私に残された武器は、歯しかない。

指に食らいつき、一気に骨まで歯を立てると、口の中に毒々しい銀の血の味が広がった。メイヴンの咆哮が苦痛の悲鳴に変わる。〈静寂の石〉の効果だろうか、私にはその悲鳴がいっそう恐ろしく聞こえた。

私は食いついたままその指を引き剝がし、無理やりナイフをもぎ取った。私の血と彼の血――赤と銀の血――でナイフはぬめっていた。

いきなりメイヴンが片手で私の首を絞め上げてきた。ためらいもなく、私の体から空気を絞り出していく。彼は体重の利を活かして私を仰向けに振り落とした。そして膝を私の肩に喰い込ませ、ナイフを持つ腕の動きを封じた。もう片方の膝が鎖骨にのしかかる。彼がつけたあの烙印の真上に。膝の圧力に猛烈な痛みが広がり、狂おしいほどゆっくりと骨が砕けていくのを感じた。

今度は私が悲鳴をあげる番だ。

「僕だってがんばったんだよ、メア……」メイヴンの冷たい息が顔にかかる。私はまだ苦しくて、空気を求めてあえぐことしかできなかった。視界がぼやけ、ぽつぽつと斑点が浮かび、もう私を見下ろす彼の目しか見えなくなった。あまりにも青く、あまりにも冷たく、人間とは思えないほどに虚ろな目だ。炎の王子の目なんかじゃない。これはメイヴン・カロアじゃない。あの少年はいなくなってしまった……消えてしまったのだ。生まれたときの彼はもう、一緒に埋葬してはもらえないのだ。

彼に鷲摑みにされた首で血管が破裂し、首に激痛が走った。ほとんど何も考えられないまま、私はまだナイフを握っている自分の手だけに意識を集中させた。腕を上げようとするが、メイヴンの重みのせいで上がらない。

これで終わりなのだと思ったとたん、涙が込み上げてきた。稲妻を出すこともできない。私は、シルバーの王冠のもと踏み潰されてきた無数のレッドたちと同じように、ただのレッドの女として死ぬのだ。

首を摑んだメイヴンの手から力が抜けた。いや、逆にさらに首の筋肉をきつく絞め上げられ、首の骨が折れてしまったのかもしれない。世界がぼやけていく。視界に浮かぶ斑点が、腐食のように黒々と広がっていく。

それでもメイヴンは、さらに身を乗り出してきた。かすかに、じわじわと、折れた鎖骨に体重をかけてくる。だが、肩に乗せた膝は軽くなってきていた。

今なら腕が動かせる。

私はもう、何も考えなかった。夢中で刃をメイヴンに向け、思い切り突きだした。彼の目から光が消える。

悲しげな目だった……。

そして、満たされたような目だった。

まぶたを閉じたまま、私は舌が膨張したような強烈な感覚に襲われていた。体じゅうぼろぼろなのに、そんなことが気になるなんて。唾をのもうとすると、喉に激痛が走った。その痛みに体をこわばらせながら、私は毛布に包まれた手脚を動かしてみた……私は今、どこにいるのだろう?

「おいおい、サラがやりにくいじゃないか」カイローンの声が、耳のそばで聞こえた。汗と煙の臭いをさせている。「できるだけじっとしててくれよ」

「うん」私はしゃがれた声を出した。それだけで、味わったこともないような苦痛が走る。

カイローンが、くすりと笑った。「それと、喋るなよな。我慢すんのも大変かもしれないけどよ」

いつもなら殴ってやるか、臭いから近寄るなとでも言ってやるか、どちらかだ。しかし今はおとなしくまぶたを閉じ、痛みをこらえながら口を閉じていたい気分だった。サラがベッドの周りを動きながら、私の左半身に手を触れている。

その優しい手が首に触れた瞬間、脇腹の切り傷がなくなっているのに私は気づいた。もう何も感じない。

彼女が私の頭を傾けさせ、痛いというのに無理やりあごを上げさせる。私は顔をしかめて小さくうめいた。カイローンは私を安心させようと、手首を握ってくれていた。サラの能力があざも腫れも包み込み、痛みがどんどん引いていった。

「声帯は、思ってたほど悪くないみたい」サラがじっくりと言った。まるでベルの音色のような、とても愛らしい声だ。舌を切られて長年過ごしてきた彼女を見れば、きっとその間の分まで喋ろうとするに違いないと思う人もいるだろう。けれどサラ・スコノスは相変わらずほとんど喋らず、注意深く言葉を選びながらぽつぽつと話すのだった。「これならすぐに治せるわ」

「急がなくていいよ、サラさん」カイローンが言った。

私はぱっと目を開き、にやにや笑っている彼を睨んでやった。

天井のライトはまぶしかったが嫌なまぶしさじゃなく、診療所にありがちなどぎつい蛍光灯とは違った。瞬きをしながら、自分の居場所を確かめる。そして、自分が診療所や兵舎ではなく宮殿にいるのだと気づいて驚いた。ベッドがふかふかで部屋がこんなに静かなのも当然だ。

部屋の様子がよく見えるよう、カイローンがスペースを空けてくれた。私は彼の手を握れるよう、腕を動かした。「まったく、相変わらずぶらぶらしてるのね」もう喉の痛みも軽くなり、ちくちくするくらいにしか感じなかった。こんな痛みではもう、私を黙らせておくことなんてできやしない。

「余計なとこに首を突っ込まないようにしてるのさ」カイローンが、私を安心させるように、手に力を込めた。

サラの指先が私の首で踊り、優しい温もりで包んでくれていた。

「やっと誰かがあんたに分からせてくれたのね」私は笑った。

「まあ、ずいぶん時間かかったけどな」と彼も笑う。

その笑みも、くつろいだ態度も、力みの抜けた両肩も、たったひとつのことを意味していた。

「つまり私たち、勝ったの？」私は信じられない気持ちでため息をついた。本当の勝利とはどんなものなのか、想像もつかない。

「完勝ってわけじゃないけどな」カイローンは片手で顔をこすり、わざわざ綺麗なところにまで汚れを広げた。「〈スカーレッド・ガード〉の潜水艇、マーシヴにびっくりして、レイクランド艦隊は必死で海に逃げ出したんだよ。たぶんお偉いさんたちが、まだ停戦の説得をしてるとこじゃないかな」

私は体を起こそうとしたが、サラの手にそっと押し戻された。

「降伏じゃなくて？」身動きが取れず、私は横目でカイローンを見た。

「そうなるかもね。でも誰も俺に、大したこと教えてくれないんだよ」カイローンは肩をすくめ、気さくにウインクしてみせた。

「停戦は、終戦とは違うわ」私は歯を食いしばり、一年後あたりに戻ってくるレイクランド軍を想像した。「あいつら、きっとまた――」

「今くらいは、生きてる喜びに浸ってたらどうなんだよ？」カイローンがおかしそうに頭を揺らしながら笑った。「今だって、街を綺麗にするために力を合わせてるんだぜ。シルバーとレッドがさ」さも誇らしげに、彼が胸を張る。「キャメロンも父親と一緒にこっちに向かってるってよ。カルに協力して、労働者の待遇改善をするんだと」

待遇改善。ちゃんとした賃金。いかにもカルらしい話だ。もう国王ではなくなり、国を治める力も失ったというのに。

私はゆっくりと、治療を続けるサラに目を向けた。すぐそばの彼女からは、その手と同じくらい癒やされる匂いがしていた。まるで洗いたてのリネンみたいな、さわやかな香りだ。灰色の目で私の首をじっと見ながら、彼女は最後のあざを癒やしていた。

「サラ、死者の数は分かっているの？」私は静かに訊ねた。

カイローンが気まずそうに身じろぎし、小さく咳払いした。この質問をされるのは、彼も分かっていたはずだった。

サラは手の動きを休めることなく、「今はそんな心配およしなさい」と答えた。

「みんな生きてるよ」カイローンが落ち着いた声で答えた。「ファーレイも、デヴィッドソンも。それにカルもな」

そのくらいは、私にも想像がついていた。三人のうちひとりでも死んでいたならば、カイローンは笑ってなどいないだろうし、私だって、もっと大混乱の中で目覚めることになっていただろう。私が本当は誰のことを訊いているのか、カイローンだって知っているはずだ。

「すべて終わったわ」サラが、私の質問など無視して口を開いた。口元に小さな笑みを浮かべて、私が寝ているベッドから下がる。「今は休みなさい。あなたに必要なのは休息よ、メア・バーロウ」

私はうなずき、銀の服を揺らしながら寝室を出ていくサラを見守った。私が出会ってきたヒーラーたちとは違い、制服らしきものは何も身に着けていない。たぶん戦いのさなか、数え切れないほどの死者や瀕死の怪我人を診続けているうちに、ぼろぼろにしてしまったのだろう。彼女が出ていってドアが静かに閉まると、カイローンと私は重苦しい静寂の中にふたりきりで取り残された。

「カイローン」私は思い切って口を開き、おずおずと指を伸ばして彼をつついた。

体を起こそうとする私を苦しげな顔で見ると、彼はすぐ気まずそうに視線をそらした。体の傷は治ったというのに、どこか暗い顔をしている。

声の響きも、同じように暗かった。「俺たちが見つけたとき、お前は死にかけてたんだ」普通の声で言うのが恐ろしいかのように、カイローンが囁いた。「自信なかったよ。お前がその……サラの力でも、その……」彼の声が、弱々しく消えていく。

私もニュー・タウンで、今にも死にそうになっている彼の姿を見た。これでおあいこというわけだ。私は生唾をのみ、脇腹に触れてみた。洗いたてのシャツに包まれた、傷ひとつない肌を指先で感じる。あの切り傷はきっと、私が思っていたよりずっとひどかったのだろう。今はもう、どうでもいいことだけれど。

「あと……メイヴンは?」その名を口にするだけで、苦しくなった。

カイローンは無表情のまま、私の視線を受け止めた。顔を見ただけでは、知りたくてたまらない答えも分からなかった。黙っている彼を見ながら、私は自分がいったいどんな答えを期待しているのだろうと、戸惑いはじめた。どんな未来に生きたいと自分が思っているのか、分からなくなりかけていた。

やがて彼が逃げるように視線を落として私の両手を、毛布を見つめると、これから何を言おうとしているのか、私にも分かった。彼が頬をぴくぴくさせ、歯を食いしばる。

私の中で、長い間ずっときつく絡んでいた何かが、一気に緩んだ。ため息をついてまた寝転がり、感情の嵐に巻き込まれながらまぶたを閉じる。今はただ、世界がぐるぐると回るようなこの感覚を耐えることしかできなかった。

メイヴンが死んだ。

恥辱と誇りが、そして悲しみと安堵が、胸の中で戦っていた。一瞬、吐いてしまうんじゃないかと思った。けれど吐き気が治まってから目を開けてみると、すべてはちゃんとそこにあるのだった。

カイローンは静かに待っていた。こんなに忍耐強いなんて、カイローンらしくない。いや、一年前の彼はこうだったんだろうか。まだ見習いの漁師として、明日から先の未来など何も望めずスティルトで暮らしていたころは。私も同じだった。

「死体はどこに？」

「知らないよ」彼が答えた。嘘じゃない。カイローンには、嘘をつく理由がない。

エラーラのときと同じように、この目で死体を確認しなくちゃいけない。完全に、本当に終わったのだと確かめるために。けれどメイヴンの死体は、エラーラの死体よりもずっと私を怯えさせた。

「カルは、私がしたことを知ってるの？」私はとつぜんあふれだした感情に、声を震わせた。気持ちを落ち着かせようと、片手で口を押さえる。メイヴンの死を悼んで泣きだしたい気持ちを拒絶した。

カイローンは、黙って私を見ていた。抱きしめてくれるか、手を握ってくれるか、何か甘いものでも持ってきて口に詰め込んでくれたらいいのに。でもカイローンはそうせずに立ち上がった。私を見下ろす目に浮かぶ憐れみに、私はびくりとした。分かってくれるなんて思わないし、分かってほしいとも思わない。

彼がサラのようにドアに歩きだすと、私はとつぜん、見捨てられた気持ちになった。

「カイローン――」引き止めようとして声をかける。

彼がノブを回す。そして、誰かが入ってきた。カルが来たとたん、誰かが暖炉に火を入れたみたいに部屋が暖かくなった。ぎらぎらした赤い鎧を脱ぎ、シンプルな服に着替えている。黒や赤のステッチもない、珍しい色の服だ。なぜなら、もうどちらも彼の色ではないからだ。カイローンは私たちを残し、部屋を出ていった。

さっきの質問が聞こえていたのかと思う間もなく、カルが答えを口にした。

「君は、すべきことをしただけさ」ゆっくりと、カイローンがかけていた椅子に腰を下ろす。けれど少し距離を置いたまま、近づこうとはしなかった。

理由は想像がついた。

「ごめん……」私の目に涙が込み上げたが、カルのほうが先に目をうるませていた。私は彼の弟を殺したのだ。奪い去ったのだ。私は人殺しだ。拷問者だ。いびつにねじれ、壊れた、邪悪な人間だ。殺してしまった。怪物に仕立て上げられた少年を。チャンスも希望も与えられなかった少年を。「カル、ごめんなさい」

片手を毛布の上に置き、カルが少し身を乗り出した。何も言わずに毛布の模様を眺め、縫い目を視線でたどっている。私は体を起こしてその頬に触れ、こちらを向かせ、言いたいことを吐き出させてしまいたい衝動を必死にこらえていた。

ふたりとも、こうなるのは知っていた。メイヴンはもう助けられないと、ふたりとも分かっていた。けれど、それでも苦痛は和らいでくれなかった。そして彼の苦痛は私のよりも、遥かに強烈だった。

「これからどうする？」カルが、まるで自分に問いかけるように言った。

もしかしたら、私たちが間違っていたのかもしれない。どうにかしてメイヴンを助けられたのかもしれない。

そんな思いに胸を引き裂かれたとたん、最初の涙がぽたりとこぼれた。

たぶん私もあいつと同じ、ただの人殺しなのだ。

ひとつだけ確かなことがある。それは、私にもカルにも、答えは決して分からないということだ。

「どうしようか」私は答え、目をそらした。

窓の外に目をやると、空にはもやがかかり、ちらちらと星がまたたいていた。

時間が過ぎていく。私たちは何も喋らなかった。私の様子を見に来る人も、カルを引き離しに来る人も、誰もいなかった。誰か来てくれたらどんなにいいだろうと思った。

そのときふと彼の指が動いて、私の指をかすめた。触れたか触れないか分からないくらい、かすかに。

それだけでじゅうぶんだった。

エピローグ

メア

「本当に戻って、自分の目で見たくないのか？」

私は呆れ果てて、カイローンを睨みつけた。あまりに馬鹿馬鹿しくて、答える気にもならない。けれど彼はまるで無垢な子供みたいに、私の顔を見つめていた。ともあれ子供のころから、カイローンが本当に無垢だったことなんてないのだけれど。

モンフォート軍の制服のポケットに両手を突っ込み、カイローンは私が答えるのを待っていた。

「見るって何を？」アルケオン飛行場を歩きながら、私は肩をすくめてみせた。地平線には低く雲が垂れ込め、夕日を遮っていた。街のあちこちからは、まだ煙が立ち上っている。あれからまだ一週間、まだ戦火はくすぶり続けていた。「ぐらぐらする棒っきれの上に建ってる家のこと？　だったらもうすっかり荒らされてるに決まってるわよ、誰も住んでないんだもの」私はスティルトの家を思い出しながら、ぶつぶつと答えた。ずいぶん長く帰っていないし、帰りたいともほとんど思わない。もうあの家が跡形もなくなっていたとしても、ぜんぜん驚かない。まだ生きていたころのメイヴンが腹いせにぶち壊す姿も、すぐに思い浮かぶ。今となっては、もうどっちでもいい。

「どうして？　スティルトに帰りたいの？」私は訊き返した。

カイローンは、弾むように歩きながら首を横に振った。「ちがうよ。俺が大切なものは、もうあそこにはないからな」

「何それ、おべっかのつもり？」私は答えた。カイローンはどうやら、今すぐにでもモンフォートに戻りたいらしい。「キャメロンはどうなの？」私は誰にも聞こえないよう、声を下げた。キャメロンと両親は今、テチーの街を再建するため他の人たちの手助けをしている。前のスラム街を知っているあの子たちなら、再建の助けとしてうってつけだ。

「キャメロンがどうしたって？」カイローンはにやにや笑いながら肩をすくめた。その頬が、さっと赤く染まる。「ノルタのレッド部隊やニュー・ブラッドたちと一緒に、一ヶ月かそこらでモンフォートに来るってさ。いろいろと、もうちょい落ち着いたらな」

「へえ、訓練のため？」

「そうに決まってるだろ」カイローンの顔が、さらに赤くなった。

私は思わず噴き出した。これをネタに、そのうち絶対にからかってやろう。

数人の将軍たちと一緒に、ファーレイが近づいてきた。スワン将軍が会釈して、私たちを迎えてくれた。

私も会釈し、微笑みながら手を差し出す。「ありがとう、スワン将軍」

「アディソンと呼んでちょうだい」彼女がそう答え、微笑みを返した。「しばらくは、コードネームも忘れてしまっていいでしょう」

ファーレイはむかついたふりをしながら、こちらを見つめていた。私が腕を取ると、彼女はハグしようと身を寄せてきた。まったくファーレイらしくない。彼女も、モンフォートに帰りたくてうずうずしているのだ。ノルタを離れて娘の元に戻れるなんて、きっとものすごく胸を躍らせていることだろう。クララはすこやかに、ぐんぐん育っている。恐ろしい記憶なんて何も持たずに。

そして、父親の記憶も。

どんなに天気がよくてもシェイドを想うと気持ちが暗くなった。今日も例外じゃない。しかし、なぜかいつもより苦痛は小さかった。骨に焼きついたような痛みは相変わらずだけれど、今日は鋭さがないのだ。もう息が苦しくなることもない。

「さあ、行くわよ」ファーレイはそう言うと、ついてこいとばかりにさっさと歩きだした。

「さっさと乗れば、さっさと飛ぶんだから」

「そういうものなの?」私は思わず言い返していた。

滑走路に止まっているジェットの横に、人々が集まっていた。私たちや、これからモンフォートに出発する他の乗客たちを待っているのだ。デヴィッドソンは数日前、ひと足先に帰っていった。数人の部下がノルタに協力するため後に残っていたのだが、人々の中にタヒアの姿が見えた。きっと今も、首相が再建の状況を追うことができるよう、兄弟にこちらの様子を伝えているのだろう。

ジュリアンは人生で初めて新しい服に着替えたみたいに、人混みの中でもとりわけ目立っていた。かつてハウスの色だった金色が、午後の日差しを受けてまばゆく輝いている。そのとなりには、サラとアナベルが立っていた。冠をはずしたアナベルは、妙に違和感があった。あからさまな無関心を顔に浮かべ、彼女が私を見た。

「バーロウ、手短にね」ファーレイは自分についてジェットに乗り込むよう、カイローンに手招きした。ふたりの合図でシルバーたちが場所を空け、私がみんなと別れを告げられるようにしてくれる。

カルは、叔父や祖母と一緒じゃなかったが、そもそもそんな期待なんて私はしていなかった。みんなから離れ、滑走路のずっと先で待っている。

ジュリアンが私に向かい、大きく両腕を広げた。私は彼をきつく抱きしめると、体に染みついた古びた紙の温かな香りを吸い込んだ。

長い一分間が過ぎ、ジュリアンはそっと私を押し戻した。「さあさあ、一ヶ月かそこらで、また会えるんだから」

キャメロンと同じく、ジュリアンも数週間後にモンフォートに行く予定になっているのだ。公式には、ノルタのシルバーたちの代表者ということになっている。でもきっと、面倒なことは何もかもデヴィッドソンに任せ、自分はニュー・ブラッドがどうして生まれたのかを調べようと思っているのだろう。

私は笑顔で元教師の顔を見上げ、軽く肩を叩いた。「きっとモンフォートの倉庫から出てこられなくなるから、挨拶なんてする余裕もないわよ」

となりのサラが「私が責任を持って連れ出すわ」と静かな声で言い、ジュリアンの腕を取った。

アナベルは私が目の前にいるのが気に入らないのか、きつく睨みつけてふんと鼻を鳴らし、足音も荒く歩き去ってしまった。無理もない話だ。彼女から見れば私のせいで孫は王位継承を拒否し、レッドの女への愛情などという馬鹿なもののために冠を投げ捨ててしまったのだから。

真実は違うとはいえ、私を憎んでいて当然だ。

「アナベル・レロランは納得してはいないが、理屈は分かっているとも。カルが玉座に戻りたいと言っても、あの人は戻らせまいよ」ジュリアンは、待っていた車に乗り込む老皇太后を見つめながら静かに言った。

「リフトはどうなるの？　レイクランドは？　ピードモントは？」

ジュリアンは、そっと首を振って私を遮った。

「君は、当分そんな心配を忘れてもいいくらいの権利を勝ち取ったと思うがね」と言って、そっと私の手を叩く。「暴動が起きているよ。何千というレッドたちが、国境を越えてノルタに来ようとしている。運命は本当に変わったのだと知ったレッドたちがね」

一瞬、私は感極まった。嬉しさと不安が同じくらい混ざり合う。でも、いつまでも続くわけじゃない。そして、まだ終わってはいなくても、私にとってはこれでもう終わりなのだ。とりあえず、今は。

もう一度、ジュリアンをハグしたくなった。「ありがとう」と囁く。

彼は目に涙を浮かべ、また私を押し戻した。「ああ、ええと……もうそれは分かったとも。さあ、私ひとりに時間をかけすぎだよ」そう言って、もう一度押す。甥が立っているほうに。「さあ、行きなさい」

それ以上背中を押してもらう必要はなかった。やや息をのみながら、微笑みを浮かべて私を見つめる軍のお偉がたの前を通り過ぎる。前国王のところに向かう私を止める人は、誰もいなかった。

カルは私が近づいていくのに気づくと、「散歩でもしよう」と言ってさっさと歩きだした。彼の後を追いかけ、ジェットの翼が滑走路に落とす影に入る。滑走路の先で、一機のエンジンに火が入り、咆哮があがった。これで、誰かに盗み聞きされる心配もない。

「一緒に行けるものなら、僕も行きたいよ」カルがとつぜんこちらを振り向き、ブロンズ色の燃える瞳で私を見た。

「お願いしようとは思ってないけどね」私は、言い慣れた言葉を口にした。これまでに何度も同じ話を繰り返してきたのだ。「あなたはここにいて、やり残したことをしなきゃ。それに、西にだって仕事があるわ。サイロンにも、ティラックスにもね。もし私たちに何かできることがあったら……」遥か彼方の異国を思い、私の言葉が途切れた。「とにかく、こうするほうがいいと思うわ」

「こうするほうがいい？」カルが険しい顔をした。周囲の温度がさっと上がる。私はそっと彼の手首に触れた。「離れ離れになるほうがいいって言うのかい？　どうしてだよ？　僕はもう国王なんかじゃない。王族ですらない。僕はもうただの――」

「ただの男だなんて言っちゃ駄目よ、カル。あなたは、ただの男なんかじゃないわ」

私を責めるような目。指が触れた素肌が熱い。私のせいで苦痛を浮かべた瞳を見ていると、私の胸も痛んだ。

「君が望んだとおりの僕になったんだぜ？」カルが苦しげに声を絞り出した。

次はいつ会えるか分からないのだと気づいて、胸が締めつけられた。でも振り返っては駄目だ。そんなことをしても、すべてがさらにややこしくなるばかりだ。

「私にお願いされたからすべてを放り出したみたいな顔、しないでよね。カルも私も、分かってるはずじゃない」母親のためだと。正義のためだと。そして自分自身のためだと。カルが私を引き寄せようとしたけれど、私は動かなかった。

「私には時間が必要なのよ、カル。そしてあなたにもね」

カルは、まるで動物のうなり声みたいに声を低く落とした。私はぞくりと身震いした。

「欲しいものも必要なものも、僕は自分で決めるよ」

「そう言うなら、私も同じなんだって、尊重してよ」私はとっさにきつく睨みつけ、彼をたじろがせてしまった。今にも崩れ落ちそうな弱い気持ちを隠し、強さを装ってみせる。

「今の自分が何者なのか、ちゃんと理解したいのよ」

私はもうメアリーナじゃない。稲妻娘でもない。メア・バーロウですらない。すべてを経て自分が何者になったのか、分からないのだ。それにカルが認めようが認めまいが、彼にもその時間は必要だ。私たちには癒やしが必要なのだ。そう、この国と同じように。後のことは、勝手についてくるだろう。

お互いの存在を抜きにして、私たちはそれをやらなくちゃいけない。

私たちの間にはまだ距離が、溝があった。メイヴンは死してなお巧みに、私たちを引き離し続けていた。カルは決して認めないだろうけれど、あの日以来、彼の目には怒りが浮かび続けている。そして悲しみと、私への恨みが。私に弟を殺されたという事実が、まだ彼にのしかかっているのだ。そして、この私にも。

カルが探るように私の目を見つめた。沈みはじめた夕日のように、その目が赤く輝いていた。彼の目は、炎でできているのかもしれない。

私の弱さや、決意にできたひび割れを探しているのだろうか。けれど、そんなものありはしない。

熱い手が私の首筋をなぞり、耳に指をかけてあごで動きを止めた。永遠に私に焼きついたメイヴンの手のように、燃えるような熱さとは違う。私が頼んでも、カルはそんなことをする人じゃない。

「いつまでだい？」彼が囁いた。

「分からないわ」私は本心を答えた。また自分自身を取り戻したり、今の自分が何者かを理解したりできるのがいつになるのか、私にもまったく分からなかった。でもまだ私は十八歳だ。時間はたくさんある。

次の言葉はいちばん声に出しづらかった。呼吸がもつれる。

「待っていてほしいなんて言わないわ」

彼の唇が、私の唇をかすめた。儚（はかな）いその感触が、さよならと言っていた。いつまでだろうと、必ず待っていると。

パラダイス・ヴァレーとは、まさにぴったりの名前だ。山々にぐるりと囲まれて、何キロにもわたってなだらかに起伏する平原が広がっている。川も湖も手つかずで、私が見たことのあるどんな場所とも違う不思議さを醸し出している。しばらく静かなところで心を休めろと、デヴィッドソンが私たちをここによこしたのもうなずけた。まるで世界から切り離されたかのような、人が手を触れていない自然なのだ。

まだ夜明けの薄暗がりの中、私たちは灼熱の間欠泉（かんけつせん）に踏み込まないよう気をつけながら、野原を歩いていた。間欠泉はどれも波紋ひとつなく落ち着いているが、虹色の湯気が立ち上っている。美しいが、とても危険だ。一瞬のうちに人間を茹（ゆ）で上げてしまうだろう。そう聞いている。遠くの間欠泉がぶくぶくと沸騰しながら、霞みのかかった紫の空に蒸気を噴き出しているのが見えた。星々は、ひとつ、またひとつと消えはじめている。とても寒くて、私は肩にかけたずっしりと重いウールのショールをきつく巻き直した。色あせた木の歩道に足音が響く。

私は横目で、歩き続けるジーサを見た。このところ前よりもしなやかな体つきになった彼女は、ダーク・レッドの長い髪を一本に編んでいた。片手に提げた朝食のバスケットが、ぶらぶらと揺れている。大きな間欠泉の向こうに昇る朝日を見たいというのだが、可愛い妹の頼みを、私が断れるはずがない。

「あの色を見てよ」目的地に到着すると、妹が囁いた。巨大な間欠泉は、まるで夢から抜け出してきたようだった。赤い輪が広がり、次に黄色、次に鮮やかな緑、そしてさらに吸い込まれるような青へと変わっている。とても現実とは思えない景色だ。

よくよく警告されていたので、私たちはふたりとも指を入れてみたい衝動をこらえていた。茹で上がった自分の肉が骨から剝がれるところなんて、見たくない。ジーサは両脚を畳み、歩道に腰を下ろした。小さなノートを取り出してスケッチしながら、時折何かを書き込んでいる。

この場所から、どんな閃きを受けているのだろう？

それよりもおなかがすいた私はバスケットを漁り、まだ温かいサンドイッチを取り出した。今朝出発する前に、母さんが心配して持たせてくれたものだ。

「あの人に会いたくならないの？」顔も上げずに、いきなりジーサが言った。

私はその質問にぽかんとした。なにせ、曖昧すぎる。誰のことを言っているのだろう？

「カイローンなら元気よ。アセンダントに戻ってるし、キャメロンも数日であっちに着くはずよ」

「カイローンの話なんてしてないわ」ジーサは、話をそらされて苛立ったようにやや声を荒らげた。

「あら、ごめんなさい」私は大げさに肩をすくめてみせた。

ジーサは、くすりともしなかった。

「もちろん会いたいわ」

カルに。シェイドに。そして、本当にほんのかすかにだけれど、メイヴンに。

ジーサはそれ以上しつこく訊かなかった。

この場所で静寂に包まれていると、いろんなことがあっという間に忘れられた。まるで別の時間にさまよい込んだようだった。世界から切り離されたようなその感覚が、私は心地よかった。

これからどうなるのだろう？

相変わらずそんな不安は心の片隅にある。まだ答えは分からない。

けれどほんの少しの間だけは、考えなくてもいいのだ。

「バイソンの群れがいるわ」ジーサが小声でそう言い、間欠泉があるほうを指差した。

私ははっとして、いつでも飛び出せるよう身構えた。あの獣が一頭でもすぐそばまで近づいてきたなら、責任を持ってジーサを安全なところまで連れ出さなくてはいけない。私はいつでも呼べるよう、体の中に稲妻を生み出した。久しぶりすぎて違和感すら覚える。モンフォートに戻ってきてからは、訓練も模擬戦もやっていないのだ。私はずっと休まなくては駄目だと自分に言い聞かせ続け、ブリーとトレイミーからぐうたら呼ばわれされているのだった。

バイソンたちはずいぶん離れていた。五十メートルくらい先で、のんびりと反対方向に進んでいる。深い茶色の毛深い体をゆったりと揺らしながら進む群れは、少数だけれど見とれそうなほどだった。ずっしりとしたその巨体には似つかない、目を瞠(みは)るような優雅さを感じる。最後に遭遇したときのことを、私は思い出した。穏やかな遭遇とは、とても言えなかった。

ジーサは何か考え込むような顔をしてから、またスケッチを始めた。「ガイドさんから、ちょっと面白い話を聞いたのよ」

親切なことに、首相はこの渓谷まで案内役をつけてくれたのだった。

「へえ、どんな話？」私は、バイソンの群れから目を離さずに訊ねた。いつおかしな動きをしても、反応できるように。

妹は、間欠泉に近づいていく獣などなんとも思っていないように、おしゃべりを続けた。恐れを知らないその様子を見て、私は静かな幸福を感じていた。「なんでも昔、バイソンは絶滅しかけたんですって。数え切れないほどのバイソンが狩りで殺されちゃって、この大陸にほんの何頭かしかいなくなっちゃったらしいのよ」

「そんなの嘘だわ」私は鼻で笑った。「この渓谷にも草原にも、そこかしこにいるもの」

「とにかく、ガイドさんからそう聞いたの」ジーサは、私の言葉にまた苛立ったように言い返してきた。「ガイドさんなんだから、ここの歴史をちゃんと知ってるのも仕事のうちでしょう？」

「はいはい、そうね」私はため息をついた。「で、何があったんだって？」

「だんだん戻ってきたのよ。ゆっくりとだけど、確実に増えてきたの」

私は、あまりにも単純な言葉にわけが分からなくなった。

「戻ってきたって、どうやって？」

「人の力で」ジーサがぶっきらぼうに答えた。

「でも、人間が殺しまくったんでしょう？」

「そう。でも何かがそれを変えたのよ」彼女の声が棘々しくなっている。たぶん、頭の悪い私に苛立っているんだろう。

「何か大きなできごとが起きて……運命が変わったの」

ふとなぜか、ずっと昔ジュリアンから教わった話が脳裏に蘇った。

人間は破壊する。それが私たちのさだめなのだ。

私もそれを目の当たりにしてきた。アルケオンで、ハーバー・ベイで、そしてあちこちの戦場で。かつてレッドはひどい扱いを受けてきたし、この大陸には、それがまだ続いている場所もある。

けれど、世界は変わろうとしている。

人間は破壊するが、新しく作り直しもするものなのだ。

バイソンの群れがゆっくりと地平線に広がる森に姿を消していく。水辺に腰掛けたふたりの少女に気づかないまま、新たな草原を探しに行くのだ。

虐殺の歴史から、バイソンは舞い戻ってきた。私たちにだって、きっとできる。

山小屋へと引き返して歩いているうちに、朝日のせいで汗をかきはじめていた。ジーサは、ここ何週間かで学んだいろんなことを、ずっと話し続けていた。ずいぶんと、ガイドの女性を気に入ったようだ。ブリーもきっと気に入るだろう。いろいろな意味で。

いきなり心がさまよいはじめた。ふとしたときに、いつもこうなる。記憶の中をゆらゆらと、行ったり来たりしはじめるのだ。数週間後に、私たちはモンフォートの首都に戻る。それまでに世界はどのくらい変わっているだろう？　出発したときにはもう、まるで別の場所みたいに変わっていた。よりにもよってあのエヴァンジェリン・セイモスがアセンダントに住んでいるのだ。最後に聞いた話では、首相の貴賓として扱われているらしい。さまざまなものを奪った彼女を、そして彼女の一族を、私は心のどこかでまだ憎んでいる。だけど私は、生きたまま怒りに食い尽くされることなくともに生きる道を、学びはじめている。

ゆっくりとピアスの石に触れながら、ひとつずつ名前を呼んでいった。そうすると、心が落ち着くのだ。ピンク、赤、紫、緑。ブリー、トレイミー、シェイド、カイローン。

ここに居着くわけにはいかない。千回は繰り返した言葉を、また胸の中で言う。彼がまだ待っていてくれるのかは分からない。

でも、もしかしたら……。

最後に残された、いちばん新しいピアスに指が触れた。炎のように、そして私の血のように赤い宝石に。

帰ろう。いつの日か、必ず。

訳者あとがき

本書は、〈レッド・クイーン〉シリーズ最終巻となる『*War Storm*』の邦訳版である。アメリカでは二〇一八年五月に刊行されたのだが、本来は三部作の予定が四部作になったと聞き、てっきり短めの第四巻なのかと思っていたら、なんとシリーズ最長編になっていたので驚いた。アメリカの *Amazon* を見ると、現在なんとレビューが九百八十六件もついている。これはもう大ヒット作といっても過言ではないだろう。全世界でもシリーズ累計で五百万部を記録しているとのことだ。映像化を希望する声も多いが、著者も最初からそのつもりで書いていると公言しているし、そろそろ噂が聞こえてきてもいいころではないかと、密かに期待している。

さて、ここから先は多少のネタバレなども含むので、まずは絶対に、本編から読んでいただくよう強くお願いしておきたい。

＊　＊　＊

このシリーズの面白いところは、最初どこか異世界を舞台としたファンタジー小説なのかと思いきや、実は核戦争で破壊されたこの地球の遥か後世を描いたSF小説になっているところだ。そもそもシルバーやニュー・ブラッドたちが持つ異能自体が、核による突然変異によって生み出されたものなのだ。三巻あたりで各地の地名が現代のそれと符号していく様子は鳥肌モノだったし、メアたちが現代を生きる僕たちとひと続きの種族だったのだと思うことでぐんと距離感が近くなったような感じには、他の小説ではちょっと感じたことのない不思議さがあった。

しかし、僕がもっと面白いと思ったのは、現代世界の社会や政治を色濃く反映した小説になっているところだ。もともとは「支配する者とされる者」というシンプルな二極構造だった物語は、巻が進むにつれ、国家というものに個人個人が抱く政治的な思想や、同性愛や家族を巡るそれぞれの理想といった現代的な問題と絡み合い、どんどん複雑になっていくことになる。戦いと支配を好むシルバーと、奴隷のようにこき使われてつまらない仕事を押し付けられるレッドという両者も、単純な貧富の差のみならず、実を言うとそれぞれ男女を表しているのではないかと考えても、決して邪推ではないと思う。

そのように、同性愛への偏見や、貧富や性別から生まれる格差といった問題は今まさに世界が抱えている問題といえるが、そのすべてから開放された新世界を目指すという思想、理想が、このシリーズからは強烈に感じられる。この最終巻ではことさら顕著だが、その思想や理想に突き動かされた登場人物たちが自由を手に入れるため、時には国を、時には権力を、そして時には家族を捨てて独り立ちしていく様子は、リアルな成長を見ているようで本当に面白い。

特に、個人的にベスト・キャラクターだと思っているエヴァンジェリン・セイモスの成長には、心の底からぐっときてしまった。そのうえ彼女の物語には、親子というサブ・ストーリー的な要素まで加わっている。「厳しく有無を言わさぬ父親に育てられ、進路まではっきりと決められ、自分の人生を見失ってしまった少女」という彼女の設定には、これまた非常に現代的な問題が投影されているように思えてならない。最後の最後で自分の人生を見つけ、それを選び、摑み取った彼女の姿には、思わずほろりとさせられた。

一方、同じように親の言いなりに育てられ、二度と自分の人生を取り戻せなくなってしまったメイヴン・カロアもまた、僕が大好きな登場人物だ。どう生きればよいか分からず、逃げ場すら見つけられずに悲惨な末路をたどる彼は、エヴァンジェリンとは陰と陽の対をなすキャラクターだと言っていい。最後は異能バトルでもなく、頼りないナイフ一本を武器に地味な戦いをした彼に不満を抱くレビューも散見されるが、個人的には、だからこそいいのだと思う。自分を作り上げた親を失うと同時に、どう生きればいいのかも分からなくなり、兄の愛も理解できなくなり、かりそめの味方もすべて離れてしまい、何もかも失った彼には、もうその程度の武器しか残っていなかったのだ。そう思うと、最後のバトルは本当に切なく胸に響く。

ただし、その怪物メイヴンにしても、全編を通して読んでみると、あちらこちらで純粋な少年らしさが顔を覗かせており、本当は生まれたままの彼が残っていたのではないかと感じさせられる。特に、ひたむきにメアを追い求める執拗なまでの執念は、彼がものすごく純粋であることの証なのではないだろうか。おそらくメアはメイヴンにとって、世界で唯一自分の意志で選び、愛し、こだわった存在だったのだと思う。だから、彼が迎えた悲しすぎる最期にも、ほんのわずかではあるが救いはあると言っていい。死の瞬間は描かれていないが、本当に彼はメアに負けたのだろうか？　それとも自らの意志でメアを生かしたのだろうか？　そんなことを想像すると、ラストの深みがぐんと増すように感じる。

このシリーズが大ベストセラーともいえるほどの成功を収められた背景には、そうした現代的な問題の数々が大きく関わっていたのだと思う。それだけたくさんの読者たちが、どれかに自分を深く投影できたのではないだろうか。

ちなみに、重要そうな割にはあまり登場しない預言者、ジョンについて、少しだけ触れておく。長くてかっこいい名前のキャラクターが多い中、いかにも地味な名前なので、ネーミングをサボったのかとすら思えるこのトリックスター。明記こそされていないが、おそらくは新約聖書に登場するヨハネ（英語では*John*）をモチーフとしているものと思われる。この名前と、物語から浮いているように感じるほどの神秘性は、おそらく偶然ではないだろう。

なので訳すにあたり、洗礼者ヨハネと使徒ヨハネどちらだろうかと割と悩んだのだが、おそらくは、先駆者としてイエス・キリストがいずれ歩む道を整えた、洗礼者ヨハネのほうではないだろうか。メアとの関わり合いを見ていると、とてもしっくり来るように感じる。彼が語る内容を見ても、単に未来を見通すというより、何か大きな意思のもとメアと世界を導く、謎めいた登場人物として描かれている感が強い。ジョンの存在は、「崩壊した世界にも神はいるのだ」というメッセージにもなっているように思える。そんなことを頭に入れておいていただけると、本書の面白みが少し増すのではないだろうか。この最終巻で解き明かされるジョンの秘密は、大きな読みどころのひとつだといえるだろう。

このシリーズのような、いわゆるヤングアダルト小説は、よく「アメリカのライトノベル」と表現されるが、ストーリーの裏側にこのようにさまざまなテーマや比喩がみっちりと隠されている複雑な構造を思うと、読書の楽しみが詰まった本当に面白い小説になっていると思う。シリーズ全四巻、それぞれかなり時間が空いての刊行になってしまったが、ぜひともまた一巻から通して読んでいただきたい。エンディングを知ってから読み直してみると、きっとまた新たな楽しみが見つかるはずだと思う。

最後になったが、長い翻訳作業にお付き合い頂いたハーパーコリンズの新田磨梨さんと、いつも素晴らしいイラストで驚かせてくれた清原紘さんに感謝を。ありがとうございました！

二〇二〇年五月

訳者紹介　田内志文

1974年生まれ。翻訳家、文筆家、スヌーカー選手。シーランド公国男爵。主な訳書にエイヴヤード〈レッド・クイーン〉シリーズ（ハーパーBOOKS）、コルファー〈ザ・ランド・オブ・ストーリーズ〉シリーズ（平凡社）、ジャクソン『こうしてイギリスから熊がいなくなりました』（東京創元社）がある。

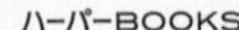

レッド・クイーン4
暁の嵐　下

2020年6月20日発行　第1刷

著　者　ヴィクトリア・エイヴヤード
訳　者　田内志文
発行人　鈴木幸辰
発行所　株式会社ハーパーコリンズ・ジャパン
東京都千代田区大手町1-5-1
03-6269-2883（営業）
0570-008091（読者サービス係）
印刷・製本　中央精版印刷株式会社

ISBN978-4-596-54136-9